鲁迅全集

第 七 卷

集 外 集

集 外 集 拾 遗

人民文学出版社

图书在版编目（CIP）数据

鲁迅全集. 7/鲁迅著. —北京：人民文学出版社，2005. 11（2022. 11 重印）
ISBN 978-7-02-005033-8

I. ①鲁… II. ①鲁… III. ①鲁迅著作—全集②鲁迅杂文③鲁迅诗歌 IV. ①I210.1

中国版本图书馆 CIP 数据核字（2005）第 070008 号

责任编辑　刘　伟
装帧设计　李吉庆
责任校对　常　虹
责任印制　王重艺

在日本时与绍兴籍同学合影（1904）

《浙江潮》封面

《怀旧》书影

哀范君三章

風雨飄搖日，余懷范愛農。華顛萎寥落，白眼看鷄蟲。世味秋荼苦，人間直道窮。奈何三月別，竟爾失畸躬。

海草國門碧，多年老異鄉。狐狸方去穴，桃偶已登場。故里彤雲惡，炎天凛夜長。獨沉清洌水，能否滌愁腸。

把酒論當世，先生小酒人。大圜猶酩酊，微醉自沉淪。此別成終古，從茲絕緒言。故人雲散盡，我亦等輕塵。

黃棘

我于愛農之死為之不怡累日至今未能釋然昨忽成詩三章隨手寫之如此忽

憶雞蟲作〈壽堂寄范妙亮歷〉一聲速光家去狼須羌令恭上奔天下苦來恕仰於之文並我上窒鍼

大鑒定家鑒定之如不惡乃可參諸民兴日

二手言之

二十二

樹人言

《哀范君三章》手稿

运交华盖欲何求
未敢翻身已碰头
破帽遮颜过闹市
漏船载酒泛中流
横眉冷对千夫指
俯首甘为孺子牛
躲进小楼成一统
管他冬夏与春秋

《自嘲》手迹

目　录

一 九 三 一 年

一 九 三 二 年

一 九 三 三 年

附 录

一 九 二 八 年——一 九 二 九 年

集外集拾遗

一 九 一 二 年

一 九 一 九 年

一 九 二 四 年

一 九 二 五 年

一 九 二 六 年

一 九 二 七 年

一 九 二 九 年

一 九 三 ○ 年

一 九 三 一 年

一 九 一 二 年

一 九 三 一 年

一 九 三 二 年

一 九 三 三 年

一 九 三 五 年

一 九 三 六 年

集 外 集

本书是作者 1933 年以前出版的杂文集中未曾编入的诗文的合集,1935 年 5 月由上海群众图书公司初版,作者生前只印行一版次。这次只抽去已编入《三闲集》的《〈近代世界短篇小说集〉小引》和译文《Petöfi Sándor 的诗》两篇。《咬嚼之余》、《咬嚼未始"乏味"》、《"田园思想"》三篇的"备考",系本书出版后由作者亲自抄出,原拟印入《集外集拾遗》的,现都移置本集各有关正文之后;《通讯(复霉江)》的来信则系这次抄补的;《〈奔流〉编校后记》初版时遗漏最后一则,现亦补入;所收旧体诗按写作时间的先后,在顺序上作了调整。

序　言[1]

听说：中国的好作家是大抵"悔其少作"[2]的，他在自定集子的时候，就将少年时代的作品尽力删除，或者简直全部烧掉。我想，这大约和现在的老成的少年，看见他婴儿时代的出屁股，衔手指的照相一样，自愧其幼稚，因而觉得有损于他现在的尊严，——于是以为倘使可以隐蔽，总还是隐蔽的好。但我对于自己的"少作"，愧则有之，悔却从来没有过。出屁股，衔手指的照相，当然是惹人发笑的，但自有婴年的天真，决非少年以至老年所能有。况且如果少时不作，到老恐怕也未必就能作，又怎么还知道悔呢？

先前自己编了一本《坟》，还留存着许多文言文，就是这意思；这意思和方法，也一直至今没有变。但是，也有漏落的：是因为没有留存着底子，忘记了。也有故意删掉的：是或者因为看去好像抄译，却又年远失记，连自己也怀疑；或者因为不过对于一人，一时的事，和大局无关，情随事迁，无须再录；或者因为本不过开些玩笑，或是出于暂时的误解，几天之后，便无意义，不必留存了。

但使我吃惊的是霁云[3]先生竟抄下了这么一大堆，连三十多年前的时文，十多年前的新诗，也全在那里面。这真好像将我五十多年前的出屁股，衔手指的照相，装潢起来，并且给我自己和别人来赏鉴。连我自己也诧异那时的我的幼稚，而且近乎不识羞。但是，有什么法子呢？这的确是我的影像，——由它去罢。

不过看起来也引起我一点回忆。例如最先的两篇，就是我故意删掉的。一篇是"雷锭"的最初的绍介，一篇是斯巴达的尚武精神的描写，但我记得自己那时的化学和历史的程度并没有这样高，所以大概总是从什么地方偷来的，不过后来无论怎么记，也再也记不起它们的老家；而且我那时初学日文，文法并未了然，就急于看书，看书并不很懂，就急于翻译，所以那内容也就可疑得很。而且文章又多么古怪，尤其是那一篇《斯巴达之魂》，现在看起来，自己也不免耳朵发热。但这是当时的风气，要激昂慷慨，顿挫抑扬，才能被称为好文章，我还记得"被发大叫，抱书独行，无泪可挥，大风灭烛"〔4〕是大家传诵的警句。但我的文章里，也有受着严又陵〔5〕的影响的，例如"涅伏"，就是"神经"的腊丁语的音译，这是现在恐怕只有我自己懂得的了。此后又受了章太炎〔6〕先生的影响，古了起来，但这集子里却一篇也没有。

以后回到中国来，还给日报之类做了些古文，自己不记得究竟是什么了，霁云先生也找不出，我真觉得侥幸得很。

以后是抄古碑。再做就是白话；也做了几首新诗。我其实是不喜欢做新诗的——但也不喜欢做古诗——只因为那时诗坛寂寞，所以打打边鼓，凑些热闹；待到称为诗人的一出现，就洗手不作了。我更不喜欢徐志摩〔7〕那样的诗，而他偏爱到各处投稿，《语丝》〔8〕一出版，他也就来了，有人赞成他，登了出来，我就做了一篇杂感，和他开一通玩笑，使他不能来，他也果然不来了。这是我和后来的"新月派"[9]积仇的第一步；《语丝》社同人中有几位也因此很不高兴我。不过不知道为什么没有收在《热风》里，漏落，还是故意删掉的呢，已经记不清，幸而这集子里有，那就是了。

只有几篇讲演，是现在故意删去的。[10]我曾经能讲书，却不善于讲演，这已经是大可不必保存的了。而记录的人，或者为了方音的不同，听不很懂，于是漏落，错误；或者为了意见的不同，取舍因而不确，我以为要紧的，他并不记录，遇到空话，却详详细细记了一大通；有些则简直好像是恶意的捏造，意思和我所说的正是相反的。凡这些，我只好当作记录者自己的创作，都将它由我这里删掉。

我惭愧我的少年之作，却并不后悔，甚而至于还有些爱，这真好像是"乳犊不怕虎"，乱攻一通，虽然无谋，但自有天真存在。现在是比较的精细了，然而我又别有其不满于自己之处。我佩服会用拖刀计的老将黄汉升[11]，但我爱莽撞的不顾利害而终于被部下偷了头去的张翼德[12]；我却又憎恶张翼德型的不问青红皂白，抢板斧"排头砍去"的李逵，我因此喜欢张顺的将他诱进水里去，淹得他两眼翻白[13]。

一九三四年十二月二十日夜，鲁迅记于上海之卓面书斋。

＊　　　＊　　　＊

〔1〕　本篇最初发表于 1935 年 3 月 5 日上海《芒种》半月刊第一期。

〔2〕 "悔其少作" 语出三国时杨脩《答临淄侯笺》:"脩家子云,老不晓事,强著一书,悔其少作。"按子云即杨(一作扬)雄。他早年曾仿司马相如作有《甘泉赋》、《长杨赋》等,后来在所著《法言·吾子》篇里说:"或问:'吾子少而好赋?'曰:'然。童子彫(雕)虫篆刻。'俄而曰:'壮夫不为也。'"

〔3〕 霁云 杨霁云(1910—1996),江苏常州人,文化工作者。

〔4〕 "被发大叫"等语,出自《浙江潮》第一期、第二期(1903年2月、3月)连载文诡作《浙声》一文。该文概述越王勾践和明朝亡国时有关浙江的史实,第二期所载部分中有"荒天绝叫,鬼哭燐飞,无涕可挥,大风灭烛";"我自被发东走,虽获一二之传之书,则又择焉不精,语焉不详";"二百年来,安见无名山万重,抱经独往之徒遁灭其中"等语句。

〔5〕 严又陵(1854—1921) 名复,字又陵,又字几道,福建闽侯(今属福州)人,清末启蒙思想家、翻译家。早年留学英国。1895年他译述英国赫胥黎的《进化论与伦理学及其他论文》的前两篇,于1898年以《天演论》为题出版。"涅伏",拉丁语Nervus的音译,见该书卷上《广义篇》:"官与物尘相接,由涅伏以达脑成觉。"

〔6〕 章太炎(1869—1936) 名炳麟,号太炎,浙江余杭人,清末革命家、学者。光复会的发起人之一,后参加同盟会,主编《民报》。他的著作汇编为《章氏丛书》(共三编)。他很推重三国两晋的文章,自述"初为文辞,刻意追蹑秦汉",后来"乃悟三国两晋间文诚有秦汉所未逮者"(见《太炎先生自定年谱》)。鲁迅在日本时听章太炎讲《说文解字》,在文风上受到章氏刻意求古的影响。

〔7〕 徐志摩(1897—1931) 浙江海宁人,诗人,新月派的主要成员。曾留学欧美,1922年回国后历任北京大学、清华大学等校教授,并参与主编《晨报副镌·诗刊》、《新月》等刊物。著有《志摩的诗》、《猛虎集》等。鲁迅因他向《语丝》投稿而作的一篇杂感,即本书的《"音乐"?》

一文。

〔8〕《语丝》　文艺性周刊,最初由孙伏园、周作人编辑,1924 年 11 月在北京创刊,1927 年 10 月被奉系军阀张作霖查禁,同年 12 月移 至上海续刊,先后由鲁迅、柔石主编。1930 年 3 月出至第五卷第五十二 期停刊。鲁迅是该刊的主要撰稿人和支持者之一。

〔9〕"新月派"　指新月社成员。该社 1923 年成立于北京,取名 于印度诗人泰戈尔的《新月集》。1927 年春在上海创办新月书店,次年 3 月出版《新月》月刊。主要成员有胡适、徐志摩、陈源、梁实秋、闻一多、 罗隆基等。

〔10〕　删去的几篇讲演　指《鲁迅先生的演说》、《读书与革命》、 《帮忙文学与帮闲文学》、《革命文学与遵命文学》等。《帮忙文学与帮闲 文学》后经鲁迅删订同意收入,但在本书书稿送审时被国民党检查官抽 去。关于删存各篇讲演稿的经过,参看作者 1934 年 12 月 11、14、16、18 日致杨霁云信。

〔11〕　黄汉升(?—220)　名忠,字汉升,三国南阳(今属河南)人。 本是荆州刘表的部将,归顺刘备时已年近六旬,所以称为老将。京剧 《定军山》中有他用拖刀计斩曹操的大将夏侯渊的情节。

〔12〕　张翼德(?—221)　名飞,字翼德,涿郡(今河北涿县)人。 三国时蜀汉的大将,后为部将张达、范彊刺杀并割了他的头颅投往东 吴。

〔13〕　李逵、张顺都是小说《水浒传》中的人物。李逵抡板斧"排头 砍去"及张顺水淹李逵的故事,分别见该书第四十回和第三十八回。

一九〇三年

斯巴达之魂[1]

西历纪元前四百八十年,波斯[2]王泽耳士大举侵希腊。斯巴达[3]王黎河尼佗将市民三百,同盟军数千,扼温泉门(德尔摩比勒)。敌由间道至。斯巴达将士殊死战,全军歼焉。兵气萧森,鬼雄昼啸,逮浦累皆之役[4],大仇斯复,迄今读史,犹懔懔有生气也。我今掇其逸事,贻我青年。呜呼!世有不甘自下于巾帼之男子乎?必有掷笔而起者矣。译者无文,不足摸拟其万一。噫,吾辱读者,吾辱斯巴达之魂!

依格那海[5]上之曙色,潜入摩利逊之湾,衣驮第一峰之宿云,亦冉冉呈雾色。湾山之间,温泉门石垒之后,大无畏大无敌之希腊军,置黎河尼佗王麾下之七千希腊同盟军,露刃枕戈,以待天曙。而孰知波斯军数万,已乘深夜,得间道,拂晓而达衣驮山之绝顶。趁朝暾之瑟然,偷守兵之微睡。如长蛇赴壑,蜿蜒以逾峰后。

旭日最初之光线,今也闪闪射垒角,照此淋漓欲滴之碧血,其语人以昨日战争之烈兮。垒外死士之残甲累累成阜,上

9

刻波斯文"不死军"三字,其示人以昨日敌军之败绩兮。然大军三百万,夫岂惩此败北,夫岂消其锐气。噫嘻,今日血战哉!血战哉! 黎河尼佗终夜防御,以待袭来。然天既曙而敌竟杳,敌幕之乌,向初日而噪,众军大惧;而果也斥候于不及防之地,赍不及防之警报至。

有奢刹利[6]人曰爱飞得者,以衣驮山中峰有他间道告敌;故敌军万余,乘夜进击,败佛雪守兵,而攻我军背。

咄咄危哉! 大事去矣! 警报载脑,全军沮丧,退军之声,嚣嚣然挟飞尘以磅礴于军中。黎河尼佗爰集同盟将校,以议去留,佥谓守地既失,留亦徒然,不若退温泉门以为保护希腊将来计。黎河尼佗不复言,而徐告诸将曰,"希腊存亡,系此一战,有为保护将来计而思退者,其速去此。惟斯巴达人有'一履战地,不胜则死'之国法,今惟决死! 今惟决死战! 余者其留意。"

于是而胚罗蓬诸州军三千退,而访嘻斯军一千退,而螺克烈军六百退,未退者惟刹司骇人七百耳。慨然偕斯巴达武士,誓与同生死,同苦战,同名誉,以留此危极凄极壮绝之旧垒。惟西蒲斯人若干,为反复无常之本国质,而被抑留于黎河尼佗[7]。

嗟此斯巴达军,其数仅三百;然此大无畏大无敌之三百军,彼等曾临敌而笑,结怒欲冲冠之长发[8],以示一瞑不视之决志。黎河尼佗王,亦于将战之时,毅然谓得"王不死则国亡"之神诫[9];今无所迟疑,无所犹豫,同盟军既旋,乃向亚波罗神[10]而再拜,从斯巴达之军律,舆榇以待强敌,以待战死。

呜呼全军,惟待战死。然有三人焉,王欲生之者也,其二为王戚,一则古名祭司之裔,曰豫言者息每卡而向以神诫告王者也。息每卡故侍王侧,王窃语之,彼固有家,然彼有子,彼不欲亡国而生,誓愿殉国以死,遂侃然谢王命。其二王戚,则均弱冠矣;正抚大好头颅,屹立阵头,以待进击。而孰意王召之至,全军肃肃,谨听王言。噫,二少年,今日生矣,意者其雀跃返国,聚父母亲友作再生之华筵耶!而斯巴达武士岂其然?噫,如是我闻,而王遂语,且熟视其乳毛未褪之颜。

王“卿等知将死乎?”少年甲“然,陛下。”王“何以死?”甲“不待言:战死!战死!”王“然则与卿等以最佳之战地,何如?”甲乙“臣等固所愿。”王“然则卿等持此书返国以报战状。”

异哉!王何心乎?青年愕然疑,肃肃全军,谛听谛听。而青年恍然悟,厉声答王曰,“王欲生我乎?臣以执盾至,不作寄书邮。”志决矣,示必死矣,不可夺矣。而王犹欲遣甲,而甲不奉诏;欲遣乙,而乙不奉诏。曰,“今日之战,即所以报国人也。”噫,不可夺矣。而王乃曰,“伟哉,斯巴达之武士!予复何言。”一青年[11]退而谢王命之辱。飘飘大旗,荣光闪灼,於铄[12]豪杰,鼓铸[13]全军,诸君诸君,男儿死耳!

初日上,征尘起。睁目四顾,惟见如火如荼之敌军先锋队,挟三倍之势,潮鸣电击以阵于斯巴达军后。然未挑战,未进击,盖将待第二第三队至也。斯巴达王以斯巴达军为第一队,刹司骇军次之,西蒲斯军殿;策马露刃,以速制敌。壮哉劲气亘天,骏乌退舍[14]。未几惟闻“进击”一声,而金鼓忽大振于血碧沙晶之大战斗场里；此大无畏，大无敌之劲军，于左海右山，危不容足之峡间，与波斯军遇。呐喊格击，鲜血倒流，如鸣潮飞沫，奔腾喷薄于荒矶。不刹那顷，而敌军无数死于刃，无数落于海，无数蹂躏于后援。大将号令，指挥官叱咤，队长鞭遁者，鼓声盈耳哉。然敌军不敢迎此朱血涂附，日光斜射，愈增煜灿，而霍霍如旋风之白刃，大军一万，蜂涌至矣。然敌军不能撼此拥盾屹立，士气如山，若不动明王[15]之大磐石。

然未与此战者，犹有斯巴达武士二人存也；以罹目疾故，远送之爱尔俾尼[16]之邑。于郁郁闲居中，忽得战报。其一欲止，其一遂行。偕一仆以赴战场，登高远瞩，呐喊盈耳，踊跃三百[17]，勇魂早浮动盘旋于战云黯淡处。然日光益烈，目不得瞬，徒促仆而问战状。

刃碎矣！镞尽矣！壮士歼矣！王战死矣！敌军猬集，欲劫王尸，而我军殊死战，咄咄……然危哉，危哉！其仆之言盖如是。嗟此壮士，热血滴沥于将盲之目，攘臂大跃，直趋战垒；其仆欲劝止，欲代死，而不可，而终不可。今也主仆连袂，大呼"我亦斯巴达武士"一声，以闯入层层乱军里。左顾王尸，右拂敌刃，而再而三；终以疲惫故，引入热血朱殷之垒后，而此最后决战之英雄队，遂向敌列战死之枕。噫，死者长已矣，而我闻其言：

汝旅人兮，我从国法而战死，其告我斯巴达之同胞。[18]

巍巍乎温泉门之峡，地球不灭，则终存此斯巴达武士之魂；而七百刹司骇人，亦掷头颅，洒热血，以分其无量名誉。此

荣光纠纷之旁,犹记通敌卖国之奢剎利人爱飞得,降敌乞命之
四百西蒲斯军。虽然,此温泉门一战而得无量光荣无量名誉
之斯巴达武士间,乃亦有由爱尔俾尼目病院而生还者。

夏夜半阑,屋阴覆路,惟柝声断续,犬吠如豹而已。斯巴
达府之山下,犹有未寝之家。灯光黯然,微透窗际。未几有一
少妇,送老妪出,切切作离别语;旋铿然阖门,惨淡入闺里。孤
灯如豆,照影成三[19];首若飞蓬,非无膏沐[20],盖将临蓐,默
祝愿生刚勇强毅之丈夫子,为国民有所尽耳。时适万籁寥寂,
酸风戛窗,脉脉无言,似闻叹息,忆征戍欤?梦沙场欤?噫,此
美少妇而女丈夫也,宁有叹息事?叹息岂斯巴达女子事?惟
斯巴达女子能支配男儿,惟斯巴达女子能生男儿。此非黎河
尼佗王后格尔歌与夷国女王应答之言[21],而添斯巴达女子以
万丈荣光者乎?噫,斯巴达女子宁知叹息事。

长夜未央,万籁悉死。噫,触耳膜而益明者何声欤?则有
剥啄叩关者。少妇出问曰:"其克力泰士君乎?请以明日至。"
应曰,"否否,予生还矣!"咄咄,此何人?此何人?时斜月残
灯,交映其面,则温泉门战士其夫也。

少妇惊且疑。久之久之乃言曰:"何则……生还……污妾
耳矣!我夫既战死,生还者非我夫,意其鬼雄欤。告母国以吉
占兮,归者其鬼雄,愿归者其鬼雄。"

读者得勿疑非人情乎?然斯巴达固尔尔也。激战告终,
例行国葬,烈士之毅魄,化无量微尘分子,随军歌激越间,而磅
礴载刺于国民脑筋里。而国民乃大呼曰,"为国民死!为国民
死!"且指送葬者一人曰,"若夫为国民死,名誉何若!荣光何

若!"而不然者,则将何以当斯巴达女子之嘉名?诸君不见下第者乎?泥金[22]不来,妇泣于室,异感而同情耳。今夫也不良,二三其死[23],奚能勿悲,能勿怒?而户外男子曰,"淡烈娜乎?卿勿疑。予之生还也,故有理在。"遂推户脱扃,潜入室内,少妇如怨如怒,疾诘其故。彼具告之。且曰,"前以目疾未愈,不甘徒死。设今夜而有战地也,即洒吾血耳。"

少妇曰,"君非斯巴达之武士乎?何故其然,不甘徒死,而遽生还。则彼三百人者,奚为而死?噫嘻君乎!不胜则死,忘斯巴达之国法耶?以目疾而遂忘斯巴达之国法耶?'愿汝持盾而归来,不然则乘盾而归来。'[24]君习闻之……而目疾乃更重于斯巴达武士之荣光乎?来日之行葬式也,妾为君妻,得参其列。国民思君,友朋思君,父母妻子,无不思君。呜呼,而君乃生还矣!"

侃侃哉其言。如风霜疾来,袭击耳膜;懦夫懦夫,其勿言矣。而彼犹嗫嚅曰,"以爱卿故。"少妇拂然怒曰,"其诚言耶!夫夫妇之契,孰则不相爱者。然国以外不言爱之斯巴达武士,其爱其妻为何若?而三百人中,无一生还者何……君诚爱妾,曷不誉妾以战死者之妻。妾将娩矣,设为男子,弱也则弃之泰噶托士之谷[25];强也则忆温泉门之陈迹,将何以厕身于为国民死之同胞间乎?……君诚爱妾,愿君速亡,否则杀妾。呜呼,君犹佩剑,剑犹佩于君,使剑而有灵,奚不离其人?奚不为其人折?奚不断其人首?设其人知耻,奚不解剑?奚不以其剑战?奚不以其剑断敌人头?噫,斯巴达之武德其式微[26]哉!妾辱夫矣,请伏剑于君侧。"

丈夫生矣,女子死耳。颈血上薄,其气魂魂[27],人或疑长夜之曙光云。惜也一应一答,一死一生,暮夜无知,伟影将灭。不知有慕浇烈娜之克力泰士者,虽遭投梭之拒[28],而未能忘情者也。是时也,彼乃潜行墙角以去。

初日瞳瞳,照斯巴达之郊外。旅人寒起,胥驻足于大逵[29]。中有老人,说温泉门地形,杂以往事;昔也石垒,今也战场,絮絮不休止。噫,何为者?——则其间有立木存,上书曰:

　　"有捕温泉门堕落武士亚里士多德至者膺上赏。"

盖政府之令,而克力泰士所诉也。亚里士多德[30]者,昔身受迅雷,以霁神怒之贤王,而其余烈,乃不能致一士之战死,咄咄不可解。

观者益众,聚讼嚣嚣。遥望斯巴达府,有一队少年军,鍪甲映旭日,闪闪若金蛇状。及大逵,析为二队,相背驰去,且抗声而歌曰:

　　"战哉!此战场伟大而庄严兮,尔何为遗尔友而生还兮?尔生还兮蒙大耻,尔母笞尔兮死则止!"

老人曰,"彼等其觅亚里士多德者欤……不闻抗声之高歌乎?此二百年前之军歌也,迄今犹歌之。"

而亚里士多德则何如?史不曰:浦累皆之战乎,世界大决战之一也,波斯军三十万,拥大将漠多尼之尸,如秋风吹落叶,纵横零乱于大漠。斯巴达鬼雄三百,则凭将军柏撒纽,以敌人颈血,一洗积年之殊怨。酸风夜鸣,薤露竞落,其窃告人生之脆者欤。初月相照,皎皎残尸,马迹之间,血痕犹湿,其悲蝶尔飞神[31]之不灵者欤。斯巴达军人,各觅其同胞至高至贵之遗骸,运于高原,将行葬式。不图累累敌尸间,有凛然僵卧者,月影朦胧,似曾相识。其一人大呼曰,"何战之烈也! 噫,何不死于温泉门而死于此。"识者谁:克力泰士也。彼已为戍兵矣,遂奔告将军柏撒纽。将军欲葬之,以询全军;而全军哗然,甚咎亚里士多德。将军乃演说于军中曰:

> "然则从斯巴达军人之公言,令彼无墓。然吾见无墓者之战死,益令我感,令我喜,吾益见斯巴达武德之卓绝。夫子勖哉,不见夫杀国人媚异族之奴隶国乎,为谍为伥又奚论? 而我国则宁弃不义之余生,以偿既破之国法。嗟尔诸士,彼虽无墓,彼终有斯巴达武士之魂!"

克力泰士不觉卒然呼曰,"是因其妻涘烈娜以死谏!"阵云寂寂,响渡寥天;万目如炬,齐注其面。将军柏撒纽返问曰,"其妻以死谏?"

全军咽唾,耸听其说。克力泰士欲言不言,愧恶无地;然以不忍没女丈夫之轶事也,乃述颠末。将军推案起曰,

"猗欤女丈夫……为此无墓者之妻立纪念碑则何如?"

军容益庄,惟呼欢殷殷若春雷起。

斯巴达府之北,侑洛佗士之谷,行人指一翼然倚天者走相告曰,"此涘烈娜之碑也,亦即斯巴达之国!"

*　　　*　　　*

〔1〕　本篇最初发表于 1903 年 6 月 15 日、11 月 8 日在日本东京出版的《浙江潮》月刊第五期、第九期,署名自树。

　　按《浙江潮》第四期《留学界纪事·(二)拒俄事件》载:"阴历四月初
二日东京《时事新报》发刊号外……内载俄国代理公使与时事新报特派
员之谈话,有'俄国现在政策断然取东三省归入俄国版图云云'。……
次晨留学生会馆干事及各评议员立即开会提议,……留学生自行组织
义勇队以抗俄,并以为国民倡,众偕赞成。"初四日义勇队函电各方,在
致北洋大臣函中有这样的话:"昔波斯王泽耳士以十万之众,图吞希腊,
而留尼达士亲率丁壮数百,扼险拒守,突阵死战,全军歼焉。至今德摩
比勒之役,荣名震于列国,泰西三尺之童,无不知之。夫以区区半岛之
希腊,犹有义不辱国之士,可以吾数百万万里之帝国而无之乎!"本篇即
在此背景下发表。

　　〔2〕　波斯(Persia)　古代中亚的强大帝国。公元前480年,波斯
国王泽耳士(Xerxes,约前519—前465)率海陆军渡海进攻希腊,占领雅
典。后在萨拉米(Salamis)海峡被地米托克利(Themistocles)击败,泽耳
士带着一部分军队,退回小亚细亚。按古波斯几经衰落、复国,后改称
伊朗。

　　〔3〕　斯巴达(Sparta)　古希腊城邦之一。斯巴达王黎河尼佗
(Leonidas)应希腊同盟军的请求,率军赶赴希腊北部的德尔摩比勒
(Thermopylas)山隘,阻挡波斯军队的进攻,在众寡悬殊下激战两天,第
三天因叛徒爱飞得(Ephialtes)引波斯军由山间小道偷袭后路,斯巴达军
受到两面夹攻,全体阵亡。

　　〔4〕　浦累皆(Plataea)之役　泽耳士退军时,留下他的大将漠多
尼(Mardonius)继续与希腊人作战。公元前479年,希腊人与漠多尼决
战于浦累皆,大胜。

　　〔5〕　依格那海(Ægean Sea)　通译爱琴海,位于希腊和小亚细亚
半岛之间。

　　〔6〕　奢刺利(Thessaly)以及下文的胚罗蓬(Peloponnesus)、访嘻斯

(Phocis)、螺克烈(Locris)、杀司骇(Thespia)、西蒲斯(Thebes),都是古希腊的地区名称。

〔7〕 关于西蒲斯人被扣一事,据古希腊历史学家希罗多德(Herodotos,约前484—约前425)《历史》第七卷一三二和二二二节记载,西蒲斯人参战并非自愿,当波斯军入侵时,他们献出土和水,被斯巴达王黎河尼佗扣留,作为人质。希腊军失败后,他们全部投敌。

〔8〕 结怒欲冲冠之长发 据希罗多德《历史》第七卷二〇九节,临阵结发是斯巴达人的风俗。

〔9〕 "王不死则国亡"之神诫 据希罗多德《历史》第七卷二二〇节,神诫内容为:"哦,土地辽阔的斯巴达的居民啊,对你们来说,或者是你们那光荣、强大的城市毁在波斯人的手里,或者是拉凯戴孟的土地为出自海拉克列斯家的国王的死亡而哀悼。"

〔10〕 亚波罗(Apollo) 通译阿波罗,古希腊神话中的太阳神。

〔11〕 据上文,应作"二青年"。

〔12〕 於铄 表示赞美的叹词。《诗经·周颂·酌》:"於铄王师。"

〔13〕 鼓铸 这里是鼓舞、激励的意思。《史记·货殖列传》:"铁山鼓铸",原意为熔化金属铸造钱币。

〔14〕 踆乌退舍 日光暗淡的意思。踆乌,指太阳。《淮南子·精神训》:"日中有踆乌。"《淮南子·览冥训》:"鲁阳公与韩构难,战酣日暮,援戈而㧑之,日为之反三舍。"反三舍,即退了三座星宿的距离。

〔15〕 不动明王 即不动金刚明王,佛教密宗中的菩萨,梵名摩诃毗卢遮那(Mahavairocana)。佛经中说他心性坚定,有降服恶魔的法力。

〔16〕 爱尔俾尼(Alpeni) 古希腊的城市。

〔17〕 踊跃三百 形容勇猛的气概。《左传》僖公二十八年:"距跃三百,曲踊三百。"

〔18〕 "汝旅人兮"等语,据希罗多德《历史》第七卷二二八节,是战后所立的纪念碑上为斯巴达战死者刻的一段铭文。

〔19〕 照影成三 孤独的意思。唐代李白《月下独酌四首》之三: "花间一壶酒,独酌无相亲。举杯邀明月,对影成三人。"

〔20〕 首若飞蓬,非无膏沐 语出《诗经·卫风·伯兮》:"自伯之东,首如飞蓬。岂无膏沐,谁适为容?"

〔21〕 格尔歌王后与夷国女王应答之言,原见古希腊历史学家普鲁塔克(Plutarch,约46—约120)的《列传·来库古传》第十四节。

〔22〕 泥金 用金粉和胶水制成的颜料,这里指泥金帖子。后周王仁裕《开元天宝遗事·泥金帖子》:"新进士才及第,以泥金书帖子,附家书中,用报登科之喜。"

〔23〕 二三其死 三心二意,没有为国捐躯的决心。从《诗·卫风·氓》"士也罔极,二三其德"变化而来。

〔24〕 "愿汝持盾而归来"二句,是斯巴达妇女在儿子出征时说的话。见普鲁塔克《道德学三四一,F》。

〔25〕 弱也则弃之泰噶托士之谷 据普鲁塔克《列传·来库古传》第十六节,古代斯巴达的新生婴儿,必须经过国家长老的检查,认为健壮合格的,才准许父母养育,否则就命令抛到泰噶托士(Taygetus)山谷的弃婴场。

〔26〕 式微 衰落的意思。《诗·邶风·式微》:"式微式微胡不归。"

〔27〕 魂魂 旺盛的意思。《山海经·西山经》:"南望昆仑,其光熊熊,其气魂魂。"

〔28〕 投梭之拒 指女子拒绝男子的引诱。《晋书·谢鲲传》:"邻家高氏女有美色,鲲尝挑之,女投梭折其两齿。"

〔29〕 大逵 通往四方的大路。《尔雅·释宫》:"一达谓之道路,……九达谓之逵。"

〔**30**〕 亚里士多德(Aristoteles) 通译亚里斯多德摩,斯巴达的开国国王,黎河尼佗的祖先。古希腊历史著作《阿波罗多鲁斯》第二卷第八节说他为迅雷击毙。按逃归的武士与开国的国王同名。

〔**31**〕 蝶尔飞神 即阿波罗神。蝶尔飞(Delphi),古希腊祭祀阿波罗的神殿,在帕尔那索斯山的南麓。

说　　镭[1]

　　昔之学者曰:"太阳而外,宇宙间殆无所有。"历纪以来,翕然从之;怀疑之徒,竟不可得。乃不谓忽有一不可思议之原质[2],自发光热,煌煌焉出现于世界,辉新世纪之曙光,破旧学者之迷梦。若能力保存说[3],若原子说,若物质不灭说,皆蒙极酷之袭击,跉踉倾欹,不可终日。由是而思想界大革命之风潮,得日益磅礴,未可知也!此新原质以何因缘,乃得发见?则不能不曰:"X线(旧译透物电光)之赐。"

　　X线者,一八九五年顷,德人林达根[4]所发明者也。其性质之奇异:若(一)贯通不透明体,(二)感写真干板[5],(三)与气体以导电性等。大惹学者之注意,谓 X 线外,当更有 Y 线,若 Z 线等者。相率覃思,冀获新质。乃果也驰运涅伏,必获报酬。翌年而法人勃克雷[6]复有一大发见。

　　或曰,勃氏以厚黑纸二重,包写真干板,暴之日光,越一二日,略无感应,乃上置磷光体铀盐[7],欲再行实验,而天适晦,不得已姑纳机兜[8]中,数日后检之,则不待日光,已感干板。勃氏大骇异,细测其理,知其力非借磷光,而铀之盐类,实自具一种类似 X 线之辐射线,爰名之曰铀线,生此种线之体曰剌伽刻佉夫体[9]。此种物体所放射之线,则例以发见者之名之曰勃克雷线。犹 X 线之亦名林达根线也。然铀线则无待

21

器械电气之助,而自能放射,故较 X 线已大进步。

尔后研究益盛,学者涅伏中,均结种种 Y 线 Z 线之影。至一八九八年,休密德[10]氏于钍之化合物中,亦发见林达根线。

同时,法国巴黎工艺化学学校教授古篱夫人[11],于授业时,为空气传导之装置,偶于别及不兰[12](奥大利产之复杂矿物)中,见有类似 X 线之放射线,闪闪然光甚烈。亟告其夫古篱,研究之末,知含有铋化合物,其放射性凡四千倍于铀盐。以夫人生于坡兰德[13]故,即以坡罗尼恩[14]名之。既发表于世,学者大感谢,法国学士会院复酬以四千法郎,古篱夫妇益奋励,日事研究,遂于别及不兰中,又得一新原质曰镭[15](Radium),符号为 Ra。(按旧译 Germanium[16]曰镭。然其音义于 Radium 尤惬,故篡取之,而 Germanium 则别立新名可耳。)

一八九九年,独比伦[17]氏亦于别及不兰中得他种刺伽刻佉夫体,名曰爱客地恩[18]。然其辐射性不及镭。

坡罗尼恩与铋,爱客地恩与钍,镭与钡,均有相似之性质。而其纯质,皆不可得。惟镭则经古篱夫人辛苦经营,始得略纯粹者少许,测定分剂及光图[19],已确认为一新原质,其他则尚在疑似之间,或谓仅得保存其能力而已。

镭盐类之水溶液,加以锕,或轻二硫,或铔二硫[20],不生沉淀。镭硫养四或镭炭养三[21],不溶解于水,其镭绿二[22],则易溶于水,而不溶解于强盐酸及酒精中。利用此性,可于制铀之别及不兰残滓中,分析镭质。然因性殊类钡,故钡恒羼杂其间,去钡之法,须先令成盐化物,溶于水中,再注酒精,即生沉淀,然终不免有钡少许,存留溶液内,反复至再,始得略纯之钅卜盐。至于纯质,则迄今未能得也。且其量极稀,制铀残滓五千吨,所得钅卜盐不及一启罗格兰[23],此三年间所取纯与不纯者合计仅五百格兰[24]耳。而有谓世界中全量恐已尽是者,其珍贵如此。故值亦綦昂,虽含钡甚多者,每一格兰,非三十五弗[25]不能得。至古篱氏之最纯品,以世界惟一称者,亦仅如微尘大,积二万购之,犹不可得,其放射力则强于铀盐百万倍云。

此最纯品,即钅卜绿二也。昨年古篱夫人化分其绿,令成银绿二[26],计其量,然后算得钅卜之分剂为二百二十五。

多漠尔愳[27]氏曾照以分光器,钅卜之特有光图外,不复有他光图,亦为新原质之一证。钅卜线虽多与 X 线同,而此外复有与玻璃陶器以褐色或革色,令银绿二复原,岩盐带色,染白纸,一昼夜间变黄磷为赤磷,及灭亡种子发芽力之种种性。又以色儿路多[28]皿贮钅卜盐(放射性强于铀线五千倍者),握掌中二时间,则皮肤被灼,今古篱氏伤痕历历犹未灭也。古篱氏曰:"若有人入置纯钅卜一密里格兰[29]之室中,则当丧明焚身,甚或致死。"而加奈大之卢索夫[30]氏,则谓纯钅卜一格兰,足起一磅之重高及一呎。甚或有谓足击英国所有军舰,飞上英国第一高山辩那维[31]之巅者,则维廉可洛克[32]之言也。综观诸说,虽觉近夸,而放射力之强,亦可想见矣。尤奇者,其放射力,毫不假于外物,而自发于微小之本体中,与太阳无异。

钅卜线亦若 X 线然,有贯通金属力,此外若纸木皮肉等,俱无所沮。然放射后,每为被贯通之物质所吸收,而力变弱,设以钋线通过○○○二五密里[33]之铂箔,则强率变为其初之四十九％,再一次则又减为三十六％,二次以后,减率乃不如初之著矣。由是知钋线决非单纯,有易被他物所吸收者,有强于贯通力者,其贯物而过也若滤分然。各放射线,析为数种,感写真干板之力强者,即贯通线也,其中复有善感眼之组织者,故虽瞑目不视,而仍见其所在。

钋之奇性,犹不止是。有拔尔敦者,曾于暗室中,解包出钋,忽闪闪然发青白色光,室中骤明,其纸裹亦受微光,良久不灭。是即副放射线[34],感写真干板之作用,亦与主放射同。盖钋能本体发光,及与光于接近物体之二性质,宛如太阳与光于周围游星然。其能力之根源,竟不可测。

或曰勃克雷氏贮比较的纯钋于管中,藏之衣底,六小时后,体上忽现焦灼痕,未几忽隐现于头腕间,不能指其定处。后古篱氏乃设法测其热度,法用热电柱[35],其一方接合点,置纯铜盐,他方接合点,置含铜盐六分一之锡盐。计算所生电流之强率,知置铜盐处之温度,高一度半。又以篷然测热器[36],测定○·○八格兰之纯钋盐所生温度,一小时凡十四加罗厘[37];即一格兰所放射之热,每一小时凡百加罗厘以上也。其光与热,既非出于燃烧,亦无化学的变化,不知此多量能力,以何为根?如曰本体所自发欤,则昔所谓能力之原则者,不得不破。如曰由外围能力而发欤,则钋必当有利用外围能力之性,而此能力之本性,又为吾人所未及知者也。

钋线亦有与空气以导电性之性质,设有钢板及锌板各一,联以铜丝，两板间之空气，令钼线通过之，则铜丝即生电流，与两板各浸于稀硫酸液中无稍异。盖钼线能令气体为衣盎（集于两极间之电解质之总名），分出荷阴阳电气之部分，故气体之作用，遂与液体电解质同。钼线中之易被他物吸收者，此性尤著。

从克尔格司管阴极发生之恺多图线[38]，及林达根线，及钼线，若受强磁力之作用，则进行必偏，设与钼线成直角之方向，有磁力作用，则钼线即越与磁力相对之左而行；然因钼线非单纯者，故析出屈于磁力及不屈于磁力之种种线，进路各不相同，与日光过三棱玻璃而成七色无异。钼线中之强于贯通力者，此性尤著，且因对于磁力之作用，故钼线之大部分，遂含有荷阴电气而飞运极迅之微粒云。

被磁力而偏之钼线中，既含有荷阴电之微粒，则以之投射于或物体，亦当得阴电。古篙夫妇曾用封蜡绝缘之导电体，投以钼线，而确得阴电；又以同法绝缘之铜盐，因带阴电之微粒飞去，而荷阳电。此电气之集积量，每一平方密厘每一秒时凡得 4×19^{-12} 安培云。钼线中带阴电之微粒，在强电场时，必偏其进行方向，即在一密厘有一万波的[39]之强电场，则偏四生的[40]许，此勃克雷氏所实证者也。

自钼所发射微粒之速度，每秒凡 1.6×10^{10} 密厘，约当光速度之半，因此微粒之飞散，故钼于一小时所失之能力额凡 4.4×10^{-6} 加罗厘，与前记之放出热量较，则觉甚微。又从钼之表面一平方密厘所放射之微粒，其质量亦綦少，计每一格兰之飞散，约需十亿万年。准此，则其微粒之大，应为轻气原子三千分之一,是名电子。

电子说曰,"凡物质中,皆含原子,而原子中,复含电子,电子之于原子,犹原子之于物质也。此电子受四围之电气与磁气之感化,循环飞运,无有已时,凡诸物体,罔不如是,虽吾人类,亦由是成。然飞运迟速,则因物而异,钋之电子,乃极速者,以过速故,有一部分,飞出体外,而光与热,自然发生,为辐射线。"然是说也,必电子自具物质构成之能,乃得秩然成理。不然,则纵调和之曰飞散极微,悠久之曰须无量载,而于物质不灭之说,则仍无救也。且创原子说者,非以是为至微极小,分割物质之达于究极者乎。电子说兴,知飞动之微点,实小于原子千分之一,乃不得不褫原子宇宙间小达极点之嘉名,以归电子,而原子说亡。

自 X 线之研究,而得钋线;由钋线之研究,而生电子说。由是而关于物质之观念,倏一震动,生大变象。最人涅伏[41],吐故纳新,败果既落,新葩欲吐,虽曰古篱夫人之伟功,而终当脱冠以谢十九世末之 X 线发见者林达根氏。

*　　　*　　　*

〔1〕　本篇最初发表于 1903 年 10 月 10 日《浙江潮》月刊第八期,署名自树。钋,即化学元素镭。

〔2〕　原质　即元素。

〔3〕　能力保存说　即能量守恒原理。

〔4〕　林达根(W.C.Röntgen,1845—1923)　通译伦琴,德国物理学家。1895 年,他在研究真空放电管时发现 X 射线(又称伦琴射线),

1901 年获诺贝尔物理学奖。

〔5〕　写真干板　用玻璃板制作的照相底片。

〔6〕　勃克雷(A.H.Becquerel,1852—1908)　通译贝可勒尔,法国物理学家。1895 年起研究磷光现象,次年发现铀射线,是科学实验中认识放射性的开端。1903 年和居里夫妇同获诺贝尔物理学奖。

〔7〕　磷光体铀盐　即放射燐光的铀盐。磷同燐。磷光体,放射燐光的物质。

〔8〕　机兜　抽屉。

〔9〕　刺伽刻佉夫体(Radioactive Substance)　即放射性物质。

〔10〕　休密德(E.Schmidt,1845—1921)　通译施米特,德国物理学家。发现放射性元素钍。

〔11〕　古篱夫人(Marie Curie,1867—1934)　通译居里夫人,物理学家、化学家。原名 Marie Sktodowska,波兰华沙人,1895 年与法国物理学家居里(P.Curie,1859—1906)结婚,共同研究放射性物质,先后发现新元素钋和镭。1903 年获诺贝尔物理学奖,1911 年又获诺贝尔化学奖。

〔12〕　别及不兰　Pitchblende 的音译,即沥青铀矿。居里夫妇曾从中提炼出微量的放射性元素钋和镭。

〔13〕　坡兰德(Poland)　通译波兰。

〔14〕　坡罗尼恩　Polonium 的音译,即钋,它的放射性较铀强四百倍。居里夫人将它命名为坡罗尼恩,是为纪念她的祖国波兰;居里于 1898 年 7 月 18 日在法国科学院理科博士学院报告新元素的发现时曾说:"假使这新元素的存在将来能够证实的话,我们想叫它钋,来纪念我俩中一人的祖国波兰。"

〔15〕　按居里夫人于 1907 年始从几十吨的沥青铀矿中提得半克左右的纯粹氯化镭,测定镭的原子量为 226。到 1910 年获得纯镭。

〔16〕 Germanium 现在译为锗。

〔17〕 独比伦(A.L.Debierne,1874—1949) 通译德比尔纳,法国化学家。1899 年他在沥青铀矿中发现放射性元素锕,次年参加居里夫妇提炼纯镭的工作。

〔18〕 爱客地恩 Actinium 的音译,即锕。

〔19〕 分剂及光图 原子量和原子发射光谱线图。

〔20〕 轻二硫 即硫化氢(H_2S)。铔二硫,即硫化铵($[NH_4]_2S$)。

〔21〕 钼硫养四 即硫酸镭($RaSO_4$)。钼炭养三,即碳酸镭($RaCO_3$)。

〔22〕 钼绿二 即氯化镭($RaCl_2$)。

〔23〕 启罗格兰 Kilogram 的音译,即公斤。

〔24〕 格兰 Gram 的音译,即克。

〔25〕 弗 Franc 音译的简称,即法郎,法国货币单位。

〔26〕 银绿二 即二氯化银($AgCl_2$)。

〔27〕 多漠尔愒(E.A.Demarcay,1852—1904) 法国化学家。他于 1901 年发现化学元素铕,曾为居里夫妇发现的元素镭提出光谱学的证明。

〔28〕 色儿路多(Celluloid) 即赛璐珞,由硝酸纤维素和樟脑制成的一种易燃性塑料。

〔29〕 密里格兰 Milligram 的音译,即毫克。

〔30〕 卢索夫(E.Rutherford,1871—1937) 通译卢瑟福,英国物理学家、化学家。原籍新西兰。他在研究原子结构和放射性现象方面有重要成就。1908 年获诺贝尔化学奖。

〔31〕 辩那维(Pennires) 通译奔宁山脉,在英国北部。

〔32〕 维廉可洛克(W.Crookes,1832—1919) 通译威廉·克鲁克

斯。英国物理学家、化学家。他在研究真空管内放电现象方面有重要成就。

〔33〕　密里　Millimeter 的音译，即毫米。

〔34〕　副放射线　即次级射线。

〔35〕　热电柱　即温差电偶，一种探测和度量温度的器件。

〔36〕　篷然测热器　即爆炸量热器，一种测量物体所释放或吸收热量的仪器，用以测定燃料的热值。

〔37〕　加罗厘(Calorie)　通译卡路里，简称卡，热量单位。

〔38〕　克尔格司管(Crookes tube)　通译克鲁克斯管，即阴极射线管。恺多图线(Cathode ray)，即阴极射线。

〔39〕　波的　Volt 的音译，即伏特，电压单位。

〔40〕　生的　Centi 的音译，即百分之一。

〔41〕　最人涅伏　集中众人的智慧。

一 九 一 八 年

梦[1]

很多的梦,趁黄昏起哄,
前梦才挤却大前梦,后梦又赶走了前梦。
　去的前梦黑如墨,在的后梦墨一般黑;
　去的在的仿佛都说,"看我真好颜色。"
颜色许好,暗里不知;
而且不知道:说话的是谁?

暗里不知,身热头痛。
你来你来,明白的梦!

*　　　*　　　*

〔1〕 本篇最初发表于1918年5月15日北京《新青年》月刊第四卷第五号,署名唐俟。现据鲁迅重抄稿校订。

爱　之　神[1]

一个小娃子,展开翅子在空中,

一手搭箭,一手张弓,

不知怎么一下,一箭射着前胸。

　　"小娃子先生,谢你胡乱栽培!

　　但得告诉我:我应该爱谁?"

娃子着慌,摇头说,"唉!

你是还有心胸的人,竟也说这宗话。

　　你应该爱谁,我怎么知道。

　　总之我的箭是放过了!

　　你要是爱谁,便没命的去爱他;

　　你要是谁也不爱,也可以没命的去自己死掉。"

*　　　　*　　　　*

〔1〕　本篇最初发表于 1918 年 5 月 15 日《新青年》第四卷第五号,
署名唐俟。

爱之神,古罗马神话中有爱神丘比特(Cupid),是一个身生双翅手持
弓箭的美少年,他的金箭射到青年男女的心上,就会产生爱情。

桃　　花[1]

春雨过了,太阳又很好,随便走到园中。

桃花开在园西,李花开在园东。

　我说,"好极了! 桃花红,李花白。"

　　(没说,桃花不及李花白。)

桃花可是生了气,满面涨作"杨妃红"[2]。

　好小子! 真了得! 竟能气红了面孔。

　我的话可并没得罪你,你怎的便涨红了面孔?

　唉! 花有花道理,我不懂。

＊　　　　＊　　　　＊

〔1〕　本篇最初发表于 1918 年 5 月 15 日《新青年》第四卷第五号,
署名唐俟。现据鲁迅重抄稿校订。

〔2〕　"杨妃红"《开元天宝遗事·红汗》:"贵妃……每有汗出,
红腻而多香,或拭之于巾帕之上,其色如桃红也。"

他们的花园[1]

小娃子,卷螺发,

银黄的面庞上还有微红,——看他意思是正要活。

　　走出破大门,望见邻家:

　　他们大花园里,有许多好花。

用尽小心机,得了一朵百合;

又白又光明,像才下的雪。

好生拿了回家,映着面庞,分外映出血色;

　　苍蝇绕花飞鸣,乱在一屋子里——

　　"偏爱这不干净花,是胡涂孩子!"

　　忙看百合花,却已有几点蝇矢。

看不得;舍不得。

瞪眼望着天空,他更无话可说。

　　说不出话,想起邻家:

　　他们大花园里,有许多好花。

*　　　*　　　*

〔1〕　本篇最初发表于 1918 年 7 月 15 日《新青年》第五卷第一号,
署名唐俟。现据鲁迅重抄稿校订。

34

人 与 时[1]

一人说，将来胜过现在。

一人说，现在远不及从前。

一人说，什么？

时道，你们都侮辱我的现在。

　从前好的，自己回去。

　将来好的，跟我前去。

　这说什么的，

　我不和你说什么。

*　　　*　　　*

〔1〕 本篇最初发表于 1918 年 7 月 15 日《新青年》第五卷第一号，
署名唐俟。

渡 河 与 引 路[1]

玄同[2]兄：

两日前看见《新青年》[3]五卷二号通信里面，兄有唐俟也不反对 Esperanto[4]，以及可以一齐讨论的话；我于 Esperanto 固不反对，但也不愿讨论：因为我的赞成 Esperanto 的理由，十分简单，还不能开口讨论。

要问赞成的理由，便只是依我看来，人类将来总当有一种共同的言语；所以赞成 Esperanto。

至于将来通用的是否 Esperanto，却无从断定。大约或者便从 Esperanto 改良，更加圆满；或者别有一种更好的出现；都未可知。但现在既是只有这 Esperanto，便只能先学这 Esperanto。现在不过草创时代，正如未有汽船，便只好先坐独木小舟；倘使因为豫料将来当有汽船，便不造独木小舟，或不坐独木小舟，那便连汽船也不会发明，人类也不能渡水了。

然问将来何以必有一种人类共通的言语，却不能拿出确凿证据。说将来必不能有的，也是如此。所以全无讨论的必要；只能各依自己所信的做去就是了。

但我还有一个意见，以为学 Esperanto 是一件事，学 Esperanto 的精神，又是一件事。——白话文学也是如此。——倘若思想照旧，便仍然换牌不换货：才从"四目仓

36

圣"[5]面前爬起,又向"柴明华先师"[6]脚下跪倒;无非反对人类进步的时候,从前是说 no,现在是说 ne[7];从前写作"咈哉"[8],现在写作"不行"罢了。所以我的意见,以为灌输正当的学术文艺,改良思想,是第一事;讨论 Esperanto,尚在其次;至于辨难驳诘,更可一笔勾消。

《新青年》里的通信,现在颇觉发达。读者也都喜看。但据我个人意见,以为还可酌减:只须将诚恳切实的讨论,按期登载;其他不负责任的随口批评,没有常识的问难,至多只要答他一回,此后便不必多说,省出纸墨,移作别用。例如见鬼,求仙,打脸之类[9],明明白白全是毫无常识的事情,《新青年》却还和他们反复辩论,对他们说"二五得一十"的道理,这功夫岂不可惜,这事业岂不可怜。

我看《新青年》的内容,大略不外两类:一是觉得空气闭塞污浊,吸这空气的人,将要完结了;便不免皱一皱眉,说一声"唉"。希望同感的人,因此也都注意,开辟一条活路。假如有人说这脸色声音,没有妓女的眉眼一般好看,唱小调一般好听,那是极确的真话;我们不必和他分辩,说是皱眉叹气,更为好看。和他分辩,我们就错了。一是觉得历来所走的路,万分危险,而且将到尽头;于是凭着良心,切实寻觅,看见别一条平坦有希望的路,便大叫一声说,"这边走好。"希望同感的人,因此转身,脱了危险,容易进步。假如有人偏向别处走,再劝一番,固无不可;但若仍旧不信,便不必拚命去拉,各走自己的路。因为拉得打架,不独于他无益,连自己和同感的人,也都耽搁了工夫。

耶稣[10]说,见车要翻了,扶他一下。Nietzsche[11]说,见车要翻了,推他一下。我自然是赞成耶稣的话;但以为倘若不愿你扶,便不必硬扶,听他罢了。此后能够不翻,固然很好,倘若终于翻倒,然后再来切切实实的帮他抬。

老兄,硬扶比抬更为费力,更难见效。翻后再抬,比将翻便扶,于他们更为有益。

　　　　　　　　　　　　唐俟。十一月四日。

＊　　　＊　　　＊

〔1〕 本篇最初发表于1918年11月15日《新青年》第五卷第五号"通信"栏,署名唐俟。《渡河与引路》是《新青年》发表本篇和钱玄同的复信时编者所加的标题。

〔2〕 玄同 钱玄同(1887—1939),名夏,后改名玄同,浙江吴兴人,语言文字学家。早年留学日本,历任北京大学、北京师范大学教授。"五四"时期积极参加新文化运动,是《新青年》编者之一。著有《文字学音篇》、《古韵二十八部音读之假定》等。

〔3〕 《新青年》 综合性月刊,"五四"时期倡导新文化运动、传播马克思主义的重要刊物。1915年9月创刊于上海,由陈独秀主编。第一卷名《青年杂志》,第二卷起改名《新青年》。1916年底编辑部迁至北京,从1918年1月第四卷起由陈独秀、钱玄同、李大钊、胡适等人轮流编辑,鲁迅也加入编辑部并为重要撰稿人。1919年10月编辑部迁返上海,陈独秀任主编。1922年7月休刊。共出九卷,每卷六期。后成为中共中央的理论性机关刊物。

〔4〕 Esperanto 世界语,1887年波兰柴门霍甫所创造的一种国际辅助语。《新青年》自第二卷第三号(1916年11月1日)起,曾陆续发

表讨论世界语的通信,当时孙国璋、区声白、钱玄同等主张全力提倡,陶孟和等坚决反对,胡适主张停止讨论。因此,钱玄同在第五卷第二号(1918 年 8 月 15 日)"通信"栏里说:"刘半农、唐俟、周启明、沈尹默诸先生,我平日听他们的言论,对于 Esperanto,都不反对,吾亦愿其腾出工夫来讨论 Esperanto 究竟是否可行。"

〔5〕 "四目仓圣" 指仓颉。相传为黄帝的史官,汉字的创造者。《太平御览》卷三六六引《春秋孔演图》:"苍颉四目,是谓并明。"

〔6〕 "柴明华先师" 指柴门霍甫(L. Zamanhof, 1859—1917),波兰人,1887 年创造世界语,著有《第一读本》、《世界语初基》等。

〔7〕 no 英语;ne,世界语。都是"不"的意思。

〔8〕 "咈哉" 意思是"不"。《尚书·尧典》:"帝曰:吁,咈哉! 方命圮族。"

〔9〕 见鬼,求仙 指上海《灵学丛志》宣扬的"鬼亦有形可象,有影可照"等荒诞言论和提倡扶乩求神等迷信活动。《新青年》第四卷第五号(1918 年 5 月)曾刊载陈大齐、陈独秀等的文章,予以驳斥。打脸,指传统戏曲演员勾画脸谱。《新青年》从第四卷第六期(1918 年 6 月)起,连续刊载钱玄同、刘半农等与张厚载讨论旧戏脸谱等问题的通讯。

〔10〕 耶稣(Jesus Christ,约前 4—30) 基督教的创始人,又称基督或耶稣基督,犹太族人。

〔11〕 Nietzsche 尼采(1844—1900),德国哲学家,唯意志论者。曾任瑞士巴塞尔大学教授。著有《悲剧的诞生》、《札拉图斯特拉如是说》、《善恶的彼岸》等。

一 九 二 四 年

"说 不 出"[1]

看客在戏台下喝倒采,食客在膳堂里发标[2],伶人厨子,无嘴可开,只能怪自己没本领。但若看客开口一唱戏,食客动手一做菜,可就难说了。

所以,我以为批评家最平稳的是不要兼做创作。假如提起一支屠城的笔,扫荡了文坛上一切野草,那自然是快意的。但扫荡之后,倘以为天下已没有诗,就动手来创作,便每不免做出这样的东西来:

宇宙之广大呀,我说不出;

父母之恩呀,我说不出;

爱人的爱呀,我说不出。

阿呀阿呀,我说不出!

这样的诗,当然是好的,——倘就批评家的创作而言。太上老君的《道德》五千言,开头就说"道可道非常道"[3],其实也就是一个"说不出",所以这三个字,也就替得五千言。

呜呼,"王者之迹熄,而《诗》亡;《诗》亡,然后《春秋》作。"[4]"予岂好辩哉?予不得已也!"[5]

*   *   *

〔1〕 本篇最初发表于 1924 年 11 月 17 日北京《语丝》周刊第一
期。1923 年 12 月 8 日北京星星文学社《文学周刊》第十七号发表周灵
均《删诗》一文,把胡适《尝试集》、郭沫若《女神》、康白情《草儿》、俞平伯
《冬夜》、徐玉诺《将来的花园》、朱自清、叶绍钧《雪朝》、汪静之《蕙的
风》、陆志韦《渡河》八部新诗,都用"不佳"、"不是诗"、"未成熟的作品"
等语加以否定。后来他在同年 12 月 15 日《晨报副刊》发表《寄语母亲》
一诗,其中多是"写不出"一类语句:"我想写几句话,寄给我的母亲,刚
拿起笔儿却又放下了,写不出爱,写不出母亲的爱呵。""母亲呵,母亲的
爱的心呵,我拿起笔儿却又写不出了。"本篇就是讽刺这种倾向的。

〔2〕 发标 江浙一些地方的方言,耍威风的意思。

〔3〕 太上老君 即老聃(约前 571—?),姓李名耳,字聃,春秋末
期楚国人,道家学派创始者。东汉以来道教奉他为祖师,尊称太上老
君。《道德》,即《道德经》,又称《老子》,相传为老聃所著。"道可道非常
道",见该书第一章:"道可道,非常道;名可名,非常名。"

〔4〕 "王者之迹熄,而《诗》亡"等语,孟子语,见《孟子·离娄
(下)》。

〔5〕 "予岂好辩哉,予不得已也!" 孟子语,见《孟子·滕文公
(下)》。

记"杨树达"君的袭来[1]

今天早晨,其实时候是大约已经不早了。我还睡着,女工将我叫了醒来,说:"有一个师范大学的杨先生,杨树达,要来见你。"我虽然还不大清醒,但立刻知道是杨遇夫君[2],他名树达,曾经因为邀我讲书的事,访过我一次的。我一面起来,一面对女工说:"略等一等,就请罢。"

我起来看钟,是九点二十分。女工也就请客去了。不久,他就进来,但我一看很愕然,因为他并非我所熟识的杨树达君,他是一个方脸,淡赭色脸皮,大眼睛长眼梢,中等身材的二十多岁的学生风的青年。他穿着一件藏青色的爱国布(?)长衫,时式的大袖子。手上拿一顶很新的淡灰色中折帽,白的围带;还有一个采色铅笔的扁匣,但听那摇动的声音,里面最多不过是两三支很短的铅笔。

"你是谁?"我诧异的问,疑心先前听错了。

"我就是杨树达。"

我想:原来是一个和教员的姓名完全相同的学生,但也许写法并不一样。

"现在是上课时间,你怎么出来的?"

"我不乐意上课!"

我想:原来是一个孤行己意,随随便便的青年,怪不得他模样如此傲慢。

"你们明天放假罢……"

"没有,为什么?"

"我这里可是有通知的,……"我一面说,一面想,他连自己学校里的纪念日都不知道了,可见是已经多天没有上课,或者也许不过是一个假借自由的美名的游荡者罢。

"拿通知给我看。"

"我团掉了。"我说。

"拿团掉的我看。"

"拿出去了。"

"谁拿出去的?"

我想:这奇怪,怎么态度如此无礼? 然而他似乎是山东口音,那边的人多是率直的,况且年青的人思想简单,……或者他知道我不拘这些礼节:这不足为奇。

"你是我的学生么?"但我终于疑惑了。

"哈哈哈,怎么不是。"

"那么,你今天来找我干什么?"

"要钱呀,要钱!"

我想:那么,他简直是游荡者,荡窘了,各处乱钻。

"你要钱什么用?"我问。

"穷呀。要吃饭不是总要钱吗? 我没有饭吃了!"他手舞足蹈起来。

"你怎么问我来要钱呢?"

"因为你有钱呀。你教书,做文章,送来的钱多得很。"他说着,脸上做出凶相,手在身上乱摸。

我想:这少年大约在报章上看了些什么上海的恐吓团的记事,竟模仿起来了,还是防着点罢。我就将我的坐位略略移动,预备容易取得抵抗的武器。

"钱是没有。"我决定的说。

"说谎!哈哈哈,你钱多得很。"

女工端进一杯茶来。

"他不是很有钱么?"这少年便问她,指着我。

女工很惶窘了,但终于很怕的回答:"没有。"

"哈哈哈,你也说谎!"

女工逃出去了。他换了一个坐位,指着茶的热气,说:

"多么凉。"

我想:这意思大概算是讥刺我,犹言不肯将钱助人,是凉血动物。

"拿钱来!"他忽而发出大声,手脚也愈加舞蹈起来,"不给钱是不走的!"

"没有钱。"我仍然照先的说。

"没有钱?你怎么吃饭?我也要吃饭。哈哈哈哈。"

"我有我吃饭的钱,没有给你的钱。你自己挣去。"

"我的小说卖不出去。哈哈哈!"

我想:他或者投了几回稿,没有登出,气昏了。然而为什么向我为难呢?大概是反对我的作风的。或者是有些神经病的罢。

"你要做就做,要不做就不做,一做就登出,送许多钱,还说没有,哈哈哈哈。晨报[3]馆的钱已经送来了罢,哈哈哈。什么东西! 周作人[4],钱玄同;周树人就是鲁迅,做小说的,对不对?孙伏园[5];马裕藻就是马幼渔[6],对不对? 陈通伯[7],郁达夫[8]。什么东西! Tolstoi,Andreev[9],张三,什么东西! 哈哈哈,冯玉祥,吴佩孚[10],哈哈哈。"

"你是为了我不再向晨报馆投稿的事而来的么?"但我又即刻觉到我的推测有些不确了,因为我没有见过杨遇夫马幼渔在《晨报副镌》上做过文章,不至于拉在一起;况且我的译稿的稿费至今还没有着落,他该不至于来说反话的。

"不给钱是不走的。什么东西,还要找! 还要找陈通伯去。我就要找你的兄弟去,找周作人去,找你的哥哥去。"

我想:他连我的兄弟哥哥都要找遍,大有恢复灭族法之意了,的确古人的凶心都遗传在现在的青年中。我同时又觉得这意思有些可笑,就自己微笑起来。

"你不舒服罢?"他忽然问。

"是的,有些不舒服,但是因为你骂得不中肯。"

"我朝南。"他又忽而站起来,向后窗立着说。

我想:这不知道是什么意思。

他忽而在我的床上躺下了。我拉开窗幔,使我的佳客的脸显得清楚些,以便格外看见他的笑貌。他果然有所动作了,是使他自己的眼角和嘴角都颤抖起来,以显示凶相和疯相,但每一抖都很费力,所以不到十抖,脸上也就平静了。

我想:这近于疯人的神经性痉挛,然而颤动何以如此不调匀,牵连的范围又何以如此之大,并且很不自然呢?——一定,他是装出来的。

我对于这杨树达君的纳罕和相当的尊重,忽然都消失了,接着就涌起要呕吐和沾了龌龊东西似的感情来。原来我先前的推测,都太近于理想的了。初见时我以为简率的口调,他的意思不过是装疯,以热茶为冷,以北为南的话,也不过是装疯。从他的言语举动综合起来,其本意无非是用了无赖和狂人的混合状态,先向我加以侮辱和恫吓,希图由此传到别个,使我和他所提出的人们都不敢再做辩论或别样的文章。而万一自己遇到困难的时候,则就用"神经病"这一个盾牌来减轻自己的责任。但当时不知怎样,我对于他装疯技术的拙劣,就是其拙至于使我在先觉不出他是疯人,后来渐渐觉到有些疯意,而又立刻露出破绽的事,尤其抱着特别的反感了。

他躺着唱起歌来。但我于他已经毫不感到兴味,一面想,自己竟受了这样浅薄卑劣的欺骗了,一面却照了他的歌调吹着口笛,借此嘘出我心中的厌恶来。

"哈哈哈!"他翘起一足,指着自己鞋尖大笑。那是玄色的深梁的布鞋,裤是西式的,全体是一个时髦的学生。

我知道,他是在嘲笑我的鞋尖已破,但已经毫不感到什么兴味了。

他忽而起来,走出房外去,两面一看,极灵敏地找着了厕所,小解了。我跟在他后面,也陪着他小解了。

我们仍然回到房里。

"吓!什么东西!……"他又要开始。

我可是有些不耐烦了,但仍然恳切地对他说:

"你可以停止了。我已经知道你的疯是装出来的。你此来也另外还藏着别的意思。如果是人,见人就可以明白的说,无须装怪相。还是说真话罢,否则,白费许多工夫,毫无用处的。"

他貌如不听见,两手搂着裤裆,大约是扣扣子,眼睛却注视着壁上的一张水彩画。过了一会,就用第二个指头指着那画大笑:

"哈哈哈!"

这些单调的动作和照例的笑声,我本已早经觉得枯燥的了,而况是假装的,又如此拙劣,便愈加看得烦厌。他侧立在我的前面,我坐着,便用了曾被讥笑的破的鞋尖一触他的胫骨,说:

"已经知道是假的了,还装甚么呢?还不如直说出你的本意来。"

但他貌如不听见,徘徊之间,突然取了帽和铅笔匣,向外走去了。

这一着棋是又出于我的意外的,因为我还希望他是一个可以理喻,能知惭愧的青年。他身体很强壮,相貌很端正。Tolstoi 和 Andreev 的发音也还正。

我追到风门前,拉住他的手,说道,"何必就走,还是自己说出本意来罢,我可以更明白些……"他却一手乱摇,终于闭了眼睛,拼两手向我一挡,手掌很平的正对着我:他大概是懂得一点国粹的拳术的。

他又往外走。我一直送到大门口,仍然用前说去固留,而他推而且挣,终于挣出大门了。他在街上走得很傲然,而且从容地。

这样子,杨树达君就远了。

我回进来,才向女工问他进来时候的情形。

"他说了名字之后,我问他要名片,他在衣袋里掏了一会,说道,'阿,名片忘了,还是你去说一声罢。'笑嘻嘻,一点不像疯的。"女工说。

我愈觉得要呕吐了。

然而这手段却确乎使我受损了,——除了先前的侮辱和恫吓之外。我的女工从此就将门关起来,到晚上听得打门声,只大叫是谁,却不出去,总须我自己去开门。我写完这篇文字之间,就放下了四回笔。

"你不舒服罢?"杨树达君曾经这样问过我。

是的,我的确不舒服。我历来对于中国的情形,本来多已不舒服的了,但我还没有预料到学界或文界对于他的敌手竟至于用了疯子来做武器,而这疯子又是假的,而装这假疯子的又是青年的学生。

二四年十一月十三日夜。

*　　　*　　　*

〔1〕　本篇最初发表于 1924 年 11 月 24 日《语丝》周刊第二期。

〔2〕　杨遇夫(1885—1956)　名树达,湖南长沙人,语言文字学家。曾留学日本,历任北京师范大学、清华大学、湖南大学教授。著有《高等国文法》、《词诠》等。按文中所说自称"杨树达"者本名杨鄂生(?　—

1925),北京师范大学国文系学生。

〔3〕 晨报 梁启超、汤化龙等组织的政治团体研究系的机关报。1916 年 8 月创刊于北京,原名《晨钟报》,1918 年 12 月改名《晨报》,1928 年 6 月停刊。它的副刊《晨报副刊》1921 年 10 月创刊,1928 年 6 月停刊。《晨报》在政治上拥护北洋政府,但它的副刊在进步力量推动下,一个时期内曾是宣传新文化运动的重要刊物之一。鲁迅在 1921 年秋至 1924 年冬孙伏园任编辑时经常为它撰稿。

〔4〕 周作人(1885—1967) 字启明,浙江绍兴人,鲁迅的二弟。曾留学日本,当时任北京大学教授。抗日战争期间曾出任日伪华北政务委员会教育总署督办。

〔5〕 孙伏园(1894—1966) 原名福源,浙江绍兴人。北京大学毕业,新潮社、文学研究会和语丝社成员。先后任《晨报副刊》、《京报副刊》编辑。著有《伏园游记》、《鲁迅先生二三事》等。

〔6〕 马裕藻(1878—1945) 字幼渔,浙江鄞县人。曾留学日本,当时任北京大学国文系教授。

〔7〕 陈通伯(1896—1970) 名源,字通伯,笔名西滢,江苏无锡人。当时任北京大学教授,现代评论派的主要成员。

〔8〕 郁达夫 参看本卷第 162 页注〔1〕。

〔9〕 Tolstoi 托尔斯泰。Andreev,安德烈耶夫。

〔10〕 冯玉祥(1882—1948) 字焕章,安徽巢县人,北洋直系将领,当时任国民军总司令。后来逐渐倾向进步。吴佩孚(1873—1939),字子玉,山东蓬莱人,北洋直系军阀。

关于杨君袭来事件的辩正^[1]

一

今天有几位同学极诚实地告诉我,说十三日访我的那一位学生确是神经错乱的,十三日是发病的一天,此后就加重起来了。我相信这是真实情形,因为我对于神经患者的初发状态没有实见和注意研究过,所以很容易有看错的时候。

现在我对于我那记事后半篇中神经过敏的推断这几段,应该注销。但以为那记事却还可以存在:这是意外地发露了人对人——至少是他对我和我对他——互相猜疑的真面目了。

当初,我确是不舒服,自己想,倘使他并非假装,我即不至于如此恶心。现在知道是真的了,却又觉得这牺牲实在太大,还不如假装的好。然而事实是事实,还有什么法子呢? 我只能希望他从速回复健康。

十一月二十一日。

二

伏园兄：

今天接到一封信和一篇文稿，是杨君的朋友，也是我的学生〔2〕做的，真挚而悲哀，使我看了很觉得惨然，自己感到太易于猜疑，太易于愤怒。他已经陷入这样的境地了，我还可以不赶紧来消除我那对于他的误解么？

所以我想，我前天交出的那一点辩正，似乎不够了，很想就将这一篇在《语丝》第三期上给他发表。但纸面有限，如果排工有工夫，我极希望增刊两板（大约此文两板还未必容得下），也不必增价，其责任即由我负担。

由我造出来的酸酒，当然应该由我自己来喝干。

鲁迅。十一月二十四日。

* * *

〔1〕 本篇最初发表于 1924 年 12 月 1 日《语丝》周刊第三期。第一节排在李遇安《读了〈记"杨树达"君的袭来〉》之前，第二节排在李文之后。

〔2〕 指李遇安，河北人，1924 年至 1926 年间北京师范大学学生。

烽 话 五 则^[1]

  父子们冲突着。但倘用神通将他们的年纪变成约略相同,便立刻可以像一对志同道合的好朋友。

  伶俐人叹"人心不古"时,大抵是他的巧计失败了;但老太爷叹"人心不古"时,则无非因为受了儿子或姨太太的气。

  电报曰:天祸中国^[2]。天曰:委实冤枉!

  精神文明人作飞机论曰:较之灵魂之自在游行,一钱不值矣。写完,遂率家眷移入东交民巷使馆界^[3]。

  倘诗人睡在烽火旁边,听得烘烘地响时,则烽火就是听觉。但此说近于味觉,因为太无味。然而无为即无不为^[4],则无味自然就是至味了。对不对?

  ＊   ＊   ＊

  〔1〕 本篇最初发表于 1924 年 11 月 24 日《语丝》周刊第二期。烽即烽火。本文写于第二次直奉战争的时候,所以题为"烽话"。

  〔2〕 天祸中国 北洋军阀时期,军阀官僚在通电中常用的辞句。如 1917 年 7 月 5 日段祺瑞电文:"天祸中国,变乱相寻。"又 16 日冯国璋电文:"天祸中国,变起京师。"

  〔3〕 东交民巷使馆界 1900 年八国联军攻占北京后,次年强迫清政府签订丧权辱国的《辛丑条约》,其中规定,将北京东交民巷东起崇

文门、西至棋盘街一带划为使馆界,界内由各国驻兵管理。这里往往也是官僚政客"避难"的地方。

〔4〕 无为即无不为　　语出《老子》第三十七章:"道常无为而无不为。"

"音 乐"?[1]

夜里睡不着，又计画着明天吃辣子鸡，又怕和前回吃过的那一碟做得不一样，愈加睡不着了。坐起来点灯看《语丝》，不幸就看见了徐志摩先生的神秘谈[2]，——不，"都是音乐"，是听到了音乐先生的音乐：

> "……我不仅会听有音的乐，我也会听无音的乐（其实也有音就是你听不见）。我直认我是一个甘脆的Mystic[3]。我深信……"

此后还有什么什么"都是音乐"云云，云云云云[4]。总之："你听不着就该怨你自己的耳轮太笨或是皮粗"！

我这时立即疑心自己皮粗，用左手一摸右胳膊，的确并不滑；再一摸耳轮，却摸不出笨也与否。然而皮是粗定了；不幸而"扪不留手"的竟不是我的皮，还能听到什么庄周先生所指教的天籁地籁和人籁[5]。但是，我的心还不死，再听罢，仍然没有，——阿，仿佛有了，像是电影广告的军乐。呸！错了。这是"绝妙的音乐"么？再听罢，没……唔，音乐，似乎有了：

> "……慈悲而残忍的金苍蝇，展开馥郁的安琪儿的黄翅，唵，颉利，弥缚谛弥谛，从荆芥萝卜打琤溯洋的彤海里起来。Br-rrr tatata tahi tal 无终始的金刚石天堂的娇袅鬼茱萸，蘸着半分之一的北斗的蓝血，将翠绿的忏悔写在

腐烂的鹦哥伯伯的狗肺上！你不懂么？咄！呀，我将死矣！婀娜涟漪的天狼的香而秽恶的光明的利镞，射中了塌鼻阿牛的妖艳光滑蓬松而冰冷的秃头，一匹黯黵欢愉的瘦螳螂飞去了。哈，我不死矣！无终……"〔6〕

危险，我又疑心我发热了，发昏了，立刻自省，即知道又不然。这不过是一面想吃辣子鸡，一面自己胡说八道；如果是发热发昏而听到的音乐，一定还要神妙些。并且其实连电影广告的军乐也没有听到，倘说是幻觉，大概也不过自欺之谈，还要给粗皮来粉饰的妄想。我不幸终于难免成为一个苦韧的非Mystic了，怨谁呢。只能恭颂志摩先生的福气大，能听到这许多"绝妙的音乐"而已。但倘有不知道自怨自艾的人，想将这位先生"送进疯人院"去，我可要拼命反对，尽力呼冤的，——虽然将音乐送进音乐里去，从甘脆的 Mystic 看来并不算什么一回事。

然而音乐又何等好听呵，音乐呀！再来听一听罢，可惜而且可恨，在檐下已有麻雀儿叫起来了。

咦，玲珑零星邦滂砰珉的小雀儿呵，你总依然是不管甚么地方都飞到，而且照例来唧唧啾啾地叫，轻飘飘地跳么？然而这也是音乐呀，只能怨自己的皮粗。

只要一叫而人们大抵震悚的怪鸱的真的恶声在那里！?

*　　　*　　　*

〔1〕　本篇最初发表于 1924 年 12 月 15 日《语丝》周刊第五期。

〔2〕　徐志摩的神秘谈　1924 年 12 月 1 日《语丝》周刊第三期刊

登徐志摩译的法国波德莱尔《恶之华》诗集中《死尸》一诗，诗前有徐志摩的长篇议论，宣扬"诗的真妙处不在他的字义里，却在他的不可捉摸的音节里；他刺戟着也不是你的皮肤（那本来就太粗太厚！）却是你自己一样不可捉摸的魂灵"等神秘主义的文艺论。

〔3〕　Mystic　英语：神秘主义者。

〔4〕　"都是音乐"　徐志摩在译诗前的议论中说："我深信宇宙的底质，人生的底质，一切有形的事物与无形的思想的底质——只是音乐，绝妙的音乐。天上的星，水里泅的乳白鸭，树林里冒的烟，朋友的信，战场上的炮，坟堆里的鬼燐，巷口那只石狮子，我昨夜的梦……无一不是音乐。你就把我送进疯人院去，我还是咬定牙龈认账的。是的，都是音乐——庄周说的天籁地籁人籁；全是的。你听不着就该怨你自己的耳轮太笨，或是皮粗，别怨我。"

〔5〕　庄周（约前369—前286）　战国时宋国人，道家学派的代表人物之一。天籁地籁和人籁，指自然界发出和由人口吹奏出来的声音。见《庄子·齐物论》："女闻人籁而未闻地籁，女闻地籁而未闻天籁夫？"

〔6〕　"慈悲而残忍的金苍蝇"一段话，是鲁迅为讽刺徐志摩的神秘主义论调和译诗而拟写的。

我来说"持中"的真相[1]

风闻有我的老同学玄同[2]其人者,往往背地里褒贬我,褒固无妨,而又有贬,则岂不可气呢?今天寻出漏洞,虽然与我无干,但也就来回敬一箭罢:报仇雪恨,《春秋》之义[3]也。

他在《语丝》第二期上说,有某人挖苦叶名琛的对联"不战,不和,不守;不死,不降,不走。"大概可以作为中国人"持中"的真相之说明。[4]我以为这是不对的。

夫近乎"持中"的态度大概有二:一者"非彼即此",二者"可彼可此"也。前者是无主意,不盲从,不附势,或者别有独特的见解;但境遇是很危险的,所以叶名琛终至于败亡,虽然他不过是无主意。后者则是"骑墙",或是极巧妙的"随风倒"了,然而在中国最得法,所以中国人的"持中"大概是这个。倘改篡了旧对联来说明,就该是:

"似战,似和,似守;

似死,似降,似走。"

于是玄同即应据精神文明法律第九万三千八百九十四条,治以"误解真相,惑世诬民"之罪了。但因为文中用有"大概"二字,可以酌给末减[5]:这两个字是我也很喜欢用的。

＊　　＊　　＊

〔1〕　本篇最初发表于 1924 年 12 月 15 日《语丝》周刊第五期。

〔2〕　玄同　钱玄同。1908 年,他在日本东京和鲁迅一同听过章太炎讲授《说文解字》。

〔3〕　《春秋》之义　《春秋》中有不少地方赞美报仇雪恨,如《春秋·公羊传》庄公四年称:"九世犹可以复仇乎?虽百世可也。"又定公四年:"父不受诛,子复仇可也。"不受诛,东汉何休注:"不受诛罪不当诛也。"

〔4〕　叶名琛(1807—1859)　字昆臣,湖北汉阳人,清朝大臣。1852 年(咸丰二年)任两广总督兼通商大臣。1854 年他在镇压广东天地会起义时,曾受英法侵略者的军火接济。1857 年英法联军侵略广州,他不作战争准备,在家设长春仙馆,供奉所谓吕洞宾和李太白二仙的牌位,扶乩以占吉凶。广州失陷后被俘,送往香港,后又转囚印度加尔各答镇海楼,1859 年病死。当时人们讽刺他的对联全文是:"不战不和不守,相臣度量,疆臣抱负;不死不降不走,古之所无,今之罕有。"钱玄同在《语丝》周刊第二期(1924 年 12 月 24 日)发表的《随感录·"持中"底真相之说明》中说:"有些人们说,欧洲人'向前',印度人'向后',都不如中国人'持中'的好",并引用了这副对联,说:"我觉得这大概可以作为'持中'底真相之说明了。"

〔5〕　末减　减轻罪罚的意思。《左传》昭公十四年:"三数叔鱼之恶,不为末减。"晋代杜预注:"末,薄也;减,轻也。"

一九二五年

咬嚼之余[1]

我的一篇《咬文嚼字》的"滥调",又引起小麻烦来了,再说几句罢。

我那篇的开首说:"以摆脱传统思想之束缚……"

第一回通信的某先生[2]似乎没有看见这一句,所以多是枝叶之谈,况且他大骂一通之后,即已声明不管,所以现在也不在话下。

第二回的潜源先生的通信是看见那一句的了,但意见和我不同,以为都非不能"摆脱传统思想之束缚……"。各人的意见,当然会各式各样的。

他说女名之所以要用"轻靓艳丽"字眼者,(一)因为"总常想知道他或她的性别"。但我却以为这"常想"就是束缚。小说看下去就知道,戏曲是开首有说明的。(二)因为便当,譬如托尔斯泰有一个女儿叫作 Elizabeth Tolstoi[3],全译出来太麻烦,用"妥娜丝苔"就明白简单得多。但假如托尔斯泰还有两个女儿,叫做 Mary Tolstoi et Hilda Tolstoi[4],即又须别想八个"轻靓艳丽"字样,反而麻烦得多了。

他说 Go 可译郭,Wi 可译王,Ho 可译何,何必故意译做

"各""旺""荷"呢？再者,《百家姓》[5]为什么不能有伟力？但我却以为译"郭""王""何"才是"故意",其游魂是《百家姓》;我之所以诧异《百家姓》的伟力者,意思即见前文的第一句中。但来信又反问了,则又答之曰:意思即见前文第一句中。

再说一遍罢,我那篇的开首说:"以摆脱传统思想之束缚……。"所以将翻译当作一种工具,或者图便利,爱折中的先生们是本来不在所讽的范围之内的。两位的通信似乎于这一点都没有看清楚。

末了,我对于潜源先生的"末了"的话,还得辩正几句。(一)我自己觉得我和三苏[6]中之任何一苏,都绝不相类,也不愿意比附任何古人,或者"故意"凌驾他们。倘以某古人相拟,我也明知是好意,但总是满身不舒服,和见人使 Gorky 姓高相同。(二)其实《呐喊》并不风行,其所以略略流行于新人物间者,因为其中的讽刺在表面上似乎大抵针对旧社会的缘故,但使老先生们一看,恐怕他们也要以为"吹敲""苛责",深恶而痛绝之的。(三)我并不觉得我有"名",即使有之,也毫不想因此而作文更加郑重,来维持已有的名,以及别人的信仰。纵使别人以为无聊的东西,只要自己以为有聊,且不被暗中禁止阻碍,便总要发表曝露出来,使厌恶滥调的读者看看,可以从速改正误解,不相信我。因为我觉得我若专讲宇宙人生的大话,专刺旧社会给新青年看,希图在若干人们中保存那由误解而来的"信仰",倒是"欺读者",而于我是苦痛的。

一位先生当面,一位通信,问我《现代评论》[7]里面的一篇《鲁迅先生》[8]，为什么没有了。我一查，果然，只剩了前面的《苦恼》和后面的《破落户》，而本在其间的《鲁迅先生》确乎没有了。怕还有同样的误解者，我在此顺便声明一句：我一点不知道为什么。

假如我说要做一本《妥妳丝苔传》，而暂不出版，人便去质问托尔斯泰的太太或女儿，我以为这办法实在不很对，因为她们是不会知道我所玩的是什么把戏的。

一月二十日。

【备考】：

"无 聊 的 通 信"

伏园先生：

自从先生出了征求"青年爱读书十部"的广告之后，《京报副刊》上就登了关于这类的许多无聊的通信；如"年青妇女是否可算'青年'"之类。这样无聊的文字，这样简单的脑筋，有登载的价值么？除此，还有前天的副刊上载有鲁迅先生的《咬文嚼字》一文，亦是最无聊的一种，亦无登载的必要！《京报副刊》的篇幅是有限的，请先生宝贵它吧，多登些有价值的文字吧！兹寄上一张征求的表请收下。

十三，仲潜。

凡记者收到外间的来信，看完以后认为还有再给别人看看的必要，于是在本刊上发表了。例如廖仲潜先生这封信，我也认为有公开的价值，虽然或者有人（也许连廖先生自己）要把它认为"无聊的通信"。我发表"青年二字是否连妇女也包括在内？"的李君通信，是恐怕读者当中还有像李君一般怀疑的，看了我的答案可以连带的明白了。关于这层我没有什么其他的答辩。至于鲁迅先生的《咬文嚼字》，在记者个人的意见，是认为极重要极有意义的文字的，所以特用了二号字的标题，四号字的署名，希望读者特别注意。因为鲁迅先生所攻击的两点，在记者也以为是晚近翻译界堕落的征兆，不可不力求改革的。中国从翻译印度文字以来，似乎数千年中还没有人想过这样的怪思想，以为女人的名字应该用美丽的字眼，男人的名字的第一音应该用《百家姓》中的字，的确是近十年来的人发明的（这种办法在严几道时代还未通行），而近十年来的翻译文字的错误百出也可以算得震铄前古的了。至于这两点为什么要攻击，只要一看鲁迅先生的讽刺文字就会明白。他以中国"周家的小姐不另姓绸"去映衬有许多人用"玛丽亚"，"婀娜"，"娜拉"这些美丽字眼译外国女人名字之不当，以"吾家 rky"一语去讥讽有许多人将无论那一国的人名硬用《百家姓》中的字作第一音之可笑，只这两句话给我们的趣味已经够深长够浓厚了，而廖先生还说它是"最无聊"的文字么？最后我很感谢廖先生热心的给我指导，还很希望其他读者如对于副刊有什么意见时不吝赐教。

伏园敬复。

一九二五年一月十五日《京报副刊》。

关于《咬文嚼字》

伏园先生：

　　我那封短信，原系私人的通信，应无发表的必要；不过先生认为有公开的价值，就把它发表了。但因此那封信又变为无聊的通信了，岂但无聊而已哉，且恐要惹起许多无聊的是非来，这个挑拨是非之责，应该归记者去担负吧！所以如果没有彼方的答辩则已；如有，我可不理了。至于《咬文嚼字》一文，先生认为原意中攻击的两点是极重要且极有意义的，我不无怀疑之点：A，先生照咬文嚼字的翻译看起来，以为是晚近翻译界堕落的征兆。为什么是堕落？我不明白。你以为女人的名字应该用美丽的字眼，男人的名字的第一音应该用《百家姓》中的字，是近来新发明的，因名之曰怪思想么？但我要问先生认它为"堕落"的，究竟是不是"怪思想"？我以为用美丽的字眼翻译女性的名字是翻译者完全的自由与高兴，无关紧要的；虽是新发明，却不是堕落的征兆，更不是怪思想！B，外国人的名是在前，姓是在后。"高尔基"三个音连成的字，是 Gorky 的姓，并不是他就是姓"高"；不过便于中国人的习惯及记忆起见，把第一音译成一个相似的中国姓，或略称某氏以免重复的累赘底困难。如果照中国人的姓名而认他姓高，则尔基就变成他的名字了？岂不是笑话吗！又如，Wilde 可译为王尔德，可译魏尔德，又可译为樊尔德，然则他一人姓了王又姓魏又姓樊，此理可说的通吗？可见所谓"吾家 rky"者，我想，是鲁迅先生新发明的吧！不然，就是说"吾家 rky"的人，根本不知"高尔基"三音连合的字是他原来的姓！因同了一个"高"字，就贸贸然称起吾家还加上 rky 来，这的确是新杜撰的滑稽话！却于事实上并无滑稽的毫末，只惹得人说他无意思而已，说他是门外汉而已，说他是无聊而已！先生所谓够深长够浓厚极重要极有意义的所在，究竟何所而在？虽然，记者有记者个人的意见，有记者要它发表不发表的权力，所以二号字的标题与四号字的署名，就刊出来了。最后我很感谢先生上次的盛意并希望先生个人认为很有意思的文字多登载几篇。还有一句话：将来如有他方面的各种的笔墨官司打来，恕我不再来答辩了，不再来凑无聊的热闹了。此颂

撰安。

十六，弟仲潜敬复。

"高尔基三个音连成的字，是 Gorky 的姓，并不是他就姓高"，廖先生这句话比鲁迅先生的文字更有精采。可惜这句话不能天天派一个人对读者念着，也不能叫翻译的人在篇篇文章的原著者下注着"高尔基不姓高，王尔德不姓王，白利欧不姓白……"廖先生这篇通信登过之后不几天，廖先生这句名言必又被人忘诸脑后了。所以，鲁迅先生的讽刺还是重要，如果翻译界的人被鲁迅先生的"吾家尔基"一语刺得难过起来，竟毅然避去《百家姓》中之字

而以声音较近之字代替了（如哥尔基，淮尔德，勃利欧……），那末阅者一望而知"三个音连成的字是姓，第一音不是他的姓"，不必有烦廖先生的耳提面命了。不过这样改善以后，其实还是不妥当，所以用方块儿字译外国人名的办法，其寿命恐怕至多也不过还有五年，进一步是以注音字母译（钱玄同先生等已经实行了，昨天记者遇见钱先生，他就说即使第一音为《百家姓》中的字之办法改良以后，也还是不妥），再进一步是不译，在欧美许多书籍的原名已经不译了，主张不译人名即使在今日的中国恐怕也不算过激罢。

伏园附注

一九二五年一月十八日《京报副刊》。

《咬文嚼字》是"滥调"

伏园先生：

鲁迅先生《咬文嚼字》一篇，在我看来，实在毫无意义。仲潜先生称它为"最无聊"之作，极为得体。不料先生在仲潜先生信后的附注，对于这"最无聊"三字大为骇异，并且说鲁迅先生所举的两种，为翻译界堕落的现象，这真使我大为骇异了。

我们对于一个作家或小说戏剧上的人名，总常想知道他或她的性别（想知道性别，并非主张男女不平等）。在中国的文字上，我们在姓底下有"小姐""太太"或"夫人"，若把姓名全写出来，则中国女子的名字，大多有"芳"

"兰""秀"等等"轻靓艳丽"的字眼。周家的姑娘可以称之为周小姐,陈家的太太可以称之为陈太太,或者称为周菊芳陈兰秀亦可。从这些字样中,我们知道这个人物是女性。在外国文字中可就不同了。外国人的姓名有好些Syllables[9]是极多的,用中文把姓名全译出来非十数字不可,这是何等惹人讨厌的事。年来国内人对于翻译作品之所以比较创造作品冷淡,就是因为翻译人名过长的缘故(翻译作品之辞句不顺口,自然亦是原因中之一)。假如托尔斯泰有一个女叫做 Elizabeth Tolstoi,我们全译出来,成为"托尔斯泰伊丽沙白"八字,何等麻烦。又如有一个女子叫做 Mary Hilda Stuwart,我们全译出来,便成为"玛丽海尔黛司徒渥得"也很讨厌。但是我们又不能把这些名字称为托尔斯泰小姐或司徒渥得夫人,因为这种六个字的称呼,比起我们看惯了周小姐陈太太三字的称呼多了一半,也不方便。没法,只得把名字删去,"小姐","太太"也省略,而用"妥妳丝苔"译 Elizabeth Tolstoi,用"丝图娃德"译 Mary Hilda Stuwart,这诚是不得已之举。至于说为适合中国人的胃口,故意把原名删去,有失原意的,那末,我看根本外国人的名字,便不必译,直照原文写出来好。因为中国人能看看不惯的译文,多少总懂得点洋文的。鲁迅先生此举诚未免过于吹毛求疵?

至于用中国姓译外国姓,我看也未尝不可以。假如 Gogol 的 Go 可以译做郭,Wilde 的 Wi 可以译做王,Holz 的 Ho 可以译做何,我们又何必把它们故意译做"各"

"旺""荷"呢？再者,《百家姓》为什么不能有伟力？

诚然,国内的翻译界太糟了,太不令人满意了！翻译界堕落的现象正多,却不是这两种。伏园先生把它用二号字标题,四号字标名,也算多事,气力要卖到大地方去,却不可做这种吹敲的勾当。

末了,我还要说几句:鲁迅先生是我所佩服的。讥刺的言辞,尖锐的笔锋,精细的观察,诚可引人无限的仰慕。《呐喊》出后,虽不曾名噪天下,也名噪国中了。他的令弟启明先生,亦为我崇拜之一人。读书之多,令人惊叹。《自己的园地》为国内文艺界一朵奇花。我尝有现代三周(还有一个周建人先生),驾乎从前三苏之慨。不过名人名声越高,作品也越要郑重。若故意纵事吹敲或失之苛责,不免带有失却人信仰的危险。而记者先生把名人的"滥调"来充篇幅,又不免带有欺读者之嫌。冒犯,恕罪！顺祝健康。

潜　源。

一月十七日于唐山大学。

鲁迅先生的那篇《咬文嚼字》,已有两位"潜"字辈的先生看了不以为然,我猜想青年中这种意见或者还多,那么这篇文章不是"滥调"可知了。你也会说,我也会说,我说了你也同意,你说了他也说这不消说:那是滥调。鲁迅先生那两项主张,在簇新头脑的青年界中尚且如此通不过去,名为滥调,是冤枉了,名为最无聊,那更冤枉了。记

者对于这项问题,是加入讨论的一人,自知态度一定不能
公平,所以对于"潜"字辈的先生们的主张,虽然万分不以
为然,也只得暂且从缓答辩。好在超于我们的争论点以
上,还有两项更高一层的钱玄同先生的主张,站在他的地
位看我们这种争论也许是无谓已极,无论谁家胜了也只
赢得"不妥"二字的考语罢了。

　　　　　　　　　　　　　　　伏园附注。

　　　　　　　一九二五年一月二十日《京报副刊》。

＊　　　　＊　　　　＊

〔1〕　本篇最初发表于 1925 年 1 月 22 日北京《京报副刊》。

〔2〕　指廖仲潜。

〔3〕　Elizabeth Tolstoi　英语,可译为伊丽莎白·托尔斯泰。

〔4〕　Mary Tolstoi et Hilda Tolstoi　法语,可译为玛丽·托尔斯泰
和希尔达·托尔斯泰。

〔5〕　《百家姓》　旧时学塾所用的识字课本。宋初人编,系将姓
氏连缀为四言韵语,以便诵读。

〔6〕　三苏　宋代文学家苏洵及其子苏轼、苏辙的并称。宋代王
阐之《渑水燕谈录·才识》:"苏氏文章擅天下,目其文曰三苏。盖洵为老
苏,轼为大苏,辙为小苏。"

〔7〕　《现代评论》　综合性周刊,1924 年 12 月创刊于北京,1927
年 7 月移至上海,1928 年底出至第八卷第二〇九期停刊。主要撰稿人
有胡适、王世杰、陈西滢、徐志摩等。

〔8〕　《鲁迅先生》　张定璜作。1925 年 1 月 16 日《京报副刊》上
刊登的《现代评论》第一卷第六期的预告目录中,该文排在《苦恼》和《破

落户》两篇之间。但出版时并无此文。按此文后来发表于《现代评论》第七、八两期。《苦恼》,胡适所译的契诃夫的短篇小说;《破落户》,炳文作的杂文。

〔9〕 Syllables 英语:音节。

咬嚼未始"乏味"[1]

对于四日副刊上潜源先生的话再答几句：

一，原文云:想知道性别并非主张男女不平等。答曰:是的。但特别加上小巧的人工,于无须区别的也多加区别者,又作别论。从前独将女人缠足穿耳,也可以说不过是区别;现在禁止女人剪发,也不过是区别,偏要逼她头上多加些"丝苔"而已。

二，原文云:却于她字没有讽过。答曰:那是译 She[2]的,并非无风作浪。即不然,我也并无遍讽一切的责任,也不觉得有要讽草头丝旁,必须从讽她字开头的道理。

三，原文云:"常想"真是"传统思想的束缚"么？答曰:是的,因为"性意识"强。这是严分男女的国度里必有的现象,一时颇不容易脱体的,所以正是传统思想的束缚。

四，原文云:我可以反问:假如托尔斯泰有两兄弟,我们不要另想几个"非轻靓艳丽"的字眼么？答曰:断然不必。我是主张连男女的姓也不要妄加分别的,这回的辩难一半就为此。怎么忽然又忘了？

五，原文云:赞成用郭译 Go……习见故也。答曰:"习见"和"是"毫无关系。中国最习见的姓是"张王李赵"。《百家姓》的第一句是"赵钱孙李","潜"字却似乎颇不习见,但谁能说"钱"是而"潜"非呢?

六,原文云:我比起三苏,是因为"三"字凑巧,不愿意,"不舒服",马上可以去掉。答曰:很感谢。我其实还有一个兄弟[3],早死了。否则也要防因为"四"字"凑巧",比起"四凶"[4],更加使人着急。

【备考】:

咬 嚼 之 乏 味　　　　潜 源

当我看《咬文嚼字》那篇短文时,我只觉得这篇短文无意义,其时并不想说什么。后来伏园先生在仲潜先生信后的附注中,把这篇文字大为声张,说鲁迅先生所举的两点是翻译界堕落的现象,所以用二号字标题,四号字标名;并反对在我以为"极为得体"的仲潜先生的"最无聊"三字的短评。因此,我才写信给伏园先生。

在给伏园先生的信中,我说过:"气力要卖到大地方去,却不可从事吹敲,""记者先生用二号字标题,四号字标名,也是多事,"几句话。我的意思是:鲁迅先生所举的两点是翻译界极小极小的事,用不着去声张做势;翻译界可论的大事正多着呢,何不到那去卖气力?(鲁迅先生或者不承认自己声张,然伏园先生却为之声张了。)就是这两点极小极小的事,我也不能迷信"名人说话不会错的"而表示赞同,所以后面对于这两点加以些微非议。

在未入正文之先,我要说几句关于"滥调"的话。

实在，我的"滥调"的解释与普通一般的解释有点不同。在"滥调"二字旁，我加了"　"，表示它的意义是全属于字面的(literal)。即是指"无意义的论调"或直指"无聊的论调"亦可。伏园先生与江震亚先生对于"滥调"二字似乎都有误解，故顺便提及。

现在且把我对于鲁迅先生《咬嚼之余》一篇的意见说说。

先说第一点吧：鲁迅先生在《咬嚼之余》说，"我那篇开首说：'以摆脱传统思想之束缚……'……两位的通信似乎于这一点都没有看清楚。"于是我又把《咬文嚼字》再看一遍。的确，我看清楚了。那篇开首明明写着"以摆脱传统思想的束缚而来主张男女平等的男人，却……"，那面的意思即是：主张男女平等的男人，即已摆脱传统思想的束缚了，我在前次通信曾说过，"加些草头，女旁，丝旁""来译外国女人的姓氏"，是因为我们想知道他或她的性别，然而知道性别并非主张男女不平等（鲁迅先生对于此点没有非议）。那末，结论是，用"轻靓艳丽"的字眼译外国女人名，既非主张男女不平等，则其不受传统思想的束缚可知。糟就糟在我不该在"想"字上面加个"常"字，于是鲁迅先生说，"'常想'就是束缚"。"常想"真是"束缚"吗？是"传统思想的束缚"吗？口吻太"幽默"了，我不懂。"小说看下去就知道，戏曲是开首有说明的。"作家的姓名呢？还有，假如照鲁迅先生的说法，数年前提倡新文化运动的人们特为"创"出一个"她"字来代表女人，比"想"出

"轻靓艳丽"的字眼来译女人姓氏,不更为受传统思想的束缚而更麻烦吗?然而鲁迅先生对于用"她"字却没有讽过。至于说托尔斯泰有两个女儿,又须别想八个"轻靓艳丽"的字眼,麻烦得多,我认此点并不在我们所谈之列。我们所谈的是"两性间"的分别,而非"同性间"。而且,同样我可以反问:假如托尔斯泰有两兄弟,我们不要另想几个"非轻靓艳丽"的字眼吗?

关于第二点,我仍觉得把 Gogol 的 Go 译做郭,把Wilde 的 Wi 译做王,……既不曾没有"介绍世界文学",自然已"摆脱传统思想的束缚"。鲁迅说"故意"译做"郭""王"是受传统思想的束缚,游魂是《百家姓》,也未见得。我少时简直没有读过《百家姓》,我却赞成用"郭"译Gogol 的 Go,用"王"译 Wilde 的 Wi,为什么?"习见"故也。

他又说:"将翻译当作一种工具,或者图便利,爱折中的先生们是本来不在所讽的范围之内的。"对于这里我自然没有话可说。但是反面"以摆脱传统思想束缚的,而借翻译以主张男女平等,介绍世界文学"的先生们,用"轻靓艳丽"的字眼译外国女人名,用郭译 Go,用王译 Wi,我也承认是对的,而"讽"为"吹敲",为"无聊",理由上述。

正话说完了。鲁迅先生"末了"的话太客气了。(一)我比起三苏,是因为"三"字凑巧,不愿意,"不舒服",马上可以去掉。(二)《呐喊》风行得很;讽刺旧社会是对的,"故意"讽刺已摆脱传统思想的束缚的人们是不对。(三)

鲁迅先生名是有的：《现代评论》有《鲁迅先生》，以前的《晨报附刊》对于"鲁迅"这个名字，还经过许多滑稽的考据呢！

最后我要说几句好玩的话。伏园先生在我信后的附注中，指我为簇新青年，这自然挖苦的成分多，真诚的成分少。假如我真是"簇新"，我要说用"她"字来代表女性，是中国新文学界最堕落的现象，而加以"讽刺"呢。因为非是不足以表现"主张男女平等"，非是不足以表现"摆脱传统思想的束缚"！

二，一，一九二五，唐大。

一九二五年二月四日《京报副刊》。

＊　　　＊　　　＊

〔1〕　本篇最初发表于 1925 年 2 月 10 日《京报副刊》。

〔2〕　She　英语：她。

〔3〕　指鲁迅的四弟周椿寿(1893—1898)。

〔4〕　"四凶"　传说是尧舜时代著名的坏人。《左传》文公十八年："流四凶族：浑敦、穷奇、梼杌、饕餮，投诸四裔，以御螭魅。"

杂　语^[1]

　　称为神的和称为魔的战斗了，并非争夺天国，而在要得地
狱的统治权。所以无论谁胜，地狱至今也还是照样的地狱。

　　两大古文明国的艺术家握手^[2]了，因为可图两国的文明
的沟通。沟通是也许要沟通的，可惜"诗哲"^[3]又到意大利去
了。

　　"文士"和老名士战斗，因为……，——我不知道要怎样。
但先前只许"之乎者也"的名公捧角，现在却也准 ABCD 的
"文士"入场了。这时戏子便化为艺术家，对他们点点头。

　　新的批评家要站出来么？您最好少说话，少作文，不得已
时，也要做得短。但总须弄几个人交口说您是批评家。那么，
您的少说话就是高深，您的少作文就是名贵，永远不会失败
了。

　　新的创作家要站出来么？您最好是在发表过一篇作品之
后，另造一个名字，写点文章去恭维；倘有人攻击了，就去辩
护。而且这名字要造得艳丽一些，使人们容易疑心是女
性^[4]。倘若真能有这样的一个，就更佳；倘若这一个又是爱
人，就更更佳。"爱人呀！"这三个字就多么旖旎而饶于诗趣
呢？正不必再有第四字，才可望得到奋斗的成功。

＊　　　＊　　　＊

〔1〕　本篇最初发表于 1925 年 4 月 24 日北京《莽原》周刊第一期。

〔2〕　两大古文明国的艺术家握手　指 1924 年 4 月印度诗人泰戈尔来华时与我国京剧艺术家梅兰芳的握手。参看《坟·论照相之类》第三节。

〔3〕　"诗哲"　指泰戈尔。当时报纸报导中称他为"印度诗哲"。

〔4〕　化名写文章为自己的作品辩护的事,当时曾多有发生。如北大学生欧阳兰所作独幕剧《父亲的归来》,几全系抄袭日本菊池宽所著的《父归》,经人在《京报副刊》指出后,除欧阳兰本人作文答辩外,还出现署名"琴心"的女师大学生也作文替他辩护。不久,又有人揭发欧阳兰所作《寄 S 妹》抄袭郭沫若译的雪莱诗,"琴心"和另一"雪纹女士"又连写几篇文字替他分辩。事实上,"琴心"和"雪纹女士"的文字,都是欧阳兰自己作的。又 1925 年 2 月 18 日《京报副刊》发表署名"芳子"的《廖仲潜先生的"春心的美伴"》一文,恭维廖的作品"是'真'是'美'是'诗'的小说",鲁迅在《两地书·一五》中说:"我现在疑心'芳子'就是廖仲潜,实无其人,和'琴心'一样的。"

编 完 写 起^[1]

近几天收到两篇文章^[2]，是答陈百年先生的《一夫多妻的新护符》^[3]的，据说《现代评论》不给登他们的答辩，又无处可投，所以寄到我这里来了，请为介绍到可登的地方去。诚然，《妇女杂志》^[4]上再不见这一类文章了，想起来毛骨悚然，悚然于阶级很不同的两类人，在中国竟会联成一气。但我能向那里介绍呢？饭碗是谁都有些保重的。况且，看《现代评论》的预告，已经登在二十二期上了，我便决意将这两篇没收。

但待到看见印成的《现代评论》的时候，我却又决计将它登出来了，因为这比那挂在那边的尾巴上的一点^[5]要详得多。但是，委屈得很，只能在这无聊的《莽原》^[6]上。我于他们三位都是熟识之至，又毫没有研究过什么性伦理性心理之类，所以不敢来说外行话。可是我总以为章周两先生在中国将这些议论发得太早，——虽然外国已经说旧了，但外国是外国。可是我总觉得陈先生满口"流弊流弊"^[7]，是论利害而不像论是非，莫明其妙。

但陈先生文章的末段，读来却痛快——

"……至于法律和道德相比，道德不妨比法律严些，法律所不禁止的，道德尽可加以禁止。例如拍马吹牛，似乎不是法律所禁止……然则我们在道德上也可以容许拍马屁,认为无损人格么?"

这我敢回答:是不能容许的。然而接着又起了一个类似的问题:例如女人被强奸,在法律上似乎不至于处死刑,然则我们在道德上也可以容许被强奸,认为无须自杀么?

章先生的驳文[8]似乎激昂些,因为他觉得陈先生的文章发表以后,攻击者便源源而来,就疑心到"教授"的头衔上去。那么,继起者就有"拍马屁"的嫌疑了,我想未必。但教授和学者的话,比起一个小编辑来,容易得社会信任,却也许是实情,因此从论敌看来,这些名称也就有了流弊了,真所谓"有一利必有一弊"。

十一日。

【案语】:

案:这《编完写起》共有三段,第一段和第三段都已经收在《华盖集》里了,题为《导师》和《长城》。独独这一段没有收进去,大约是因为那时以为只关于几个人的事情,并无多谈的必要的缘故。

然而在当时,却也并非小事情。《现代评论》是学者们的喉舌,经它一喝,章锡琛先生的确不久就失去《妇女杂志》的编辑的椅子,终于从商务印书馆走出,——但积久却做了开明书店的老板,反而获得予夺别人的椅子的威权,听说现在还在编辑所的大门口也站起了巡警。陈百年先生是经理考试去了。这真教人不胜今昔之感。

就这文章的表面看来,陈先生是意在防"弊",欲以道德济法律之穷,这就是儒家和法家的不同之点。但我并不是说:陈先生是儒家,章周两先生是法家,——中国现在,家数又并没有这么清清楚楚。

一九三五年二月十五日晨,补记。

*   *   *

〔1〕 本篇最初发表于 1925 年 5 月 15 日《莽原》周刊第四期。发表时共有四段,总题《编完写起》。后来作者将第一、二两段合为一篇,改题《导师》,第四段改题为《长城》,编入《华盖集》,本篇是其中的第三段。现据鲁迅重抄稿校订。

关于新性道德问题的论争,鲁迅还于 1925 年 6 月 1 日写了《编者附白》,现编入《集外集拾遗补编》。

〔2〕 指周建人的《答〈一夫多妻的新护符〉》和章锡琛的《驳陈百年教授〈一夫多妻的新护符〉》,同时发表于 1925 年 5 月 15 日《莽原》周刊第四期。

〔3〕 陈百年(1887—1983) 名大齐,字百年,浙江海盐人。当时是北京大学教授。后任国民党政府考试院秘书长等职。《一夫多妻的新护符》发表于 1925 年 3 月 14 日《现代评论》第一卷第十四期,是反对《妇女杂志》"新性道德号"(1925 年 1 月)中周建人的《性道德之科学的标准》和章锡琛的《新性道德是什么》两篇文章中关于性道德解放的主张的。

〔4〕 《妇女杂志》 月刊,1915 年 1 月在上海创刊,1931 年 12 月出至第十七卷第十二期停刊,商务印书馆出版。初由王蕴农主编,自 1921 年第七卷第一期起由章锡琛主编。1925 年该刊出版"新性道德号"受到陈百年的批评,商务印书馆即不准再登这类文章,1926 年章锡

琛被迫离职。

〔5〕 《现代评论》发表了陈百年的《一夫多妻的新护符》后,章锡琛和周建人即分别写了《新性道德与多妻——答陈百年先生》和《恋爱自由与一夫多妻——答陈百年先生》两文,投寄该刊,但被积压近两月后,始在《现代评论》第一卷第二十二期(1925年5月9日)末尾的"通讯"栏删节刊出。

〔6〕 《莽原》 文艺刊物,鲁迅编辑。1925年4月24日在北京创刊。初为周刊,附《京报》发行,同年11月27日出至三十二期止。1926年1月10日改为半月刊,由未名社出版。同年8月鲁迅离开北京后,由韦素园接编,1927年12月25日出至第四十八期停刊。

〔7〕 "流弊流弊" 陈百年在《现代评论》第一卷第二十二期(1925年5月9日)发表的《答章周二先生论一夫多妻》一文中,连用了十多个"流弊"批评章、周的主张。

〔8〕 章先生 即章锡琛(1889—1969),字雪村,浙江绍兴人。当时是《妇女杂志》的主编。1926年秋创办开明书店,任董事兼经理。这里说的"驳文",指他的《驳陈百年教授"一夫多妻的新护符"》一文,其中说:"我们中国人往往有一种牢不可破的最坏的下流脾气,就是喜欢崇拜博士,教授,以及所谓名流,因为陈先生是一位教授,特别是所谓'全国最高学府'北京大学的有名的教授,所以他对于我们一下了批评,就好像立刻宣告了我们的死罪一般,这篇文章发表以后,从各方面袭来的种种间接直接的指斥,攻击,迫害,已经使我们够受……而我们向《现代评论》所提起的反诉,等了一个多月,不但未见采纳,简直也未见驳回……并不是为什么,只为了我们不曾做大学教授。"

俄文译本《阿Q正传》序及
著者自叙传略[1]

《阿Q正传》序

这在我是很应该感谢,也是很觉得欣幸的事,就是:我的一篇短小的作品,仗着深通中国文学的王希礼(B.A.Vassiliev)[2]先生的翻译,竟得展开在俄国读者的面前了。

我虽然已经试做,但终于自己还不能很有把握,我是否真能够写出一个现代的我们国人的魂灵来。别人我不得而知,在我自己,总仿佛觉得我们人人之间各有一道高墙,将各个分离,使大家的心无从相印。这就是我们古代的聪明人,即所谓圣贤,将人们分为十等[3],说是高下各不相同。其名目现在虽然不用了,但那鬼魂却依然存在,并且,变本加厉,连一个人的身体也有了等差,使手对于足也不免视为下等的异类。造化生人,已经非常巧妙,使一个人不会感到别人的肉体上的痛苦了,我们的圣人和圣人之徒却又补了造化之缺,并且使人们不再会感到别人的精神上的痛苦。

我们的古人又造出了一种难到可怕的一块一块的文字;但我还并不十分怨恨,因为我觉得他们倒并不是故意的。然

83

而，许多人却不能借此说话了，加以古训所筑成的高墙，更使他们连想也不敢想。现在我们所能听到的，不过是几个圣人之徒的意见和道理，为了他们自己；至于百姓，却就默默的生长，萎黄，枯死了，像压在大石底下的草一样，已经有四千年！

要画出这样沉默的国民的魂灵来，在中国实在算一件难事，因为，已经说过，我们究竟还是未经革新的古国的人民，所以也还是各不相通，并且连自己的手也几乎不懂自己的足。我虽然竭力想摸索人们的魂灵，但时时总自憾有些隔膜。在将来，围在高墙里面的一切人众，该会自己觉醒，走出，都来开口的罢，而现在还少见，所以我也只得依了自己的觉察，孤寂地姑且将这些写出，作为在我的眼里所经过的中国的人生。

我的小说出版之后，首先收到的是一个青年批评家[4]的谴责；后来，也有以为是病的，也有以为滑稽的，也有以为讽刺的；或者还以为冷嘲[5]，至于使我自己也要疑心自己的心里真藏着可怕的冰块。然而我又想，看人生是因作者而不同，看作品又因读者而不同，那么，这一篇在毫无“我们的传统思想”的俄国读者的眼中，也许又会照见别样的情景的罢，这实在是使我觉得很有意味的。

一九二五年五月二十六日，于北京。鲁迅。

著者自叙传略

我于一八八一年生在浙江省绍兴府城里的一家姓周的家

里。父亲是读书的;母亲姓鲁,乡下人,她以自修得到能够看书的学力。听人说,在我幼小时候,家里还有四五十亩水田,并不很愁生计。但到我十三岁时,我家忽而遭了一场很大的变故[6],几乎什么也没有了;我寄住在一个亲戚家,有时还被称为乞食者。我于是决心回家,而我底父亲又生了重病,约有三年多,死去了。我渐至于连极少的学费也无法可想;我底母亲便给我筹办了一点旅费,教我去寻无需学费的学校去,因为我总不肯学做幕友或商人,——这是我乡衰落了的读书人家子弟所常走的两条路。

其时我是十八岁,便旅行到南京,考入水师学堂[7]了,分在机关科[8]。大约过了半年,我又走出,改进矿路学堂[9]去学开矿,毕业之后,即被派往日本去留学。但待到在东京的豫备学校[10]毕业,我已经决意要学医了,原因之一是因为我确知道了新的医学对于日本的维新[11]有很大的助力。我于是进了仙台(Sendai)医学专门学校,学了两年。这时正值俄日战争[12],我偶然在电影上看见一个中国人因做侦探而将被斩,因此又觉得在中国还应该先提倡新文艺。我便弃了学籍,再到东京,和几个朋友立了些小计画[13],但都陆续失败了。我又想往德国去,也失败了。终于,因为我底母亲和几个别的人[14]很希望我有经济上的帮助,我便回到中国来;这时我是二十九岁。

我一回国,就在浙江杭州的两级师范学堂做化学和生理学教员,第二年就走出,到绍兴中学堂去做教务长,第三年又走出,没有地方可去,想在一个书店去做编译员,到底被拒绝了。但革命也就发生，绍兴光复后，我做了师范学校的校长。革命政府在南京成立，教育部长招我去做部员，移入北京，一直到现在[15]。近几年，我还兼做北京大学，师范大学，女子师范大学的国文系讲师。

我在留学时候，只在杂志上登过几篇不好的文章[16]。初做小说是一九一八年，因了我的朋友钱玄同的劝告，做来登在《新青年》上的。这时才用"鲁迅"的笔名(Penname)；也常用别的名字做一点短论。现在汇印成书的只有一本短篇小说集《呐喊》，其余还散在几种杂志上。别的，除翻译不计外，印成的又有一本《中国小说史略》。

*　　　*　　　*

〔1〕　本篇最初发表于 1925 年 6 月 15 日《语丝》周刊第三十一期，是应《阿 Q 正传》俄译者王希礼之请而写的。其中《〈阿 Q 正传〉序》译成俄文后，收入 1929 年列宁格勒激浪出版社出版的《阿 Q 正传》(俄文版鲁迅短篇小说选集)一书。

〔2〕　王希礼　原名波·阿·瓦西里耶夫(Б.А.Васильев,？—1937)，苏联人。1925 年是河南国民革命第二军俄国顾问团成员。

〔3〕　圣贤将人们分为十等　《左传》昭公七年："天有十日，人有十等。下所以事上，上所以共(供)神也。故王臣公，公臣大夫，大夫臣士，士臣皂(皁)，皂臣舆，舆臣隶，隶臣僚，僚臣仆，仆臣台。"

〔4〕　青年批评家　指成仿吾，参看本卷第 212 页注〔96〕。他在《创造季刊》第二卷第二号(1924 年 2 月)发表的《〈呐喊〉的评论》一文中说："《阿 Q 正传》为浅薄的纪实的传记"，"描写虽佳，而结构极坏。"

〔5〕　《阿 Q 正传》发表后，曾出现这样一些评论：如张定璜的《鲁

迅先生》说:"《呐喊》的作家的看法带点病态,所以他看的人生也带点病态,其实实在的人生并不如此。"(见 1925 年 1 月 30 日《现代评论》一卷八期)冯文炳的《呐喊》说:"鲁迅君的刺笑的笔锋,随可以碰见,……至于阿 Q,更要使人笑得不亦乐乎。"(见 1924 年 4 月 13 日《晨报副刊》)周作人的《阿 Q 正传》说:"《阿 Q 正传》是一篇讽刺小说……因为他多是反语(irony),便是所谓冷的讽刺——'冷嘲'。"(见 1922 年 3 月 19 日《晨报副刊》)

〔6〕 变故 指鲁迅祖父周福清(介孚)于 1893 年(清光绪十九年)因科场案入狱一事。

〔7〕 水师学堂 即江南水师学堂,清政府 1890 年设立的一所海军学校。初分驾驶、管轮两科,不久增添鱼雷科。1915 年改为海军雷电学校。

〔8〕 机关科 即管轮科,现称轮机专业。

〔9〕 矿路学堂 即江南陆师学堂附设的矿务铁路学堂。创办于 1898 年,1902 年停办。

〔10〕 东京的豫备学校 指东京弘文学院,创办于 1902 年 1 月,是日本人嘉纳治五郎为中国留学生开设的补习日语和基础课的学校。1909 年停办。

〔11〕 日本的维新 指日本明治年间由封建社会向资本主义社会转变时期的自上而下的改革运动。1868 年明治天皇掌握政权,废除封建幕府制度,推行一系列有利于资本主义发展的政策,至 1889 年颁布《帝国宪法》,这一时期的改革运动,史称"明治维新"。在此以前,日本一部分学者曾大量输入和讲授西方医学,宣传西方科学技术,积极主张革新,对日本维新运动的兴起,曾起过一定的作用。

〔12〕 俄日战争 指 1904 年 2 月至 1905 年 9 月,沙皇俄国同日本帝国主义之间为争夺在我国东北地区和朝鲜的侵略权益而进行的一

次帝国主义战争。

〔13〕 小计画 指和许寿裳、周作人等筹办《新生》杂志和译介被压迫民族文学等事。参看《呐喊·自序》、《译文序跋集·〈域外小说集〉序》。

〔14〕 指周作人和他的妻子羽太信子等。

〔15〕 1912 年 1 月中华民国临时政府在南京成立,鲁迅应教育总长蔡元培之约赴教育部任职,同年 5 月随临时政府迁至北京,任社会教育司第二科科长。不久,第一科移交内务部,第二科改为第一科,1912年 8 月 26 日,鲁迅被委任为第一科科长。

〔16〕 指收入本书的《斯巴达之魂》、《说钿》和收入《坟》中的《人之历史》、《科学史教篇》、《文化偏至论》、《摩罗诗力说》等。

"田园思想"[1]

白波先生：

　　我所憎恶的所谓"导师"，是自以为有正路，有捷径，而其实却是劝人不走的人。倘有领人向前者，只要自己愿意，自然也不妨追踪而往。但这样的前锋，怕中国现在还找不到罢。所以我想，与其找胡涂导师，倒不如自己走，可以省却寻觅的工夫，横竖他也什么都不知道。至于我那"遇见森林，可以辟成平地，……"这些话[2]，不过是比方，犹言可以用自力克服一切困难，并非真劝人都到山里去。

鲁迅

【备考】：

来　信

鲁迅先生：

　　上星期偶然到五马路一爿小药店里去看我一个小表弟——他现在是店徒——走过亚东书馆，顺便走了进去。在杂乱的书报堆里找到了几期《语丝》，便买来把它读。在广告栏中看见了有所谓《莽原》的广告和目录，说是由先生主编的，定神一想，似乎刚才在亚东书馆也乱置在里面,便懊悔的什么似的。要再乘电车出去,时钱两缺,暂时把它丢开了。可是当我把《语丝》读完的时候,想念《莽原》的心思却忽然增高万倍,急中生智,马上写了一封信给我的可爱的表弟。下二天,我居然能安安逸逸的读《莽原》了。三期中最能引起我的兴致的,便是先生的小杂感。

上面不过要表明对于《莽原》的一种渴望,不是存心要耗费先生的时间。今天,我的表弟又把第四期的《莽原》寄给我了,白天很热,所以没有细读,现在是半夜十二时多了,在寂静的大自然中,洋烛光前,细读《编完写起》,一字一字的。尤其使我百读不厌的,是第一段关于"青年与导师"的话。因为这个念头近来把我扰的头昏,时时刻刻想找一些文章来读,借以得些解决。

先生说:"你们所多的是生力,遇见深林,可以开成平地的,遇见旷野,可以栽种树木的……,寻什么乌烟瘴气的鸟导师!"可真痛快之至了!

先生,我不愿对你说我是怎么烦闷的青年啦,我是多么孤苦啦,因为这些无聊的形容词非但不能引人注意,反生厌恶。我切急要对先生说的,是我正在找个导师呵!我所谓导师,不是说天天把书讲给我听,把道德……等指示我的,乃是正在找一个能给我一些真实的人生观的师傅!

大约一月前,我把嚣俄的《哀史》[3]念完了。当夜把它的大意仔细温习一遍,觉得嚣俄之所以写了这么长的一部伟著,其用意也不过是指示某一种人的人生观。他写《哀史》是在流放于 Channel Island[4] 时,所以他所指示的人是一种被世界,人类,社会,小人……甚至一个侦探所舍弃的人,但同时也是被他们监视的人。一个无辜的农夫,偷了一点东西来养母亲,卒至终生做了罪犯;逃了一次监,罪也加重一层。后来,竟能化名办实业,做县知事,乐善好施,救出了无数落难的人。而他自己则布衣素食,保持着一副沉毅的态度,还在夜间明灯攻读,以补少年失学之缺憾(这种处所,正是浪漫作家最得意之笔墨)。可是他终被一个侦探(社会上实有这种人的!)怀疑到一个与他同貌的农夫,及至最后审判的一天,他良心忍不住了,投案自首,说他才是个逃犯。至此,他自己知道社会上决不能再容他存在了。于是他一片赤诚救世之心,却无人来接受!这是何等的社会!可是他的身体可以受种种的束缚,他的心却是活的!所以他想出了以一个私生女儿为终生的安慰!他可为她死!他的生也是为了她。试看 Cosett[5] 与人家发生了爱,他老人家终夜不能入睡,是多么的烦闷呵!最后,她嫁了人,他老人家觉得责任已尽,人生也可告终了。于是也失踪了。

　　我以为嚣俄是指导被社会压迫与弃置的人,尽可做一些实在的事;其中未始没有乐趣。正如先生所谓"遇见深林……",虽则在动机上彼此或有些不同。差不多有一年之久,我终日想自己去做一些工作,不倚靠别人,总括一句,就是不要做智识阶级的人了,自己努力去另辟一新园地。后来又读托尔斯泰小说 Anna Karenina[6]，看副主人 Levin[7] 的田园生活，更证明我前念之不错。及至后来读了 Hardy 的悲观色彩十分浓厚的 Tess[8]，对于乡村实在有些入魔了！不过以 Hardy 的生活看来，勤勤恳恳的把 Wessex 写给了世人，自己孜孜于文学生涯，觉得他的生活，与嚣俄或托尔斯泰所写的有些两样，一是为了他事失败而才从事的，而哈代则生来愿意如此（虽然也许是我妄说，但不必定是哈代，别的人一定很多）。虽然结果一样，其"因"却大相径庭。一是进化的，前者却是退化了。

因为前天在某文上见引用一句歌德的话："做是容易的，想却难了！"于是从前种种妄想，顿时消灭的片屑不存。因为照前者的入田园，只能算一种"做"，而"想"却绝对谭不到，平心而论，一个研究学问或作其他事业的人一旦遭了挫折，便去归返自然，只能算"做"一些简易的工作，和我国先前的隐居差不多，无形中已陷于极端的消极了！一个愚者而妄想"想"，自然痴的可怜，但一遇挫折己便反却，却是退化了。

先生的意思或许不是这些，但现今田园思想充斥了全国青年的头脑中，所以顺便写了一大堆无用的话。但不知先生肯否给我以稍为明了一些的解释呢？

先生虽然万分的憎恶所谓"导师"，我却从心坎里希望你做一些和厨川白村相像的短文（这相像是我虚拟的），给麻木的中国人一些反省。

　　　　　　　　　　　　白波，上海同文书院。六月。

＊　　　＊　　　＊

〔1〕　本篇最初发表于1925年6月12日《莽原》周刊第八期。现据鲁迅重抄稿校订。

〔2〕　参看《华盖集·导师》。

〔3〕　嚣俄　通译雨果(V.Hugo,1802—1885),法国作家。《哀史》,即《悲惨世界》。

〔4〕　Channel Island　海峡群岛,在英吉利海峡。1851年后,雨果流亡于海峡群岛的泽西岛,后转往格恩济岛。

〔5〕　Cosett　柯赛特,《悲惨世界》中的人物。

〔6〕　Anna Karenina　《安娜·卡列尼娜》。

〔7〕　Levin　列文,《安娜·卡列尼娜》中的人物。

〔8〕　Hardy　哈代(1840—1928),英国作家。Tess,《苔丝》。下文的 Wessex,《威塞克思》。

流言和谎话[1]

这一回编辑《莽原》时,看见论及北京女子师范大学风潮[2]的投稿里,还有用"某校"字样和几个方匡子[3]的,颇使我觉得中国实在还很有存心忠厚的君子,国事大有可为。但其实,报章上早已明明白白地登载过许多次了。

今年五月,为了"同系学生同时登两个相反的启事[4]已经发现了……"那些事,已经使"喜欢怀疑"的西滢先生有"好像一个臭毛厕"之叹(见《现代评论》二十五期《闲话》),现在如果西滢先生已回北京,或者要更觉得"世风日下"了罢,因为三个相反,或相成的启事[5]已经发现了:一是"女师大学生自治会";二是"杨荫榆";三是单叫作"女师大"。

报载对于学生"停止饮食茶水"[6],学生亦云"既感饥荒之苦,复虑生命之危",而"女师大"云"全属子虚",是相反的。而杨荫榆云"本校原望该生等及早觉悟自动出校并不愿其在校受生活上种种之不便也",则似乎饮食确已停止,和"女师大"说相反,与报章及学生说相成。

学生云"杨荫榆突以武装入校,勒令同学全体即刻离校,嗣复命令军警肆意毒打侮辱……",而杨荫榆云"荫榆于八月一日到校……暴劣学生肆行滋扰……故不能不请求警署拨派巡警保护……",是因为"滋扰"才请派警,与学生说相反的。

而"女师大"云"不料该生等非特不肯遵命竟敢任情谩骂极端侮辱……幸先经内右二区派拨警士在校防护……",是派警在先,"滋扰"在后,和杨荫榆说相反的。至于京师警察厅行政处公布,则云"查本厅于上月三十一日准国立北京女子师范大学函……请准予八月一日照派保安警察三四十名来校……",乃又与学生及"女师大"说相成了。杨荫榆确是先期准备了"武装入校",而自己竟不知道,以为临时叫来,真是离奇。

杨先生大约真如自己的启事所言,"始终以培植人才恪尽职守为素志……服务情形为国人所共鉴"的罢。"素志"我不得而知,至于"服务情形",则不必再说别的,只要一看本月一日至四日的"女师大"和她自己的两个启事之离奇闪烁就尽够了!撒谎造谣,即在局外者也觉得。如果是严厉的观察者和批评者,即可以执此而推论其他。

但杨先生却道:"所以勉力维持至于今日者非贪恋个人之地位为彻底整饬学风计也",窃以为学风是决非造谣撒谎所能整饬的;——地位自然不在此例。

且住,我又来说话了,或者西滢先生们又许要听到许多"流言"。然而请放心罢,我虽然确是"某籍"[7],也做过国文系的一两点钟的教员,但我并不想谋校长,或仍做教员以至增加钟点;也并不为子孙计,防她们会在女师大被诬被革,挨打挨饿。我借一句 Lermontov[8]的愤激的话告诉你们:"我幸而没有女儿!"

八月五日。

＊　　　　＊　　　　＊

〔1〕　本篇最初发表于 1925 年 8 月 7 日《莽原》周刊第十六期。现据鲁迅重抄稿校订。

〔2〕　北京女子师范大学风潮　1924 年秋,国立北京女子师范大学发生反对校长杨荫榆的风潮,迁延数月,未得解决。1925 年 1 月,学生代表赴教育部诉述杨氏掌校以来的种种黑暗情况,并发表宣言不承认她为校长。同年 4 月,司法总长兼教育总长章士钊下令"整顿学风",助长了杨的气焰,5 月 7 日,杨以校长身份强行主持纪念国耻讲演会,遭到学生反对,9 日,她即假借评议会名义开除学生自治会职员六人,8 月 1 日复带领武装警察到校,强令解散国文系三年级等四班,激起学生更大的反抗。

〔3〕　"某校"字样和几个方匡子　1925 年 8 月 7 日《莽原》周刊第十六期所载朱大枏的《听说——想起》一文中,称女师大为"某校"。又同期效痴的《可悲的女子教育》一文用□□□代指杨荫榆和章士钊。

〔4〕　两个相反的启事　1925 年 5 月 17、18 日《晨报》第二版曾刊有《国立北京女子师范大学音乐系、体育系紧要启事》和《国立北京女子师范大学哲教系全体学生紧要启事》,声称"严守中立","并未参与""本校风潮"云云。随后,三系学生在 5 月 22 日《京报》第二版登出《国立女子师范大学音乐系、哲学系、体育系启事》,声明驱杨是"全体同学公意",对上述"冒名启事"予以澄清。

〔5〕　三个相反或相成的启事　指 1925 年 8 月 3 日《京报》所载的《女师大学生自治会紧要启事》和次日该报刊载的《杨荫榆启事》及杨以学校名义发的《女师大启事》。前一启事抨击杨荫榆 8 月 1 日率领军警进校迫害学生的暴行,后两个启事则竭力为这一暴行辩护。

〔6〕　"停止饮食茶水"　见 1925 年 8 月 2 日《京报》所载《杨荫榆带警入女师大》的报道。

〔7〕 "某籍" 陈西滢在《现代评论》第一卷第二十五期(1925年
5月30日)《闲话·粉刷毛厕》中说:"我们在报纸上看见女师大七教员的
宣言。以前我们常常听说女师大的风潮,有在北京教育界占最大势力
的某籍某系的人在暗中鼓动,可是我们总不敢相信。……但是这篇宣
言一出,免不了流言更加传布得厉害了。"某籍,指浙江。发表宣言的七
人中有六人是浙江籍。某系,指北京大学国文系。参见《华盖集·我的
"籍"和"系"》。

〔8〕 Lermontov 莱蒙托夫(М.Ю.Лермонтов,1814—1841),俄
国作家。著有长诗《诗人之死》、《恶魔》及中篇小说《当代英雄》等。"我
幸而没有女儿",是《当代英雄·毕巧林日记》中一个人物说的话。

通　信^{〔1〕}（复霉江）

霉江先生：

　　如果"叛徒"们造成战线而能遇到敌人，中国的情形早已不至于如此，因为现在所遇见的并无敌人，只有暗箭罢了。所以想有战线，必须先有敌人，这事情恐怕还辽远得很，若现在，则正如来信所说，大概连是友是仇也不大容易分辨清楚的。

　　我对于《语丝》的责任，只有投稿，所以关于刊载的事，不知其详。至于江先生的文章^{〔2〕}，我得到来信后，才看了一点。我的意见，以为先生太认真了，大约连作者自己也未必以为他那些话有这么被人看得值得讨论。

　　先生大概年纪还青，所以竟这样愤慨，而且推爱及我，代我发愁，我实在不胜感谢。这事其实是不难的，只要打听大学教授陈源（即西滢）先生，也许能够知道章士钊^{〔3〕}是否又要"私禀执政"，因为陈教授那里似乎常有"流言"飞扬。但是，这不是我的事。

　　　　　　　　　　　　　　　　　　鲁迅。九月一日。

【备考】：

来　信

鲁迅先生：

　　从近来《现代评论》之主张单独对英以媚亲日派的政府,侮辱学界之驱章为"打学潮糊涂账"以媚教育当局,骂"副刊至少有产生出来以备淘汰的价值"以侮辱"青年叛徒"及其领导者,藉达其下流的政客式的学者的拍卖人格的阴谋等等方面看来,我们深觉得其他有良心的学者和有人格的青年太少,太没有责任心,太怯懦了!从它的消售数目在各种周刊之上看(虽然有许多是送看的),从它的页数增加上看,我们可以知道卑污恶浊的社会里的读者最欢迎这类学术界中的《红》,《半月》或《礼拜六》。自从《新青年》停刊以后,思想界中再没有得力的旗帜鲜明的冲锋队了。如今"新青年的老同志有的投降了,有的退伍了,而新的还没练好",而且"势力太散漫了。"我今天上午着手草《联合战线》一文,致猛进社,语丝社,莽原社同人及全国的叛徒们的,目的是将三社同人及其他同志联合起来,印行一种刊物,注全力进攻我们本阶级的恶势力的代表:一系反动派的章士钊的《甲寅》,一系与反动派朋比为奸的《现代评论》。我正在写那篇文章的时候,N君拿着一份新出来的《语丝》,指给我看这位充满"阿Q精神"兼"推敲大教育家"江绍原的"小杂种",里面说道,"至于民报副刊,有人说是共产党办的。"江君翻打自己的嘴巴,乱生"小杂种",一被谴于米先生(见京报副刊),再见斥于作《阿Q的一点精神》(见民报副刊)的辛人,老羞成怒,竟迁怒到民副记者的身上去了。最巧妙的是江君偏在不入大人老爷之眼的语丝上诡谲地加上"有人说"三个字。N君说,"大约这位推敲大家在共出十五期的民副上没曾推出一句共产的宣传来,而同时对于这位归国几满三年,从未作过一句宣传的文章,从未加入任何政党,从未卷入任何风潮,从未作任何活动的民副记者——一个颓废派诗人梭罗古勃的爱慕者,也终不能查出共产党的证据,所以只能加上'有人说'三字,一方面可以摆脱责任,一方面又可造谣。而拈阄还凑巧正拈到投在语丝上……"我于是立刻将我的《联合战线》一文撕得粉碎;我万没想到这《现代评论》上的好文章,竟会在《语丝》上刊出来。实在,在这个世界上谁是谁的伙伴或仇敌呢?我们永远感受着胡乱握手与胡乱刺杀的悲哀。

我看你们时登民副记者的文章,那末,你不是窝藏共产党的(即使你不是共产党)么?至少"有人说"你是的。章士钊褫你的职还不足以泄其愤吧,谨防着他或者又会"私禀执政"把你当乱党办的。一笑。

下一段是N君仿江绍原的"小杂种"体编的,我写的——

"……胡适之怎样?……想起来了,那位博士近来盛传被'皇上''德化'了,招牌怕不香吧。

"陈西滢怎样?……听说近来被人指为'英日帝

国主义者和某军阀的走狗章士钊’的‘党徒’……

　　"至于江绍原,有人说他是一般人所指为学者人格拍卖公司现代评论社的第□支部总经理。……"

　　本函倘可给莽原补白,尚祈教正,是荷。

　　　　　　　　　　　　　　　　霉江谨上。

　　＊　　　　＊　　　　＊

〔1〕　本篇最初发表于1925年9月4日《莽原》周刊第二十期。

〔2〕　江先生　即江绍原(1898—1983),安徽旌德人,北京大学哲学系肄业,1920年赴美留学,1923年回国后任北大哲学系讲师。他在《语丝》周刊第四十二期(1925年8月31日)发表《仿近人体骂章川岛》一文,其中多用反话,如说"至于《民报》副刊,有人说是共产党办的"等,霉江误以为是正面的诬蔑,表示愤慨。

〔3〕　章士钊(1881—1973)　字行严,湖南善化(今属长沙)人,当时任段祺瑞执政府司法总长兼教育总长。他在所办的《甲寅》周刊发表的一些文章中,常有"密呈执政"和"密言于执政"一类话。

一九二六年

《痴华鬘》题记^[1]

　　尝闻天竺^[2]寓言之富,如大林深泉,他国艺文,往往蒙其影响。即翻为华言之佛经中,亦随在可见,明徐元太辑《喻林》^[3],颇加搜录,然卷帙繁重,不易得之。佛藏^[4]中经,以譬喻为名者,亦可五六种,惟《百喻经》最有条贯。其书具名《百句譬喻经》;《出三藏记集》^[5]云,天竺僧伽斯那从《修多罗藏》^[6]十二部经中钞出譬喻,聚为一部,凡一百事,为新学者,撰说此经。萧齐永明十年九月十日,中天竺法师求那毗地^[7]出。以譬喻说法者,本经云,"如阿伽陀药^[8],树叶而裹之,取药涂毒竟,树叶还弃之,戏笑如叶裹,实义在其中"也。王君品青^[9]爱其设喻之妙,因除去教诫,独留寓言;又缘经末有"尊者僧伽斯那造作《痴华鬘》竟"语,即据以回复原名,仍印为两卷。尝称百喻,而实缺二者,疑举成数,或并以卷首之引,卷末之偈为二事也。尊者造论,虽以正法为心,譬故事于树叶,而言必及法,反多拘牵;今则已无阿伽陀药,更何得有药裹,出离界域,内外洞然,智者所见,盖不惟佛说正义而已矣。

　　中华民国十五年五月十二日,鲁迅。

＊　　　　＊　　　　＊

〔1〕　本篇最初印入王品青校点的《痴华鬘》一书,该书 1926 年 6 月由北新书局出版。

〔2〕　天竺　我国古代对印度的称呼。唐玄奘《大唐西域记·滥波国》:"天竺之称,异议纠纷,……今从正音宜云印度。"

〔3〕　徐元太(1536—?)　字汝贤,安徽宣城人,明嘉靖年间进士,官至刑部尚书。《喻林》,辑录我国古籍和佛经中寓言故事的类书,一二〇卷,分十门,每门各分子目,凡五百八十余类。有明代万历乙卯(1615)刊本。

〔4〕　佛藏　原为汉译佛教经典的总集名,通称《大藏经》,后为一切文种的佛教经籍的总称。藏经的编辑从南北朝时即开始,刊印最早始于宋开宝五年(972)的印雕佛经一藏,后历朝均有刊刻。其中以譬喻为集名的,除《百喻经》外,还有《大集譬喻王经》、《佛说譬喻经》、《阿育王譬喻经》、《法句譬喻经》、《杂譬喻经》等。

〔5〕　《出三藏记集》　南朝梁僧祐撰,十五卷。书中记载佛教经典经、律、论三藏的书目、序跋和各种译文的异同。

〔6〕　僧伽斯那　古印度的一个佛教法师。《修多罗藏》,即佛教著作"经"、"律"、"论"三藏之一的经藏。修多罗(Sutra),梵语"经"的音译。

〔7〕　求那毗地　僧伽斯那的弟子,《百喻经》最早的汉译者。

〔8〕　阿伽陀药　梵语 Agada 的音译,意为万灵药。

〔9〕　王品青(? —1927)　河南济源人,北京大学毕业,曾任北京孔德学校教师。

《穷人》小引[1]

千八百八十年，是陀思妥夫斯基[2]完成了他的巨制之一《卡拉玛卓夫兄弟》这一年；他在手记[3]上说："以完全的写实主义在人中间发见人。这是彻头彻尾俄国底特质。在这意义上，我自然是民族底的。……人称我为心理学家（Psychologist）。这不得当。我但是在高的意义上的写实主义者，即我是将人的灵魂的深，显示于人的。"第二年，他就死了。

显示灵魂的深者，每要被人看作心理学家；尤其是陀思妥夫斯基那样的作者。他写人物，几乎无须描写外貌，只要以语气，声音，就不独将他们的思想和感情，便是面目和身体也表示着。又因为显示着灵魂的深，所以一读那作品，便令人发生精神底变化。灵魂的深处并不平安，敢于正视的本来就不多，更何况写出？因此有些柔软无力的读者，便往往将他只看作"残酷的天才"[4]。

陀思妥夫斯基将自己作品中的人物们，有时也委实太置之万难忍受的，没有活路的，不堪设想的境地，使他们什么事都做不出来。用了精神底苦刑，送他们到那犯罪，痴呆，酗酒，发狂，自杀的路上去。有时候，竟至于似乎并无目的，只为了手造的牺牲者的苦恼，而使他受苦，在骇人的卑污的状态上，表示出人们的心来。这确凿是一个"残酷的天才"，人的灵魂

105

的伟大的审问者。

　　然而,在这"在高的意义上的写实主义者"的实验室里,所处理的乃是人的全灵魂。他又从精神底苦刑,送他们到那反省,矫正,忏悔,苏生的路上去;甚至于又是自杀的路。到这样,他的"残酷"与否,一时也就难于断定,但对于爱好温暖或微凉的人们,却还是没有什么慈悲的气息的。

　　相传陀思妥夫斯基不喜欢对人述说自己,尤不喜欢述说自己的困苦;但和他一生相纠结的却正是困难和贫穷。便是作品,也至于只有一回是并没有豫支稿费的著作。但他掩藏着这些事。他知道金钱的重要,而他最不善于使用的又正是金钱;直到病得寄养在一个医生的家里了,还想将一切来诊的病人当作佳客。他所爱,所同情的是这些,——贫病的人们,——所记得的是这些,所描写的是这些;而他所毫无顾忌地解剖,详检,甚而至于鉴赏的也是这些。不但这些,其实,他早将自己也加以精神底苦刑了,从年青时候起,一直拷问到死灭。

　　凡是人的灵魂的伟大的审问者,同时也一定是伟大的犯人。审问者在堂上举劾着他的恶,犯人在阶下陈述他自己的善;审问者在灵魂中揭发污秽,犯人在所揭发的污秽中阐明那埋藏的光耀。这样,就显示出灵魂的深。

　　在甚深的灵魂中,无所谓"残酷",更无所谓慈悲;但将这灵魂显示于人的,是"在高的意义上的写实主义者"。

　　陀思妥夫斯基的著作生涯一共有三十五年,虽那最后的十年很偏重于正教[5]的宣传了,但其为人,却不妨说是始终

一律。即作品，也没有大两样。从他最初的《穷人》起，最后的
《卡拉玛卓夫兄弟》止，所说的都是同一的事，即所谓"捉住了
心中所实验的事实，使读者追求着自己思想的径路，从这心的
法则中，自然显示出伦理的观念来。"[6]

这也可以说：穿掘着灵魂的深处，使人受了精神底苦刑而
得到创伤，又即从这得伤和养伤和愈合中，得到苦的涤除，而
上了苏生的路。

《穷人》是作于千八百四十五年，到第二年发表的；是第一
部，也是使他即刻成为大家的作品；格里戈洛维奇和涅克拉梭
夫[7]为之狂喜，培林斯基[8]曾给他公正的褒辞。自然，这也
可以说，是显示着"谦逊之力"[9]的。然而，世界竟是这么广
大，而又这么狭窄；穷人是这么相爱，而又不得相爱；暮年是这
么孤寂，而又不安于孤寂。他晚年的手记说："富是使个人加
强的，是器械底和精神底满足。因此也将个人从全体分
开。"[10]富终于使少女从穷人分离了，可怜的老人便发了不成
声的绝叫。爱是何等地纯洁，而又何其有搅扰咒诅之心呵！

而作者其时只有二十四岁，却尤是惊人的事。天才的心
诚然是博大的。

中国的知道陀思妥夫斯基将近十年了，他的姓已经听得
耳熟，但作品的译本却未见。这也无怪，虽是他的短篇，也没
有很简短，便于急就的。这回丛芜[11]才将他的最初的作品，
最初绍介到中国来，我觉得似乎很弥补了些缺憾。这是用
Constance Garnett[12]的英译本为主，参考了 Modern
Library[13]的英译本译出的，歧异之处，便由我比较了原白

光〔14〕的日文译本以定从违,又经素园〔15〕用原文加以校定。在陀思妥夫斯基全集十二巨册中,这虽然不过是一小分,但在我们这样只有微力的人,却很用去许多工作了。藏稿经年,才得印出,便借了这短引,将我所想到的写出,如上文。陀思妥夫斯基的人和他的作品,本是一时研究不尽的,统论全般,决非我的能力所及,所以这只好算作管窥之说;也仅仅略翻了三本书:Dostoievsky's Literarsche Schriften, Mereschkovsky's Dostoievsky und Tolstoy,〔16〕昇曙梦〔17〕的《露西亚文学研究》。

俄国人姓名之长,常使中国的读者觉得烦难,现在就在此略加解释。那姓名全写起来,是总有三个字的:首先是名,其次是父名,第三是姓。例如这书中的解屋斯金,是姓;人却称他马加尔亚列舍维奇,意思就是亚列舍的儿子马加尔,是客气的称呼;亲昵的人就只称名,声音还有变化。倘是女的,便叫她"某之女某"。例如瓦尔瓦拉亚列舍夫那,意思就是亚列舍的女儿瓦尔瓦拉;有时叫她瓦兰加,则是瓦尔瓦拉的音变,也就是亲昵的称呼。

一九二六年六月二日之夜,鲁迅记于东壁下。

* * *

〔1〕 本篇最初发表于1926年6月14日《语丝》周刊第八十三期,为韦丛芜所译《穷人》而作。

《穷人》,陀思妥耶夫斯基的长篇小说,发表于1846年。韦丛芜的译本1926年6月由未名社出版,为《未名丛刊》之一。

〔2〕 陀思妥夫斯基(Φ.М.Достоевский,1821—1881) 通译陀

思妥耶夫斯基,俄国作家。著有长篇小说《穷人》、《白夜》、《被侮辱与被损害的》、《罪与罚》等。

〔3〕 手记 陀思妥耶夫斯基《文学著作集》的第三部分,录自1880年的笔记。这里的引文见《手记·我》。

〔4〕 "残酷的天才" 这是俄国文艺评论家米哈依洛夫斯基评论陀思妥耶夫斯基的文章题目。

〔5〕 正教 即东正教,基督教的一派。1054年基督教分裂为东西两派,东派自称正宗,故名。主要分布于希腊、南斯拉夫、罗马尼亚、保加利亚和俄国等。

〔6〕 "捉住了心中所实验的事实"等语,见日本昇曙梦《露西亚文学研究·陀思妥耶夫斯基论》。

〔7〕 格里戈洛维奇(Д.В.Григорович,1822—1899) 俄国作家。著有小说《乡村》、《苦命人安东》及《文学回忆录》、《美术史和美术理论文集》等。涅克拉梭夫(Н.А.Некрасов,1821—1878),通译涅克拉索夫,俄国诗人。著有长诗《严寒,通红的鼻子》、《在俄罗斯谁能快乐而自由》等。

〔8〕 培林斯基(В.Г.Белинский,1811—1848) 通译别林斯基,俄国文学评论家、哲学家。著有《文学的幻想》、《论普希金的作品》、《一八四六年俄国文学一瞥》、《一八四七年俄国文学一瞥》等。

〔9〕 "谦逊之力" 见昇曙梦《露西亚文学研究·陀思妥耶夫斯基论》。

〔10〕 "富是使个人加强的"等语 见陀思妥耶夫斯基《手记·财富》。

〔11〕 丛芜 韦丛芜(1905—1978),安徽霍丘人,未名社成员。译有陀思妥耶夫斯基的《罪与罚》、《穷人》等。

〔12〕 Constance Garnett 康斯坦斯·迦内特(1862—1946),英国

女翻译家。曾翻译俄国作家列夫·托尔斯泰、陀思妥耶夫斯基、契诃夫等人的作品。

〔13〕 Modern Library 《现代丛书》,美国现代丛书社出版。

〔14〕 原白光(1890—1971) 日本的俄国文学翻译家。

〔15〕 素园 韦素园(1902—1932),安徽霍丘人,未名社成员。译有果戈理的中篇小说《外套》、俄国短篇小说集《最后的光芒》等。

〔16〕 Dostoievsky's Literarsche Schriften 德语:《陀思妥耶夫斯基文学著作集》;Mereschkovsky's Dostoievsky und Tolstoy,德语:梅列日科夫斯基《陀思妥耶夫斯基与托尔斯泰》。梅列日科夫斯基(Д.С.Мережковский,1866—1941),俄国作家,象征主义和神秘主义者。1920年流亡法国。著有历史小说《基督和反基督》、历史剧《保罗一世》等。

〔17〕 昇曙梦(1878—1958) 日本的俄国文学研究者、翻译家。著有《俄国近代文艺思想史》、《露西亚文学研究》,译有列夫·托尔斯泰《复活》等。

通　　信[1]（复未名）

未名先生：

多谢你的来信，使我们知道，知道我们的《莽原》原来是"谈社会主义"的。

这也不独武昌的教授为然，全国的教授都大同小异。一个已经足够了，何况是聚起来成了"会"。他们的根据，就在"教授"，这是明明白白的。我想他们的话在"会"里也一定不会错。为什么呢？就因为他们是教授。我们的乡下评定是非，常是这样："赵太爷说对的，还会错么？他田地就有二百亩！"

至于《莽原》，说起来实在惭愧，正如武昌的 C 先生来信所说，不过"是些废话和大部分的文艺作品"。我们倒也并不是看见社会主义四个字就吓得两眼朝天，口吐白沫，只是没有研究过，所以也没有谈，自然更没有用此来宣传任何主义的意思。"为什么要办刊物？一定是要宣传什么主义。为什么要宣传主义？一定是在得某国的钱"这一类的教授逻辑，在我们的心里还没有。所以请你尽可放心看去，总不至于因此会使教授化为白痴，富翁变成乞丐的。——但保险单我可也不写。

你的名字用得不错，在现在的中国，这种"加害"的确要防的。北京大学的一个学生因为投稿用了真名，已经被教授老爷谋害了[2]。《现代评论》上有人发议论[3]道，"假设我们把知识阶级完全打倒后一百年，世界成个什么世界呢？"你看他多么"心上有杞天之虑"[4]？

鲁迅。六，九。

顺便答复 C 先生：来信已到，也就将上面那些话作为回答罢。

【备考】：

来　信

鲁迅先生：

我们学校里也有一个小小的图书馆，虽说不到国内的报章刊物杂志一切尽有，大概也有一二种；而办学者虽说不到以全副力量在这里办学，总算得是出了一点狗力在这里厮闹。

有一天，一位同学要求图书馆主任订购《莽原》，主任把这件事提交教授会议——或者是评议会，经神圣的教授会审查，说《莽原》是谈社会主义的，不能订。然而主任敌不过那同学的要求，终究订了。

我自从听到《莽原》是谈社会主义的以后，便细心的从第一期起，重行翻阅一回，始终一点儿证据也找不着。不知他们所说的根据在何处？——恐怕他们的见解独到罢。这是要问你的一点。

因为我喜欢看《莽原》，忽然听到教授老爷们说它谈社会主义，像我这样的学生小子，自然是要起恐慌的。因为社会主义这四字是不好的名词，像洪水猛兽的一般——在他们看起来。因为现在谈社会主义的书，就像从前"有图画的本子，就要被塾师，就是当时的'引导青年的前辈'禁止，呵斥，甚而至于打手心"一样。因为恐怕他们禁止我读我爱读的《莽原》，而要我去读"人之初性本善"，至于呵斥，打手心，所以害怕得要死。这也是要问你的一点，要问你一个明白的一点。

有此两点，所以要问你，因为大学教授说的话，比较的真确——不是放屁，所以要问你，要问你《莽原》到底是不是谈社会主义。

六，一，未名于武昌。

我并不是姓未名名，也不是名未名，未名也不是我的别号，也不是像你们未名社没有取名字的意义。我的名二十一年前已经取好了，只是怕你把它宣布出来，那末他们教授老爷就要加害于我，所以不写出来。因为没有写出自己的真名字，就名之曰未名。

*　　　*　　　*

〔1〕　本篇最初发表于1926年6月25日《莽原》半月刊第十二期。

〔2〕　关于学生因为投稿被教授谋害的事，北京大学英语系学生董秋芳在1926年3月30日《京报副刊》发表《可怕与可杀》一文，指斥陈西滢等把三一八惨案的责任"放在群众领袖的身上"。陈便利用北大英

语系主任的职权,拒发英语翻译本给董,使他得不到该课成绩而影响毕业。董曾将此事经过告诉鲁迅。

〔3〕 指牛荣声的《开倒车》一文,见《现代评论》第七十八期(1926年6月5日),其中说:"即如现在急进派骂稳健派为'开倒车',照他们的主张,必须把知识阶级打倒,把一切社会制度根本推翻,方不是'开倒车'。不过大家要细想:假设我们把知识阶级完全打倒后一百年,世界成个什么世界呢。"

〔4〕 "心上有杞天之虑" 这是杨荫榆掉弄成语"杞人忧天"而成的文句。见她1925年5月14日印发的《国立北京女子师范大学校长杨荫榆对于本校暴烈学生之感言》。5月20日《晨报》曾以《"教育之前途棘矣!"》为正题,《杨荫榆宣言》为副题发表这篇《感言》。

一九二七年

文艺与政治的歧途[1]

——十二月二十一日在上海暨南大学讲

我是不大出来讲演的；今天到此地来，不过因为说过了好几次，来讲一回也算了却一件事。我所以不出来讲演，一则没有什么意见可讲，二则刚才这位先生说过，在座的很多读过我的书，我更不能讲什么。书上的人大概比实物好一点，《红楼梦》[2]里面的人物，像贾宝玉林黛玉这些人物，都使我有异样的同情；后来，考究一些当时的事实，到北京后，看看梅兰芳姜妙香[3]扮的贾宝玉林黛玉，觉得并不怎样高明。

我没有整篇的鸿论，也没有高明的见解，只能讲讲我近来所想到的。我每每觉到文艺和政治时时在冲突之中；文艺和革命原不是相反的，两者之间，倒有不安于现状的同一。惟政治是要维持现状，自然和不安于现状的文艺处在不同的方向。不过不满意现状的文艺，直到十九世纪以后才兴起来，只有一段短短历史。政治家最不喜欢人家反抗他的意见，最不喜欢人家要想，要开口。而从前的社会也的确没有人想过什么，又没有人开过口。且看动物中的猴子，它们自有它们的首领；首领要它们怎样，它们就怎样。在部落里，他们有一个酋长，他

115

们跟着酋长走,酋长的吩咐,就是他们的标准。酋长要他们死,也只好去死。那时没有什么文艺,即使有,也不过赞美上帝(还没有后人所谓 God[4]那么玄妙)罢了!那里会有自由思想?后来,一个部落一个部落你吃我吞,渐渐扩大起来,所谓大国,就是吞吃那多多少少的小部落;一到了大国,内部情形就复杂得多,夹着许多不同的思想,许多不同的问题。这时,文艺也起来了,和政治不断地冲突;政治想维系现状使它统一,文艺催促社会进化使它渐渐分离;文艺虽使社会分裂,但是社会这样才进步起来。文艺既然是政治家的眼中钉,那就不免被挤出去。外国许多文学家,在本国站不住脚,相率亡命到别个国度去;这个方法,就是"逃"。要是逃不掉,那就被杀掉,割掉他的头;割掉头那是最好的方法,既不会开口,又不会想了。俄国许多文学家,受到这个结果,还有许多充军到冰雪的西伯利亚去。

有一派讲文艺的,主张离开人生,讲些月呀花呀鸟呀的话(在中国又不同,有国粹的道德,连花呀月呀都不许讲,当作别论),或者专讲"梦",专讲些将来的社会,不要讲得太近。这种文学家,他们都躲在象牙之塔[5]里面;但是"象牙之塔"毕竟不能住得很长久的呀!象牙之塔总是要安放在人间,就免不掉还要受政治的压迫。打起仗来,就不能不逃开去。北京有一班文人[6],顶看不起描写社会的文学家,他们想,小说里面连车夫的生活都可以写进去,岂不把小说应该写才子佳人一首诗生爱情的定律都打破了吗?现在呢,他们也不能做高尚的文学家了,还是要逃到南边来;"象牙之塔"的窗子里,到底没有一块一块面包递进来的呀!

等到这些文学家也逃出来了,其他文学家早已死的死,逃的逃了。别的文学家,对于现状早感到不满意,又不能不反对,不能不开口,"反对""开口"就是有他们的下场。我以为文艺大概由于现在生活的感受,亲身所感到的,便影印到文艺中去。挪威有一文学家[7],他描写肚子饿,写了一本书,这是依他所经验的写的。对于人生的经验,别的且不说,"肚子饿"这件事,要是欢喜,便可以试试看,只要两天不吃饭,饭的香味便会是一个特别的诱惑;要是走过街上饭铺子门口,更会觉得这个香味一阵阵冲到鼻子来。我们有钱的时候,用几个钱不算什么;直到没有钱,一个钱都有它的意味。那本描写肚子饿的书里,它说起那人饿得久了,看见路人个个是仇人,即是穿一件单裤子的,在他眼里也见得那是骄傲。我记起我自己曾经写过这样一个人,他身边什么都光了,时常抽开抽屉看看,看角上边上可以找到什么;路上一处一处去找,看有什么可以找得到;这个情形,我自己是体验过来的。

从生活窘迫过来的人,一到了有钱,容易变成两种情形:一种是理想世界,替处同一境遇的人着想,便成为人道主义;一种是什么都是自己挣起来,从前的遭遇,使他觉得什么都是冷酷,便流为个人主义。我们中国大概是变成个人主义者多。主张人道主义的,要想替穷人想想法子,改变改变现状,在政治家眼里,倒还不如个人主义的好;所以人道主义者和政治家就有冲突。俄国文学家托尔斯泰[8]讲人道主义,反对战争,写过三册很厚的小说——那部《战争与和平》,他自己是个贵族,却是经过战场的生活,他感到战争是怎么一个惨痛。尤其是他一临到长官的铁板前(战场上重要军官都有铁板挡住枪弹),更有刺心的痛楚。而他又眼见他的朋友们,很多在战场上牺牲掉。战争的结果,也可以变成两种态度:一种是英雄,他见别人死的死伤的伤,只有他健存,自己就觉得怎样了不得,这么那么夸耀战场上的威雄。一种是变成反对战争的,希望世界上不要再打仗了。托尔斯泰便是后一种,主张用无抵抗主义来消灭战争。他这么主张,政府自然讨厌他;反对战争,和俄皇的侵掠欲望冲突;主张无抵抗主义,叫兵士不替皇帝打仗,警察不替皇帝执法,审判官不替皇帝裁判,大家都不去捧皇帝;皇帝是全要人捧的,没有人捧,还成什么皇帝,更和政治相冲突。这种文学家出来,对于社会现状不满意,这样批评,那样批评,弄得社会上个个都自己觉到,都不安起来,自然非杀头不可。

但是,文艺家的话其实还是社会的话,他不过感觉灵敏,早感到早说出来(有时,他说得太早,连社会也反对他,也排轧他)。譬如我们学兵式体操,行举枪礼,照规矩口令是"举……枪"这般叫,一定要等"枪"字令下,才可以举起。有些人却是一听到"举"字便举起来,叫口令的要罚他,说他做错。文艺家在社会上正是这样;他说得早一点,大家都讨厌他。政治家认定文学家是社会扰乱的煽动者,心想杀掉他,社会就可平安。殊不知杀了文学家,社会还是要革命;俄国的文学家被杀掉的充军的不在少数,革命的火焰不是到处燃着吗?文学家生前大概不能得到社会的同情,潦倒地过了一生,直到死后四五十年,才为社会所认识,大家大闹起来。政治家因此更厌恶文学家,以为文学家早就种下大祸根;政治家想不准大家思想,而那野蛮时代早已过去了。在座诸位的见解,我虽然不知道;据我推测,一定和政治家是不相同;政治家既永远怪文艺家破坏他们的统一,偏见如此,所以我从来不肯和政治家去说。

到了后来,社会终于变动了;文艺家先时讲的话,渐渐大家都记起来了,大家都赞成他,恭维他是先知先觉。虽是他活的时候,怎样受过社会的奚落。刚才我来讲演,大家一阵子拍手,这拍手就见得我并不怎样伟大;那拍手是很危险的东西,拍了手或者使我自以为伟大不再向前了,所以还是不拍手的好。上面我讲过,文学家是感觉灵敏了一点,许多观念,文学家早感到了,社会还没有感到。譬如今天衣萍[9]先生穿了皮袍,我还只穿棉袍;衣萍先生对于天寒的感觉比我灵。再过一月,也许我也感到非穿皮袍不可,在天气上的感觉,相差到一个月,在思想上的感觉就得相差到三四十年。这个话,我这么讲,也有许多文学家在反对。我在广东,曾经批评一个革命文学家[10]——现在的广东,是非革命文学不能算做文学的,是非"打打打,杀杀杀,革革革,命命命",不能算做革命文学的——我以为革命并不能和文学连在一块儿,虽然文学中也有文学革命。但做文学的人总得闲定一点,正在革命中,那有功夫做文学。我们且想想:在生活困乏中,一面拉车,一面"之乎者也",到底不大便当。古人虽有种田做诗的,那一定不是自己在种田;雇了几个人替他种田,他才能吟他的诗;真要种田,就没有功夫做诗。革命时候也是一样;正在革命,那有功夫做诗？我有几个学生，在打陈炯明[11]时候，他们都在战场；我读了他们的来信，只见他们的字与词一封一封生疏下去。俄国革命以后，拿了面包票排了队一排一排去领面包；这时，国家既不管你什么文学家艺术家雕刻家；大家连想面包都来不及，那有功夫去想文学？等到有了文学，革命早成功了。革命成功以后，闲空了一点；有人恭维革命，有人颂扬革命，这已不是革命文学。他们恭维革命颂扬革命，就是颂扬有权力者，和革命有什么关系？

这时，也许有感觉灵敏的文学家，又感到现状的不满意，又要出来开口。从前文艺家的话，政治革命家原是赞同过；直到革命成功，政治家把从前所反对那些人用过的老法子重新采用起来，在文艺家仍不免于不满意，又非被排轧出去不可，或是割掉他的头。割掉他的头，前面我讲过，那是顶好的法子咾，——从十九世纪到现在，世界文艺的趋势，大都如此。

十九世纪以后的文艺，和十八世纪以前的文艺大不相同。十八世纪的英国小说，它的目的就在供给太太小姐们的消遣，所讲的都是愉快风趣的话。十九世纪的后半世纪，完全变成和人生问题发生密切关系。我们看了，总觉得十二分的不舒服，可是我们还得气也不透地看下去。这因为以前的文艺，好像写别一个社会，我们只要鉴赏；现在的文艺，就在写我们自己的社会，连我们自己也写进去；在小说里可以发见社会，也可以发见我们自己；以前的文艺，如隔岸观火，没有什么切身关系；现在的文艺，连自己也烧在这里面，自己一定深深感觉到；一到自己感觉到，一定要参加到社会去！

　　十九世纪,可以说是一个革命的时代;所谓革命,那不安于现在,不满意于现状的都是。文艺催促旧的渐渐消灭的也是革命(旧的消灭,新的才能产生),而文学家的命运并不因自己参加过革命而有一样改变,还是处处碰钉子。现在革命的势力已经到了徐州[12],在徐州以北文学家原站不住脚;在徐州以南,文学家还是站不住脚,即共了产,文学家还是站不住脚。革命文学家和革命家竟可说完全两件事。诋斥军阀怎样怎样不合理,是革命文学家;打倒军阀是革命家;孙传芳[13]所以赶走,是革命家用炮轰掉的,决不是革命文艺家做了几句"孙传芳呀,我们要赶掉你呀"的文章赶掉的。在革命的时候,文学家都在做一个梦,以为革命成功将有怎样怎样一个世界;革命以后,他看看现实全不是那么一回事,于是他又要吃苦了。照他们这样叫,啼,哭都不成功;向前不成功,向后也不成功,理想和现实不一致,这是注定的运命;正如你们从《呐喊》上看出的鲁迅和讲坛上的鲁迅并不一致;或许大家以为我穿洋服头发分开,我却没有穿洋服,头发也这样短短的。所以以革命文学自命的,一定不是革命文学,世间那有满意现状的革命文学?除了吃麻醉药!苏俄革命以前,有两个文学家,叶遂宁和梭波里[14],他们都讴歌过革命,直到后来,他们还是碰死在自己所讴歌希望的现实碑上,那时,苏维埃是成立了!

　　不过,社会太寂寞了,有这样的人,才觉得有趣些。人类是欢喜看看戏的,文学家自己来做戏给人家看,或是绑出去砍头,或是在最近墙脚下枪毙,都可以热闹一下子。且如上海巡捕用棒打人,大家围着去看,他们自己虽然不愿意挨打,但看见人家挨打,倒觉得颇有趣的。文学家便是用自己的皮肉在挨打的啦!

今天所讲的,就是这么一点点,给它一个题目,叫做……《文艺与政治的歧途》。

＊　　　＊　　　＊

〔1〕　本篇记录稿最初发表于 1928 年 1 月 29 日、30 日上海《新闻报·学海》第一八二、一八三期,署周鲁迅讲,刘率真(即曹聚仁)记。收入本书时经过作者校阅。

〔2〕　《红楼梦》　长篇小说,清代曹雪芹著。通行本为一二〇回,后四十回一般认为是高鹗续作。

〔3〕　梅兰芳(1894—1961)　名澜,字畹华,江苏泰州人,京剧艺术家。姜妙香(1890—1972),北京人,京剧演员,他们二人自 1916 年起同台演出《黛玉葬花》。

〔4〕　God　英语:上帝。

〔5〕　象牙之塔　原是法国十九世纪文艺评论家圣佩韦(C. A. Sainte Beuve,1804—1869)批评同时代消极浪漫主义诗人维尼的用语,后来用以比喻脱离现实生活的文艺家的小天地。

〔6〕　指新月社的一些人。梁实秋在 1926 年 3 月 27 日《晨报副刊》发表的《现代中国文学之浪漫的趋势》中说:“近年来新诗中产出了一个‘人力车夫派’。这一派是专门为人力车夫抱不平,以为神圣的人力车夫被经济制度压迫过甚,……其实人力车夫……既没有什么可怜恤的,更没有什么可赞美。”

〔7〕　指汉姆生,参看《集外集拾遗·哈谟生的几句话》及其注〔1〕。“写了一本书”指汉姆生著长篇小说《饥饿》。

〔8〕 托尔斯泰 即列夫·托尔斯泰(Л. Н. Толстой,1828—1910),俄国作家。出身于贵族地主家庭。他的作品无情地揭露沙皇制度和资本主义势力的种种罪恶,同时又宣扬道德的自我完善和"不用暴力抵抗邪恶"。著有长篇小说《战争与和平》、《安娜·卡列尼娜》、《复活》等。《战争与和平》是他以1812年拿破仑入侵俄国为题材的长篇小说,写于1863年至1869年。

〔9〕 衣萍 即章衣萍。参看本卷第241页注〔3〕。

〔10〕 指吴稚晖。参看《而已集·革命文学》。

〔11〕 陈炯明(1875—1933) 字竞存,广东海丰人,广东军阀。1917年任广东省长兼粤军总司令。1922年企图谋害孙中山发动武装叛乱,被击败后退守东江。1925年所部被广东革命军消灭。鲁迅的学生李秉中等曾参加讨伐陈炯明的战争。鲁迅在1926年6月17日致李秉中信中说:"这一年来,不闻消息,我可是历来没有忘记,但常有两种推测,一是在东江负伤或战死了,一是你已经变了一个武人,不再写字,因为去年你从梅县给我的信,内中已很有几个空白及没有写全的字了。"

〔12〕 革命的势力到了徐州 国民党发动"清党"反共之后仍以"北伐革命"为旗帜,1927年12月16日何应钦指挥的第一路军占领徐州,山东军阀张宗昌溃退。

〔13〕 孙传芳(1885—1935) 字馨远,山东历城人,北洋直系军阀。1925年盘踞东南五省,自任五省联军总司令。1926年冬,其主力在江西南昌、九江一带被北伐军击溃。

〔14〕 叶遂宁(С. А. Есенин,1895—1925) 通译叶赛宁,苏联诗人。他以描写宗法制度下田园生活的抒情诗著称。十月革命时曾向往革命,写过一些赞美革命的诗,如《天上的鼓手》等。但革命后陷入苦闷,最后自杀。著有长诗《四旬祭》、《苏维埃俄罗斯》等。梭波里(А. Соболь,1888—1926),苏联作家。十月革命后曾接近革命,但终因不满于现实生活而自杀。著有长篇小说《尘土》,短篇小说集《樱桃开花的时候》。

一 九 二 九 年

关于《关于红笑》^[1]

今天收到四月十八日的《华北日报》^[2]，副刊上有鹤西先生的半篇《关于红笑》的文章^[3]。《关于红笑》，我是有些注意的，因为自己曾经译过几页，那豫告，就登在初版的《域外小说集》^[4]上，但后来没有译完，所以也没有出版。不过也许是有些旧相识之故罢，至今有谁讲到这本书，大抵总还喜欢看一看。可是看完这《关于红笑》，却令我大觉稀奇了，也不能不说几句话。为要头绪分明，先将原文转载些在下面——

"昨天到蹇君家去，看见第二十卷第一号的《小说月报》，上边有梅川君译的《红笑》，这部书，因为我和骏祥也译过，所以禁不住要翻开看看，并且还想来说几句关于《红笑》的话。

"自然，我不是要说梅川君不该译《红笑》，没有这样的理由也没有这样的权力。不过我对于梅川君的译文有一点怀疑的地方，固然一个人原不该随便地怀疑别个，但世上偏就是这点奇怪，尽有是让人意想不到的事情。不过也许我底过虑是错的，而且在梅川君看来也是意想不到的事，那么，这错处就在我，而这篇文字也就只算辩明我自己没有抄袭别人。现在我先讲讲事实的经过。

　　"《红笑》,是我和骏祥,在去年暑假中一个多星期内赶完的,……赶完之后就给北新寄去。过了许久才接到小峰君十一月七日的信,说是因系两人所译,前后文不连贯,托石民君校阅,又说稿费在月底准可寄来。以后我一连写了几封信去催问,均未得到回信,……所以年假中就将底稿寻出,又改译了一遍。文气是重新顺了一遍(特别是后半部),错误及不妥的地方一共改了几十处,交岐山书局印行。稿子才交出不久,却接到小峰二月十九日的信,钱是寄来了,虽然被抹去一点零头,因为稿子并未退回,所以支票我也暂时存着,没有退去,以后小峰君又来信说,原书,译稿都可退还,叫我将支票交给袁家骅先生。我回信说已照办,并请将稿子退了回来。但如今,书和稿子,始终还没有见面!

　　"这初次的译稿,我不敢一定说梅川君曾经见过,虽然我想梅川君有见到的可能。自然梅川君不一定会用我们底译文作蓝本来翻译,但是第一部的译文,句法神情都很相似的这一点,不免使我有一点怀疑。因为原来我们底初译是第一部比第二部流畅得多,同时梅川君的译文也是第一部比第二部好些,而彼此神似的又就是这九个断片。在未有更确切的证明时,我也不愿将抄袭这样的字眼,加于别人底头上,但我很希望对这点,梅川君能高兴给一个答复。假如一切真是我想错了呢,前边已经说过,这些话就作为我们就要出版的单行本并非抄袭的证明。"

文词虽然极婉委曲折之致,但主旨却很简单的,就是:我们的将出版的译本和你的已出版的译本,很相类似,而我曾将译稿寄给北新书局过,你有见到的可能,所以我疑心是你抄袭我们的,假如不然,那么"这些话就作为我们就要出版的单行本并非抄袭的证明"。

其实是,照原文的论法,则假如不然之后,就要成为"我们抄袭"你的了的,然而竟这么一来,化为神妙的"证明"了。但我并不想研究这些,仅要声明几句话,对于两方面——北新书局,尤其是小说月报社[5]——声明几句话,因为这篇译稿,是由我送到小说月报社去的。

梅川[6]君这部译稿,也是去年暑假时候交给我的,要我介绍出售,但我很怕做中人,就压下了。这样压着的稿件,现在还不少。直到十月,小说月报社拟出增刊,要我寄稿,我才记得起来,据日本二叶亭四迷[7]的译本改了二三十处,和我译的《竖琴》[8]一并送去了。另外有一部《红笑》在北新书局吃苦,我是一点都不知道的。至于梅川,他在离上海七八百里的乡下,那当然更不知道。

那么,他可有鹤西先生的译稿一到北新,便立刻去看的"可能"呢?我想,是不"能"的,因为他和北新中人一个不认识,倘跑进北新编辑部去翻稿件,那罪状是不止"抄袭"而已的。我却是"可能"的,不过我从去年春天以后,一趟也没有去过编辑部,这要请北新诸公谅察。

那么,为什么两本的好处有些相像呢?我虽然没有见过那一译本,也不知所据的是谁的英译,但想来,大约所据的是同一英译,而第二部也比第一部容易译,彼此三位的英文程度又相仿佛,所以去年是相像的,而鹤西先生们的译本至今未出,英文程度也大有进步了,改了一回,于是好处就多起来了。

因为鹤西先生的译本至今未出,所以也无从知道类似之度,究竟如何。倘仅有彼此神似之处,我以为那是因为同一原书的译本,并不足异的,正不必如此神经过敏,只因"疑心",而竟想入非非,根据"世上偏就是这点奇怪,尽有是让人意想不到的事情"的理由,而先发制人,诬别人为"抄袭",而且还要被诬者"给一个答复",这真是"世上偏就是这点奇怪"了。

但倘若很是相同呢?则只要证明了梅川并无看见鹤西先生们的译稿的"可能"以后,即不用"世上偏就是这点奇怪"的论法,嫌疑也总要在后出这一本了。

北平的日报,我不寄去,梅川是决不会看见的。我就先说几句,俟印出时一并寄去。大约这也就够了,阿弥陀佛。

四月二十日。

写了上面这些话之后,又陆续看到《华北日报》副刊上《关于红笑》的文章,其中举了许多不通和误译之后,以这样的一段作结:

"此外或者还有些,但我想我们或许总要比梅川君错得少点,而且也较为通顺,好在是不是,我们底译稿不久自可以证明。"

那就是我先前的话都多说了。因为鹤西先生已在自己切

实证明了他和梅川的两本之不同。他的较好,而"抄袭"都成
了"不通"和错误的较坏,岂非奇谈？倘说是改掉的,那就是并
非"抄袭"了。倘说鹤西译本原也是这样地"不通"和错误的,
那不是许多刻薄话,都是"今日之我"在打"昨日之我"的嘴巴
么？总之,一篇《关于红笑》的大文,只证明了焦躁的自己广告
和参看先出译本,加以修正,而反诬别人为"抄袭"的苦心。这
种手段,是中国翻译界的第一次。

四月二十四日,补记。

　　这一篇还未在《语丝》登出,就收到小说月报社的一封信,
里面是剪下的《华北日报》副刊,就是那一篇鹤西先生的《关于
红笑》。据说是北平寄来,给编辑先生的。我想,这大约就是
作者所玩的把戏。倘使真的,盖未免恶辣一点;同一著作有几
种译本,又何必如此惶惶上诉。但一面说别人不通,自己却
通,别人错多,自己错少。而一面又要证明别人抄袭自己之
作,则未免恶辣得可怜可笑。然而在我,乃又颇叹绍介译作之
难于今为甚也。为刷清和报答起见,我确信我也有将这篇送
给《小说月报》编辑先生,要求再在本书上发表的义务和权利,
于是乎亦寄之。

五月八日。

＊　　　＊　　　＊

〔1〕　本篇最初发表于 1929 年 4 月 29 日《语丝》周刊第五卷第八
期,后印入梅川所译《红的笑》一书,最后一节是印入该书时所加。

《红笑》,即《红的笑》,俄国安德烈耶夫的中篇小说。梅川的译本于1930 年 7 月由商务印书馆出版。

〔２〕　《华北日报》　国民党在华北地区的机关报。1929 年 1 月 1 日在北平创刊,1937 年 7 月芦沟桥事变后停刊。1945 年 8 月复刊,1949 年北平解放后查封。

〔３〕　鹤西　即程侃声(1907—1999),湖北安陆人,当时在《小说月报》上发表过一些诗作。他的《关于红笑》一文连载于 1929 年 4 月 15 日、17 日、19 日《华北日报》副刊。

〔４〕　《域外小说集》　鲁迅和周作人在日本留学期间用文言翻译的外国短篇小说选集。1909 年 3 月、7 月先后出版两册,共收十六篇,由日本东京神田印刷所印行。

〔５〕　《小说月报》　1910 年(清宣统二年)7 月创刊于上海,商务印书馆出版。最初由恽铁樵主编,1918 年起,改由王蕴章(西神)主编,成为礼拜六派主要刊物之一。1921 年第十二卷第一期起,由沈雁冰主编,内容大加改革,成为文学研究会的主要刊物。1923 年第十四卷第一期起改由郑振铎、叶圣陶先后主编。1931 年 12 月出至第二十二卷第十二期停刊。

〔６〕　梅川　即王方仁(1905—1946),浙江镇海人。鲁迅在厦门大学、广州中山大学任教时的学生,"朝花社"成员。

〔７〕　二叶亭四迷(1864—1909)　原名长谷川辰之助,日本作家、翻译家。著有长篇小说《浮云》、《面影》等。翻译过屠格涅夫、果戈理等俄国作家的作品。

〔８〕　《竖琴》　苏联作家理定(В.Г.Лидин)的短篇小说。鲁迅的译文刊载于 1929 年 1 月《小说月报》第二十卷第一号。

通　　讯[1]（复张逢汉）

逢汉先生：

接到来信,我们很感谢先生的好意。

大约凡是译本,倘不标明"并无删节"或"正确的翻译",或鼎鼎大名的专家所译的,欧美的本子也每不免有些节略或差异。译诗就更其难,因为要顾全音调和协韵,就总要加添或减去些原有的文字。世界语译本大约也如此,倘若译出来的还是诗的格式而非散文。但我们因为想介绍些名家所不屑道的东欧和北欧文学,而又少懂得原文的人,所以暂时只能用重译本,尤其是巴尔干诸小国的作品。原来的意思,实在不过是聊胜于无,且给读书界知道一点所谓文学家,世界上并不止几个受奖的泰戈尔[2]和漂亮的曼殊斐儿[3]之类。但倘有能从原文直接译出的稿子见寄,或加以指正,我们自然是十分愿意领受的。

这里有一件事很抱歉,就是我们所交易的印刷所里没有俄国字母,所以来信中的原文,只得省略,仅能将译文发出,以供读者的参考了。希见谅为幸。

鲁迅。六月二十五日,于上海。

【备考】：

<h2 style="text-align:center">关于孙用^{〔4〕}先生的几首译诗</h2>

编者先生：

我从均风兄处借来《奔流》第九期一册，看见孙用先生自世界语译的莱芒托夫几首诗，我发觉有些处与原本不合。孙先生是由世界语转译的，想必经手许多，有几次是失掉了原文的精彩的。孙先生第一首译诗《帆》，原文是：

（原文从略——编者。）

按着我的意思应当译为（曾刊登于《语丝》第五卷第三期）：

孤独发白的船帆，
在云雾中蔚蓝色的大海里……
他到很远的境域去寻找些什么？
他在故土里留弃着什么？

波涛汹涌，微风吼啸，
船桅杆怒愤着而发着噶吱吱的音调……
喂！他不寻找幸福，
也不是从幸福中走逃！

他底下是一行发亮光的苍色水流，

他顶上是太阳的金色的光芒；

可是他，反叛的，希求着巨风，

好像在巨风中有什么安宁！

第二首《天使》，孙先生译的有几处和我译的不同。

（原文从略——编者。）我是这样的译：

夜半天使沿着天空飞翔，

寂静的歌曲他唱着；

月，星，和乌云一起很用心听那神的歌曲。

他歌着在天堂花园里树叶子的底上那无罪

灵魂的幸福，

他歌咏着伟大的上帝，

真实的赞美着他。

他抱拢了年青们的心灵，

为的是这悲苦和泪的世界；

歌曲的声音，留在青年人的灵魂里是——

没有只字，但却是活着。

为无边的奇怪的希望，

在这心灵，长久的于世界上不得安静，

人间苦闷的乐曲，

是不能够代替天上的歌声。

其余孙先生所译两首《我出来》和《三棵棕榈树》,可惜原本现时不在我手里。以后有工夫时可向俄国朋友处借看。我对孙先生的译诗,并不是来改正,乃本着真挚的心情,随便谈谈,请孙先生原谅！此请

撰安。

张逢汉。一九二九,五,七,于哈尔滨灿星社。

*   *   *

〔1〕 本篇最初发表于 1929 年 7 月 20 日《奔流》月刊第二卷第三期。

〔2〕 泰戈尔(R. Tagore,1861—1941) 印度诗人。著有《新月集》、《园丁集》等。他的诗集《吉檀迦利》获得 1913 年度的诺贝尔文学奖金。

〔3〕 曼殊斐儿(K. Mansfield,1888—1923) 通译曼斯菲尔德,英国女作家。著有《幸福》、《鸽巢》等中短篇小说集。徐志摩在《小说月报》第十四卷第五号(1923 年 5 月)发表的《曼殊斐儿》一文中,以轻佻的笔调和许多譬喻描写曼殊斐儿的身态,又用许多艳丽的词句形容她的衣饰。

〔4〕 孙用(1902—1983) 原名卜成中,浙江杭州人,翻译家。当时在杭州邮局任职员,业余从事文学作品的翻译工作。

一九三二年

《淑姿的信》序[1]

　　夫嘉葩失荫,薄寒夺其芳菲,思士陵天,骄阳毁其羽翮[2]。盖幽居一出,每仓皇于太空,坐驰[3]无穷,终陨颠于实有也。爰有静女[4],长自山家,林泉陶其慧心,峰嶂隔兹尘俗,夜看朗月,觉天人之必圆,春撷繁花,谓芳馨之永住。虽生旧第,亦溅新流,既茁爱萌,遂通佳讯,排微波而径逝,矢坚石以偕行,向曼远之将来,构辉煌之好梦。然而年华春短,人海澜翻。远瞩所至,始见来日之大难,修眉渐颦,终敛当年之巧笑,衔深哀于不答,铸孤愤以成辞,远人焉居,长涂难即。何期忽逢二竖[5],遽释诸纷,闷绮颜于一棺,腐芳心于抔土。从此西楼良夜,凭槛无人,而中国韶年,乐生依旧。呜呼,亦可悲矣,不能久也。逝者如是,遗简廑存,则有生人[6],付之活字。文无雕饰,呈天真之纷纶,事具悲欢,露人生之鳞爪,既骊娱以善始,遂凄恻而令终。诚足以分追悼于有情,散馀悲于无著者也。属为小引,愧乏长才,率缀芜词,聊陈涯略云尔。

　　一九三二年七月二十日,鲁迅撰。

＊　　　　＊　　　　＊

〔1〕　本篇最初以手迹制版印入金淑姿的《信》一书。该书于1932年以新造社名义印行，称"《断虹室丛书》第一种"。

淑姿　金淑姿（1908—1931），浙江金华人。

〔2〕　陵天毁羽翮的故事，出于希腊神话：伊卡洛斯和他的父亲巧匠德达拉斯用蜡粘着翅膀从空中逃离克里村岛，他未听从父亲的警告，飞近太阳，蜡被融化，坠落海中而死。思士，见《山海经·大荒东经》："有司幽之国，帝俊生晏龙，晏龙生司幽，司幽生思士不妻，思女不夫。"

〔3〕　坐驰　静坐幻想的意思。《庄子·人间世》："瞻彼阕者，虚室生白，吉祥止止，夫且不止，是之谓坐驰。"

〔4〕　静女　指娴静美丽的女子，见《诗经·邶风·静女》："静女其姝"。

〔5〕　二竖　指病魔，引申为难治的病。《左传》成公十年："（晋景）公梦疾为二竖子曰：'彼良医也，惧伤我，焉逃之？'其一曰：'居肓之上，膏之下，若我何？'"

〔6〕　生人　指程鼎兴（约1904—约1933），浙江金华人，金淑姿的丈夫。时为北新书局校对员。金死后他整理其遗书出版，并托同事费慎祥请鲁迅写序。

一 九 三 三 年

选　本〔1〕

今年秋天,在上海的日报上有一点可以算是关于文学的小小的辩论,就是为了一般的青年,应否去看《庄子》与《文选》〔2〕以作文学上的修养之助。不过这类的辩论,照例是不会有结果的,往复几回之后,有一面一定拉出"动机论"〔3〕来,不是说反对者"别有用心",便是"哗众取宠";客气一点,也就"彼亦一是非,此亦一是非",而问题于是鸣呼哀哉了。

但我因此又想到"选本"的势力。孔子究竟删过《诗》〔4〕没有,我不能确说,但看它先"风"后"雅"而末"颂",排得这么整齐,恐怕至少总也费过乐师的手脚,是中国现存的最古的诗选。由周至汉,社会情形太不同了,中间又受了《楚辞》〔5〕的打击,晋宋文人如二陆束皙陶潜〔6〕之流,虽然也做四言诗以支持场面,其实都不过是每句省去一字的五言诗,"王者之迹熄而《诗》亡"了。不过选者总是层出不穷的,至今尚存,影响也最广大者,我以为一部是《世说新语》〔7〕,一部就是《文选》。

《世说新语》并没有说明是选的,好像刘义庆或他的门客所搜集,但检唐宋类书中所存裴启《语林》〔8〕的遗文,往往和《世说新语》相同,可见它也是一部抄撮故书之作,正和《幽明录》[9]一样。它的被清代学者所宝重,自然因为注中多有现今的逸书[10],但在一般读者,却还是为了本文,自唐迄今,拟作者不绝,甚至于自己兼加注解。[11]袁宏道[12]在野时要做官,做了官又大叫苦,便是中了这书的毒,误明为晋的缘故。有些清朝人却较为聪明,虽然辫发胡服,厚禄高官,他也一声不响,只在倩人写照的时候,在纸上改作斜领方巾,或芒鞋竹笠,聊过"世说"式瘾罢了。

《文选》的影响却更大。从曹宪至李善加五臣[13],音训注释书类之多,远非拟《世说新语》可比。那些烦难字面,如草头诸字,水旁山旁诸字,不断的被摘进历代的文章里面去,五四运动时虽受奚落,得"妖孽"[14]之称,现在却又很有复辟的趋势了。而《古文观止》[15]也一同渐渐的露了脸。

以《古文观止》和《文选》并称,初看好像是可笑的,但是,在文学上的影响,两者却一样的不可轻视。凡选本,往往能比所选各家的全集或选家自己的文集更流行,更有作用。册数不多,而包罗诸作,固然也是一种原因,但还在近则由选者的名位,远则凭古人之威灵,读者想从一个有名的选家,窥见许多有名作家的作品。所以自汉至梁的作家的文集,并残本也仅存十余家,《昭明太子集》[16]只剩一点辑本了,而《文选》却在的。读《古文辞类纂》者多,读《惜抱轩全集》的却少[17]。凡是对于文术,自有主张的作家,他所赖以发表和流布自己的主张的手段,倒并不在作文心,文则,诗品,诗话,而在出选本。

选本可以借古人的文章,寓自己的意见。博览群籍,采其合于自己意见的为一集,一法也,如《文选》是。择取一书,删其不合于自己意见的为一新书，又一法也，如《唐人万首绝句选》[18]是。如此，则读者虽读古人书，却得了选者之意，意见也就逐渐和选者接近，终于"就范"了。

读者的读选本，自以为是由此得了古人文笔的精华的，殊不知却被选者缩小了眼界。即以《文选》为例罢，没有嵇康《家诫》[19]，使读者只觉得他是一个愤世嫉俗，好像无端活得不快活的怪人；不收陶潜《闲情赋》[20]，掩去了他也是一个既取民间《子夜歌》[21]意，而又拒以圣道的迂士。选本既经选者所滤过，就总只能吃他所给与的糟或醨。况且有时还加以批评，提醒了他之以为然，而默杀了他之以为不然处。纵使选者非常胡涂，如《儒林外史》所写的马二先生[22]，游西湖漫无准备，须问路人，吃点心又不知选择，要每样都买一点，由此可见其衡文之毫无把握罢，然而他是处州人，一定要吃"处片"，又可见虽是马二先生，也自有其"处片"式的标准了。

评选的本子，影响于后来的文章的力量是不小的，恐怕还远在名家的专集之上。我想，这许是研究中国文学史的人们也该留意的罢。

十一月二十四日记。

＊　　　＊　　　＊

〔1〕　本篇最初发表于 1934 年 1 月北平《文学季刊》创刊号，署名唐俟。现据鲁迅重抄稿校订。

〔2〕　《庄子》　亦称《南华经》，战国时庄周及其后学的著作集，现存三十三篇。《文选》，南朝梁昭明太子萧统编选的先秦至齐梁的诗文

总集,三十卷。唐代李善为之作注,分为六十卷。关于"《庄子》与《文选》"的争论,参看《准风月谈》的《重三感旧》、《"感旧"以后》等篇。

〔3〕 "动机论" 施蛰存在1933年10月20日《申报·自由谈》发表的《致黎烈文先生书——兼示丰之余先生》一文中说:"对于这《'庄子'与'文选'》的问题我没有要说的话了。我曾经在《自由谈》的壁上,看过几次的文字争,觉得每次总是愈争愈闹意气,而离本题愈远,甚至到后来有些参加者的动机都是可以怀疑的,我不想使自己不由自主地被卷入漩涡,所以我不再说什么话了。昨晚套了一个现成的偈语:'此亦一是非,彼亦一是非,唯无是非观,庶几免是非'。""彼亦一是非,此亦一是非",语出《庄子·齐物论》:"是亦彼也,彼亦是也。彼亦一是非,此亦一是非。"

〔4〕 《诗》 即《诗经》,我国最早的诗歌总集,编成于春秋时代,大抵是周初到春秋中期的作品,相传曾经过孔子删订。共收三〇五篇,分风、雅、颂三部分。"风"是各地方的乐歌;"雅"是王畿的乐歌;"颂"是宗庙祭祀时的乐歌。

〔5〕 《楚辞》 战国时楚(今湖南、湖北等地)人的辞赋总集。其名最初见于《史记·张汤传》。后来汉代刘向辑录屈原、宋玉等人的作品成书,名为《楚辞》。宋代黄伯思《东观馀论·翼骚序》:"屈宋诸骚,皆书楚语,作楚声,纪楚地,名楚物,故可谓之楚辞。"鲁迅在《汉文学史纲要》中说:《楚辞》"其言甚长,其思甚幻,其文甚丽,其旨甚明,凭心而言,不遵矩度。……然其影响于后来之文章,乃甚或在三百篇以上。"

〔6〕 二陆 指晋代文学家陆机、陆云兄弟。陆机(261—303),字士衡,吴郡华亭(今上海市松江)人。所作四言诗有《短歌行》、《秋胡行》等十二首,陆云(262—303),字士龙,所作四言诗有《赠顾骠骑》、《赠顾彦先》等二十四首。束皙(约261—约300),字广微,阳平元城(今河北大名)人,晋代文学家。所作四言诗有《补亡诗》六首。陶潜(372?—

427),又名渊明,字元亮,浔阳柴桑(今江西九江)人,晋代诗人。所作四言诗有《停云》、《时运》等九首。

〔7〕　《世说新语》　南朝宋刘义庆编撰,三卷,分德行、言语、政事、文学等三十六门,主要记载汉末到东晋间文人学士的言谈轶事。刘义庆(403—444),彭城(今江苏徐州)人。宋武帝刘裕姪,袭封临川王。《宋书·刘道规传》说他"为性简素,寡嗜欲,爱好文义……招聚文学之士,近远必至。"

〔8〕　裴启　又名裴荣,字荣期,东晋河东(今山西永济)人。所著《语林》,十卷,记汉魏两晋高士名流的言谈轶事,《世说新语》颇多取材于此书。原书已佚,遗文散见《艺文类聚》、《太平御览》、《太平广记》等唐宋类书中,清代马国翰有辑本二卷,收入《玉函山房辑佚书》;鲁迅亦有辑本,收入《古小说钩沉》)。

〔9〕　《幽明录》　刘义庆编撰,三十卷。内容多记鬼怪灵异故事。原书于唐宋间佚亡,遗文在类书中保留二百余则。鲁迅有辑本,收入《古小说钩沉》。

〔10〕　南朝梁刘孝标为《世说新语》作的注释,引用古籍有四百多种,这些书的原本多已失传。

〔11〕　后人模拟《世说新语》体裁的书很多,如唐代王方庆的《续世说新语》(今佚),宋代王谠的《唐语林》、孔平仲的《续世说》,明代何良俊的《何氏语林》、李绍文的《明世说新语》、清代李清的《女世说》、王晫的《今世说》,近代易宗夔的《新世说》等。其中《今世说》、《新世说》等,都有作者自加的注解。

〔12〕　袁宏道(1568—1610)　字中郎,湖广公安(今属湖北)人,明代文学家。万历时进士。他在做官之前曾说:"少时望官如望仙,朝冰暮热,想不知有无限光景"(《与李本健书》)。万历二十二年(1594)任吴县知县后却又说"官实能害我性命"(《与黄绮石书》),"作吴令无复人

理,几不知有昏朝寒暑矣"(《寄沈博士书》),并于一年后辞去官职。

〔13〕 曹宪 隋唐时扬州江都(今属江苏扬州)人,仕隋为秘书学士,唐太宗贞观年间拜朝散大夫。精通文字学。《旧唐书·曹宪传》说:"(宪)所撰《文选音义》,甚为当时所重。初,江淮间为文选学者,本之于宪;又有许淹、李善、公孙罗复相继以《文选》教授,由是其学大兴于代。"李善(约 630—689),唐代扬州江都人。从曹宪受文选学,显庆三年(658)撰成《文选》注释。开元六年(718)吕延祚又辑集吕延济、刘良、张诜、吕向、李周翰五人所作的注释为"五臣注";宋人又把它和李善的注释合刻,称"六臣注"。后代学者关于《文选》的音义、考异、集释、旁证等著作甚多。

〔14〕 "妖孽" 1917 年 7 月《新青年》第三卷第五号"通讯"栏钱玄同给陈独秀的信中说:"惟选学妖孽所尊崇之六朝文,桐城谬种所尊崇之唐宋文,则实在不必选读。"此后,"选学妖孽桐城谬种"便成为当时反对旧文学的流行用语。

〔15〕 《古文观止》 清代康熙年间吴楚材、吴调侯编选的古文读本,十二卷。收入先秦至明代的散文二二二篇。

〔16〕 《昭明太子集》 南朝梁萧统(谥昭明)的文集,原本二十卷,久已散佚,今存明代叶绍泰辑刊的六卷本,系由类书掇拾而成。又另有明刊五卷本一种。

〔17〕 《古文辞类纂》 清代姚鼐编选,共七十五卷,选录战国至清代的古文辞赋,依文体分为十三类。《惜抱轩全集》,姚鼐的著作集,共八十八卷。

〔18〕 《唐人万首绝句选》 清代王士禛编选,七卷。王士禛论诗推崇盛唐,提倡"神韵"之说,这个选本是他从宋代洪迈所编《万首唐人绝句》中选取能表现"神韵"特色的八九五首而编成的。

〔19〕 嵇康(223—262) 字叔夜,谯国铚(今安徽宿县)人,三国魏

诗人。他的著作现存《嵇康集》十卷,有鲁迅校本。《家诫》是用明哲保身思想训诫儿子的一篇文章,见《嵇康集》卷十。

〔20〕　《闲情赋》　内容抒写对一位女子的眷恋。见《靖节先生集》卷五。

〔21〕　《子夜歌》　乐府"吴声歌曲"之一,为民间男女赠答的情诗。《晋书·乐志(下)》:"《子夜歌》者,女子名子夜造此声。"

〔22〕　《儒林外史》　长篇小说,清代吴敬梓著。马二先生是书中的八股文选家。他游西湖吃处片的情节,见该书第十四回。"处片",即处州(今浙江丽水)出产的酱笋干片。

一 九 一 二 年

哭 范 爱 农[1]

把酒论天下，先生小酒人。
大圜犹酩酊，微醉合沉沦。[2]
幽谷无穷夜，新宫自在春。[3]
旧朋云散尽，余亦等轻尘。

*　　　*　　　*

〔1〕　本篇最初发表于1912年8月21日绍兴《民兴日报》，署名黄棘。这是《哀范君三章》的最后一首。其中第三联因作者忘却，在本书编集时补作，故与原发表时稍有出入。参看《朝花夕拾·范爱农》及《集外集拾遗·哀范君三章》。

范爱农（1883—1912）　名肇基，字斯年，号爱农，浙江绍兴人。光复会会员，在日本留学时与鲁迅相识。1911年鲁迅任山会初级师范学堂（后改称绍兴师范学校）监督时，他任学监。鲁迅离职后，他被守旧势力排挤出校，1912年7月10日落水身亡。

〔2〕　大圜　即天。《吕氏春秋·序意》："爰有大圜在上，大矩在下。"

〔3〕　新宫　当时袁世凯的总统府在北京新华宫。

145

一九三一年

送O.E.君携兰归国[1]

椒焚桂折佳人老,独托幽岩展素心。

岂惜芳馨遗远者,故乡如醉有荆榛。

二月十二日

*   *   *

〔1〕 本篇最初发表于1931年8月10日《文艺新闻》第二十二号,
与《无题》("大野多钩棘")、《湘灵歌》同在《鲁迅氏的悲愤——以旧诗寄
怀》的短讯中刊出。鲁迅1931年2月12日日记:"日本京华堂主人小原
荣次郎君买兰将东归,为赋一绝句,书以赠之。"

O.E. 即小原荣次郎日语读音的罗马字拼音(Obara Eijiro)的缩写。
他曾于1905年来华经商,当时在东京开设京华堂,经营中国文玩和兰
草。

无　　题[1]

大野多钩棘,长天列战云。

几家春袅袅,万籁静愔愔。

下土惟秦醉,中流辍越吟。[2]

风波一浩荡,花树已萧森。

三月

＊　　　　＊　　　　＊

〔1〕　本篇最初发表于1931年8月10日《文艺新闻》第二十二号。参看本卷第147页注〔1〕。据鲁迅1931年3月5日日记,本诗是书赠日本友人片山松藻(内山嘉吉夫人)的。作者后于1932年11月24日曾将此诗书赠君瑭女士,诗中"已"作"乃"。

〔2〕　秦醉　汉代张衡《西京赋》:"昔者大帝说(悦)秦穆公而觐之,飨以钧天广乐,帝有醉焉。乃为金策,锡(赐)用此土,而剪诸鹑首。"按鹑首,星次名,我国古代将星宿分为十二次,配属于各国,鹑首指秦国疆土。越吟,《史记·张仪列传》:"陈轸适至秦,秦惠王曰:'子去寡人之楚,亦思寡人不?'陈轸对曰:'王闻夫越人庄舄乎?'王曰:'不闻。'曰:'越人庄舄仕楚执珪,有顷而病。楚王曰:'舄故越之鄙细人也,今仕楚执珪,贵富矣,亦思越不?'中谢对曰:'凡人之思故,在其病也。彼思越则越声,不思越则楚声。'使人往听之,犹尚越声也。今臣虽弃逐之楚,岂能无秦声哉。'"王粲《登楼赋》:"钟仪幽而楚奏兮,庄舄显而越吟;人情同于怀土兮,岂穷达而异心。"

赠日本歌人[1]

春江好景依然在,远国征人此际行。[2]
莫向遥天望歌舞,西游演了是封神。[3]

三月

*　　　*　　　*

〔1〕 本篇曾见录于 1934 年 7 月 20 日《人间世》半月刊第八期高疆《今人诗话》一文。据鲁迅 1931 年 3 月 5 日日记,本诗是书赠升屋治三郎的。原诗所写的条幅上题"辛未三月送升屋治三郎兄东归"。诗中"远"原作"海","望"作"忆"。

升屋治三郎(1894—1974),日本歌人兼京剧评论家,日本中国剧研究会会员。

〔2〕 春江 指春申江,上海市境内黄浦江的别称。相传战国时楚春申君黄歇疏凿此江而得名。

〔3〕 西游,即《西游记》;封神,即《封神演义》。当时上海演出的两部取材于同名小说的连台本京戏。

湘　灵　歌[1]

昔闻湘水碧如染,今闻湘水胭脂痕。

湘灵妆成照湘水,皎如皓月窥彤云。

高丘寂寞竦中夜,芳荃零落无馀春。[2]

鼓完瑶瑟人不闻,太平成象盈秋门。[3]

　　　　　　　　　　　　　三月

*　　　*　　　*

〔1〕　本篇最初发表于 1931 年 8 月 10 日《文艺新闻》第二十二号,
题为《送 S.M.》。参看本卷第 147 页注〔1〕。据鲁迅 1931 年 3 月 5 日日
记,本诗是书赠日本友人松元三郎的。诗中"如染"原作"于染","妆成"原
作"装成","皎如皓月"作"皓如素月","零落"作"苓落"。

　　湘灵,湘水之神。《楚辞·远游》:"使湘灵鼓瑟兮,令海若舞冯夷。"
《后汉书·马融传》唐代李贤注:"湘灵,舜妃,溺于湘水,为湘夫人也。"

〔2〕　高丘　楚国山名。《楚辞·离骚》:"忽反顾以流涕兮,哀高丘
之无女。"

〔3〕　太平成象　从"太平无象"变化而来。《资治通鉴》唐文宗太
和六年:"上御延英,谓宰相曰:'天下何时当太平,卿等亦有意于此乎!'
僧孺对曰:'太平无象,今四夷不至交侵,百姓不至流散,虽非至理,亦谓
小康,陛下若别求太平,非臣等所及。'"秋门,唐代李贺《自昌谷到洛后
门》:"九月大野白,苍岑竦秋门。"明代曾益注:《洛阳故宫纪》云:洛阳
有宜秋门千秋门。"洛阳是唐朝的东都,这里借指南京。

一九三二年

自　　嘲[1]

运交华盖欲何求，未敢翻身已碰头。[2]
破帽遮颜过闹市，漏船载酒泛中流。
横眉冷对千夫指，俯首甘为孺子牛。[3]
躲进小楼成一统，管它冬夏与春秋。

十月十二日

*　　　*　　　*

〔1〕　本篇在收入本书前未在报刊上发表过。鲁迅 1932 年 10 月 12 日日记："午后为柳亚子书一条幅，云：'运交华盖欲何求，……达夫赏饭，闲人打油，偷得半联，凑成一律以请'云云。"诗中"破帽"原作"旧帽"，"漏船"作"破船"，"管它"作"管他"。作者于同年 12 月 21 日，曾将此诗书扇面赠日本僧人杉本勇乘。

〔2〕　华盖　指"华盖运"。作者在《华盖集·题记》中说："这运，在和尚是好运：顶有华盖，自然是成佛作祖之兆。但俗人可不行，华盖在上，就要给罩住了，只好碰钉子。"

〔3〕　千夫指　《汉书·王嘉传》："里谚曰：'千人所指，无病而死。'"孺子牛，《左传》哀公六年："鲍子曰，女忘君之为孺子牛而折其齿乎？而背之也！"晋代杜预注："孺子，荼也。景公尝衔绳为牛，使荼牵

151

之。茶顿地,故折其齿。"清代洪亮吉《北江诗话》卷一:"同里钱秀才季重,工小词。然饮酒使气,有不可一世之概。有三子,溺爱过甚,不令就塾。饭后即引与嬉戏,惟恐不当其意。尝记其柱帖云'酒酣或化庄生蝶,饭饱甘为孺子牛'。真狂士也。"条幅所说"偷得半联",指此。

无　　题[1]

洞庭木落楚天高,眉黛猩红涴战袍。[2]
泽畔有人吟不得,秋波渺渺失离骚。[3]

十二月

＊　　　＊　　　＊

〔1〕　本篇在收入本书前未在报刊上发表过。据鲁迅 1932 年 12 月 31 日日记,本诗是书赠郁达夫的;诗中"木落"原作"浩荡","猩红"作"心红","吟不得"作"吟亦险"。

〔2〕　洞庭木落　《楚辞·九歌·湘夫人》:"嫋嫋兮秋风,洞庭波兮木叶下。"

〔3〕　泽畔　湖边。《楚辞·渔父》:"屈原既放,游于江潭,行吟泽畔。"离骚,屈原被放逐后所作的长诗。

一九三三年

二十二年元旦[1]

云封高岫护将军,霆击寒村灭下民。
到底不如租界好,打牌声里又新春。

一月二十六日

*　　　*　　　*

〔1〕　本篇在收入本书前未在报刊上发表过。鲁迅 1933 年 1 月
26 日日记:"又戏为邬其山生书一笺……已而毁之,别录以寄静农。改
胜境为高岫,落为击,戮为灭也。"诗中"到底"原作"依旧"。邬其山,即
内山完造;静农,即台静农。按 1933 年 1 月 26 日为夏历癸酉年(民国二
十二年)元旦。

题《彷徨》[1]

寂寞新文苑，平安旧战场。
两间馀一卒，荷戟独彷徨。

三月

*　　　*　　　*

　〔1〕　本篇曾见录于 1934 年 7 月 20 日《人间世》半月刊第八期高疆《今人诗话》一文。据鲁迅 1933 年 3 月 2 日日记，本诗为日本山县初男索取小说并题诗而作。诗中"独"原作"尚"。

题 三 义 塔[1]

三义塔者,中国上海闸北三义里遗鸠[2]埋骨之塔也,在日本,农人共建之。

奔霆飞熛歼人子,败井颓垣剩饿鸠。
偶值大心离火宅,终遗高塔念瀛洲。[3]
精禽梦觉仍衔石,斗士诚坚共抗流。[4]
度尽劫波兄弟在,相逢一笑泯恩仇。[5]

六月二十一日

*   *   *

〔1〕 本篇在收入本书前未在报刊上发表过。鲁迅 1933 年 6 月 21 日日记:"为西村真琴博士书一横卷……西村博士于上海战后得丧家之鸠,持归养之,初亦相安,而终化去。建塔以藏,且征题咏,率成一律,聊答遐情云尔。"诗中"熛"原作"焰"。上海战事指 1932 年 1 月 28 日军进攻闸北,中国军民奋起抵抗的淞沪战争。

〔2〕 鸠 指鸽子,日语称为堂鸠。

〔3〕 大心 佛家语,"大悲心"的略称。《大乘起信论》以"欲拔一切众生苦"之心为大悲心。瀛洲,传说中的东海神山,这里指日本。《史记·秦始皇本纪》:"齐人徐市等上书,言海中有三神山,名曰蓬莱、方丈、瀛洲。"

〔4〕　精禽　即精卫。《山海经·北山经》："有鸟焉,其状如乌,文首白喙赤足,名曰精卫,其鸣自詨。是炎帝之少女,名曰女娃。女娃游于东海,溺而不反,故为精卫。常衔西山之木石,以堙于东海。"

〔5〕　劫波　佛家语,梵文 Kalpa 的音译,略称为劫。源于古印度婆罗门教,认为世界经历若干万年毁灭一次,尔后重新开始,一生一灭叫做一"劫"。后人借用指天灾人祸。

悼　丁　君[1]

如磐夜气压重楼,剪柳春风导九秋。[2]
瑶瑟凝尘清怨绝,可怜无女耀高丘。

六月

＊　　　＊　　　＊

〔1〕　本篇最初发表于 1933 年 9 月 30 日《涛声》周刊第二卷第三
十八期。据鲁迅 1933 年 6 月 28 日日记,本诗是书赠周陶轩的。诗中
"夜气"原作"遥夜","压"作"拥","瑶"作"湘"。

丁君　指丁玲(1904—1986),原名蒋冰之,湖南临澧人,作家。著
有短篇小说集《在黑暗中》、中篇小说《水》等。1933 年 5 月 14 日在上海
被捕,6 月间盛传她在南京遇害,鲁迅因作本诗。

〔2〕　剪柳春风　唐代贺知章《咏柳》:"不知细叶谁裁出,二月春
风似剪刀。"九秋,即秋天。秋季三个月九十天,故称。南朝梁元帝《纂
要》:"秋……亦曰三秋、九秋。"

赠　人 [1]

明眸越女罢晨装,荇水荷风是旧乡。[2]
唱尽新词欢不见,旱云如火扑晴江。[3]

其　二

秦女端容理玉筝,梁尘踊跃夜风轻。[4]
须臾响急冰弦绝,但见奔星劲有声。[5]

七月

*　　　*　　　*

〔1〕　据鲁迅 1933 年 7 月 21 日日记,本诗是书赠日本森本清八的。诗中"理"原作"弄","但"作"独"。作者后于 1934 年 7 月 14 日书第一首赠梁得所,手迹曾刊发于同年 8 月 1 日《小说》半月刊第五期;又曾书第二首赠日本友人山本实彦,诗中"轻"作"清"。

〔2〕　越女　唐代王维《洛阳女儿行》:"谁怜越女颜如玉,贫贱江头自浣纱。"越女,原指西施,也泛指江浙一带的女子。

〔3〕　唱尽新词欢不见　唐代刘禹锡《踏歌词四首》之一:"唱尽新词欢不见,红霞映树鹧鸪鸣。"欢,古代吴声歌曲中对情人的称谓。

〔4〕　秦女　相传秦穆公女名弄玉,能吹箫作凤鸣(见《列仙传》)。这里泛指善弹奏的女子。梁尘踊跃,形容乐声的动人。《艺文类聚》卷四十三引刘向《别录》:"汉兴以来,善雅歌者鲁人虞公,发声清哀,盖动

梁尘。”

〔5〕　奔星　《尔雅·释天》"奔星"注："流星大而疾,曰奔。"《晋书·
天文志(中)》:奔星"声隆隆者,怒之象也。"

阻郁达夫移家杭州[1]

钱王登假仍如在,伍相随波不可寻。[2]
平楚日和憎健翮,小山香满蔽高岑。[3]
坟坛冷落将军岳,梅鹤凄凉处士林。[4]
何似举家游旷远,风波浩荡足行吟。

十二月

*　　　*　　　*

〔1〕　本篇曾见录于 1934 年 7 月 20 日《人间世》半月刊第八期高疆《今人诗话》一文。据鲁迅 1933 年 12 月 30 日日记,本诗是为当时郁达夫妻子王映霞写的。诗中"假"原作"遐","风波"作"风沙"。

郁达夫(1896—1945)　浙江富阳人,作家,创造社重要成员之一。1928 年曾与鲁迅合编《奔流》月刊。郁达夫于 1933 年春迁往杭州,并拟定居。后来他在《回忆鲁迅》中说:"这诗的意思他曾同我说过,指的是杭州党政诸人的无理高压。"

〔2〕　钱王登假　钱王即钱镠(852—932),临安(今浙江杭州)人,五代时吴越国的国王。据宋代郑文宝《江表志》载:"两浙钱氏,偏霸一方,急征苛惨,科赋凡欠一斗者多至徒罪。徐瑒尝使越,云:'三更已闻獐麂号叫达曙,问于驿吏,乃县司征科也。乡民多赤体,有被葛褐者,都用竹篾系腰间,执事非刻理不可,虽贫者亦家累千金。'"登假,同登遐,旧称帝王的死亡为登假。《礼记·曲礼下》:"告丧,曰'天王登假'。"汉代

郑玄注:"登,上也;假,已也;上已者,若仙去云耳。"伍相随波,伍相,即伍子胥(?—前484),名员,字子胥,春秋时楚国人。父兄为楚平王所杀,他出奔吴国,助吴伐楚。后劝吴王夫差灭越,吴王不听,赐剑迫令自刭,"乃取子胥尸盛以鸱夷革,浮之江中"见《史记·伍子胥列传》。

〔3〕 平楚　南朝齐谢朓《宣城郡内望远》:"寒城一以眺,平楚正苍然。"明代杨慎《升庵诗话》:"楚,丛木也。登高望远,见木杪如平地,故云平楚,犹所谓平林也。"高岑,三国魏王粲《登楼赋》:"平原远而极目兮,蔽荆山之高岑。"

〔4〕 将军岳　指岳飞(1103—1142),字鹏举,相州汤阴(今属河南)人,南宋抗金将领。后被主和派赵构(宋高宗)、秦桧谋害。杭州西湖畔有岳坟。处士林,指林逋(967—1028),字君复,谥号和靖先生,钱塘(今浙江杭州)人,宋代诗人。隐居西湖孤山,喜种梅养鹤。著有《和靖诗集》。孤山有他的坟墓、鹤冢和放鹤亭。

一九二八年——一九二九年

《奔流》编校后记[1]

一

创作自有他本身证明，翻译也有译者已经解释的。现在只将编后想到的另外的事，写上几句——

Iwan Turgenjew[2]早因为他的小说，为世所知，但论文甚少。这一篇《Hamlet und Don Quichotte》[3]是极有名的，我们可以看见他怎样地观察人生。《Hamlet》中国已有译文，无须多说；《Don Quichotte》则只有林纾[4]的文言译，名《魔侠传》，仅上半部，又是删节过的。近两年来，梅川[5]君正在大发《Don Quixote》翻译热，但愿不远的将来，中国能够得到一部可看的译本，即使不得不略去其中的闲文也好。

《Don Quixote》的书虽然将近一千来页，事迹却很简单，就是他爱看侠士小说，因此发了游侠狂，硬要到各处去除邪惩恶，碰了种种钉子，闹了种种笑话，死了；临死才回复了他的故我。所以 Turgenjew 取毫无烦闷，专凭理想而勇往直前去做事的为"Don Quixote type"[6]，来和一生瞑想，怀疑，以致什么事也不能做的 Hamlet 相对照。后来又有人和这专凭理想的"Don Quixoteism 式"相对，称看定现实，而勇往直前去做事的为"Marxism 式"。中国现在也有人嚷些什么"Don Quixote"了，[7]但因为实在并没有看过这一部书，所以和实际是一点不对的。

《大旱的消失》[8]是 Essay，作者的底细，我不知道，只知道是 1902 年死的。Essay 本来不容易译，在此只想绍介一个格式。将来倘能得到这一类的文章，也还想登下去。

跋司珂（Vasco）族是古来住在西班牙和法兰西之间的Pyrenees[9]山脉两侧的大家视为世界之谜的人种。巴罗哈（Pio Baroja y Nessi）[10]就禀有这族的血液，以一八七二年十二月廿八日，生于靠近法境的圣舍跋斯丁市。原是医生，也做小说，两年后，便和他的哥哥 Ricardo[11] 到马德里开面包店去了，一共开了六年。现在 Ricardo 是有名的画家；他是最独创底的作家，早和 Vicente Blasco Ibáñez[12] 并称现代西班牙文坛的巨擘。他的著作至今大约有四十种，多是长篇。这里的小品四篇[13]，是从日本的《海外文学新选》第十三编《跋司珂牧歌调》内，永田宽定[14] 的译文重翻的；原名《Vidas Sombrias》[15]，因为所写的是跋司珂族的性情，所以仍用日译的题目。

今年一说起"近视眼看匾"来，似乎很有几个自命批评家郁郁不乐，又来大做其他的批评。[16]为免去蒙冤起见，只好特替作者在此声明几句：这故事原是一种民间传说，作者取来编作"狂言"样子，[17]还在前年的秋天，本豫备登在《波艇》[18]上的。倘若其中仍有冒犯了批评家的处所，那实在是老百姓的眼睛也很亮，能看出共通的暗病的缘故，怪不得传述者的。

俄国的关于文艺的争执，曾有《苏俄的文艺论战》[19]介绍过，这里的《苏俄的文艺政策》[20]，实在可以看作那一部的续编。如果看过前一书，则看起这篇来便更为明了。序文上虽说立场有三派的不同，然而约减起来，不过是两派。即对于阶级文艺，一派偏重文艺，如瓦浪斯基[21]等，一派偏重阶级，是《那巴斯图》[22]的人们；Bukharin[23]们自然也主张支持劳动阶级作家的，但又以为最要紧的是要有创作。发言的人们之中，几个是委员，如 Voronsky ，Bukharin，Iakovlev，Trotsky，Lunacharsky[24]等；也有"锻冶厂"[25]一派，如 Pletnijov[26]；最多的是《那巴斯图》的人们，如 Vardin，Lelevitch，Averbach，Rodov，Besamensky[27]等，译载在《苏俄的文艺论战》里的一篇《文学与艺术》后面，都有署名在那里。

《那巴斯图》派的攻击，几乎集中于一个 Voronsky，《赤色新地》[28]的编辑者；对于他的《作为生活认识的艺术》，Lelevitch 曾有一篇《作为生活组织的艺术》，引用布哈林的定义，以艺术为"感情的普遍化"的方法，并且指摘 Voronsky 的艺术论，乃是超阶级底的。这意思在评议会[29]的论争上也可见。但到后来，藏原惟人[30]在《现代俄国的批评文学》中说，他们两人之间的立场似乎有些接近了，Voronsky 承认了艺术的阶级性之重要，Lelevitch 的攻击也较先前稍为和缓了。现在是 Trotsky，Radek[31]都已放逐，Voronsky 大约也退职，状况也许又很不同了罢。

从这记录中,可以看见在劳动阶级文学大本营的俄国的文学的理论和实际,于现在的中国,恐怕是不为无益的。其中有几个空字,是原译本如此,因无别国译本,不敢妄补,倘有备着原书,通函见教,或指正其错误的,必当随时补正。

一九二八年六月五日,鲁迅。

二

Rudolf Lindau 的《幸福的摆》[32],全篇不过两章,因为纸数的关系,只能分登两期了。篇末有译者附记,以为"小说里有一种 Kosmopolitisch[33] 的倾向,同时还有一种厌世的东洋色彩",这是极确凿的。但作者究竟是德国人,所以也终于不脱日耳曼气,要绘图立说,来发明"幸福的摆",自视为生路,而其实又是死因。我想,东洋思想的极致,是在不来发明这样的"摆",不但不来,并且不想;不但不想到"幸福的摆",并且连世间有所谓"摆"这一种劳什子也不想到。这是令人长寿平安,使国古老拖延的秘法。老聃作五千言,释迦有恒河沙数说[34],也还是东洋人中的"好事之徒"也。

奥国人 René Fueloep‑Miller[35] 的叙述苏俄状况的书,原名不知道是什么,英译本曰《The Mind and Face of Bolshevism》,今年上海似乎到得很不少。那叙述,虽说是客观的,然而倒是指摘缺点的地方多,惟有插画二百余,则很可以供我们的参考,因为图画是人类共通的语言,很难由第三者从中作梗的。可惜有些"艺术家",先前生吞"琵亚词侣",活剥蕗谷虹儿,[36]今年突变为"革命艺术家",早又顺手将其中的几个作家撕碎了。这里翻印了两张,都是 I. Annenkov[37] 所作的画像;关于这画像,著者这样说——

> "……其中主要的是画家 Iuanii Annenkov。他依照未来派艺术家的原则工作,且爱在一幅画上将各刹那并合于一件事物之中,但他设法寻出一个为这些原质的综合。他的画像即意在'由一个人的传记里,抄出脸相的各种表现来'。俄国的批评家特别称许他的才能在于将细小微末的详细和画中的实物发生关连,而且将这些制成更加恳切地显露出来的性质。他并不区别有生和无生,对于他的题目的周围的各种琐事,他都看作全体生活的一部分。他爱一个人的所有物,这生命的一切细小的碎片;一个脸上的各个抓痕,各条皱纹,或一个赘疣,都自有它的意义的。"

那 Maxim Gorky[38] 的画像,便是上文所讲的那些的好例证。他背向西欧的机械文明,面对东方,佛像表印度,磁器表中国,赤色的地方,旗上明写着"R.S.F.S.R."[39],当然是"俄罗斯苏维埃联邦社会主义共和国"了,但那颜色只有一点连到 Gorky 的脑上,也许是含有不满之意的罢——我想。这像是一九二○年作,后三年,Gorky 便往意大利去了,今年才大家嚷着他要回去。

N. Evreinov[40] 的画像又是一体,立方派[41] 的手法非常浓重的。Evreinov 是俄国改革戏剧的三大人物之一,我记得画室先生译的《新俄的演剧和跳舞》[42]里，曾略述他的主张。
这几页"演剧杂感"，论人生应该以意志修改自然，虽然很豪
迈，但也仍当看如何的改法，例如中国女性的修改其足，便不
能和胡蝶结相提并论了。

这回登载了 Gorky 的一篇小说，一篇关于他的文章，[43]
一半还是由那一张画像所引起的，一半是因为他今年六十岁。
听说在他的本国，为他所开的庆祝会，是热闹极了；我原已译
成了一篇昇曙梦的《最近的 Gorky》说得颇详细，但也还因为
纸面关系，不能登载，且待下几期的余白罢。

一切事物，虽说以独创为贵，但中国既然是世界上的一
国，则受点别国的影响，即自然难免，似乎倒也无须如此娇嫩，
因而脸红。单就文艺而言，我们实在还知道得太少，吸收得太
少。然而一向迁延，现在单是绍介也来不及了。于是我们只
好这样：旧的呢，等他五十岁，六十岁……大寿，生后百年阴
寿，死后 N 年忌辰时候来讲；新的呢，待他得到诺贝尔奖
金[44]。但是还是来不及，倘是月刊，专做庆吊的机关也不够。
那就只好挑几个于中国较熟悉，或者较有意义的来说说了。

生后一百年的大人物，在中国又较耳熟的，今年就有两
个：Leov Tolstoy 和 Henrik Ibsen[45]。Ibsen 的著作，因潘家
洵[46]先生的努力，中国知道的较多。本刊下期就想由语
堂[47]，达夫，梅川，我，译上几篇关于他的文章，如 H. Ellis, G.
Brandes, E. Roberts, L. Aas, 有岛武郎[48]之作；并且加几幅图
像，自年青的 Ibsen 起，直到他的死尸，算作一个纪念。

一九二八年七月四日，鲁迅。

三

前些时,偶然翻阅日本青木正儿[49]的《支那文艺论丛》,看见在一篇《将胡适漩在中心的文学革命》里,有云——

"民国七年(1918)六月,《新青年》突然出了《易卜生号》。这是文学底革命军进攻旧剧的城的鸣镝。那阵势,是以胡将军的《易卜生主义》为先锋,胡适罗家伦共译的《娜拉》(至第三幕),陶履恭的《国民之敌》和吴弱男的《小爱友夫》(各第一幕)为中军,袁振英的《易卜生传》为殿军,勇壮地出阵。他们的进攻这城的行动,原是战斗的次序,非向这里不可的,但使他们至于如此迅速地成为奇兵底的原因,却似乎是这样——因为其时恰恰昆曲在北京突然盛行,所以就有对此叫出反抗之声的必要了。那真相,征之同志的翌月号上钱玄同君之所说(随感录十八),漏着反抗底口吻,是明明白白的。……"

但何以大家偏要选出 Ibsen 来呢? 如青木教授在后文所说,因为要建设西洋式的新剧,要高扬戏剧到真的文学底地位,要以白话来兴散文剧,还有,因为事已亟矣,便只好先以实例来刺戟天下读书人的直感:这自然都确当的。但我想,也还因为 Ibsen 敢于攻击社会,敢于独战多数,那时的绍介者,恐怕是颇有以孤军而被包围于旧垒中之感的罢,现在细看墓碣,还可以觉到悲凉,然而意气是壮盛的。

那时的此后虽然颇有些纸面上的纷争,但不久也就沉寂,戏剧还是那样旧,旧垒还是那样坚;当时的《时事新报》[50]所斥为"新偶像"者,终于也并没有打动一点中国的旧家子的心。后三年,林纾将"Gengangere"译成小说模样,名曰《梅蘖》——但书尾校者的按语,却偏说"此书曾由潘家洵先生编为戏剧,名曰《群鬼》"——从译者看来,Ibsen 的作意还不过是这样的——

　　　　"此书用意甚微:盖劝告少年,勿作浪游,身被隐疾,肾宫一败,生子必不永年。……余恐读者不解,故弁以数言。"

　　然而这还不算不幸。再后几年,则恰如 Ibsen 名成身退,向大众伸出和睦的手来一样,先前欣赏那汲 Ibsen 之流的剧本《终身大事》[51]的英年,也多拜倒于《天女散花》,《黛玉葬花》的台下了。

　　不知是有意呢还是偶然,潘家洵先生的《Hedda Gabler》[52]的译本,今年突然在《小说月报》上发表了,计算起来,距作者的诞生是一百年,距《易卜生号》[53]的出版已经满十年。我们自然并不是要继《新青年》的遗踪,不过为追怀这曾经震动一时的巨人起见,也翻了几篇短文[54],聊算一个记念。因为是短文的杂集,系统是没有的。但也略有线索可言:第一篇可略知 Ibsen 的生平和著作;第二篇叙述得更详明;第三篇将他的后期重要著作,当作一大篇剧曲看,而作者自己是主人。第四篇是通叙他的性格,著作的琐屑的来由和在世界上的影响的,是只有他的老友 G. Brandes 才能写作的文字。第五篇则说他的剧本所以为英国所不解的缘故,其中有许多话,也可移赠中国的。可惜他的后期著作,惟 Brandes 略及数言,没有另外的详论,或者有岛武郎的一篇《卢勃克和伊里纳的后来》[55],可以稍弥缺憾的罢。这曾译载在本年一月的《小说月报》上,那意见,和 Brandes 的相同。

"人"第一,"艺术底工作"第一呢?这问题,是在力作一生之后,才会发生,也才能解答。独战到底,还是终于向大家伸出和睦之手来呢?这问题,是在战斗一生之后,才能发生,也才能解答。不幸 Ibsen 将后一问解答了,他于是尝到"胜者的悲哀"。

世间大约该还有从集团主义的观点,来批评 Ibsen 的论文罢,无奈我们现在手头没有这些,所以无从绍介。这种工作,以待"革命的智识阶级"及其"指导者"罢。

此外,还想将校正《文艺政策》时所想到的说几句:

托罗兹基是博学的,又以雄辩著名,所以他的演说,恰如狂涛,声势浩大,喷沫四飞。但那结末的豫想,其实是太过于理想底的——据我个人的意见。因为那问题的成立,几乎是并非提出而是袭来,不在将来而在当面。文艺应否受党的严紧的指导的问题,我们且不问;我觉得耐人寻味的,是在"那巴斯图"派因怕主义变质而主严,托罗兹基因文艺不能孤生而主宽的问题。许多言辞,其实不过是装饰的枝叶。这问题看去虽然简单,但倘以文艺为政治斗争的一翼的时候,是很不容易解决的。

一九二八年八月十一日,鲁迅。

四

有岛武郎是学农学的,但一面研究文艺,后来就专心从事文艺了。他的《著作集》,在生前便陆续辑印,《叛逆者》是第四辑,内收关于三个文艺家的研究[56];译印在这里的是第一篇。

以为中世纪在文化上,不能算黑暗和停滞,以为罗丹[57]的出现,是再兴戈谛克的精神[58]:都可以见作者的史识。当这第四辑初出时候,自己也曾翻译过,后来渐觉得作者的文体,移译颇难,又念中国留心艺术史的人还很少,印出来也无用,于是没有完工,放下了。这回金君[59]却勇决地完成了这工作,是很不易得的事,就决计先在《奔流》上发表,顺次完成一本书。但因为对于许多难译的文句,先前也曾用过心,所以遇有自觉较妥的,便参酌了几处,出版期迫,不及商量,这是希望译者加以原宥的。

要讲罗丹的艺术,必须看罗丹的作品,——至少,是作品的影片。然而中国并没有这一种书。所知道的外国文书,图画尚多,定价较廉,在中国又容易入手的,有下列的二种——

《The Art of Rodin.》64 Reproductions. Introduction by
　　Louis Weinberg.《Modern Library》第 41 本。95 cents
　　net. 美国纽约 Boni and Liveright, Inc. 出版。[60]
《Rodin.》高村光太郎[61]著。《Ars 美术丛书》第二十五
　　编。特制本一圆八十钱,普及版一圆。日本东京
　　Ars 社出版。

罗丹的雕刻，虽曾震动了一时，但和中国却并不发生什么关系地过去了。后起的有 Ivan Mestrovic[62]（1883 年生），称为塞尔维亚的罗丹，则更进，而以太古底情热和酷烈的人间苦为特色的，曾见英国和日本，都有了影印的他的雕刻集。最近，更有 Konenkov[63]，称为俄罗斯的罗丹，但与罗丹所代表是西欧的有产者不同，而是东欧的劳动者。可惜在中国也不易得到资料，我只在昇曙梦编辑的《新露西亚美术大观》里见过一种木刻，是装饰全俄农工博览会内染织馆的《女工》。

一九二八年九月十五夜，鲁迅。

五

本月中因为有印刷局的罢工，这一本的印成，大约至少要比前四本迟十天了。

《她的故乡》[64]是从北京寄来的，并一封信，其中有云：

"这篇小文是我在二年前，从《World's Classics》之'Selected Modern English Essays'里无意中译出的，译后即搁在书堆下；前日在北海图书馆看到 W. H. Hudson 的集子十多大本，觉得很惊异。然而他的大著我仍然没有细读过，虽然知道他的著作有四种很著名。……

"作者的事情，想必已知？我是不知道，只能从那选本的名下，知他生于一八四一，死于一九二二而已。

"末了，还有一极其微小的事要问：《大旱之消失》的作者，《编校后记》上说是一九〇二年死的，然而我看

《World's Classics》关于他的生死之注，是：1831—1913，
这不知究竟怎样？"

W. H. Hudson 的事情，我也不知道。新近得到一本 G.
Sampson 增补的 S. A. Brooke 所编《Primer of English
Literature》[65]，查起来，在第九章里，有下文那样的几句——

"Hudson 在《Far Away and Long Ago》[66]中，讲了在
南美洲的他的青年时代事，但于描写英国的鸟兽研究，以
及和自然界最为亲近的农夫等，他也一样地精工。仿佛
从丰饶的心中，直接溢出似的他的美妙而平易的文章，在
同类中，最为杰出。《Green Mansions》，《The Naturalist in
La Plata》，《The Purple Land》，《A Shepherd's Life》等，是
在英文学中，各占其地位的。"

再查《蔷薇》的作者 P. Smith[67]，没有见；White[68]却有
的，在同章中的"后期维多利亚朝的小说家"条下，但只有这几
句，就是——

"'Mark Rutherford'（即 Wm. Hale White）的描写非
国教主义者生活的阴郁的小说，是有古典之趣的文章，表
露着英国人心的一面的。"

至于生卒之年，那是《World's Classics》上的对，我写后记
时，所据的原也是这一本书，不知怎地却弄错了。

近来时或收到并不连接的期刊之类，其中往往有关于我
个人或和我有关的刊物的文章，但说到《奔流》者很少。只看
见两次。一，是说译著以个人的趣味为重，所以不行。这是真
的。《奔流》决定底地没有这力量，会每月选定全世界上有世

界的意义的文章,汇成一本,或者满印出有世界的意义的作品来。说到"趣味",那是现在确已算一种罪名了,但无论人类底也罢,阶级底也罢,我还希望总有一日弛禁,讲文艺不必定要"没趣味"。又其一,是说《奔流》的"执事者都是知名的第一流人物","选稿也许是极严吧?而于著,译,也分得极为明白,不仅在《奔流》中目录,公布着作译等字样,即是在《北新》,《语丝》……以及一切旁的广告上,也是如此。"但

  "汉君作的《一握泥土》,实实在在道道地地的的确确是'道地'地从翻译而来的。……原文不必远求西版书,即在商务出版的《College English Reading》[69]中就有。题目是:

《A Handful of Clay》

  作者是 Henry Van Dyke。这种小错误,其实不必吹毛求疵般斤斤计较,不过《奔流》既然如此地分得明白,那末译而曰作,似乎颇有掠美之嫌,故敢代为宣布。此或可使主编《奔流》的先生,小心下一回耳。"

其实,《奔流》之在目录及一切广告上声明译作,倒是小心之过,因为恐怕爱读创作而买时未暇细看内容的读者,化了冤钱,价又不便宜,便定下这一种办法,竟不料又弄坏了。但这回的译作不分,却因编者的"浅薄",一向没有读过那一种"Reading"之类,也未见别的译文,投稿上不写原作者名,又不称译,便以为是做的,简直当创作看了,"掠美"的坏意思,自以为倒并没有的。不过无论如何小心,此后也难保再没有这样的或更大的错误,那只好等读者的指摘,检切要的在次一本中

订正了。

　　顺便还要说几句别的话。诸位投稿者往往因为一时不得回信，给我指示，说编辑者应负怎样的责任。那固然是的。不过所谓奔流社的"执事者"，其实并无和这一种堂皇名号相副的大人物；就只有两三个人，来译，来做，来看，来编，来校，搜材料，寻图画，于是信件收送，便只好托北新书局代办。而那边人手又少，十来天送一次，加上本月中邮局的罢工积压，所以催促和训斥的信，好几封是和稿件同到的。无可补救。各种惠寄的文稿及信件，也因为忙，未能壹壹答复，这并非自恃被封为"知名的第一流人物"之故，乃是时光有限，又须谋生，若要周到，便没有了性命，也编不成《奔流》了。这些事，倘肯见谅，是颇望见谅的。因为也曾想过许多回，终于没有好方法，只能这样的了。

　　一九二八年十月二十六日，鲁迅。

六

　　编目的时候，开首的四篇诗〔70〕就为难，因为三作而一译，真不知用怎样一个动词好。幸而看见桌上的墨，边上印着"曹素功监制"字样，便用了这"制"字，算是将"创作"和"翻译"都包括在内，含混过去了。此外，能分清的，还是分清。

　　这一本几乎是三篇译作的天下，中间夹着三首译诗，不过是充充配角的。而所以翻译的原因，又全是因为插画，那么，诗之不关重要，也就可想而知了。第一幅的作者 Arthur

Rackham[71]是英国作插画颇颇有名的人，所作的有《Æsop's Fables》的图画等多种，这幅从《The Springtide of Life》[72]里选出，原有彩色，我们的可惜没有了。诗的作者 Algernon Charles Swinburne（1837—1909）是维多利亚朝末期的诗人，世称他最受欧洲大陆的影响，但从我们亚洲人的眼睛看来，就是这一篇，也还是英国气满满的。

《跳蚤》的木刻者 R. Dufy[73]有时写作 Dufuy，是法国有名的画家，也擅长装饰；而这《禽虫吟》的一套木刻尤有名。集的开首就有一篇诗赞美他的木刻的线的崇高和强有力；L. Pichon[74]在《法国新的书籍图饰》中也说——

"……G. Apollinaire 所著《Le Bestiaire au Cortége d' Orphée》的大的木刻，是令人极意称赞的。是美好的画因的丛画，作成各种殊别动物的相沿的表象。由它的体的分布和线的玄妙，以成最佳的装饰的全形。"

这书是千九百十一年，法国 Deplanch[75]出版；日本有堀口大学[76]译本，名《动物诗集》，第一书房（东京）出版的，封余的译文，即从这本转译。

蒨谷虹儿的画，近一两年曾在中国突然造成好几个时行的书籍装饰画家；这一幅[77]专用白描，而又简单，难以含胡，所以也不被模仿，看起来较为新鲜一些。

一九二八年十一月十八日，鲁迅。

七

生存八十二年，作文五十八年，今年将出全集九十三卷的托尔斯泰,即使将一本《奔流》都印了关于他的文献的目录,恐怕尚且印不下,更何况登载记念的文章。但只有这样的材力便只能做这样的事,所以虽然不过一本小小的期刊,也还是趁一九二八年还没有全完的时候,来作一回托尔斯泰诞生后百年的记念。

关于这十九世纪的俄国的巨人,中国前几年虽然也曾经有人介绍,今年又有人叱骂,然而他于中国的影响,其实也还是等于零。他的三部大著作中,《战争与和平》至今无人翻译;传记是只有 Ch. Sarolea[78] 的书的文言译本和一小本很不完全的《托尔斯泰研究》[79]。前几天因为要查几个字,自己和几个朋友走了许多外国书的书店,终竟寻不到一部横文的他的传记。关于他的著作,在中国是如此的。说到行为,那是更不相干了。我们有开书店造洋房的革命文豪,没有分田给农夫的地主——因为这也是“浅薄的人道主义”;有软求“出版自由”的“著作家”兼店主,没有写信直斥皇帝的胡涂虫[80]——因为这是没有用的,倒也并非怕危险。至于“无抵抗”呢,事实是有的,但并非由于主义,因事不同,因人不同,或打人的嘴巴,或将嘴巴给人打,倘以为会有俄国的许多“灵魂的战士”(Doukhobor)[81]似的,宁死不当兵卒,那实在是一种“杞忧”。

所以这回是意在介绍几篇外国人——真看过托尔斯泰的作品,明白那历史底背景的外国人——的文字,可以看看先前和现在,中国和外国,对于托尔斯泰的评价是怎样的不同。但自然只能从几个译者所见到的书报中取材,并非说惟这几篇是现在世间的定论。

首先当然要推 Gorky 的《回忆杂记》[82]，用极简洁的叙述，将托尔斯泰的真诚底和粉饰的两面，都活画出来，仿佛在我们面前站着。而作者 Gorky 的面目，亦复跃如。一面可以见文人之观察文人，一面可以见劳动出身者和农民思想者的隔膜之处。达夫先生曾经提出一个小疑问，是第十一节里有 Nekassov 这字，也许是错的，美国版的英书，往往有错误。我因为常见俄国文学史上有 Nekrassov[83]，便于付印时候改了，一面则寻访这书的英国印本，来资印证，但待到三校已完，而英国本终于得不到，所以只得暂时存疑，如果所添的"r"是不对的，那完全是编者的责任。

第一篇通论托尔斯泰的一生和著作的，是我所见的一切中最简洁明了的文章，从日本井田孝平[84]的译本《最新露西亚文学研究》重译；书名的英译是《Sketches for the History of Recent Russian Literature》，但不知全书可有译本。原本在一九二三年出版；著者先前是一个社会民主党员，屡被拘囚，终遭放逐，研究文学便是在狱中时的工作。一九○九年回国，渐和政治离开，专做文笔劳动和文学讲义的事了。这书以 Marxism 为依据，但侧重文艺方面，所以对于托尔斯泰的思想，只说了"反对这极端底无抵抗主义而起的，是 Korolienko[85]和 Gorki，以及革命底俄国"这几句话。

从思想方面批评托尔斯泰，可以补前篇之不足的，是 A. Lunacharski 的讲演[86]。作者在现代批评界地位之重要，已可以无须多说了。这一篇虽讲在五年之前，其目的多在和政敌"少数党"[87]战斗，但在那里面，于非有产阶级底唯物主义

(Marxism)和非有产阶级底精神主义(Tolstoism)的不同和相碍,以及 Tolstoism 的缺陷及何以有害于革命之点,说得非常分明,这才可以照见托尔斯泰,而且也照见那以托尔斯泰为"卑污的说教者"[88]的中国创造社旧旗下的"文化批判"者。

Lvov‐Rogachevski[89]以托尔斯泰比卢梭[90],Lunacharski 的演说里也这样。近来看见 Plekhanov 的一篇论文《Karl Marx 和 Leo Tolstoi》[91]的附记里,却有云,"现今开始以托尔斯泰来比卢梭了,然而这样的比较,不过得到否定底的结论。卢梭是辩证论者(十八世纪少数的辩证论者之一人),而托尔斯泰则到死为止,是道地的形而上学者(十九世纪的典型底形而上学者的一人)。敢于将托尔斯泰和卢梭并列者,是没有读过那有名的《人类不平等起原论》或读而不懂的人所做的事。在俄国文献里,卢梭的辩证法底特质,在十二年前,已由札思律支[92]弄明白了。"三位都是马克斯学者的批评家,我则不但"根本不懂唯物史观"[93],且未曾研究过卢梭和托尔斯泰的书,所以无从知道那一说对,但能附载于此,以供读者的参考罢了。

小泉八云[94]在中国已经很有人知道,无须绍介了。他的三篇讲义,为日本学生而讲,所以在我们看去,也觉得很了然。其中含有一个很够研究的问题,是句子为一般人所不懂,是否可以算作好文学。倘使为大众所不懂而仍然算好,那么这文学也就决不是大众的东西了。托尔斯泰所论及的这一层,确是一种卓识。但是住在都市里的小资产阶级,实行是极难的,先要"到民间去"[95],用过一番苦功。否则便会像创造社的革命文学家一样,成仿吾刚大叫到劳动大众间去安慰指导他们(见本年《创造月刊》)[96],而"诗人王独清教授"又来减价,只向"革命的印贴利更追亚"说话(见《我们》一号)[97]。但过了半年,居然已经悟出,修善寺温泉浴场[98]和半租界洋房中并无"劳动大众",这是万分可"喜"的。

Maiski[99]的讲演也是说给外国人听的,所以从历史说起,直到托尔斯泰作品的特征,非常明了。日本人的办事真敏捷,前月底已有一本《马克斯主义者之所见的托尔斯泰》[100]出版,计言论九篇,但大抵是说他的哲学有妨革命,而技术却可推崇。这一篇的主意也一样,我想,自然也是依照"苏维埃艺术局"的纲领书的,所以做法纵使万殊,归趣却是一致。奖其技术,贬其思想,是一种从新估价运动,也是廓清运动。虽然似乎因此可以引出一个问题,是照此推论起来,技术的生命,长于内容,"为艺术的艺术"[101],于此得到苏甦的消息。然而这还不过是托尔斯泰诞生一百年后的托尔斯泰论。在这样的世界上,他本国竟以记念观念相反的托尔斯泰的盛典普示世界,以他的优良之点讲给外人,其实是十分寂寞的事。到了将来,自然还会有不同的言论的。

托尔斯泰晚年的出奔,原因很复杂,其中的一部,是家庭的纠纷。我们不必看别的记录,只要看《托尔斯泰自己的事情》[102]一篇,便知道他的长子 L. L. Tolstoi 便是一个不满于父亲的亲母派。《回忆杂记》第二十七节说托尔斯泰喜欢盘问人家,如"你想我的儿子莱阿,是有才能的么?"的莱阿,便是他。末尾所记的 To the doctor he would say: "All my arrangements must be destroyed."尤为奇特,且不易解。托尔斯泰死掉之前,他的夫人没有进屋里去,作者又没有说这是医生所传述,所以令人觉得很可疑怪的。

末一篇[103]是没有什么大关系的,不过可以知道一点前年的 Iasnaia Poliana 的情形。

这回的插图,除卷面的一幅是他本国的印本,卷头的一幅从 J. Drinkwater 编的《The Outline of Literature》[104],他和夫人的一幅从《Sphere》[105]取来的之外,其余七幅,都是出于德人 Julius Hart 的《托尔斯泰论》和日本译的《托尔斯泰全集》里的。这全集共六十本,每本一图,倘使挑选起来,该可以得到很适宜的插画,可惜我只有六本,因此其中便不免有所迁就了。卷面的像上可以看见 Gorky 看得很以为奇的手;耕作的图是 Riepin[106]于一八九二年所作,颇为有名,本期的 Lvov - Rogachevski 和藏原惟人的文章里,就都提起它,还有一幅坐像,也是 Riepin 之作,也许将来可以补印。那一张谑画(Caricature)[107],不知作者,我也看不大懂,大约是以为俄国的和平,维持只靠兵警,而托尔斯泰却在拆掉这局面罢。一张原稿,是可以印证他怎样有闲,怎样细致,和 Dostoievski[108]的请女速记者做小说怎样两路的:一张稿子上,改了一回,删了两回,临末只剩了八行半了。

至于记念日的情形,在他本国的,中国已有记事登在《无轨列车》[109]上。日本是由日露艺术协会电贺全苏维埃对外文化联络协会;一面在东京读卖新闻[110]社讲堂上开托尔斯泰记念讲演会,有 Maiski 的演说,有 Napron 女士的

Esenin[111]诗的朗吟。同时又有一个记念会,大约是意见和前者相反的人们所办的,仅看见《日露艺术》[112]上有对于这会的攻击,不知其详。

欧洲的事情,仅有赵景深[113]先生写给我一点消息——

"顷阅《伦敦麦考莱》十一月号,有这样几句话:'托尔斯泰研究会安排了各种百年纪念的庆祝。十月末《黑暗的势力》和《教育之果》在艺术剧院上演。Anna Stannard将《Anna Karenina》改编剧本,亦将于十一月六日下午三时在皇家剧院上演。同日下午八时 P. E. N. 会将为庆祝托尔斯泰聚餐,Galsworthy 亦在席云。'

"又阅《纽约时报》十月七号的《书报评论》,有法国纪念托尔斯泰的消息。大意说,托尔斯泰游历欧洲时,不大到法国去,因为他是主张为人生的艺术的,所以不大欢喜法国的文学。他在法国文学中最佩服三个人,就是 Stendhal, Balzac 和 Flaubert。对于他们的后辈 Maupassant, Mirbeau 等,也还称赞。法国认识托尔斯泰是很早的,一八八四年即有《战争与和平》的法译本,一八八五年又有《Anna Karenina》和《忏悔》的法译本。M. Bienstock 曾译过他的全集,可惜没有完。自从 Eugène Melchior de Vogüe 在一八八六年作了一部有名的《俄国小说论》,法国便普遍的知道托尔斯泰了。今年各杂志上更大大的著论介绍,其中有 M. Rappoport 很反对托尔斯泰的无抵抗主义,说他是个梦想的社会主义者。但大致说来,对于他还都是很崇敬的,罗曼罗兰对他依旧很是忠心,与以前做《托尔斯泰传》时一样。"

在中国,有《文学周报》和《文化战线》[114],都曾为托尔斯泰出了记念号;十二月的《小说月报》上,有关于他的图画八幅和译著三篇。

一九二八年十二月二十三日,鲁迅记。

八

这一本校完之后,自己觉得并没有什么话非说不可。

单是,忽然想起,在中国的外人,译经书,子书的是有的,但很少有认真地将现在的文化生活——无论高低,总还是文化生活——绍介给世界。有些学者,还要在载籍里竭力寻出食人风俗的证据来。这一层,日本比中国幸福得多了,他们常有外客将日本的好的东西宣扬出去,一面又将外国的好的东西,循循善诱地输运进来。在英文学方面,小泉八云便是其一,他的讲义[115],是多么简要清楚,为学生们设想。中国的研究英文,并不比日本迟,所接触的,是英文书籍多,学校里的外国语,又十之八九是英语,然而关于英文学的这样讲义,却至今没有出现。现在登载它几篇,对于看看英文,而未曾留心到史底关系的青年,大约是很有意义的。

先前的北京大学里,教授俄,法文学的伊发尔(Ivanov)和铁捷克(Tretiakov)[116]两位先生,我觉得却是善于诱掖的人,我们之有《苏俄的文艺论战》和《十二个》[117]的直接译本而且是译得可靠的,就出于他们的指点之赐。现在是,不但俄文学系早被"正人君子"们所击散,连译书的青年也不知所往了。

大约是四五年前罢,伊发尔先生向我说过,"你们还在谈Sologub[118]之类,以为新鲜,可是这些名字,从我们的耳朵听起来,好像已经是一百来年以前的名字了。"我深信这是真的,在变动,进展的地方,十年的确可以抵得我们的一世纪或者还要多。然而虽然对于这些旧作家,我们也还是不过"谈谈",他的作品的译本,终于只有几篇短篇,那比较长些的有名的《小鬼》,至今并没有出版。

这有名的《小鬼》的作者梭罗古勃,就于去年在列宁格勒去世了,活了六十五岁。十月革命时,许多文人都往外国跑,他却并不走,但也没有著作,那自然,他是出名的"死的赞美者",在那样的时代和环境里,当然做不出东西来的,做了也无从发表。这回译载了他的一篇短篇——也许先前有人译过的——并非说这是他的代表作,不过借此作一点记念。那所描写,我想,凡是不知道集团主义的饥饿者,恐怕多数是这样的心情。

一九二九年一月十八日,鲁迅。

九

这算是第一卷的末一本了,此后便是第二卷的开头。别的期刊不敢妄揣,但在《奔流》,却不过是印了十本,并无社会上所珍重的"夏历"过年一样,有必须大放爆竹的神秘的玄机。惟使内容有一点小小的结束,以便读者购阅的或停或续的意思,却是有的。然而现在还有《炸弹和征鸟》[119]未曾完结,不过这是在重要的时代,涉及广大的地域,描写多种状况的长篇,登在期刊上需要一年半载,也正是必然之势,况且每期所登也必有两三章,大概在大度的读者是一定很能够谅解的罢。

其次,最初的计画,是想,倘若登载将来要印成单行本的译作,便须全部在这里发表,免得读者再去买一本一部份曾经看过的书籍。但因为译作者的生活关系,这计画恐怕办不到了,纵有匿名的“批评家”以先在期刊上横横直直发表而后来集印成书为罪状,也没有法子。确是全部登完了的只有两种:一是《叛逆者》,一是《文艺政策》。

《叛逆者》本文三篇,是有岛武郎最精心结撰的短论文,一对于雕刻,二对于诗,三对于画;附录一篇,是译者所作;插画二十种,则是编者加上去的,原本中并没有。《文艺政策》原译本是这样完结了,但又见过另外几篇关于文艺政策的文章,倘再译了出来,一切大约就可以知道得更清楚。此刻正在想:再来添一个附录,如何呢? 但一时还没有怎样的决定。

《文艺政策》另有画室先生的译本,去年就出版了。听说照例的创造社革命文学诸公又在“批判”,有的说鲁迅译这书是不甘“落伍”,有的说画室居然捷足先登[120]。其实我译这书,倒并非救“落”,也不在争先,倘若译一部书便免于“落伍”,那么,先驱倒也是轻松的玩意。我的翻译这书不过是使大家看看各种议论,可以和中国的新的批评家的批评和主张相比较。与翻刻王羲之[121]真迹,给人们可以和自称王派的草书来比一比,免得胡里胡涂的意思,是相仿佛的,借此也到“修善寺"温泉去洗澡,实非所望也。

又其次,是原想每期按二十日出版,没有迟误的,但竟延误了一个月。近时得到几位爱读者的来信,责以迟延,勉以努力。我们也何尝不想这样办;不过一者其中有三回增刊,共加添二百页,即等于十个月内,出了十一本的平常刊;二者这十个月中,是印刷局的两次停工和举国同珍的一回"夏历"岁首,对于这些大事,几个《奔流》同人除跳黄浦江之外,是什么办法也没有的。譬如要办上海居民所最爱看的"大出丧",本来算不得乌托邦[122]的空想,但若脚色都回家拜岁去了,就必然底地出不出来。所以,据去年一年所积的经验,是觉得"凡例"上所说的"倘无意外障碍,定于每月中旬出版"的上一句的分量,实在着重起来了。

孙用先生寄来译诗[123]之后,又寄一篇作者《Lermontov小记》来。可惜那时第九本已经印好,不及添上了,现在补录在这里——

　　"密哈尔·古列维支·莱芒托夫(Mikhail Gurievitch Lermontov)在一八一四年十月十五日生于莫斯科,死于一八四一年七月廿七日。是一个俄国的诗人及小说家,被称为'高加索的诗人'的,他曾有两次被流放于高加索(1837,1840),也在那儿因决斗而死。他的最有名的著作是小说《我们的时代的英雄》和诗歌《俄皇伊凡·华西里维支之歌》,《Ismail‐Bey》及《魔鬼》等。"

韦素园先生有一封信,有几处是关于 Gorky 的《托尔斯泰回忆杂记》的,也摘录于下——

　　"读《奔流》七号上达夫先生译文,所记有两个疑点,现从城里要来一本原文的 Gorky 回忆托尔斯泰,解答如下:

　　1.《托尔斯泰回忆记》第十一节 Nekassov 确为 Nekrassov 之误。涅克拉梭夫是俄国十九世纪有名的国民诗人。

　　2.'Volga 宣教者'的 Volga 是河名,中国地理书上通译为涡瓦河,在俄国农民多呼之为'亲爱的母亲',有人译为'卑汗的说教者',当系错误。不过此处,据 Gorky《回忆杂记》第三十二节原文似应译为'涡瓦河流域'方合,因为这里并不只 Volga 一个字,却在前面有一前置词(za)故也。

　　以上系根据彼得堡一九一九年格尔热宾出版部所印行的本子作答的,当不致有大误。不过我看信比杂记写得还要好。"

说到那一封信,我的运动达夫先生一并译出,实在也不只一次了。有几回,是诱以甘言,说快点译出来,可以好好的合印一本书,上加好看的图像;有一回,是特地将读者称赞译文的来信寄去,给看看读书界的期望是怎样地热心。见面时候谈起来,倒也并不如那跋文所说,暂且不译了,[124]但至今似乎也终于没有动手，这真是无可如何。现在索性将这情形公表出来，算是又一回猛烈的"恶毒"的催逼。

一九二九年三月二十五日，鲁迅记。

十

E.Dowden 的关于法国的文学批评的简明扼要的论文，[125]在这一本里已经终结了，我相信于读者会有许多用处，并且连类来看英国的批评家对于批评的批评。

这回译了一篇野口米次郎[126]的《爱尔兰文学之回顾》，以译文而论，自然简直是续貂。但也很简明扼要，于爱尔兰文学运动的来因去果，是说得了了分明的；中国前几年，于 Yeats，Synge[127]等人的事情和作品，曾经屡有绍介了，现在有这一篇，也许更可以帮助一点理解罢。

但作者是诗人，所以那文中有许多诗底的辞句，是无须赘说的。只有一端，当翻译完毕时，还想添几句话。那就是作者的"无论那一国的文学，都必须知道古代的文化和天才，和近代的时代精神有怎样的关系，而从这处所，来培养真生命的"的主张。这自然也并非作者一人的话，在最近，虽是最革命底国度里，也有搬出古典文章来之势，编印托尔斯泰全集还是小事，如 Trotsky，且明说可以读 Dante 和 Pushkin[128]，Lunacharski 则以为古代一民族兴起时代的文艺，胜于近来十九世纪末的文艺。但我想，这是并非中国复古的两派——遗老的神往唐虞，遗少的归心元代——所能引为口实的——那两派的思想,虽然和 Trotsky 等截然不同,但觉得于自己有利时,我可以保证他们也要引为口实。现在的幻想中的唐虞,那无为而治之世,不能回去的乌托邦,那确实性,比到"阴间"去还稀少;至于元,那时东取中国,西侵欧洲,武力自然是雄大的,但他是蒙古人,倘以这为中国的光荣,则现在也可以归降英国,而自以为本国的国旗——但不是五色的[129]——"遍于日所出入处"了。

要之,倘若先前并无可以师法的东西,就只好自己来开创。拉旧来帮新,结果往往只差一个名目,拖《红楼梦》来附会十九世纪式的恋爱,所造成的还是宝玉,不过他的姓名是"少年威德"[130],说《水浒传》里有革命精神,因风而起者便不免是涂面剪径的假李逵——但他的雅号也许却叫作"突变"[131]。

卷末的一篇虽然不过是对于 Douglas Percy Bliss 的《A History of Wood – Engraving》的批评,[132]但因为可以知道那一本书——欧洲木刻经过的大略,所以特地登载了。本卷第一,二两册上,还附有木刻的插图,作为参考;以后也许还要附载,以见各派的作风。我的私见,以为在印刷术未曾发达的中国,美术家倘能兼作木刻,是颇为切要的,因为容易印刷而不至于很失真,因此流布也能较广远,可以不再如巨幅或长卷,固定一处,仅供几个人的鉴赏了。又,如果刻印章的人,以铁笔兼刻绘画,大概总也能够开一新生面的。

但虽是翻印木刻,中国现在的制版术和印刷术,也还是不行,偶而看看,倒也罢了,如要认真研究起来,则几张翻印的插图,真是贫窭到不足靠,归根结蒂,又只好说到去看别国的书了。Bliss 的书,探究历史是好的,倘看作品,却不合宜,因为其中较少近代的作品。为有志于木刻的人们起见,另举两种较为相宜的书在下面——

　　《The Modern Woodcut》by Herbert Furst, published by
　　　　John Lane, London. 42s. 1924.

　　《The Woodcut of To－day at Home and Abroad》,
　　　　commentary by M. C. Talaman, published by The
　　　　Studio Ltd., London. 7s. 6d. 1927.[133]

　　上一种太贵;下一种原是较为便宜,可惜今年已经卖完,旧本增价到21s.了。但倘若随时留心着欧美书籍广告,大概总有时可以遇见新出的相宜的本子。

　　一九二九年五月十日,鲁迅记。

<h1 style="text-align:center">十一</h1>

　　A Mickiewicz[134](1798—1855)是波兰在异族压迫之下的时代的诗人,所鼓吹的是复仇,所希求的是解放,在二三十年前,是很足以招致中国青年的共鸣的。我曾在《摩罗诗力说》里,讲过他的生涯和著作,后来收在论文集《坟》中;记得《小说月报》很注意于被压迫民族的文学的时候,也曾有所论述,但我手头没有旧报,说不出在那一卷那一期了。最近,则在《奔流》本卷第一本上,登过他的两篇诗[135]。但这回绍介的主意,倒在巴黎新成的雕像[136];《青春的赞颂》[137]一篇,

也是从法文重译的。

I. Matsa[138]是匈牙利的出亡在外的革命者,现在以科学底社会主义的手法,来解剖西欧现代的艺术,著成一部有名的书,曰《现代欧洲的艺术》。这《艺术及文学的诸流派》便是其中的一篇,将各国的文艺,在综合底把握之内,加以检查。篇页也并不多,本应该一期登毕,但因为后半篇有一幅图表,一时来不及制版,所以只好分为两期了。

这篇里所举的新流派,在欧洲虽然多已成为陈迹,但在中国,有的却不过徒闻其名,有的则连名目也未经介绍。在这里登载这一篇评论,似乎颇有太早,或过时之嫌。但我以为是极有意义的。这是一种豫先的消毒,可以"打发"[139]掉只偷一些新名目,以自夸耀,而其实毫无实际的"文豪"。因为其中所举的各主义,倘不用科学之光照破,则可借以藏拙者还是不少的。

Lunacharski 说过,文艺上的各种古怪主义,是发生于楼顶房上的文艺家,而旺盛于贩卖商人和好奇的富翁的。那些创作者,说得好,是自信很强的不遇的才人,说得坏,是骗子。[140]但此说嵌在中国,却只能合得一半,因为我们能听到某人在提倡某主义——如成仿吾之大谈表现主义,高长虹[141]之以未来派自居之类——而从未见某主义的一篇作品,大吹大擂地挂起招牌来,孪生了开张和倒闭,所以欧洲的文艺史潮,在中国毫未开演,而又像已经一一演过了。

得到汉口来的一封信,是这样写着的:

"昨天接到北新寄来的《奔流》二卷二期,我于匆匆流

览了三幅插画之后,便去读《编辑后记》——这是我的老
脾气。在这里面有一句话使我很为奋兴,那便是:'……
又,如果刻印章的人,以铁笔兼刻绘画,大概总也能够开
一新生面的。'我在学校的最后一年和离校后的失业时期
颇曾学学过刻印,虽然现在已有大半年不亲此道了。其
间因偶然尝试,曾刻过几颗绘画的印子,但是后来觉得于
绘画没有修养,很少成功之望,便不曾继续努力。不过所
刻的这几颗印子,却很想找机会在什么地方发表一下。
因此曾寄去给编《美育》的李金髪先生,然而没有回音。
第二期《美育》又增了价,要二元一本,不知里面有否刊
登。此外亦曾寄到要出画报的汉口某日报去,但是画报
没有出,自然更是石沉大海了。倒是有一家小报很承他
们赞赏,然而据说所刻的人物大半是'俄国人',不妥,劝
我刻几个党国要人的面像;可恨我根本就不曾想要刻要
人们的尊容。碰了三次壁,我只好把这几枚印子塞到箱
子底里去了。现在见到了你这句话,怎不令我奋兴呢?
兹特冒盛暑在蒸笼般的卧室中找出这颗印子钤奉一阅。
如不笑其拙劣,能在《奔流》刊登,则不胜大欢喜也。

       🏛[142]谨上 七月十八日。"

从远远的汉口来了这样的一个响应,对于寂寞的我们,自
然也给以很可感谢的兴奋的。《美育》[143]第二期我只在日报
上见过目录,不记得有这一项。至于憾不刻要人的小报,则大
约误以版画家为照相店了,只有照相店是专挂要人的放大像
片的,现在隐然有取以相比之意,所以也恐怕并非真赏。不过

这次可还要碰第四次的壁的罢。《奔流》版心太大而图版小，所以还是不相宜，或者就寄到《朝花旬刊》[144] 去。但希望刻者告诉我一个易于认识的名字。

还有，《子见南子》[145] 在山东曲阜第二师范学校排演，引起了一场"圣裔"控告，名人震怒的风潮。曾经搜集了一些公文之类，想作一个附录来发表，但这回为了页数的限制，已经不能排入，只好等别的机会或别的处所了。这或者就寄到《语丝》去。

读者诸君，再见罢。

鲁迅。八月十一日。

十二

豫计这一本的出版，和第四本当有整三个月的距离，读者也许要觉得生疏了。这迟延的原因，其一，据出版所之说，是收不回成本来，那么，这责任只好归给各地贩卖店的乾没……。但现在总算得了一笔款，所以就尽其所有，来出一本译文的增刊。

增刊偏都是译文，也并无什么深意，不过因为所有的稿件，偏是译文多，整理起来，容易成一个样子。去年挂着革命文学大旗的"青年"名人，今年已很有些化为"小记者"，有一个在小报上鸣不平道："据书业中人说，今年创作的书不行了，翻译的而且是社会科学的那才好销。上海一般专靠卖小说吃饭的大小文学家那才倒霉呢！ 如果这样下去，文学家便非另改行业不可了。小记者的推测,将来上海的文学家怕只留着一班翻译家了。"这其实只在说明"革命文学家"之所以化为"小记者"的原因。倘若只留着一班翻译家,——认真的翻译家,中国的文坛还不算堕落。但《奔流》如果能出下去,还是要登创作的,别一小报说:"白薇女士近作之《炸弹与征鸟》,连刊《奔流》二卷各期中,近闻北新书局即拟排印单行本发卖,自二卷五期起,停止续刊。"编者却其实还没有听见这样的新闻,也并未奉到北新书局饬即"停止续刊"的命令。

对于这一本的内容,编者也没有什么话可说,因为世界上一切文学的好坏,即使是"鸟瞰",恐怕现在只有"赵景深氏"知道。[146]况且译者在篇末大抵附有按语,便无须编者来多谈。但就大体而言,全本是并无一致的线索的,首先是五个作家的像,评传,和作品,或先有作品而添译一篇传,或有了评传而搜求一篇文或诗。这些登载以后,便将陆续积存,以为可以绍介的译文,选登几篇在下面,到本子颇有些厚了才罢。

收到第一篇《彼得斐行状》[147]时,很引起我青年时的回忆,因为他是我那时所敬仰的诗人。在满洲政府之下的人,共鸣于反抗俄皇的英雄,也是自然的事。但他其实是一个爱国诗人,译者大约因为爱他,便不免有些掩护,将"nation"译作"民众"[148],我以为那是不必的。他生于那时,当然没有现代的见解,取长弃短,只要那"斗志"能鼓动青年战士的心,就尽够了。

绍介彼得斐最早的,有半篇译文叫《裴彖飞诗论》,登在二十多年前在日本东京出版的杂志《河南》上,[149]现在大概是消失了。其次,是我的《摩罗诗力说》里也曾说及,后来收在《坟》里面。一直后来,则《沉钟》月刊上有冯至先生的论文[150];《语丝》上有 L.S. 的译诗[151],和这里的诗有两篇相重复。近来孙用先生译了一篇叙事诗《勇敢的约翰》,是十分用力的工作,可惜有一百页之多,《奔流》为篇幅所限,竟容不下,只好另出单行本子了。[152]

契诃夫[153]要算在中国最为大家所熟识的文人之一,他开手创作,距今已五十年,死了也满二十五年了。日本曾为他开过创作五十年纪念会,俄国也出了一本小册子,为他死后二十五年纪念,这里的插画,便是其中的一张。我就译了一篇觉得很平允的论文[154],接着是他的两篇创作。《爱》是评论中所提及的,可作参考,倘再有《草原》和《谷间》,就更好了,然而都太长,只得作罢。《熊》这剧本,是从日本米川正夫译的《契诃夫戏曲全集》里译出的,也有曹靖华先生的译本,名《蠢货》,在《未名丛刊》中。俄国称蠢人为“熊”,盖和中国之称“笨牛”相类。曹译语气简捷,这译本却较曲折,互相对照,各取所长,恐怕于扮演时是很有用处的。米川的译本有关于这一篇的解题,译载于下——

　　“一八八八年冬,契诃夫在墨斯科的珂尔修剧场,看法国喜剧的翻案《对胜利者无裁判》的时候,心折于扮演粗暴的女性征服者这脚色的演员梭罗孚卓夫的本领,便觉到一种诱惑,要给他写出相像的脚色来。于是一任如流的创作力的动弹,乘兴而真是在一夜中写成的,便是这轻妙无比的《熊》一篇。不久,这喜剧便在珂尔修剧场的舞台上,由梭罗孚卓夫之手开演了,果然得到非常的成功。为了作这成功的记念,契诃夫便将这作品(的印本上,题了)献给梭罗孚卓夫。"

J. Aho[155]是芬兰的一个幽婉凄艳的作家,生长于严酷的天然物的环境中,后来是受了些法国文学的影响。《域外小说集》中曾介绍过一篇他的小说《先驱者》,写一对小夫妇,怀着希望去开辟荒林,而不能战胜天然之力,终于灭亡。如这一篇中的艺术家,感得天然之美而无力表现,正是同一意思。Aho之前的作家 Päivärinta 的《人生图录》(有德译本在《Reclam's Universal Bibliothek》中)[156],也有一篇写一个人因为失恋而默默地颓唐到老,至于作一种特别的跳舞供人玩笑,来换取一杯酒,待到他和旅客(作者)说明原因之后,就死掉了。这一种 Type[157],大约芬兰是常有的。那和天然的环境的相关,看 F. Poppenberg 的一篇《阿河的艺术》[158]就明白。这是很好的论文,虽然所讲的偏重在一个人的一部书,然而芬兰自然的全景和文艺思潮的一角,都描写出来了。达夫先生译这篇时,当面和通信里,都有些不平,连在本文的附记上,也还留着"怨声载道"的痕迹,[159]这苦楚我很明白,也很抱歉的,因为当初原想自己来译,后来觉得麻烦,便推给他了,一面也豫料他会"好,好,可以,可以"的担当去。虽然这种方法,很像"革命文学家"的自己浸在温泉里,却叫别人去革命一样,然而……倘若还要做几天编辑,这些"政策",且留着不说破它罢。

Kogan 教授的关于 Gorky 的短文[160],也是很简要的;所说的他的作品内容的出发点和变迁,大约十分中肯。早年所

作的《鹰之歌》有韦素园先生的翻译,收在《未名丛刊》之一的
《黄花集》中。这里的信[161]却是近作,可以看见他的坦白和
天真,也还很盛气。"机械的市民"其实也是坦白的人们,会照
他心里所想的说出,并不涂改招牌,来做"狮子身中虫"[162]。
若在中国,则一派握定政权以后,谁还来明白地唠叨自己的不
满。眼前的例,就如张勋[163]在时,盛极一时的"遗老""遗少"
气味,现在表面上已经销声匿迹;《醒狮》之流[164],也只要打
倒"共产党"和"共产党的走狗",而遥向首都虔诚地进"忠告"
了。至于革命文学指导者成仿吾先生之逍遥于巴黎,"左翼文
艺家"蒋光Y先生之养疴于日本(or青岛?)[165],盖犹其小焉
者耳。

V. Lidin[166]只是一位"同路人",经历是平常的,如他的
自传。别的作品,我曾译过一篇《竖琴》,载在去年一月的《小
说月报》上。

东欧的文艺经七手八脚弄得糊七八遭了之际,北欧的文
艺恐怕先要使读书界觉得新鲜,在事实上,也渐渐看见了作品
的绍介和翻译,虽然因为近年诺贝尔奖金屡为北欧作者所得,
于是不胜佩服之至,也是一种原因。这里绍介丹麦思潮的是
极简要的一篇[167],并译了两个作家的作品[168],以供参考,
别的作者,我们现在还寻不到可作标本的文章。但因为篇中
所讲的是限于最近的作家,所以出现较早的如 Jacobsen,
Bang[169]等,都没有提及。他们变迁得太快,我们知道得太
迟,因此世界上许多文艺家,在我们这里还没有提起他的姓名
的时候,他们却早已在他们那里死掉了。

跋佐夫〔170〕在《小说月报》上，还是由今年不准提起姓名的茅盾〔171〕先生所编辑的时候，已经绍介过；巴尔干诸国作家之中，恐怕要算中国最为熟识的人了，这里便不多赘。确木努易的小品〔172〕，是从《新兴文学全集》第二十五本中横泽芳人的译本重译的，作者的生平不知道，查去年出版的 V. Lidin 所编的《文学的俄国》，也不见他的姓名，这篇上注着"遗稿"，也许是一个新作家，而不幸又早死的罢。

末两篇〔173〕不过是本卷前几本中未完译文的续稿。最后一篇的下半，已在《文艺与批评》〔174〕中印出，本来可以不必再印，但对于读者，这里也得有一个结束，所以仍然附上了。《文艺政策》的附录，原定四篇，中二篇是同作者的《苏维埃国家与艺术》和《关于科学底文艺批评之任务的提要》，也已译载《文艺与批评》中；末一篇是 Maisky 的《文化，文学和党》，现在关于这类理论的文籍，译本已有五六种，推演起来，大略已不难揣知，所以拟不再译，即使再译，也将作为独立的一篇，这《文艺政策》的附录，就算即此完结了。

一九二九年十一月二十日，鲁迅。

*   *   *

〔1〕 《奔流》编校后记十二则，最初分别发表于 1928 年 6 月 20 日《奔流》第一卷第一期、7 月 20 日第二期、8 月 20 日第三期、9 月 20 日第四期、10 月 30 日第五期、11 月 30 日第六期、12 月 30 日第七期、1929 年 1 月 30 日第八期、4 月 20 日第十期、6 月 20 日第二卷第二期、8 月 20 日第四期、12 月 20 日第五期。自第二卷第二期起改称《编辑后记》。

《奔流》，文艺月刊，鲁迅、郁达夫编辑。1928 年 6 月 20 日在上海创刊，1929 年 12 月 20 日出至第二卷第五期停刊。

〔2〕 Iwan Turgenjew 伊凡·屠格涅夫（И. С. Тургенев，1818—1883），俄国作家。著有长篇小说《猎人笔记》、《罗亭》、《父与子》等。

〔3〕 "Hamlet und Don Quichotte" 《哈姆雷特和堂·吉诃德》，郁达夫译。哈姆雷特是英国莎士比亚剧作《哈姆雷特》的主要人物；堂·吉诃德是西班牙塞万提斯的长篇小说《堂·吉诃德》的主要人物。

〔4〕 林纾（1852—1924） 字琴南，福建闽侯（今属福州）人。曾借助别人口述，用文言翻译欧美小说一百七十余种，其中不少是世界名著，当时影响很大，后集为《林译小说》出版。"五四"前后他是反对新文化运动的复古派代表人物之一。著有《畏庐文集》、《畏庐诗存》等。

〔5〕 梅川 即王方仁。参看本卷第 130 页注〔6〕。他曾打算翻译《堂·吉诃德》，但没有实现。

〔6〕 "Don Quixote type" "堂·吉诃德型"。下文的 Don Quixoteism，即堂·吉诃德主义；Marxism，即马克思主义。

〔7〕 指当时创造社一些人所写的文章，如李初梨在《文化批判》第四期（1928 年 4 月）发表的《请看我们中国的 Don Quixote 底乱舞》，石厚生（成仿吾）在《创造月刊》第一卷第十一期（1928 年 5 月）发表的《毕竟是"醉眼陶然"罢了》等。其中把鲁迅比作堂·吉诃德。

〔8〕 《大旱的消失》 英国作家威廉·怀特（W. H. White）用马克·卢瑟福特（Mark Rutherford）笔名写的作品，克士（周建人）译。Essay，英语：随笔或散文。

〔9〕 Pyrenees 英语，音译比利牛斯。

〔10〕 巴罗哈（1872—1956） 西班牙作家。著有长篇小说《为生活而斗争》三部曲、《一个活动家的回忆录》等。

〔11〕 Ricardo 里卡多（1871—1953），西班牙画家、作家。

〔12〕　Vicente Blasco Ibáñez　维森特·布拉斯科·伊巴涅思（1867—1928），西班牙作家、共和党领导人之一。著有《农舍》、《启示录的四骑士》等。

〔13〕　指《流浪者》、《黑马理》、《移家》、《祷告》，鲁迅译，刊载时总题《跋司珂族的人们》。

〔14〕　永田宽定（1885—1973）　日本的西班牙语言文学研究者，曾任东京外国语学校教授，译有《堂·吉诃德》等。

〔15〕　《Vidas Sombrias》　《忧郁的生活》。

〔16〕　"近视眼看匾"　鲁迅的《匾》（收入《三闲集》）发表后，曾遭到一些人的攻击，如钱杏邨在《我们》创刊号（1928年5月）发表的《"朦胧"以后——三论鲁迅》中说："'在文艺批评上比眼力'（按系鲁迅的话），鲁迅不把他笔尖的血洒向青年，洒向下等人，这就是他的革命。呜呼！现代社会并不如鲁老先生所说的这样的单纯。所谓革命，也并不如鲁老先生所说的这样的幼稚。他始终没有认清什么是'革命'，而况是'革命精神！'"

〔17〕　指琴川的《匾额——拟狂言》。"狂言"，日本十四世纪末至十六世纪盛行的一种短小的讽刺喜剧。

〔18〕　《波艇》　文学月刊，厦门大学学生组织的"泱泱文艺社"编辑。1926年11月创刊，仅出两期。

〔19〕　《苏俄的文艺论战》　任国桢编译，1925年8月北新书局出版，为《未名丛刊》之一。内收苏联1923年至1924年间关于文艺问题的论文四篇。鲁迅为该书写了《前记》。参看本卷第278页注〔1〕。

〔20〕　《苏俄的文艺政策》　鲁迅1928年翻译的关于苏联文艺政策的文件汇集，内容包括《关于对文艺的党的政策》（1924年5月俄共〔布〕中央召开的关于文艺政策讨论会的记录）、《观念形态战线和文学》（1925年1月第一次无产阶级作家大会的决议）和《关于文艺领域上的

党的政策》(1925 年 6 月俄共〔布〕中央的决议)三个部分。系根据日本
外村史郎和藏原惟人辑译的日文本转译,连载于《奔流》月刊。1930 年
6 月水沫书店出版单行本,改名《文艺政策》,列为《科学的艺术论丛书》
之一。

〔21〕 瓦浪斯基(A. K. Воронский,1884—1943) 又译沃龙斯基,
苏联作家、文艺评论家。1921 年至 1927 年曾主编"同路人"杂志《红色
处女地》。著有《在接合处》、《文学写照》等。

〔22〕 《那巴斯图》 俄语《На Посту》的音译,即《在岗位上》,莫斯
科无产阶级作家联盟的机关刊物,1923 年至 1925 年在莫斯科出版。其
成员在新经济政策时期,曾为在文学中贯彻俄共(布)的路线而斗争,但
存在着"左"的宗派主义倾向。

〔23〕 Bukharin 布哈林(Н. И. Бухарин,1888—1938),早年参加
俄国革命运动,十月革命后任俄共中央政治局委员、《真理报》主编等
职。1928 年因对经济建设问题持异议受批判。1938 年以"叛国"罪被
处死。著有《世界经济和帝国主义》、《共产主义 ABC》等。

〔24〕 Voronsky 瓦浪斯基。Iakovlev,雅各武莱夫(Я. А.
Яковлев,1896—1939),当时任俄共(布)中央出版部长,1924 年 5 月主
持俄共(布)中央委员会出版部召开的关于党的文艺政策的讨论会。
Trotsky,托洛茨基(Л. Д. Тродкий,1879—1940),参与领导十月革命,曾
任革命军事委员会主席等职。列宁逝世后,他成为联共(布)党内反对
派领袖。1927 年被开除出党,1929 年被驱逐出国。后死于墨西哥。
Lunacharsky,卢那察尔斯基(А. В. Луначарский,1875—1933),苏联文艺
评论家。当时任苏联教育人民委员。著有《艺术与革命》、《实证美学的
基础》和剧本《解放了的堂·吉诃德》等。

〔25〕 "锻冶厂"(Кузница) 即"锻冶场",又译"打铁铺",1920 年
在莫斯科成立的"左"倾文学团体,因出版文艺刊物《锻冶厂》而得名。

1928 年并入"全苏无产阶级作家联盟"(简称"伐普")。

〔26〕　Pletnijov　普列特涅夫(В.Ф.Плетнев,1886—1942),苏联文艺评论家,"无产阶级文化派"的理论家之一。

〔27〕　Vardin　瓦进(И.В.Вардин,1890—1941),苏联文学评论家。"伐普"领导人之一,曾任《在岗位上》编辑。Lelevitch,列列维奇(Л.Г.Лелевич,1901—1948),《在岗位上》的编辑,曾担任"伐普"的领导职务。Averbach,阿维尔巴赫(Л.Л.Авербах,1903—1938),《在岗位上》的编辑,曾担任"伐普"领导职务。Rodov,罗道夫(С.А.Родов,1893—1968),诗人、文艺评论家。《在岗位上》的编辑,"伐普"领导人之一。Besamcnsky,别泽缅斯基(А.И.Безыменский,1898—1973),诗人,"俄罗斯无产阶级作家联盟"(简称"拉普")成员。《在岗位上》的撰稿人之一。

〔28〕　《赤色新地》　即《红色处女地》,文艺、政论杂志,1921 年 6 月创刊,1942 年停刊。1927 年前由瓦浪斯基主编。

〔29〕　评议会　指 1924 年 5 月 9 日俄共(布)中央委员会出版部召开的关于党的文艺政策的讨论会。

〔30〕　藏原惟人(1902—1991)　日本文艺评论家和翻译家。

〔31〕　Radek　拉狄克(К.Б.Радек,1885—1939),苏联政论家。早年曾参加无产阶级革命运动,1927 年因参加托派集团一度被联共(布)开除出党,1937 年以"阴谋颠覆苏联罪"受审。

〔32〕　Rudolf Lindau　鲁道夫·林道(1829—1910),德国作家。著有《来自中国与日本》等。《幸福的摆》,郁达夫译。

〔33〕　Kosmopolitisch　德语:世界主义。

〔34〕　释迦　释迦牟尼(Sákya－Muni,约前 565—前 486),佛教创始人。恒河沙数,佛家语,比喻数量极多。

〔35〕　René Fueloep－Miller　勒内·菲勒普·米勒(1891—1963),奥地利作家、记者。著有《列宁与甘地》、《布尔什维克的精神与面貌》(即

文中的《The Mind and Face of Bolshevism》)等。

〔36〕 指叶灵凤(1904—1975),江苏南京人,作家、画家。他所画的刊物封面和书籍插图常模仿英国画家毕亚兹莱和日本画家蕗谷虹儿的作品。"琵亚词侣",通译毕亚兹莱,参看《集外集拾遗·〈比亚兹莱画选〉小引》。蕗谷虹儿,参看本卷第344页注〔1〕。

〔37〕 I. Annenkov 伊·安宁科夫(Ю. П. Анненков,1889—?),俄国版画家。1924年后,侨居德法等国。《奔流》第一卷第二期刊有他所作的高尔基和叶夫雷诺夫的画像。

〔38〕 Maxim Gorky 玛克西姆·高尔基(М. Горький,1868—1936),苏联无产阶级作家。著有长篇小说《福玛·高尔捷耶夫》、《母亲》和自传体三部曲《童年》、《在人间》、《我的大学》等。

〔39〕 "R. S. F. S. R." 原画上是俄文字母 Р. С. Ф. С. Р. дaздрав. 意思是"俄罗斯苏维埃社会主义联邦共和国万岁"。

〔40〕 N. Evreinov 尼·叶甫列伊诺夫(Н. Н. Еврейнов,1879—1953),俄国戏剧家。十月革命后侨居法国,著有《话剧之起源》、《俄国戏剧史》等。下文所说的"演剧杂感"指鲁迅所译《生活的演剧化》,在《奔流》上署葛何德译。

〔41〕 立方派 即立体派,二十世纪初形成于法国的一种画派。它摒弃传统的艺术表现手法,强调多面表现物体的立体形态,主张用几何图形(立方体、球体和圆锥体等)作为造型艺术的基础。作品构图怪诞。

〔42〕 画室 冯雪峰(1903—1976)的笔名,浙江义乌人,作家、文艺理论家,中国左翼作家联盟领导成员之一。《新俄的演剧和跳舞》,日本昇曙梦撰,画室的译本1927年5月北新书局印行。

〔43〕 指梅川所译高尔基的小说《一个秋夜》和鲁迅所译布哈林的《苏维埃联邦从 Maxim Gorky 期待着什么》。

〔44〕　诺贝尔奖金　以瑞典化学家诺贝尔（A.B.Nobel，1833—1896）的遗产设立的奖金。分设物理、化学、生理学或医学、文学、和平事业五种。1968年起增设经济学奖。

〔45〕　Leov Tolstoy　列夫·托尔斯泰。Henrik Ibsen，亨利·易卜生（1828—1906），挪威戏剧家。著有《玩偶之家》、《国民公敌》等。

〔46〕　潘家洵（1896—1989）　字介泉，江苏吴县人，新潮社、文学研究会成员。曾任北京大学教授。译有《易卜生戏剧集》等。

〔47〕　语堂　林语堂（1895—1976），福建龙溪人，作家。曾任北京大学、北京女子师范大学教授，厦门大学文科主任。《语丝》撰稿人之一。

〔48〕　H. Ellis　艾利斯（1859—1939），又译霭理斯，英国心理学家、文艺评论家。G.Brandes，勃兰兑斯（1842—1927），丹麦文学评论家。E.Roberts（1886—1941），罗伯茨，美国作家。L.Aas，艾斯，挪威作家。有岛武郎（1878—1923），日本小说家。

〔49〕　青木正儿（1887—1964）　日本的中国文学研究者，京都大学教授。著有《中国近代戏曲史》等。

〔50〕　《时事新报》　1907年12月在上海创刊的日报。初名《时事报》，1911年5月改名《时事新报》。原为改良派报纸，辛亥革命后成为拥护北洋军阀段祺瑞的研究系的报纸。1918年增办副刊《学灯》，宣传新思潮。1927年后由史量才等接办。1935年为孔祥熙收买。1949年5月上海解放时停刊。

〔51〕　《终身大事》　胡适所作的以婚姻问题为题材的剧本，载1919年3月《新青年》第六卷第三号。下文的《天女散花》、《黛玉葬花》，是梅兰芳所演的京剧。

〔52〕　《Hedda Gabler》　《海得·加勃勒》，易卜生的剧本。译文连载于1928年3、4、5月《小说月报》第十九卷第三、四、五号。

〔53〕 《易卜生号》 《新青年》的易卜生专号(1918 年 6 月第四卷第六号)。

〔54〕 指梅川所译挪威 L. Aas 的《伊孛生的事迹》、郁达夫所译英国 H. Ellis 的《伊孛生论》、鲁迅所译日本有岛武郎的《伊孛生的工作态度》、林语堂所译丹麦 G. Brandes 的《Henrik Ibsen》以及梅川所译英国 E. Roberts 的《Henrik Ibsen》。

〔55〕 《卢勃克和伊里纳的后来》 日本有岛武郎评论易卜生剧作《死人复活时》的文章,鲁迅译。载《小说月报》第十九卷第一号,后收入《壁下译丛》。卢勃克和伊里纳(现译鲁贝克和爱吕尼)是剧中的主要人物。下文的"人"第一,"艺术底工作"第一呢? 是易卜生通过这两个人物提出的问题。

〔56〕 指《叛逆者——关于罗丹的考察》、《草之叶——关于惠特曼的考察》和《密莱礼赞》。金溟若译,总题为《叛逆者》。

〔57〕 罗丹(A. Rodin, 1840—1917) 法国雕塑家。主要作品有《青铜时代》、《思想者》、《加莱义民》等。他的创作对欧洲近代雕塑艺术的发展产生过重大影响。

〔58〕 戈谛克的精神 指十二世纪至十六世纪初欧洲出现的哥特式艺术的独创精神。

〔59〕 金君 即金溟若(1906—1970),浙江瑞安人。早年留居日本,当时在上海与董每戡合办时代书局。

〔60〕 这段英语的译文是:《罗丹的艺术》六十四张复制品,路易斯·温堡伯作导论,《现代丛书》第四十一本。价九十五美分,美国纽约波尼-拉夫拉特股份公司出版。

〔61〕 高村光太郎(1883—1956) 日本诗人、雕刻家。《Rodin》,《罗丹》。下文的 Ars,拉丁文:艺术。

〔62〕 Ivan Mestrovic 伊凡·美斯特罗维克(1883—1962),南斯拉

夫雕刻家。主要作品有斯特罗斯马哲主教纪念像、捷克斯洛伐克总统
马萨里克像等。

〔**63**〕 Konenkov 柯宁科夫(C.T.Коненков,1874—1971),苏联雕
刻家。主要作品有《石头战士》、《M.高尔基》、《И.П.巴甫洛夫院士》
等。

〔**64**〕 《她的故乡》 英国作家赫德森(H.Hudson,1841—1922)著,
荒野从《世界名著》丛书(《World's Classics》)之《现代英国散文选》
(《Selected Modern English Essays》)中译出。

〔**65**〕 G. Sampson 桑普森(1873—?),英国文学史家。S. A.
Brooke,布鲁克(1832—1916),英国神学家、作家。《Primer of English
Literature》,《英国文学入门》。

〔**66**〕 《Far Away and Long Ago》 《远离和久隔》。下文的《Green
Mansions》,《绿色的邸宅》;《The Naturalist in La Plata》,《在拉蒲拉塔的
博物学家》;《The Purple Land》,《紫色的土地》;《A Shepherd's Life》,《牧
羊人的生活》。

〔**67**〕 《蔷薇》 克士译,载《奔流》第一卷第二期。P. Smith,史密
斯(1865—1946),英国散文作家。著有《读莎士比亚作品札记》、《难忘
的岁月》、《弥尔顿和他的现代评论》等。

〔**68**〕 White 怀特(W.H.White,1831—1913),英国作家。著有
《马克·卢瑟福特自传》、《日志中的篇章》等。下文中的 Mark
Rutherford,马克·卢瑟福特,是怀特的笔名。

〔**69**〕 引文中的《College English Reading》,《高等学校英语读本》;
《A Handful of Clay》,《一握泥土》;Henry Van Dyke,亨利·范·戴克
(1852—1933),美国作家。

〔**70**〕 指《迟暮》、《从深处》、《我恨不得杀却了伊》和《译 A.
SYMONS 一首》。在《奔流》目录上总署"石民制"。下文的曹素功

(1615—1689),名圣臣,字昌元,号素功,徽州(今安徽歙县)人,清代制墨家。所制墨得康熙赐"紫玉光"三字而著名。

〔71〕 Arthur Rackham 阿瑟·拉克哈姆(1867—1939),英国画家。他曾为《爱丽丝漫游奇境记》、《格林童话》等书绘过插图。下文的《Æsop's Fables》,即《伊索寓言》,相传为公元前六世纪希腊奴隶伊索所作。

〔72〕 《The Springtide of Life》 《生命的春潮》,诗集,英国阿尔杰农·查尔斯·斯温勃恩(A. C. Swinburne,1837—1909)1880 年作。下文所说"就是这一篇",指《儿童的将来》,梅川译。

〔73〕 R. Dufy 杜菲(1877—1953),法国画家。主要作品有《巴黎的花园》、《向巴赫致敬》等。曾为阿坡里耐尔的《禽虫吟》作插画。

〔74〕 L. Pichon 比雄,法国作家。下面引文中的 G. Apollinaire,阿坡里耐尔(1880—1918),法国诗人、作家。《Le Bestiaire au Cortège d' Orphée》,《禽虫吟》,又译《奥尔菲的扈从》。

〔75〕 Deplanch 德普兰奇,法国的一个出版社。

〔76〕 堀口大学(1892—1981) 日本诗人、法国文学的研究者。他所译的《动物诗集》于 1925 年出版。鲁迅以"封余"的笔名转译了其中的《跳蚤》一诗。

〔77〕 指蕗谷虹儿为他自己的诗《坦波林之歌》(有鲁迅译本)所作的插图。

〔78〕 Ch. Sarolea 萨洛利亚(1870—1953),英国学者。著有《俄国革命》、《苏联印象记》等。他的《托尔斯泰传》曾由张邦铭、郑阳和用文言合译,1920 年上海泰东图书局出版。

〔79〕 《托尔斯泰研究》 刘大杰著,1928 年商务印书馆出版。

〔80〕 列夫·托尔斯泰于 1856 年曾试图解放自己领地的农奴,在1910 年离家出走时写的遗嘱中又决定将世袭领地让给家乡的农民。

1904 年日俄战争期间,他曾给俄国沙皇和日本天皇写信,反对战争。

〔81〕 "灵魂的战士"(Doukhobor) 俄国对反正教仪式派教徒的称呼。这一教派出现于十九世纪中叶的俄国,他们主张禁杀戮、禁残暴,并认为上帝的精神存在于人们的灵魂里,与教会的一切仪式无关。他们也信奉托尔斯泰的学说,拒绝服兵役,受到沙皇政府的迫害,1885年被逐出俄国,迁居加拿大等地。

〔82〕 《回忆杂记》 指高尔基的《托尔斯泰回忆杂记》,郁达夫译。

〔83〕 Nekrassov 涅克拉索夫。参看本卷第 109 页注〔7〕。

〔84〕 井田孝平(1879—1936) 日本天理大学俄语教授。他所译的《最新露西亚文学研究》,苏联李沃夫－罗加切夫斯基著,鲁迅重译了其中的《托尔斯泰》一章。

〔85〕 Korolienko 柯罗连科(В.Г.Короленко,1853—1921),俄国作家。著有小说《马卡尔的梦》及自传《我的同时代人的故事》等。

〔86〕 A.Lunacharski 的讲演 指卢那察尔斯基 1924 年在莫斯科的讲演《托尔斯泰和马克思》,鲁迅据日本经田常三郎的译文重译。

〔87〕 "少数党" Меньщевик(孟什维克)的意译。

〔88〕 "卑污的说教者" 创造社成员冯乃超在《文化批判》创刊号(1928 年 1 月)发表的《艺术与社会生活》中说:"鲁迅这位老生——若许我用文学的表现——是常从幽暗的酒家的楼头,醉眼陶然地眺望窗外的人生……他反映的只是社会变革期中的落伍者的悲哀,无聊赖地跟他弟弟说几句人道主义的美丽的说话。隐遁主义! 好在他不效 L.Tolstoy 变作卑污的说教人。"

〔89〕 Lvov－Rogachevski 李沃夫－罗加切夫斯基(В.Л.Львов－Рогачевский,1874—1930),苏联文学评论家。著有《近代俄国文学史概要》、《安德烈耶夫论》等。

〔90〕 卢梭(J.J.Rousseau,1712—1778),一译卢骚,法国启蒙思想

家。著有《论人类不平等的起源和基础》、《社会契约论》和《忏悔录》等。

〔91〕 Plekhanov 普列汉诺夫（Г.В.Плеханов，1856—1918），俄国早期的马克思主义理论家，后来成为孟什维克和第二国际的机会主义首领之一。主要著作有《论一元论历史观的发展》、《论个人在历史上的作用问题》、《艺术论》等。《Karl Marx 和 Leo Tolstoi》，《卡尔·马克思和列夫·托尔斯泰》。

〔92〕 札思律支（В.И.Засулич，1849—1919） 通译查苏利奇，女，俄国孟什维克首领之一。

〔93〕 "根本不懂唯物史观" 杜荃（郭沫若）在《创造月刊》第二卷第一期（1928 年 8 月）发表的《文艺战线上的封建余孽》一文中的话："我读了他那篇随感录（按指《我的态度气量和年纪》）以后我得了三个判断：第一，鲁迅的时代在资本主义以前（Präs = Kapitalistisch），更简切的说，他还是一个封建余孽。第二，他连资产阶级的意识形态（Bürgerliche Ideologie）都还不曾确实的把握。所以第三，不消说他是根本不了解辩证法的唯物论。"

〔94〕 小泉八云（1850—1904） 日本文艺评论家、小说家。原名拉夫卡迪奥·海恩（Lafcadio Hearn），生于希腊，后入日本籍，改名小泉八云。曾任东京帝国大学和早稻田大学讲师。著有《陌生日本的一瞥》、《试论日本》等。下文所说的三篇讲义，指他关于托尔斯泰的三篇文章，即侍桁译的《艺术论》、《复活》、《求道心》。

〔95〕 "到民间去" 这原是十九世纪七十年代俄国革命运动中"民粹派"提出的口号，号召青年到农村发动农民反对沙皇统治，建立"村社"，以过渡到社会主义。"到民间去"这个口号，在五四运动及其后的一段时间里，对我国知识界有一定的影响。

〔96〕 成仿吾（1897—1984） 湖南新化人，文学评论家。创造社主要成员。早期主张文艺"表现自我"，追求"纯文艺"；后转向革命，倡

导革命文学。他在《创造月刊》第一卷第九期(1928 年 2 月)发表的《从文学革命到革命文学》一文第六节"革命的'印贴利更追亚'团结起来"中说:"克服自己的小资产阶级的根性,把你的背对向那将被'奥伏赫变'的阶级,开步走,向那龌龊的农工大众!以明了的意识努力你的工作,驱逐资产阶级的'意德沃罗基'在大众中的流毒与影响获得大众,不断地给他们以勇气,维持他们的自信!"

〔97〕 王独清(1898—1940) 陕西西安人,创造社成员。曾任广东大学教授。他在《我们》月刊创刊号(1928 年 5 月)的《祝词》中说:"现在我们的文学还不能与普罗列搭利亚特接触,这是无容讳饰,但是我们第一步的工程却是很容易办到:便是唤醒一般'知识阶级'。"印贴利更追亚,俄语 Интеллигендия 的音译,即知识分子。

〔98〕 修善寺温泉浴场 日本北部伊豆半岛的一个休养场所。成仿吾于 1928 年夏曾到过这里。

〔99〕 Maiski 马伊斯基(И. М. Майский,1884—1975),曾任苏联驻日本代理大使。苏联科学院院士。1928 年 9 月 15 日他在东京托尔斯泰纪念会上发表讲演,题为《托尔斯泰》,鲁迅的译文载《奔流》第一卷第七期。

〔100〕 《马克思主义者之所见的托尔斯泰》 日本国际文化研究所编译,1928 年东京丛文阁出版。

〔101〕 "为艺术的艺术" 十九世纪法国作家戈蒂叶(T. Gautier)提出的一种唯美主义文艺观点(见小说《莫班小姐》序)。它认为艺术可以超越一切功利而存在,创作的目的就在于艺术作品的本身,与社会政治无关。

〔102〕 《托尔斯泰自己的事情》 托尔斯泰的长子 L. L. Толстой(1869—1945)作,赵景深译。下文所引的一段英文,赵译为"他向医生说:'我所有的安排,都得取消。'"

〔**103**〕 指藏原惟人的《访革命后的托尔斯泰故乡记》,许霞(许广平)译。Iasnaia Poliana,雅斯纳雅·波良纳,托尔斯泰的故乡。

〔**104**〕 J.Drinkwater 杜林克华特(1882—1937),英国作家、文艺评论家。《The Outline of Literature》,《文学大纲》。

〔**105**〕 《Sphere》 《环球》。英国作家、新闻工作者肖特(C. K. Shorter,1857—1926)于 1900 年创办的一种新闻周刊。下文的 Julius Hart 尤利乌斯·哈特(1859—1930),德国作家、文学评论家。

〔**106**〕 Riepin 列宾(И.Е.Репин,1844—1930),俄国画家。他的作品标志着十九世纪后期俄罗斯绘画艺术的最高成就。主要作品有《伏尔加河纤夫》、《临刑前拒绝忏悔》等。

〔**107**〕 谑画(Caricature) 即漫画。

〔**108**〕 Dostoievski 即陀思妥耶夫斯基。参看本书《〈穷人〉小引》及其注〔2〕。

〔**109**〕 《无轨列车》 文艺性半月刊。刘呐鸥主编。1928 年 9 月创刊,上海第一线书店编辑发行,同年 12 月出至第八期被查封。第五期译载了保尔·雪华的《由托尔斯泰家里寄——百年祭通讯》一文。

〔**110**〕 读卖新闻 日本有较大影响的报纸之一,1874 年 11 月创刊于东京。

〔**111**〕 Esenin 叶遂宁,俄国诗人。他是托尔斯泰的孙女婿。参看本卷第 123 页注〔14〕。

〔**112**〕 《日露艺术》 1925 年创刊于东京,日露艺术协会发行。

〔**113**〕 赵景深(1902—1984) 四川宜宾人,文学研究会成员。当时任上海开明书店编辑、《文学周报》主编。下面引文中的 Anna Stannard,安娜·斯坦纳德。《Anna Karenina》,《安娜·卡列尼娜》。P. E. N.会,国际笔会。Galsworthy,高尔斯华绥(1867—1933),英国作家。Stendhal,司汤达(1783—1842),法国作家。Balzac,巴尔扎克(1799—

1850），法国作家。Flaubert，福楼拜（1821—1880），法国作家。Maupassant，莫泊桑（1850—1893），法国作家。Mirbeau，米尔博（1850—1917），法国作家。M.Bienstock，宾斯妥克，法国作家。Eugène Melchior de Vogüe，欧仁·梅尔基奥尔·德·弗居耶（1843—1910），法国文学评论家。M.Rappoport，拉拍波特（1865—1941），法国新闻记者，曾任法共中央委员。

〔**114**〕 《文学周报》 文学研究会的机关刊物，1921 年 5 月在上海创刊，原名《文学旬刊》，是《时事新报》副刊之一，郑振铎、谢六逸、叶圣陶、赵景深等编辑。1923 年 7 月改名《文学》（周刊），1925 年改名《文学周报》，独立发行，1929 年 6 月停刊，先后约出四百期。1928 年 9 月该刊曾出《托尔斯泰百年纪念专号》。《文化战线》，周刊，上海现代文化社编辑，1928 年 5 月创刊。

〔**115**〕 指小泉八云的《十九前半世纪英国的小说》，侍桁译，连载于《奔流》第一卷第八、九、十期。

〔**116**〕 伊发尔（Ivanov） 应作伊文（А.А.Ивин，1885—1942），苏联文学家。当时在北京大学教授法文、俄文，曾将《儒林外史》的一部分和彭湃的《红色的海丰》和《彭湃手记》等书译成俄文。铁捷克，即特烈捷雅柯夫（С.М.Третьяков，1892—1939），苏联作家，曾在北京大学教授俄文。

〔**117**〕 《十二个》 苏联作家勃洛克的长诗，胡斅译，鲁迅写有《后记》（收入《集外集拾遗》），1926 年北新书局出版，为《未名丛刊》之一。

〔**118**〕 Sologub 梭罗古勃（Ф.К.Сологуб，1863—1927），俄国作家。作品多写颓废变态心理，充满悲观情绪，歌颂死亡。著有长篇小说《小鬼》、《死人的魔力》等。下文说译载了他的一篇短篇，指《饥饿的光芒》，蓬子译。

〔**119**〕 《炸弹和征鸟》 长篇小说，白薇作。连载于《奔流》第一卷第六期至第二卷第四期。

〔120〕　这是郑伯奇的话。参看《二心集·"硬译"与"文学的阶级性"》第五节。

〔121〕　王羲之（321—379）　字逸少，琅琊临沂（今属山东）人，后居绍兴，东晋文学家、书法家。

〔122〕　乌托邦　拉丁文 Utopia 的音译。源于英国空想社会主义者汤姆士·莫尔在 1516 年所作的《关于最完美的国家制度和乌托邦新岛的既有益又有趣的金书》（简称《乌托邦》）。作者描写了一个称作"乌托邦"的社会组织，寄托着空想社会主义的理想。由此"乌托邦"就成了"空想"的同义语。

〔123〕　孙用的译诗即莱蒙托夫的《帆》、《天使》、《我出来》、《三棵棕榈树》。下面引文中的《Ismail‐Bey》，《伊思迈尔总督》。

〔124〕　郁达夫在所译《托尔斯泰回忆杂记》的附记中说："当高尔基在意大利听到托尔斯泰的出奔及死去的时候，写给他友人的一封未完的信，在这信里于悲悼痛哭之余，又加了许多颂词及当他和托尔斯泰在一道的时候的追忆杂事进去。但这一封信，现在拟暂且不译它。"这信即 1910 年写给柯罗连科的《一封信》。

〔125〕　E. Dowden　道登（1843—1913），爱尔兰文学评论家。著有《文学研究》、《莎士比亚初阶》、《雪莱传》等。这里所说的论文指他的《法国文评》，语堂译，连载于《奔流》第二卷第一、二期。

〔126〕　野口米次郎（1875—1947）　日本诗人。著有《夏云》、《站在山上》、《日本诗歌论》等。

〔127〕　Yeats　叶芝（1865—1939），爱尔兰戏剧家、诗人。著有诗剧《心愿之乡》，诗集《莪辛漫游记》等。Synge，辛格（1871—1909），爱尔兰剧作家。著有剧本《骑马下海的人》、《西域的健儿》等。

〔128〕　Dante　但丁（1265—1321），意大利诗人，主要作品有《神曲》、《新生》。Pushkin，普希金（А. С. Пушкин，1799—1837），俄国诗人。

著有《寄西伯利亚囚徒》、《茨冈》、《欧根·奥涅金》等。

〔**129**〕 指五色旗,1911 年至 1927 年中华民国的国旗,由红、黄、蓝、白、黑五色横列组成。

〔**130**〕 "少年威德" 威德,通译维特,德国歌德(1749—1832)著小说《少年维特之烦恼》的主要人物。

〔**131**〕 "突变" 这是当时创造社一些人提倡革命文学时的一种说法。如石厚生(成仿吾)在《创造月刊》第一卷第十一期(1928 年 5 月)发表的《毕竟是"醉眼陶然"罢了》中说:"我们这次的前进,在我们自己只不过是当然的事,但是在素来与我背道而驰的人,这一定不免要说是'突变'——这是不难理解的。"

〔**132**〕 卷末的一篇指英国纳什(J. Nash)的《木刻的历史》,真吾译。Douglas Percy Bliss,道格拉斯·珀西·布利斯;《A History of Wood - Engraving》,《木刻史》。

〔**133**〕 这两段英文的译文是:《现代木刻》,赫伯特·福斯特著,1924 年伦敦约翰·雷恩出版公司出版,书价四十二先令。《当代国内外木刻》,萨拉蒙编撰,1927 年伦敦摄影有限公司出版,书价七先令六便士。

〔**134**〕 A. Mickiewicz 密茨凯维支,波兰诗人。主要作品有《青春颂》、《先人祭》和《塔杜施先生》等。《小说月报》第十七卷第十期(1926 年 10 月)载有郑振铎的《文学大纲·十九世纪的波兰文学》一文,对密茨凯维支作了详细论述。

〔**135**〕 指《三个布德力斯》和《一个斯拉夫王》,孙用译。

〔**136**〕 密茨凯维支纪念像 1929 年 4 月 28 日在巴黎阿尔马广场落成。法国布尔德尔(1861—1929)雕塑。《奔流》刊有这一雕像的全景和细部照片四幅。

〔**137**〕 《青春的赞颂》 即《青春颂》,石心译。

〔138〕 I.Matsa 马察(1893—?),匈牙利文艺评论家。1919 年匈牙利革命失败后流亡苏联。著有《现代欧洲的艺术》、《西欧文学与无产阶级》、《理论艺术学概论》等。下文的《艺术及文学的诸流派》,雪峰译,题为《现代欧洲艺术及文学诸流派》,连载于《奔流》第二卷第四、第五期。

〔139〕 "打发" 成仿吾在《文化批判》第二号(1928 年 2 月)发表的《打发他们去》一文中的用语:"把一切封建思想,布尔乔亚的根性与他们的代言者清查出来,给他们一个正确的评价,替他们打包,打发他们去。"

〔140〕 卢那察尔斯基的原话是:"艺术家的伟大的主人翁——那是广告家,艺术作品的贩卖者——最近也明白而且嗅到了这方面的事,他们不但买卖有名的名氏和伪造物,并且喜欢制造新的名氏起来了。在什么地方的楼顶房里住着的人,他——说得好,是病底地强于自爱的不遇人,说得坏,是骗子。"(见鲁迅译《文艺与批评·今日的艺术与明日的艺术》)

〔141〕 高长虹(1898—约 1956) 山西盂县人,狂飙社主要成员。

〔142〕 🏛 方善境的署名符号。

〔143〕 《美育》 即《美育杂志》,不定期刊物,李金发、屐妲编辑。1928 年 1 月创刊于上海,1929 年 10 月出至第三期停刊,后于 1937 年 1 月在广州复刊。

〔144〕 《朝花旬刊》 朝花社继《朝花周刊》后出版的文艺旬刊,鲁迅、柔石合编。参看本卷第 348 页注〔2〕。

〔145〕 《子见南子》 林语堂所作的独幕剧,发表于《奔流》第一卷第六期。1929 年 6 月曲阜山东省立第二师范学校学生公演此剧时,当地孔氏族人以"公然侮辱宗祖孔子"为由,联名向教育部提出控告,结果该校校长被调职。参看《集外集拾遗补编·关于〈子见南子〉》。

〔**146**〕　这里说的"鸟瞰",指赵景深从 1927 年 6 月起,陆续在《小说月报》、《文学周报》上发表的介绍世界文学概况的文章。

〔**147**〕　《彼得斐行状》　奥地利奥尔佛雷德·德涅尔斯作,白莽译。

〔**148**〕　"nation"　德语:"民族"或"国民"。鲁迅在《南腔北调集·为了忘却的记念》中曾说:"夜里,我将译文和原文粗粗的对了一遍,知道除几处误译之外,还有一个故意的曲译。他像是不喜欢'国民诗人'这个字的,都改成'民众诗人'了。"

〔**149**〕　《裴象飞诗论》　匈牙利籟息所著《匈牙利文章史》的一章,鲁迅(署名令飞)译,载 1908 年 8 月《河南》月刊第七期。《河南》,我国河南留日学生创办的月刊,程克、孙竹丹等主编。1907 年 12 月创刊于日本东京,1908 年 12 月停刊。

〔**150**〕　《沉钟》　文学刊物,沉钟社编辑,1925 年 10 月创刊于北京。初为周刊,共出十期后停刊。次年 8 月复刊,改出半月刊,1927 年 1 月出至第十二期停刊。1932 年又复刊,1934 年 2 月出至新三十四号停刊。冯至的论文《Petöfi Sándor》(《裴多菲·山陀尔》),载该刊第二期(1926 年 8 月)。冯至(1905—1993),河北涿县人,诗人。沉钟社主要成员。

〔**151**〕　L.S.　即鲁迅。鲁迅的译诗共五首,载《语丝》周刊第十一期(1925 年 1 月 26 日),总题为《A. Petöfi 的诗》。其中《愿我是树,倘使你……》、《我的爱——并不是》两首,与白莽所译《我要变为树……》、《我的爱情——不是……》相重复。

〔**152**〕　孙用所译的《勇敢的约翰》,后于 1931 年 10 月由上海湖风书局出版。

〔**153**〕　契诃夫(А.П.Чехов,1860—1904)　俄国作家。写了大量短篇小说及剧本。下文所说的《爱》,短篇小说,王余杞译;《熊》,剧本,杨骚译。

〔**154**〕 指《契诃夫与新文艺》,俄国李沃夫·罗加切夫斯基作。

〔**155**〕 J. Aho 约·阿河(1861—1921),又译哀禾,通译尤哈尼·阿霍,芬兰作家。下文所说的"这一篇",指他所作的短篇小说《一个残败的人》,郁达夫译。

〔**156**〕 Päivärinta 配伐林泰(1827—1913),芬兰作家。《Reclam's Universal Bibliothek》,通译《莱克朗氏万有文库》,又译《莱克兰世界文库》,1867 年德国出版的一种文学丛书。

〔**157**〕 Type 英语:典型。

〔**158**〕 F. Poppenberg 菲·璞本白耳格,德国文学评论家。他的《阿河的艺术》一文对阿河及其小说《爱丽的结婚》作了评介。

〔**159**〕 郁达夫在《阿河的艺术》译后附记中说,翻译时"觉得原著者的文章实在太华美不过,弄得我这一向是读书不求甚解的胡涂译者不得不连声的叫苦。最后费了六七天的气力,总算勉勉强强地终把这篇论文译出来了"。

〔**160**〕 Kogan 戈庚(П.С.Коган, 1872—1932),苏联文学史家,莫斯科大学教授。著有《西欧文学史概论》、《古代文学史概论》等。他关于高尔基的短文,题为《玛克辛·戈理基论》,洛扬译。

〔**161**〕 指高尔基 1928 年 10 月 7 日发表于苏联《真理报》的《给苏联的"机械的市民们"》,雪峰译。这是一封驳斥反苏维埃谬论的公开信。给高尔基写信的人在信中自称为"机械的地成为苏联底市民的居住人"。

〔**162**〕 "狮子身中虫" 原为佛家的譬喻,指比丘(和尚)中破坏佛法的坏分子,见《莲华面经》上卷:"阿难,譬如師(狮)子命绝身死,若空、若地、若水、若陆所有众生,不噉食彼師子身肉,唯師子身自生诸虫,还自噉食師子之肉。阿难,我之佛法非余能坏,是我法中诸恶比丘,犹如毒刺,破我三阿僧祇劫积行勤苦所积佛法。"(据隋代那连提黎耶舍汉文

译本)这里指混入革命阵营的投机分子。

〔**163**〕　张勋(1854—1923)　江西奉新人,北洋军阀之一。行武出身,1911 年(辛亥)10月武昌起义后,他顽抗革命军,被击败后退守徐州一带。他和所部官兵仍留着辫子,表示忠于清王朝,被称为辫子军。1917 年 7 月 1 日他在北京扶持清废帝溥仪复辟,7 月 12 日即告失败。

〔**164**〕　《醒狮》之流　指以曾琦、李璜、左舜生为首的"醒狮派"。他们于 1923 年建立"中国国家主义青年团",1924 年刊行《醒狮周报》,极力鼓吹"国家主义",反对共产党及其领导下的人民革命运动。

〔**165**〕　蒋光 Y　指蒋光慈(1901—1931),曾名蒋光赤(大革命失败后改"赤"为"慈"),安徽六安人,作家,太阳社主要成员。著有诗集《新梦》,小说《短裤党》、《田野的风》等。当时蒋光慈在日本。or,英语:或者。

〔**166**〕　V. Lidin　符·理定(В.Г.Лидин,1894—1979)通译里进,苏联"同路人"作家。这一期《奔流》上载有鲁迅所译的《VL.G.理定自传》。

〔**167**〕　指《丹麦的思想潮流》,丹麦尤利乌斯·克劳森(S.Claussen,1865—1931)作,友松译。

〔**168**〕　指丹麦作家严森(J.V.Jenscn,1873—1950)的诗《母亲之歌》、《盲女》(梅川译)和小说《失去的森林》(柔石译);J·奥克亚(J.Åkjaer,1866—1930)的诗《裸麦田边》(柔石译)。

〔**169**〕　Jacobsen　雅各伯森(1847—1885);Bang,班恩(1857—1912)。都是丹麦作家。

〔**170**〕　跋佐夫(I.M.Vazov,1850—1921)　通译伐佐夫,保加利亚作家。著有长篇小说《轭下》、剧本《升官图》等。这一期《奔流》刊有他的回忆文《过岭记》,孙用译。鲁迅曾译他的小说《战争中的威尔珂》,载1921 年 10 月《小说月报》第十二卷第十号"被损害民族的文学号"。

〔**171**〕　茅盾(1896—1981)　即沈雁冰,笔名茅盾,浙江桐乡人,作

家、文学评论家,文学研究会主要成员。曾主编《小说月报》。著有长篇小说《蚀》、《子夜》等。大革命失败后,他曾遭到国民党政府的通缉。

〔**172**〕 确木努易(Н. Темный) 俄国作家拉扎列夫(Н. А. Лазарев,1863—1910)的笔名。他的小品,指《青湖记游》,鲁迅译。

〔**173**〕 指雪峰所译匈牙利马察的《现代欧洲的艺术与文学诸流派》和鲁迅所译卢那察尔斯基的《苏维埃国家与艺术》。

〔**174**〕 《**文艺与批评**》 卢那察尔斯基的论文集,鲁迅译。1929年10月上海水沫书店出版,为《科学的艺术论丛书》之六。

集外集拾遗

本书书名系由作者拟定，部分文章由作者收集抄录，有的加写"补记"或"备考"。但未编完即因病中止，1938年出版《鲁迅全集》时由许广平编定印入。这次抽去译文《高尚生活》、《无礼与非礼》、《察拉图斯忒拉的序言》三篇和《〈忽然想到〉附记》（已录入《华盖集·忽然想到》注文）；《咬嚼之余》、《咬嚼未始"乏味"》、《"田园思想"》三篇的"备考"和《编完写起》一则已移置《集外集》有关文章之后；《〈域外小说集〉序言》已移入《译文序跋集》；《教授杂咏》的第四首系这次补入；若干诗文则按写作时间的先后，在顺序上作了调整，若干诗题据作者书录的题款重新核定。

一九一二年

怀　旧[1]

　　吾家门外有青桐一株,高可三十尺,每岁实如繁星,儿童掷石落桐子,往往飞入书窗中,时或正击吾案,一石入,吾师秃先生辄走出斥之。桐叶径大盈尺,受夏日微瘁,得夜气而苏,如人舒其掌。家之阍人王叟,时汲水沃地去暑热,或掇破几椅,持烟筒,与李妪谈故事,每月落参横[2],仅见烟斗中一星火,而谈犹弗止。

　　彼辈纳晚凉时,秃先生正教予属对[3],题曰:"红花。"予对:"青桐。"则挥曰:"平仄弗调。"令退。时予已九龄,不识平仄为何物,而秃先生亦不言,则姑退。思久弗属,渐展掌拍吾股使发大声如扑蚊,冀秃先生知吾苦,而先生仍弗理;久之久之,始作摇曳声曰:"来。"余健进。便书绿草二字曰:"红平声,花平声,绿入声,草上声。去矣。"余弗遑听,跃而出。秃先生复作摇曳声曰:"勿跳。"余则弗跳而出。

　　予出,复不敢戏桐下,初亦尝扳王翁膝,令道山家故事。而秃先生必继至,作厉色曰:"孺子勿恶作剧!食事既耶?盍归就尔夜课矣。"稍迮,次日便以界尺击吾首曰:"汝作剧何恶,读书何笨哉?"我秃先生盖以书斋为报仇地者,遂渐弗去。况明日复非清明端午中秋,予又何乐?设清晨能得小恙,映午[4]而愈者,可借此作半日休息亦佳;否则,秃先生病耳,死尤善。弗病弗死,吾明日又上学读《论语》[5]矣。

明日,秃先生果又按吾《论语》,头摇摇然释字义矣。先生又近视,故唇几触书,作欲啮状。人常咎吾顽,谓读不半卷,篇页便大零落;不知此咻咻然之鼻息,日吹拂是,纸能弗破烂,字能弗漫漶耶!予纵极顽,亦何至此极耶!秃先生曰:"孔夫子说,我到六十便耳顺;耳是耳朵。到七十便从心所欲,不逾这个矩了。……"余都不之解,字为鼻影所遮,余亦不之见,但见《论语》之上,载先生秃头,烂然有光,可照我面目;特颇模糊臃肿,远不如后圃古池之明晰耳。

先生讲书久,战其膝,又大点其头,似自有深趣。予则大不耐,盖头光虽奇,久观亦自厌倦,势胡能久。

"仰圣先生!仰圣先生!"幸门外突作怪声,如见眚而呼救者。

"耀宗兄耶?……进可耳。"先生止《论语》不讲,举其头,出而启门,且作礼。

予初殊弗解先生何心,敬耀宗竟至是。耀宗金氏,居左邻,拥巨资;而敝衣破履,日日食菜,面黄肿如秋茄,即王翁亦弗之礼。尝曰:"彼自蓄多金耳!不以一文见赠,何礼为?"故翁爱予而对耀宗特傲,耀宗亦弗恤,且聪慧不如王翁,每听谈故事,多不解,唯唯而已。李媪亦谓,彼人自幼至长,但居父母膝下如囚人,不出而交际,故识语殊聊聊。如语及米,则竟曰米,不可别粳糯;语及鱼,则竟曰鱼,不可分鲂鲤。否则不解,须加注几百句,而注中又多不解语,须更用疏,疏又有难词,则终不解而止,因不好与谈。惟秃先生特优遇,王翁等甚讶之。予亦私揣其故,知耀宗曾以二十一岁无子,急蓄妾三人,而秃先生亦云以不孝有三,无后为大[6],故尝投三十一金,购如夫人[7]一,则优礼之故,自因耀宗纯孝。王翁虽贤,学终不及先生,不测高深,亦无足怪;盖即予亦经覃思多日,始得其故者。

“先生,闻今朝消息耶?”

“消息?……未之闻,……甚消息耶?”

“长毛[8]且至矣!”

“长毛!……哈哈,安有是者。……”

耀宗所谓长毛,即仰圣先生所谓髪逆;而王翁亦谓之长毛,且云,时正三十岁。今王翁已越七十,距四十余年矣,即吾亦知无是。

“顾消息得自何墟三大人,云不日且至矣。……”

“三大人耶?……则得自府尊者矣。是亦不可不防。”先生之仰三大人也,甚于圣,遂失色绕案而踱。

“云可八百人,我已遣底下人复至何墟探听。问究以何日来。……”

“八百?……然安有是,哦,殆山贼或近地之赤巾党耳。”

秃先生智慧胜,立悟非是。不知耀宗固不论山贼海盗白帽赤巾,皆谓之长毛;故秃先生所言,耀宗亦弗解。

“来时当须备饭。我家厅事小,拟借张睢阳庙[9]庭飨其半。彼辈既得饭,其出示安民耶?”耀宗禀性鲁,而箪食壶浆以迎王师[10]之术，则有家训。王翁曾言其父尝遇长毛，伏地乞命，叩额赤肿如鹅，得弗杀，为之治庖侑食，因获殊宠，得多金。逮长毛败，以术逃归，渐为富室，居芜市云。时欲以一饭博安民，殊不如乃父智。

"此种乱人，运必弗长，试搜尽《纲鉴易知录》[11]，岂见有成者？……特特亦间不无成功者。饭之，亦可也。虽然，耀宗兄！足下切勿自列名，委诸地甲可耳。"

"然！先生能为书顺民二字乎。"

"且勿且勿，此种事殊弗宜急，万一竟来，书之未晚。且耀宗兄！尚有一事奉告，此种人之怒，固不可撄，然亦不可太与亲近。昔髪逆反时，户贴顺民字样者，间亦无效；贼退后，又窘于官军，故此事须待贼薄芜市时再议。惟尊眷却宜早避，特不必过远耳。"

"良是良是，我且告张睢阳庙道人去耳。"

耀宗似解非解，大感佩而去。人谓遍搜芜市，当以我秃先生为第一智者，语良不诬。先生能处任何时世，而使己身无几微之疡，故虽自盘古开辟天地后，代有战争杀伐治乱兴衰，而仰圣先生一家，独不殉难而亡，亦未从贼而死，绵绵至今，犹巍然拥皋比[12]为予顽弟子讲七十而从心所欲不逾矩。若由今日天演家[13]言之，或曰由宗祖之遗传；顾自我言之，则非从读书得来，必不有是。非然，则我与王翁李媪，岂独不受遗传，而思虑之密，不如此也。

耀宗既去，秃先生亦止书不讲，状颇愁苦，云将返其家，令予废读。予大喜，跃出桐树下，虽夏日炙吾头，亦弗恤，意桐下为我领地，独此一时矣。少顷，见秃先生急去，挟衣一大缚。先生往日，惟遇令节或年暮一归，归必持《八铭塾钞》[14]数卷；今则全帙俨然在案，但携破箧中衣履去耳。

予窥道上，人多于蚁阵，而人人悉函惧意，惘然而行。手多有挟持，或徒其手，王翁语予，盖图逃难者耳。中多何墟人，来奔芜市；而芜市居民，则争走何墟。王翁自云前经患难，止吾家勿仓皇。李媪亦至金氏问讯，云仆犹弗归，独见众如夫人，方检脂粉芳泽纨扇罗衣之属，纳行箧中。此富家姨太太，似视逃难亦如春游，不可废口红眉黛者。予不暇问长毛事，自扑青蝇诱蚁出，践杀之，又舀水灌其穴，以窘蚁禹。未几见日脚遽去木末，李媪呼予饭。予殊弗解今日何短，若在平日，则此时正苦思属对，看秃先生作倦面也。饭已，李媪挈予出。王翁亦已出而纳凉，弗改常度。惟环而立者极多，张其口如睹鬼怪，月光娟娟，照见众齿，历落如排朽琼[15]，王翁吸烟，语甚缓。

"……当时，此家门者，为赵五叔，性极憨。主人闻长毛来，令逃，则曰：'主人去，此家虚，我不留守，不将为贼占耶？'……"

"唉，蠢哉！……"李媪斗作怪叫，力斥先贤之非。

"而司爨之吴妪亦弗去，其人盖七十余矣，日日伏厨下不敢出。数日以来，但闻人行声，犬吠声，入耳惨不可状。既而人行犬吠亦绝，阴森如处冥中。一日远远闻有大队步声，经墙外而去。少顷少顷，突有数十长毛入厨下，持刀牵吴妪出，语格磔不甚可辨，似曰：'老妇！尔主人安在？趣将钱来！'吴妪拜曰：'大王，主人逃矣。老妇饿已数日，且乞大王食我，安有钱奉大王。'一长毛笑曰：'若欲食耶？当食汝。'斗以一圆物掷吴妪怀中，血模糊不可视，则赵五叔头也……"

"啊，吴妪不几吓杀耶？"李媪又大惊叫，众目亦益瞠，口亦益张。

"盖长毛叩门，赵五叔坚不启，斥曰：'主人弗在，若辈强欲入盗耳。'长……"

"将得真消息来耶？……"则秃先生归矣。予大窘，然察其颜色，颇不似前时严厉，因亦弗逃。思倘长毛来，能以秃先生头掷李媪怀中者，余可日日灌蚁穴，弗读《论语》矣。

"未也。……长毛遂毁门，赵五叔亦走出，见状大惊，而长毛……"

"仰圣先生！我底下人返矣。"耀宗竭全力作大声，进且语。

"如何？"秃先生亦问且出，睁其近眼，逾于余常见之大。余人亦竞向耀宗。

"三大人云长毛者谎，实不过难民数十人，过何墟耳。所谓难民，盖犹常来我家乞食者。"耀宗虑人不解难民二字，因尽其所知，为作界说，而界说只一句。

"哈哈！难民耶！……呵……"秃先生大笑，似自嘲前此仓皇之愚，且嗤难民之不足惧。众亦笑，则见秃先生笑，故助笑耳。

众既得三大人确消息，一哄而散，耀宗亦自归，桐下顿寂，仅留王翁辈四五人。秃先生踱良久，云："又须归慰其家人，以明晨返。"遂持其《八铭塾钞》去。临去顾余曰:"一日不读,明晨能熟背否? 趣去读书,勿恶作剧。"余大忧,目注王翁烟火不能答,王翁则吸烟不止。余见火光闪闪,大类秋萤堕草丛中,因忆去年扑萤误堕芦荡事,不复虑秃先生。

"唉,长毛来,长毛来,长毛初来时良可恐耳,顾后则何有。"王翁辍烟,点其首。

"翁盖曾遇长毛者,其事奈何?"李媪随急询之。

"翁曾作长毛耶?"余思长毛来而秃先生去,长毛盖好人,王翁善我,必长毛耳。

"哈哈! 未也。——李媪,时尔年几何? 我盖二十余矣。"

"我才十一,时吾母挈我奔平田,故不之遇。"

"我则奔幌山。——当长毛至吾村时,我适出走。邻人牛四,及我两族兄稍迟,已为小长毛所得,牵出太平桥上,一一以刀斫其颈,皆不殊,推入水,始毙。牛四多力,能负米二石五升走半里,今无如是人矣。我走及幌山,已垂暮,山颠乔木,虽略负日脚,而山趺之田禾,已受夜气,色较白日为青。既达山趺,后顾幸无追骑,心稍安。而前瞻不见乡人,则凄寂悲凉之感,亦与并作。久之神定,夜渐深,寂亦弥甚,入耳绝无人声,但有吱吱! 咗咗咗! ……"

"咗咗?"余大惑,问题不觉脱口。李媪则力握余手禁余,一若余之怀疑,能贻大祸于媪者。

"蛙鸣耳。此外则猫头鹰,鸣极惨厉。……唉,李媪,尔知孤木立黑暗中,乃大类人耶? ……哈哈,顾后则何有,长毛退时,我村人皆操锹锄逐之,逐者仅十余人,而彼虽百人不敢返斗。此后每日必去打宝,何墟三大人,不即因此发财者耶。"

"打宝何也?"余又惑。

"唔,打宝打宝,……凡我村人穷迫,长毛必投金银珠宝少许,令村人争拾,可以缓迫。余曾得一明珠,大如戎菽[16],方在惊喜,牛二突以棍击吾脑,夺珠去;不然纵不及三大人,亦可作富家翁矣。彼三大人之父何狗保,亦即以是时归何墟,见有打大辫子之小长毛,伏其家破柜中。……"

"啊!雨矣,归休乎。"李媪见雨,便生归心。

"否否,且住。"余殊弗愿,大类读小说者,见作惊人之笔后,继以欲知后事如何且听下回分解;则偏欲急看下回,非尽全卷不止,而李媪似不然。

"咦!归休耳,明日晏起,又要吃先生界尺矣。"

雨益大,打窗前芭蕉巨叶,如蟹爬沙,余就枕上听之,渐不闻。

"啊!先生!我下次用功矣。……"

"啊!甚事?梦耶?……我之噩梦,亦为汝吓破矣。……梦耶?何梦?"李媪趋就余榻,拍余背者屡。

"梦耳!……无之。……媪何梦?"

"梦长毛耳!……明日当为汝言,今夜将半,睡矣,睡矣。"

*　　　*　　　*

〔1〕 本篇最初发表于1913年4月25日上海《小说月报》第四卷第一号,署名周逴。

〔2〕 月落参横　夜深的意思。古乐府《善哉行》:"月没参横,北

斗阑干。"参,星名,即猎户星座。

〔3〕　属对　即"对课"。旧时学塾教学生练习对仗的一种功课,按照字音的平仄和字义的虚实组成对偶的词句。

〔4〕　映午　午后。梁元帝萧绎《纂要》:"日在未曰映",指下午一时至三时。

〔5〕　《论语》　儒家经典,孔子的弟子记录孔子言行的书。旧时学塾的必读课本。

〔6〕　不孝有三,无后为大　语出《孟子·离娄(上)》。孟子语。汉代赵岐注:"于礼有不孝者三事,谓阿意曲从,陷亲不义,一不孝也;家穷亲老,不为禄仕,二不孝也;不娶无子,绝先祖祀,三不孝也。三者之中,无后为大。"

〔7〕　如夫人　即姜(小老婆)。《左传》僖公十七年:"齐侯好内,多内宠,内嬖如夫人者六人。"

〔8〕　长毛　指洪秀全领导的太平军。为了对抗清政府剃发垂辫的法令,他们都留发而不结辫,因此被称为"长毛"。

〔9〕　张睢阳庙　即供奉唐代张巡的庙。张巡(709—757),唐邓州南阳(今属河南)人。开元末进士,"安史之乱"时守睢阳城(今河南商丘南),以微弱兵力抗击数十万叛军,坚守数月,城陷被杀。

〔10〕　箪食壶浆以迎王师　语出《孟子·梁惠王(下)》:齐王伐燕,"民以为将拯己于水火之中也,箪食壶浆以迎王师。"

〔11〕　《纲鉴易知录》　清代吴乘权等编纂,共一〇七卷,编成于康熙十五年(1676),是一部简明的中国编年史。

〔12〕　皋比　《左传》庄公十年:"蒙皋比而先犯之。"晋代杜预注:"皋比,虎皮。"宋代张载曾坐虎皮讲《易经》(见《宋史·道学传》),后因称任教为"坐拥皋比"。

〔13〕　天演家　清末严复译述英国赫胥黎《进化论与伦理学及其

他论文》的前两篇,名为《天演论》,宣传达尔文的物种进化学说。天演家即指信奉和宣传这种学说的人。

〔14〕 《八铭塾钞》 清代吴懋政著,共二集,是旧时学习八股文的一种范本。

〔15〕 琼 古代用兽骨做成的游戏用具,类似后来的骰子。

〔16〕 戎菽 旧称胡豆,指蚕豆。《管子·戎》:齐"北伐山戎,出冬葱与戎菽,布之天下。"唐代房玄龄注:"戎菽,胡豆。"

一九一九年

对于《新潮》一部分的意见[1]

孟真[2]先生：

　　来信收到了。现在对于《新潮》[3]没有别的意见：倘以后想到什么，极愿意随时通知。

　　《新潮》每本里面有一二篇纯粹科学文，也是好的。但我的意见，以为不要太多；而且最好是无论如何总要对于中国的老病刺他几针，譬如说天文忽然骂阴历，讲生理终于打医生之类。现在的老先生听人说"地球椭圆"，"元素七十七种"，是不反对的了。《新潮》里装满了这些文章，他们或者还暗地里高兴。（他们有许多很鼓吹少年专讲科学，不要议论，《新潮》三期通信内有史志元先生的信[4]，似乎也上了他们的当。）现在偏要发议论，而且讲科学，讲科学而仍发议论，庶几乎他们依然不得安稳，我们也可告无罪于天下了。总而言之，从三皇五帝时代的眼光看来，讲科学和发议论都是蛇，无非前者是青梢蛇，后者是蝮蛇罢了；一朝有了棍子，就都要打死的。既然如此，自然还是毒重的好。——但蛇自己不肯被打，也自然不消说得。

　　《新潮》里的诗写景叙事的多，抒情的少，所以有点单调。

此后能多有几样作风很不同的诗就好了。翻译外国的诗歌也是一种要事,可惜这事很不容易。

《狂人日记》很幼稚,而且太逼促,照艺术上说,是不应该的。来信说好,大约是夜间飞禽都归巢睡觉,所以单见蝙蝠能干了。我自己知道实在不是作家,现在的乱嚷,是想闹出几个新的创作家来,——我想中国总该有天才,被社会挤倒在底下,——破破中国的寂寞。

《新潮》里的《雪夜》,《这也是一个人》,《是爱情还是苦痛》[5](起首有点小毛病),都是好的。上海的小说家梦里也没有想到过。这样下去,创作很有点希望。《扇误》[6]译的很好。《推霞》[7]实在不敢恭维。

鲁迅　四月十六日

＊　　　＊　　　＊

〔1〕　本篇最初发表于 1919 年 5 月北京《新潮》月刊第一卷第五号。

〔2〕　孟真　傅斯年(1896—1950),字孟真,山东聊城人。当时北京大学学生,《新潮》编辑。后留学英、德。曾任广州中山大学教授、国民党政府中央研究院历史语言研究所所长等职。

〔3〕　《新潮》　综合性月刊,北京大学新潮社编辑,五四新文化运动初期的重要刊物之一。1919 年 1 月创刊于北京,1922 年 3 月出至第三卷第二号停刊。

〔4〕　史志元的信　载《新潮》第一卷第三号(1919 年 3 月),其中说:"览首期所载多哲学及文学之新潮,于科学之新潮尚未能充分提倡,弟愿足下三者并论,于科学之实用者尤当出以供人需要,庶不负《新潮》

之旨趣也。"

〔5〕 《雪夜》 短篇小说,汪敬熙作,载《新潮》第一卷第一号
(1919 年 1 月)。《这也是一个人》,短篇小说,叶绍钧作;《是爱情还是苦
痛》,短篇小说,罗家伦作,均载《新潮》第一卷第三号(1919 年 3 月)。

〔6〕 《扇误》 又译《温德米尔夫人的扇子》,剧本,英国王尔德
(O.Wilde,1854—1900)作,潘家洵译,载《新潮》第一卷第三号。

〔7〕 《推霞》 独幕剧,德国苏德曼(H.Sudermann,1857—1928)
作,宋春舫用文言翻译,载《新潮》第一卷第二号(1919 年 2 月)。

一 九 二 四 年

又 是 "古 已 有 之"[1]

太炎先生[2]忽然在教育改进社年会的讲坛上"劝治史学"以"保存国性",真是慨乎言之。但他漏举了一条益处,就是一治史学,就可以知道许多"古已有之"的事。

衣萍先生[3]大概是不甚治史学的,所以将多用惊叹符号应该治罪的话,当作一个"幽默"。其意盖若曰,如此责罚,当为世间之所无有者也。而不知"古已有之"矣。

我是毫不治史学的。所以于史事很生疏。但记得宋朝大闹党人[4]的时候,也许是禁止元祐学术的时候罢,因为党人中很有几个是有名的诗人,便迁怒到诗上面去,政府出了一条命令,不准大家做诗,违者笞二百![5]

而且我们应该注意,这是连内容的悲观和乐观都不问的,即使乐观,也仍然笞一百!

那时大约确乎因为胡适之[6]先生还没有出世的缘故罢,所以诗上都没有用惊叹符号,如果用上,那可就怕要笞一千了,如果用上而又在"唉""呵呀"的下面,那一定就要笞一万了,加上"缩小像细菌放大像炮弹"[7]的罪名,至少也得笞十万。衣萍先生所拟的区区打几百关几年,未免过于从轻发落,有姑容之嫌，但我知道他如果去做官，一定是一个很宽大的"民之父母"〔8〕，只是想学心理学是不很相宜的〔9〕。

然而做诗又怎么开了禁呢？听说是因为皇帝先做了一首，于是大家便又动手做起来了。

可惜中国已没有皇帝了，只有并不缩小的炮弹在天空里飞，那有谁来用这还未放大的炮弹呢？

呵呀！还有皇帝的诸大帝国皇帝陛下呀，你做几首诗，用些惊叹符号，使敝国的诗人不至于受罪罢！唉！！！

这是奴隶的声音，我防爱国者要这样说。

诚然，这是对的，我在十三年之前，确乎是一个他族的奴隶，国性还保存着，所以"今尚有之"，而且因为我是不甚相信历史的进化的，所以还怕未免"后仍有之"。旧性是总要流露的，现在有几位上海的青年批评家，不是已经在那里主张"取缔文人"，不许用"花呀""吾爱呀"了么？但还没有定出"笞令"来。

倘说这不定"笞令"，比宋朝就进化；那么，我也就可以算从他族的奴隶进化到同族的奴隶，臣不胜屏营欣忭之至！

*　　　*　　　*

〔1〕　本篇最初发表于1924年9月28日北京《晨报副刊》，署名某生者。

〔2〕　太炎　章炳麟，参看本卷第6页注〔6〕。1924年7月5日，他在南京东南大学召开的"中华教育改进社"第三次年会上，作《劝治史学及论史学利病》的讲演，其中说："生为一国之民，不治本国史学，直谓

之无国家无国民性之人可也,聚几万万无国民性之人以立国,则国魂已失。"教育改进社,全称"中华教育改进社",1922年7月成立于济南。主要成员有熊希龄、陶知行(行知)、王伯秋等。

〔3〕 衣萍 章鸿熙(1900—1946),字衣萍,安徽绩溪人。当时在北京大学文学院旁听,是《语丝》撰稿人之一。他在1924年9月15日《晨报副刊》发表《感叹符号与新诗》一文,针对张耀翔的所谓多用感叹号的白话诗是"亡国之音"的论调,用幽默讽刺的笔法提出"请愿政府明令禁止"做白话诗、用感叹号。"凡做一首白话诗者打十板屁股";"凡用一个感叹号者罚洋一元";"凡出版一本白话诗集或用一百个感叹号者,处以三年的监禁或三年有期徒刑;出版三、四本的白话诗集或用一千个以上的感叹号者,即枪毙或杀头。"

〔4〕 宋朝大闹党人 宋神宗时,王安石任宰相,实行变法,遭到司马光等人的反对,形成新党与旧党之争。宋哲宗元祐年间旧党得势,他们的政治学术思想被称为元祐学术。后来宋徽宗打击旧党,严禁元祐学术传播。《宋史·徽宗纪》载:崇宁二年十一月,徽宗下诏:"以元祐学术政事聚徒传授者,委监司察举,必罚无赦。"并将司马光、苏轼等三〇九人镌名立碑于太学端礼门前,指为奸党,称为党人碑,或元祐党碑。

〔5〕 关于宋朝禁诗的事,据宋代叶梦得《避暑录话》卷下:"政和间,大臣有不能为诗者,因建言诗为元祐学术,不可行。李彦章为御史,承望风旨,遂上章论陶渊明、李、杜而下皆贬之;因诋黄鲁直、张文潜、晁无咎、秦少游等,请为科禁。……何丞相伯通适领修律令,因为科云:'诸士庶传习诗赋者杖一百!'是岁冬初雪,太上皇意喜,吴门下居厚首作诗三篇以献,谓之口号,上和赐之。自是圣作时出,讫不能禁,诗遂盛行于宣和之末。"按文中所说"笞二百"鲁迅曾予更正,参看《集外集拾遗补编·答二百系答一百之误》)。

〔6〕 胡适之(1891—1962) 名适,字适之,安徽绩溪人。北京大

学教授。曾为《新青年》杂志编辑之一,是五四新文化运动的重要人物。他的新诗集《尝试集》(1920年出版)被张耀翔用作攻击新诗使用惊叹号的例证之一。

〔7〕 "缩小像细菌放大像炮弹" 张耀翔在《心理》杂志第三卷第二号(1924年4月)发表《新诗人的情绪》一文,把当时出版的胡适《尝试集》、康白情《草儿》、郭沫若《女神》等新诗集里面的惊叹号加以统计,并讽刺说:"仰看像一阵春雨,俯看像数亩禾田;缩小看像许多细菌,放大看像几排弹丸。"认为这是消极、悲观、厌世情绪的表现,多用惊叹符号的白话诗是"亡国之音"。张耀翔(1893—1964),湖北汉口人。曾留学美国,当时是北京师范大学心理学教授,中华心理学会刊物《心理》杂志的编辑主任。

〔8〕 "民之父母" 语出《诗经·小雅·南山有台》:"乐只君子,民之父母"。旧时常用以称呼地方官。

〔9〕 这是对张耀翔的讽刺。他在《新诗人的情绪》一文中说:"职是之故,心理学者关于情绪之研究,远较他种精神研究为少……余久欲努力于情绪之研究……其方法为何,即取其专为表情之著作——诗,盛行之白话诗——而分析之。"

通　　讯[1]（致郑孝观）

孝观先生：

　　我的无聊的小文，竟引出一篇大作，至于将记者先生打退[2]，使其先"敬案"而后"道歉"，感甚，佩甚。

　　我幼时并没有见过《涌幢小品》[3]；回想起来，所见的似乎是《西湖游览志》及《志馀》[4]，明嘉靖中田汝成作。可惜这书我现在没有了，所以无从覆案。我想，在那里面，或者还可以得到一点关于雷峰塔的材料罢。

鲁迅。二十四日。

　　案：我在《论雷峰塔的倒掉》中，说这就是保俶塔，而伏园以为不然。郑孝观先生遂作《雷峰塔与保俶塔》一文，据《涌幢小品》等书，证明以这为保俶塔者盖近是。文载二十四日副刊中，甚长，不能具引。

一九三五年二月十三日，补记。

＊　　　＊　　　＊

〔1〕　本篇最初发表于 1924 年 12 月 27 日北京《京报副刊》。现据鲁迅重抄稿校订。

　　郑孝观(1898—?)，后改名宾于，四川酉阳(今属重庆)人。北京大学研究所国学门毕业,曾任北京中俄大学讲师。

　　〔2〕　记者先生　指孙伏园,当时《京报副刊》的编辑。《论雷峰塔的倒掉》发表时,鲁迅在篇末加有如下附记:"今天孙伏园来,我便将草稿给他看。他说,雷峰塔并非就是保俶塔。那么,大约是我记错的了,然而我却确乎早知道雷峰塔下并无白娘娘。现在既经前记者先生指点,知道这一节并非得于所看之书,则当时何以知之,也就莫名其妙矣。特此声明,并且更正。"后孙伏园在发表郑孝观的《雷峰塔与保俶塔》时附有"伏园敬案",说:"郑先生所举证据非常确凿,我不但不想来推翻并且也无法来推翻",并表示"恭恭敬敬的向鲁郑二先生道歉"。但他又引用《西湖指南》和《游杭纪略》的记载,证明雷峰塔并非保俶塔。

　　〔3〕　《涌幢小品》　明代朱国桢著,共三十二卷。内容多是明代典章制度以及史实考证。该书卷十四有关于保俶塔的简单记载。

　　〔4〕　《西湖游览志》　二十四卷,又《志馀》二十六卷,记述西湖名胜古迹、民间传说、掌故轶闻等。田汝成,字叔禾,浙江钱塘(今杭州)人,明代文学家。

一 九 二 五 年

诗 歌 之 敌 [1]

　　大大前天第十次会见"诗孩"[2]，谈话之间，说到我可以对于《文学周刊》[3]投一点什么稿子。我暗想倘不是在文艺上有伟大的尊号如诗歌小说评论等，多少总得装一些门面，使与尊号相当，而是随随便便近于杂感一类的东西，那总该容易的罢，于是即刻答应了。此后玩了两天，食粟而已，到今晚才向书桌坐下来豫备写字，不料连题目也想不出，提笔四顾，右边一个书架，左边一口衣箱，前面是墙壁，后面也是墙壁，都没有给我少许灵感之意。我这才知道：大难已经临头了。

　　幸而因"诗孩"而联想到诗，但不幸而我于诗又偏是外行，倘讲些什么"义法"之流，岂非"鲁般门前掉大斧"[4]。记得先前见过一位留学生，听说是大有学问的。他对我们喜欢说洋话，使我不知所云，然而看见洋人却常说中国话。这记忆忽然给我一种启示，我就想在《文学周刊》上论打拳；至于诗呢？留待将来遇见拳师的时候再讲。但正在略略踌躇之际，却又联想到较为妥当的，曾在《学灯》[5]——不是上海出版的《学灯》——上见过的一篇春日一郎的文章来了，于是就将他的题目直抄下来：《诗歌之敌》。

245

那篇文章的开首说,无论什么时候,总有"反诗歌党"的。编成这一党派的分子:一,是凡要感得专诉于想像力的或种艺术的魅力,最要紧的是精神的炽烈的扩大,而他们却已完全不能扩大了的固执的智力主义者;二,是他们自己曾以媚态奉献于艺术神女,但终于不成功,于是一变而攻击诗人,以图报复的著作者;三,是以为诗歌的热烈的感情的奔进,足以危害社会的道德与平和的那些怀着宗教精神的人们。但这自然是专就西洋而论。

诗歌不能凭仗了哲学和智力来认识,所以感情已经冰结的思想家,即对于诗人往往有谬误的判断和隔膜的揶揄。最显著的例是洛克[6],他观作诗,就和踢球相同。在科学方面发扬了伟大的天才的巴士凯尔[7],于诗美也一点不懂,曾以几何学者的口吻断结说:"诗者,非有少许稳定者也。"凡是科学底的人们,这样的很不少,因为他们精细地研钻着一点有限的视野,便决不能和博大的诗人的感得全人间世,而同时又领会天国之极乐和地狱之大苦恼的精神相通。近来的科学者虽然对于文艺稍稍加以重视了,但如意大利的伦勃罗梭[8]一流总想在大艺术中发见疯狂,奥国的佛罗特[9]一流专一用解剖刀来分割文艺,冷静到入了迷,至于不觉得自己的过度的穿凿附会者,也还是属于这一类。中国的有些学者,我不能妄测他们于科学究竟到了怎样高深,但看他们或者至于诧异现在的青年何以要绍介被压迫民族文学,或者至于用算盘来算定新诗的乐观或悲观,即以决定中国将来的运命,则颇使人疑是对于巴士凯尔的冷嘲。因为这时可以改篡他的话:"学者,非有少许稳定者也。"

　　但反诗歌党的大将总要算柏拉图[10]。他是艺术否定论者,对于悲剧喜剧,都加攻击,以为足以灭亡我们灵魂中崇高的理性,鼓舞劣等的情绪,凡有艺术,都是模仿的模仿,和"实在"尚隔三层;又以同一理由,排斥荷马[11]。在他的《理想国》中,因为诗歌有能鼓动民心的倾向,所以诗人是看作社会的危险人物的,所许可者,只有足供教育资料的作品,即对于神明及英雄的颂歌。这一端,和我们中国古今的道学先生的意见,相差似乎无几。然而柏拉图自己却是一个诗人,著作之中,以诗人的感情来叙述的就常有;即《理想国》,也还是一部诗人的梦书。他在青年时,又曾委身于艺圃的开拓,待到自己知道胜不过无敌的荷马,却一转而开始攻击,仇视诗歌了。但自私的偏见,仿佛也不容易支持长久似的,他的高足弟子亚里斯多德[12]做了一部《诗学》,就将为奴的文艺从先生的手里一把抢来,放在自由独立的世界里了。

　　第三种是中外古今触目皆是的东西。如果我们能够看见罗马法皇宫中的禁书目录[13],或者知道旧俄国教会里所诅咒的人名[14],大概可以发见许多意料不到的事的罢,然而我现在所知道的却都是耳食之谈,所以竟没有写在纸上的勇气。总之,在普通的社会上,历来就骂杀了不少的诗人,则都有文艺史实来作证的了。中国的大惊小怪,也不下于过去的西洋,绰号似的造出许多恶名,都给文人负担,尤其是抒情诗人。而中国诗人也每未免感得太浅太偏,走过宫人斜[15]就做一首"无题",看见树桠叉就赋一篇"有感"。和这相应,道学先生也就神经过敏之极了：一见"无题"就心跳，遇"有感"则立刻满脸发烧，甚至于必以学者自居，生怕将来的国史将他附入文苑传。

说文学革命之后而文学已有转机，我至今还未明白这话是否真实。但戏曲尚未萌芽，诗歌却已奄奄一息了，即有几个人偶然呻吟，也如冬花在严风中颤抖。听说前辈老先生，还有后辈而少年老成的小先生，近来尤厌恶恋爱诗；可是说也奇怪，咏叹恋爱的诗歌果然少见了。从我似的外行人看起来，诗歌是本以发抒自己的热情的，发讫即罢；但也愿意有共鸣的心弦，则不论多少，有了也即罢；对于老先生的一颦蹙，殊无所用其惭惶。纵使稍稍带些杂念，即所谓意在撩拨爱人或是"出风头"之类，也并非大悖人情，所以正是毫不足怪，而且对于老先生的一颦蹙，即更无所用其惭惶。因为意在爱人，便和前辈老先生尤如风马牛之不相及，倘因他们一摇头而慌忙辍笔，使他高兴，那倒像撩拨老先生，反而失敬了。

倘我们赏识美的事物，而以伦理学的眼光来论动机，必求其"无所为"，则第一先得与生物离绝。柳阴下听黄鹂鸣，我们感得天地间春气横溢，见流萤明灭于丛草里，使人顿怀秋心。然而鹂歌萤照是"为"什么呢？毫不客气，那都是所谓"不道德"的，都正在大"出风头"，希图觅得配偶。至于一切花，则简直是植物的生殖机关了。虽然有许多披着美丽的外衣，而目的则专在受精，比人们的讲神圣恋爱尤其露骨。即使清高如梅菊，也逃不出例外——而可怜的陶潜林逋[16]，却都不明白那些动机。

　　一不小心，话又说得不甚驯良了，倘不急行检点，怕难免真要拉到打拳。但离题一远，也就很不容易勒转，只好再举一种近似的事，就此收场罢。

　　豢养文士仿佛是赞助文艺似的，而其实也是敌。宋玉司马相如[17]之流，就受着这样的待遇，和后来的权门的"清客"略同，都是位在声色狗马之间的玩物。查理九世[18]的言动，更将这事十分透彻地证明了的。他是爱好诗歌的，常给诗人一点酬报，使他们肯做一些好诗，而且时常说："诗人就像赛跑的马，所以应该给吃一点好东西。但不可使他们太肥；太肥，他们就不中用了。"这虽然对于胖子而想兼做诗人的，不算一个好消息，但也确有几分真实在内。匈牙利最大的抒情诗人彼象飞（A. Petöfi）有题 B. Sz. 夫人照像的诗[19]，大旨说"听说你使你的丈夫很幸福，我希望不至于此，因为他是苦恼的夜莺，而今沉默在幸福里了。苛待他罢，使他因此常常唱出甜美的歌来。"也正是一样的意思。但不要误解，以为我是在提倡青年要做好诗，必须在幸福的家庭里和令夫人天天打架。事情也不尽如此的。相反的例并不少，最显著的是勃朗宁和他的夫人[20]。

一九二五年一月一日。

＊　　　　＊　　　　＊

　　〔1〕　本篇最初发表于 1925 年 1 月 17 日《京报》附刊《文学周刊》第五期。现据鲁迅重抄稿校订。

　　〔2〕　"诗孩"　指孙席珍(1906—1984)，浙江绍兴人，作家。当时

是绿波社成员,《文学周刊》编辑。他常在北京《晨报副刊》、上海《民国日报》副刊《觉悟》等报刊上发表诗歌,又很年轻,因被钱玄同、刘半农等戏称为"诗孩"。

〔3〕 《文学周刊》 《京报》的附刊。1924 年 12 月 13 日创刊于北京,初由绿波社、星星文学社合编,1925 年 9 月改由北京《文学周刊》社编辑,同年 11 月停刊,共出四十四期。

〔4〕 "鲁般门前掉大斧" 语出明代梅之涣《题李白墓》诗:"采石江边一堆土,李白之名高千古。来来往往一首诗,鲁班门前弄大斧。"

〔5〕 《学灯》 即《学镫》,日本杂志。月刊。1897 年创刊于东京,丸善株式会社出版。春日一郎的《诗歌之敌》(上),载该刊第二十四卷第九号(1920 年 9 月)。

〔6〕 洛克(J.Locke,1632—1704) 英国哲学家,著有《政府论》、《人类理解力论》等。他在《论教育》中认为"诗歌和游戏一样,不能对任何人带来好处"。又英国法学家约翰·塞尔丹曾记述洛克对于诗歌的意见:"贵族出版诗歌,真是滑稽可笑。他作诗自娱,当然无可厚非。他在自己房里玩弄项链或者踢球,聊以消遣,本无不可。但是如果他到菲利德大街,在商店里玩弄项链或踢球,那就一定会引起街上许多孩子的哗笑。"(转引自朱光潜《西方美学史》上册)

〔7〕 巴士凯尔(B.Pascal,1623—1662) 通译帕斯卡,法国数学家、物理学家、哲学家。他在《思想录》第三十八条曾说:"诗人是不诚实的人"。

〔8〕 伦勃罗梭(C.Lombroso,1836—1909) 意大利精神病学者。著有《犯罪者论》、《天才论》等。他认为世界上很多作家、艺术家是由于精神忧郁、狂热、疯癫的病态而产生杰出的艺术作品。他在《天才论·天才与疯狂》中说:"天才和疯狂虽然不应该混为一谈,但是两者的类似之处,充分证明在同一个人身上,天才和疯狂并不互相排斥。"

〔**9**〕　佛罗特(S.Freud,1856—1939)　通译弗洛伊德,奥地利心理学家、精神病医师,精神分析学说的创立者。这种学说认为文学、艺术、哲学、宗教等一切精神现象,都是人们因受压抑而潜藏在下意识里的某种"生命力"(libido),特别是性本能的潜力所产生的。著有《释梦》、《精神分析引论》等。

〔**10**〕　柏拉图(Plato,前 427—前 347)　古希腊哲学家,客观唯心主义者。著有《对话集》。文中所说的《理想国》,即是其中的一篇。

〔**11**〕　荷马(Homeros)　相传为公元前九世纪古希腊行吟盲诗人,史诗《伊利亚特》和《奥德赛》的作者。

〔**12**〕　亚里斯多德(Aristoteles,前 384—前 322)　古希腊哲学家、科学家。曾受业于柏拉图。著有《形而上学》、《诗学》等。他在《诗学》中否定了柏拉图的超现实的理念世界,肯定了现实世界的存在以及模仿世界的文艺真实性和独立性。

〔**13**〕　罗马法皇宫中的禁书目录　十六世纪欧洲宗教改革兴起后,罗马教皇为了镇压"异端",于 1543 年设立查禁书刊主教会议,随后教廷控制下的西欧各大学相继发布"禁书目录",1559 年罗马教皇亲自颁布"禁书目录",所列禁书数以千计。其后被禁止的有:吉本的《罗马帝国的衰亡》,雨果的《悲惨世界》、《巴黎圣母院》,泰纳的《英国文学史》以及卢梭、伏尔泰、梅特林克、左拉、大仲马和小仲马等人的著作。

〔**14**〕　俄国教会里所诅咒的人名　十月革命前受帝俄沙皇政权直接控制利用的俄罗斯正教会,对当时具有民主革命思想的人物都极为仇视。曾被教会指名诅咒的有别林斯基、赫尔岑、车尔尼雪夫斯基、杜勃洛留波夫、托尔斯泰等人。

〔**15**〕　宫人斜　古代埋葬嫔妃、宫女的坟地。唐代孟迟《宫人斜》诗:"云惨烟愁苑路斜,路旁丘塚尽宫娃。"

〔**16**〕　陶潜　参看本卷第 140 页注〔6〕。他的一些咏菊诗颇为人

传诵。林逋,参看本卷第 163 页注〔4〕。他以咏梅诗著称。

〔17〕 宋玉 战国后期楚国诗人。通音律,有文才,曾事顷襄王,做过大夫,但不被重用。司马相如(约前 179—前 117),字长卿,蜀郡成都人,西汉辞赋家。因作《子虚赋》、《上林赋》,得到汉武帝赏识,拜为郎。后失宠,称疾闲居。

〔18〕 查理九世(Charles IX, 1550—1574) 法国国王。曾资助"七星诗社",供养龙沙等一批诗人。他的"诗人就像赛跑的马"等语,在法国皮埃尔·布代尔的《皮埃尔·布代尔全集》第五卷中曾有记载。

〔19〕 彼象飞(Petöfi Sándor, 1823—1849) 通译裴多菲,匈牙利诗人。参加 1848 年匈牙利反抗奥地利统治的民族革命,1849 年在与协助奥国的沙俄军队作战中牺牲。一说在当年瑟什堡战役中与一批匈牙利士兵被俘,押至西伯利亚,约于 1856 年病卒。著有《勇敢的约翰》、《民族之歌》等。题 B.Sz. 夫人照像的诗,指《题在瓦·山夫人的纪念册上》:"我知道,你使你的丈夫过上幸福的生活;但是我希望你不要那样去做,最低限度,你不要作得太过火。他是一只苦恼的夜莺,自从他获得了幸福,他绝少歌唱……折磨他吧,让我们谛听他甜蜜而痛苦的歌。1844 年 12 月 25 日,佩斯。"按 B.Sz. 夫人应为 V.S. 夫人,原名乔鲍·马丽亚(Csapo Maria, 1830—1896),匈牙利作家。著有长篇小说《晴天与阴天》等。V.S. 是她丈夫、诗人瓦豪特·山陀尔(Vachott Sándor, 1818—1861)名字的缩写。

〔20〕 勃朗宁(R. Browning, 1812—1889) 英国诗人,著有诗剧《巴拉塞尔士》、长诗《指环与书》等。他的夫人伊丽莎白·芭雷特·勃朗宁(E.B. Browning, 1806—1861),也是英国诗人,著有《卡萨桂提之窗》、抒情诗集《葡萄牙十四行诗》等。他们不顾女方家庭的反对而结婚,长期旅居意大利。

关于《苦闷的象征》[1]

王铸[2]先生：

我很感谢你远道而至的信。

我看见厨川氏[3]关于文学的著作的时候，已在地震[4]之后，《苦闷的象征》是第一部，以前竟没有留心他。那书的末尾有他的学生山本修二氏[5]的短跋，我翻译时，就取跋文的话做了几句序[6]。跋的大意是说这书的前半部原在《改造》[7]杂志上发表过，待到地震后掘出遗稿来，却还有后半，而并无总名，所以自己便依据登在《改造》杂志上的端绪，题为《苦闷的象征》，付印了。

照此看来，那书的经历已经大略可以明了。（1）作者本要做一部关于文学的书，——未题总名的，——先成了《创作论》和《鉴赏论》两篇，便登在《改造》杂志上；《学灯》[8]上明权先生的译文，当即从《改造》杂志翻出。（2）此后他还在做下去，成了第三第四两篇，但没有发表，到他遭难之后，这才一起发表出来，所以前半是第二次公开，后半是初次。（3）四篇的稿子本是一部书，但作者自己并未定名，于是他的学生山本氏只好依了第一次公表时候的端绪，给他题为《苦闷的象征》。至于怎样的端绪，他却并未说明，或者篇目之下，本有这类文字，也说不定的，但我没有《改造》杂志，所以无从查考。

就全体的结构看起来,大约四篇已算完具,所缺的不过是修饰补缀罢了。我翻译的时候,听得丰子恺[9]先生也有译本,现则闻已付印,为《文学研究会丛书》之一;上月看见《东方杂志》[10]第二十号,有仲云先生译的厨川氏一篇文章,就是《苦闷的象征》的第三篇;现得先生来信,才又知道《学灯》上也早经登载过,这书之为我国人所爱重,居然可知。现在我所译的也已经付印,中国就有两种全译本了。

鲁迅。一月九日。

【备考】:

给鲁迅先生的一封信

鲁迅先生:

我今天写这封信给你,也许像你在《杨树达君的袭来》中所说的,"我们并不曾认识了哪";但是我这样的意见,忍耐得好久了,终于忍不住的说出来,这在先生也可以原谅的罢。

先生在《晨报副镌》上所登的《苦闷的象征》,在这篇的文字的前面,有了你的自序;记不切了,也许是像这样的说吧!"它本是厨川君劫后的作品,由了烧失的故纸堆中,发出来的,是一包未定稿。本来没有甚么名字,他的友人,径直的给他定下了,——叫作《苦闷的象征》。"先生这样的意见,或者是别有所见而云然。但以我在大前年的时候,所见到的这篇东西的译稿,像与这里所说的情形,稍有出入;先生,让我在下面说出了吧。

在《学灯》上,有了一位叫明权的,曾译载过厨川君的一篇东西,叫作《苦闷的象征》。我曾经拿了他的译文与先生的对照,觉得与先生所译的一毫不差。不过他只登了《创作论》与《鉴赏论》,下面是甚么也没有了,大约原文是这样的罢。这篇译文,是登在一九二一年的,那时日本还没地震,厨川君也还健在;这篇东西,既然有了外国人把它翻译过,大概原文也已揭载过了罢。这篇东西的命名,自然也是厨川君所定的,不是外国人所能杜撰出来的。若然,先生在自序上所说的,他友人给他定下了这个名字,——《苦闷的象征》,——至少也有了部分的错误了罢。

这个理由,是很明白的;因为那时候日本还没有地震,厨川君也还没有死,这篇名字,已经出现过而且发表的了。依我的愚见,这篇东西,是厨川君的未定稿,大约是靠底住的;厨川君先前有了《创作论》和《鉴赏论》,又已发表过,给他定下了名字,叫作《苦闷的象征》。后来《文艺上的几个根本问题的考察》,《文艺的起源》,又先后的做成功了。或者也已发表过,这在熟于日本文坛事实的,自然知道,又把它摒集在一块去。也许厨川君若没有死,还有第五第六的几篇东西,也说不定呢!但是不幸厨川君是死了,而且是死于地震的了;他的友人,就把他这一包劫后的遗稿,已经命名过的,——《苦闷的象征》,——发表出来,这个名字,不是他的友人——编者——所臆定的,是厨川君自己定下的;这个假定,大约不至有了不对了罢。

以上几则,是我的未曾作准的见解,先生看见了它,可以给我个明白而且彻底的指导么?

先生,我就在这里止住了罢?

王铸。

*　　　*　　　*

〔1〕 本篇最初发表于 1925 年 1 月 13 日《京报副刊》。

《苦闷的象征》,文艺论文集,日本厨川白村著。鲁迅的译本于 1924 年 12 月由新潮社印行,为《未名丛刊》之一。同年 10 月《晨报副刊》曾断续地连载其中的前两篇。

〔2〕 王铸(1902—1986) 即王淑明,安徽无为人。当时在家乡县立中学任教员。1934 年到上海,参加左联,编辑《时事新报·每周文学》、《希望》等报刊。

〔3〕 厨川氏 即厨川白村(1880—1923),日本文艺评论家,京都帝国大学教授。著作除《苦闷的象征》外,还有《出了象牙之塔》、《文艺思潮论》等。

〔4〕 指日本关东大地震。发生于 1923 年 9 月 1 日上午十一时,厨川白村于这次地震中遇难。

〔5〕 山本修二(1894—1976) 日本戏剧理论家,京都第三高等学校、京都大学教授。当时是厨川白村纪念委员会的负责人。

〔6〕 指《译〈苦闷的象征〉后三日序》,发表于 1924 年 10 月 1 日《晨报副刊》。

〔7〕 《改造》 日本综合性月刊。1919 年 4 月创刊于东京,改造

社印行,1955 年出至第三十六卷第二期停刊。

〔8〕 《学灯》 《时事新报》的副刊,1918 年 3 月 4 日创刊于上海,1947 年 2 月 24 日停刊。

〔9〕 丰子恺(1898—1975) 浙江桐乡人,画家、散文家。作品有《子恺漫画》、《缘缘堂随笔》等。他翻译的《苦闷的象征》1925 年 3 月由上海商务印书馆出版。

〔10〕 《东方杂志》 综合性杂志。1904 年 3 月创刊于上海,1948 年 12 月停刊,初为月刊,1920 年第十七卷起改半月刊,至 1948 年第四十四卷又改为月刊,商务印书馆出版。共出四十四卷。仲云所译《文艺上几个根本问题的考察》载于该刊第二十一卷第二十号(1924 年 10 月)。仲云,即樊仲云(1901—1990),浙江嵊县人。当时是上海商务印书馆编辑。抗日战争期间曾任汪伪政府教育部政务次长等职。

聊 答"……"[1]

柯先生：

我对于你们一流人物，退让得够了。我那时的答话，就先不写在"必读书"栏[2]内，还要一则曰"若干"，再则曰"参考"，三则曰"或"，以见我并无指导一切青年之意。我自问还不至于如此之昏，会不知道青年有各式各样。那时的聊说几句话，乃是但以寄几个曾见和未见的或一种改革者，愿他们知道自己并不孤独而已。如先生者，倘不是"喂"的指名叫了我，我就毫没有和你扳谈的必要的。

照你大作的上文看来，你的所谓"……"，该是"卖国"。到我死掉为止，中国被卖与否未可知，即使被卖，卖的是否是我也未可知，这是未来的事，我无须对你说废话。但有一节要请你明鉴：宋末，明末，送掉了国家的时候；清朝割台湾，旅顺等地[3]的时候，我都不在场；在场的也不如你所"尝听说"似的，"都是留学外国的博士硕士"；达尔文[4]的书还未介绍，罗素[5]也还未来华，而"老子，孔子，孟子，荀子辈"的著作却早经行世了。钱能训[6]扶乩则有之，却并没有要废中国文字，你虽然自以为"哈哈！我知道了"，其实是连近时近地的事都很不了了的。

你临末，又说对于我的经验，"真的百思不得其解"。那

258

么,你不是又将自己的判决取消了么？判决一取消,你的大作就只剩了几个"啊""哈""唉""喂"了。这些声音,可以吓洋车夫,但是无力保存国粹的,或者倒反更丢国粹的脸。

鲁迅。

【备考】：

偏 见 的 经 验　　　　　柯柏森

我自读书以来,就很信"开卷有益"这句话是实在话,因为不论什么书,都有它的道理,有它的事实,看它总可以增广些智识,所以《京副》上发表"青年必读书"的征求时,我就发生"为什么要分青年必读的书"的疑问,到后来细思几次,才得一个"假定"的回答,就是说：青年时代,"血气未定,经验未深",分别是非能力,还没有充足,随随便便买书来看,恐怕引导入于迷途；有许多青年最爱看情书,结果坠入情网的不知多少,现在把青年应该读的书选出来,岂不很好吗？

因此,看见胡适之先生选出"青年必读书"后,每天都要先看"青年必读书",才看"时事新闻",不料二月二十一日看到鲁迅先生选的,吓得我大跳。鲁迅先生说他"从来没有留心过,所以现在说不出",这也难怪。但是,他附注中却说"要趁这机会,略说自己的经验,以供若干读者的参考"云云,他的经验怎样呢？他说：

　　我看中国书时，总觉得就沉静下去，与实人生离开；读外国书时（但除了印度），往往就与人生接触，想做点事。

　　中国书中虽有劝人入世的话，也多是僵尸的乐观，外国书即使是颓唐和厌世的，但却是活人的颓唐和厌世。

　　我以为要少——或者竟不——看中国书，多看外国书。

　　少看中国书，其结果不过不能作文而已，但现在的青年最要紧的是"行"，不是"言"，只要是活的，不能作文算什么大不了的事呢。

　　啊！的确，他的经验真巧妙，"看中国书就沉静下去，与实人生离开；读外国书，就与人生接触，想做点事。中国书虽有劝人入世的话，也多是僵尸的乐观，外国书即使是颓唐和厌世的，但却是活人的颓唐和厌世。"这种经验，虽然钱能训要废中国文字不得专美于前，却是"万绿丛中一点红"的经验了。

　　唉！是的！"看中国书就沉静下去，与实人生离开，读外国书，就与人生接触，想做点事"，所谓"人生"，究竟是什么的人生呢？"欧化"的人生哩？抑"美化"的人生呢？尝听说：卖国贼们，都是留学外国的博士硕士。大概鲁迅先生看了活人的颓唐和厌世的外国书，就与人生接触，想做点……事吗？

　　哈哈！我知道了，鲁迅先生是看了达尔文罗素等外国书,即忘了梁启超胡适之等的中国书了。不然,为什么要说中国书是僵死的?假使中国书僵死的,为什么老子,孔子,孟子,荀子辈,尚有他的著作遗传到现在呢?

喂!鲁迅先生!你的经验……你自己的经验,我真的百思不得其解,无以名之,名之曰:"偏见的经验"。

十四,二,二十三。(自警官高等学校寄)

*　　　*　　　*

〔1〕 本篇最初发表于1925年3月5日《京报副刊》。

〔2〕 "必读书"栏　1925年1月4日《京报副刊》为征求"青年必读书十部"印发了一种表格,分两栏,右栏是"青年必读书十部",左栏是"附注"。参看《华盖集·青年必读书》。

〔3〕 清朝割台湾旅顺等地　1894年,清政府在中日甲午战争中失败,次年与日本签订《马关条约》,将台湾割让给日本,1945年,抗日战争胜利后始归还我国。1897年,俄国侵占我国旅顺港,次年又强租旅顺、大连,1905年日俄战争后,旅、大两地被日本侵占,1945年抗战胜利后归还我国。

〔4〕 达尔文(C.R.Darwin,1809—1882)　英国生物学家,进化论的奠基者。严复翻译的赫胥黎的《天演论》于1898年由湖北沔阳卢氏木刻印行,首先在中国介绍了达尔文的生物进化学说。达尔文的《物种起源》最初由马君武译成中文,译名《物种原始》,1920年中华书局出版。

〔5〕 罗素(B.Russell,1872—1970)　英国哲学家、数学家。剑桥大学教授。1920年10月曾来华讲学。著有《数学原理》、《哲学问题》等。

〔6〕 钱能训(1870—1924)　字干臣,浙江嘉善人。曾任北洋军阀政府内务总长,代理国务总理。

报《奇哉所谓……》^{〔1〕}

有所谓熊先生者,以似论似信的口吻,惊怪我的"浅薄无知识"和佩服我的胆量。我可是大佩服他的文章之长。现在只能略答几句。

一,中国书都是好的,说不好即不懂;这话是老得生了锈的老兵器。讲《易经》^{〔2〕}的就多用这方法:"易",是玄妙的,你以为非者,就因为你不懂。我当然无凭来证明我懂得任何中国书,和熊先生比赛;也没有读过什么特别的奇书。但于你所举的几种,也曾略略一翻,只是似乎本子有些两样,例如我所见的《抱朴子》^{〔3〕}外篇,就不专论神仙的。杨朱^{〔4〕}的著作我未见;《列子》^{〔5〕}就有假托的嫌疑,而况他所称引。我自愧浅薄,不敢据此来衡量杨朱先生的精神。

二,"行要学来辅助",我知道的。但我说:要学,须多读外国书。"只要行,不要读书",是你的改本,你虽然就此又发了一大段牢骚,我可是没有再说废话的必要了。但我不解青年何以就不准做代表,当主席,否则就是"出锋头"。莫非必须老头子如赵尔巽^{〔6〕}者,才可以做代表当主席么?

三,我说,"多看外国书",你却推演为将来都说外国话,变成外国人了。你是熟精古书的,现在说话的时候就都用古文,并且变了古人,不是中华民国国民了么? 你也自己想想去。我希望你一想就通，这是只要有常识就行的。

四，你所谓"五胡中国化……满人读汉文，现在都读成汉人了"这些话，大约就是因为懂得古书而来的。我偶翻几本中国书时，也常觉得其中含有类似的精神，——或者就是足下之所谓"积极"。我或者"把根本忘了"也难说，但我还只愿意和外国以宾主关系相通，不忍见再如五胡乱华[7]以至满洲入关那样，先以主奴关系而后有所谓"同化"！假使我们还要依据"根本"的老例，那么，大日本进来，被汉人同化，不中用了，大美国进来，被汉人同化，又不中用了……以至黑种红种进来，都被汉人同化，都不中用了。此后没有人再进来，欧美非澳和亚洲的一部都成空地，只有一大堆读汉文的杂种挤在中国了。这是怎样的美谈！

五，即如大作所说，读外国书就都讲外国话罢，但讲外国话却也不即变成外国人。汉人总是汉人，独立的时候是国民，覆亡之后就是"亡国奴"，无论说的是那一种话。因为国的存亡是在政权，不在语言文字的。美国用英文，并非英国的隶属；瑞士用德法文，也不被两国所瓜分；比国用法文，没有请法国人做皇帝。满洲人是"读汉文"的，但革命以前，是我们的征服者，以后，即五族共和[8]，和我们共存同在，何尝变了汉人。但正因为"读汉文"，传染上了"僵尸的乐观"，所以不能如蒙古人那样，来蹂躏一通之后就跑回去，只好和汉人一同恭候别族的进来，使他同化了。但假如进来的又像蒙古人那样，岂不又折了很大的资本么？

大作又说我"大声急呼"之后，不过几年，青年就只能说外国话。我以为是不省人事之谈。国语的统一鼓吹了这些年了,不必说一切青年,便是在学校的学生,可曾都忘却了家乡话?即使只能说外国话了,何以就"只能爱外国的国"?蔡松坡反对袁世凯[9],因为他们国语不同之故么?满人入关,因为汉人都能说满洲话,爱了他们之故么?清末革命,因为满人都忽而不读汉文了,所以我们就不爱他们了之故么?浅显的人事尚且不省,谈什么光荣,估什么价值。

六,你也同别的一两个反对论者一样,很替我本身打算利害,照例是应该感谢的。我虽不学无术,而于相传"处于才与不才之间"[10]的不死不活或入世妙法,也还不无所知,但我不愿意照办。所谓"素负学者声名","站在中国青年前面"这些荣名,都是你随意给我加上的,现在既然觉得"浅薄无知识"了,当然就可以仍由你随意革去。我自愧不能说些讨人喜欢的话,尤其是合于你先生一流人的尊意的话。但你所推测的我的私意,是不对的,我还活着,不像杨朱墨翟[11]们的死无对证,可以确定为只有你一个懂得。我也没有做什么《阿鼠传》,只做过一篇《阿Q正传》。

到这里,就答你篇末的诘问了:"既说'从来没有留心过'"者,指"青年必读书",写在本栏内;"何以果决地说这种话"者,以供若干读者的参考,写在"附记"内。虽然自歉句子不如古书之易懂,但也就可以不理你最后的要求。而且也不待你们论定。纵使论定,不过空言,决不会就此通行天下,何况照例是永远论不定,至多不过是"中虽有坏的,而亦有好的;西虽有好的,而亦有坏的"之类的微温说而已。我即至愚,亦何至呈书目于如先生者之前乎？

临末，我还要"果决地"说几句：我以为如果外国人来灭中国，是只教你略能说几句外国话，却不至于劝你多读外国书，因为那书是来灭的人们所读的。但是还要奖励你多读中国书，孔子〔12〕也还要更加崇奉，像元朝和清朝一样。

【备考】：

奇哉！所谓鲁迅先生的话　　　　熊以谦

奇怪！真的奇怪！奇怪素负学者声名，引起青年瞻仰的鲁迅先生说出这样浅薄无知识的话来了！鲁先生在《京报副刊》征求青年必读书里面说：

> 我看中国书时，总觉得就沉静下去，与实人生离开；读外国书——但除了印度——书时，往往就与人生接触，想做点事。

鲁先生！这不是中国书贻误了你，是你糟踏了中国书。我不知先生平日读的中国书，是些甚么书？或者先生所读的中国书——使先生沉静下去，与实人生离开的书——是我们一班人所未读到的书。以我现在所读到的中国书，实实在在没有一本书是和鲁先生所说的那样。鲁先生！无论古今中外，凡是能够著书立说的，都有他一种积极的精神；他所说的话，都是现世人生的话。他如若没有积极的精神，他决不会作千言万语的书，决不会立万古不磨的说。后来的人读他的书,不懂他的文辞,不解他的理论则有之,若说他一定使你沉静,一定使你与人生离开,这恐怕太冤枉中国书了,这恐怕是明白说不懂中国书,不解中国书。不懂就不懂,不解就不解,何以要说这种冤枉话,浅薄话呢?古人的书,贻留到现在的,无论是经,是史,是子,是集,都是说的实人生的话。舍了实人生,再没有话可说了。不过各人对于人生的观察点有不同。因为不同,说他对不对(?)是可以的,说他离开了实人生是不可以的。鲁先生!请问你,你是爱做小说的人,不管你做的是写实的也好,是浪漫的也好,是《狂人日记》也好,是《阿鼠传》也好,你离开了实人生做根据,你能说出一句话来吗?所以我读中国书,——外国书也一样,适与鲁先生相反。我以为鲁先生只管自己不读中国书,不应教青年都不读;只能说自己不懂中国书,不能说中国书都不好。

鲁迅先生又说:

> 中国书中虽有劝人入世的话,也多是僵尸的乐观;外国书即使是颓唐和厌世的,但却是活人的颓唐和厌世。

我承认外国书即是颓唐和厌世的,也是活人的颓唐和厌世。但是,鲁先生,你独不知道中国书也是即是颓唐和厌世的,也是活人的颓唐和厌世吗?不有活人,那里会有书?既有书,书中的颓唐和厌世,当然是活人的颓唐和厌世。难道外国的书,是活人的书,中国的书,是死人的书吗？死人能著书吗？鲁先生！说得通吗？况且中国除了几种谈神谈仙的书之外，没有那种有价值的书不是入世的。不过各人入世的道路不同，所以各人说的话不同。我不知鲁先生平日读的甚么书，使他感觉虽有劝人入世的话，也多是僵尸的乐观。我想除了葛洪的《抱朴子》这类的书，像关于儒家的书，没有一本书，每本书里没有一句话不是入世的。墨家不用说，积极入世的精神更显而易见。道家的学说以老子《道德经》及《庄子》为主，而这两部书更有它们积极的精神，入世的精神，可惜后人学他们学错了，学得像鲁先生所说的颓唐和厌世了。然而即就学错了的人说，也怕不是死人的颓唐和厌世吧！杨朱的学说似乎是鲁先生所说的"虽有劝人入世的话，也多是僵尸的乐观"。但是果真领略到杨朱的精神，也会知道杨朱的精神是积极的，是入世的，不过他积极的方向不同，入世的道路不同就是了。我不便多引证了，更不便在这篇短文里实举书的例。我只要请教鲁先生！先生所读的是那类中国书，这些书都是僵尸的乐观，都是死人的颓唐和厌世。

我佩服鲁先生的胆量！我佩服鲁先生的武断！鲁先生公然有胆子武断这样说：

> 我以为要少——或者竟不——看中国书，多看外国书。

鲁先生所以有这胆量武断的理由是：

> 少看中国书，其结果不过不能作文而已。但现

在的青年最要紧的是"行",不是"言"。……

鲁先生:你知道青年最要紧的是行,但你也知道行也要学来辅助么?古人已有"不学无术"的讥言。但古人做事,——即使做国家大事,——有一种家庭和社会的传统思想做指导,纵不从书本子上学,误事的地方还少。时至今日,世界大变,人事大改,漫说家庭社会里的传统思想多成了过去的,即圣经贤传上的嘉言懿行,我们也要从新估定他的价值,然后才可以拿来做我们的指导。夫有古人的嘉言懿行做指导,犹恐行有不当,要从新估定,今鲁先生一口抹煞了中国书,只要行,不要读书,那种行,明白点说,怕不是糊闹,就是横闯吧!鲁先生也看见现在不爱读书专爱出锋头的青年么?这种青年,做代表,当主席是有余,要他拿出见解,揭明理由就见鬼了。倡破坏,倡捣乱就有余,想他有什么建设,有什么成功就失望了。青年出了这种流弊,鲁先生乃青年前面的人,不加以挽救,还要推波助澜的说要少或竟不读中国书,因为要紧的是行,不是言。这种贻误青年的话,请鲁先生再少说吧!鲁先生尤其说得不通的是"少看中国书,其结果不过不能作文而已"。难道中国古今所有的书都是教人作文,没有教人做事的吗?鲁先生!我不必多说,请你自己想,你的说话通不通?

好的鲁先生虽教青年不看中国书,还教青年看外国书。以鲁先生最推尊的外国书,当然也就是人们行为的模范。读了外国书,再来做事,当然不是胸无点墨,不是不学无术。不过鲁先生要知道,一国有一国的国情,一国有一国的历史。你既是中国人,你既想替中国做事,那么,关于中国的书,还是请你要读吧! 你是要做文学家的人,那么,请你还是要做中国的文学家吧! 即使先生之志不在中国,欲做世界的文学家,那么,也请你做个中国的世界文学家吧! 莫从大处希望,就把根本忘了吧! 从前的五胡人不读他们五胡的书,要读中国书,五胡的人都中国化了。回纥人不读他们回纥的书,要读中国书,回纥人也都中国化了。满洲人不读他们的满文,要入关来读汉文,现在把满人也都读成汉人了。日本要灭朝鲜,首先就要朝鲜人读日文。英国要灭印度,首先就要印度人读英文。好了,现在外国人都要灭中国,外国人方挟其文字作他们灭中国的利器,惟恐一时生不出急效,现在站在中国青年前面的鲁迅先生来大声急呼,中国青年不要读中国书,只多读外国书,不过几年,所有青年,字只能认外国的字,书只能读外国的书,文只能作外国的文,话只能说外国的话,推到极点,事也只能做外国的事,国也只能爱外国的国,古先圣贤都只知尊崇外国的,学理主义都只知道信仰外国的,换句话说,就是外国的人不费丝毫的力,你自自然然会变成一个外国人,你不称我们大日本,就会称我们大美国,否则就大英国,大德国,大意国的大起来,这还不光荣吗,不做弱国的百姓,做强国的百姓!?

　　我最后要请教鲁先生一句:鲁先生既说"从来没有留心过",何以有这样果决说这种话? 既说了这种话,可不可以把先生平日看的中国书明白指示出来,公诸大家评论,看到底是中国书误害了先生呢？还是先生冤枉了中国书？

十四,二,二十一,北京。

*　　　*　　　*

〔1〕 本篇最初发表于1925年3月8日《京报副刊》。现据鲁迅重抄稿校订。

〔2〕 《易经》 又名《周易》,儒家经典,古代记载占卜的书。其中卦辞、爻辞部分可能萌芽于殷周之际。

〔3〕 《抱朴子》 晋代葛洪(号抱朴子)撰,共八卷,分内外二篇。内篇论神仙方药,外篇论时政人事。

〔4〕 杨朱 又称杨子,战国初期魏国人,思想家。他没有留下著作,关于他的记载散见于先秦诸子书中。

〔5〕 《列子》 相传战国时列御寇撰。《汉书·艺文志》道家类著录八篇,已佚。今本《列子》八篇,可能为晋人所作。

〔6〕 赵尔巽(1844—1927) 字公镶,奉天铁岭(今属辽宁)人。清末曾任湖南巡抚、四川总督等。辛亥革命后,又任北洋政府临时参政院议长、奉天都督、清史馆馆长等职。

〔7〕 五胡乱华 西晋末年,匈奴、羯、鲜卑、氐、羌等五个少数民族的统治者先后在中国北方和巴蜀地区建立了十六个割据政权,旧史称为“五胡乱华”。

〔8〕 五族共和 指辛亥革命推翻清朝统治后,由汉、满、蒙、回、藏五个主要民族组成共和政体,建立中华民国。

〔9〕 蔡松坡(1882—1916) 名锷,字松坡,湖南邵阳人。辛亥革

命时被推为云南都督。袁世凯阴谋称帝时,他在云南组织护国军,于1915 年 12 月 25 日发起讨袁战争。袁世凯(1859—1916),字慰亭,河南项城人。原为清朝直隶总督兼北洋大臣、内阁总理大臣,民国后任北洋政府总统。

〔10〕 "处于才与不才之间" 语出《庄子·山木》:"周将处乎材与不材之间"。

〔11〕 墨翟(约前 468—前 376) 春秋战国之际鲁国人,墨家学派创始者。现存《墨子》五十三篇,其中多为其弟子所记述。

〔12〕 孔子(前 551—前 479) 名丘,字仲尼,春秋末期鲁国人,儒家学派创始者。元大德十一年(1307)加谥他为"大成至圣文宣王",清顺治二年(1645)定谥"大成至圣文宣先师"。

《陶元庆氏西洋绘画展览会目录》序[1]

陶璇卿君是一个潜心研究了二十多年的画家,为艺术上的修养起见,去年才到这暗赭色的北京来的。到现在,就是有携来的和新制的作品二十余种藏在他自己的卧室里,谁也没有知道,——但自然除了几个他熟识的人们。

在那黯然埋藏着的作品中,却满显出作者个人的主观和情绪,尤可以看见他对于笔触,色采和趣味,是怎样的尽力与经心,而且,作者是夙擅中国画的,于是固有的东方情调,又自然而然地从作品中渗出,融成特别的丰神了,然而又并不由于故意的。

将来,会当更进于神化之域罢,但现在他已经要回去了。几个人惜其独往独来,因将那不多的作品,作一个小结构的短时期的展览会,以供有意于此的人的一览。但是,在京的点缀和离京的纪念,当然也都可以说得的罢。

一九二五年三月一六日,鲁迅。

*　　　*　　　*

〔1〕　本篇最初发表于 1925 年 3 月 18 日《京报副刊》。

陶元庆(1893—1929)　字璇卿,浙江绍兴人,美术家。曾任浙江台州第六中学、上海立达学园教员、杭州美术专科学校教授。他曾为鲁迅著译的《彷徨》、《坟》、《朝花夕拾》、《苦闷的象征》等设计封面。当时他在北京举办个人的西洋绘画展览会,鲁迅为他写了这篇序。

这是这么一个意思[1]

从赵雪阳先生的通信(三月三十一日本刊)里,知道对于我那"青年必读书"的答案曾有一位学者向学生发议论,以为我"读得中国书非常的多。……如今偏不让人家读,……这是什么意思呢!"

我读确是读过一点中国书,但没有"非常的多";也并不"偏不让人家读"。有谁要读,当然随便。只是倘若问我的意见,就是:要少——或者竟不——看中国书,多看外国书。

这是这么一个意思——

我向来是不喝酒的,数年之前,带些自暴自弃的气味地喝起酒来了,当时倒也觉得有点舒服。先是小喝,继而大喝,可是酒量愈增,食量就减下去了,我知道酒精已经害了肠胃。现在有时戒除,有时也还喝,正如还要翻翻中国书一样。但是和青年谈起饮食来,我总说:你不要喝酒。听的人虽然知道我曾经纵酒,而都明白我的意思。

我即使自己出的是天然痘,决不因此反对牛痘;即使开了棺材铺,也不来讴歌瘟疫的。

就是这么一个意思。

还有一种顺便而不相干的声明。一个朋友告诉我,《晨报副刊》上有评玉君的文章[2],其中提起我在《民众文艺》[3]上

274

所载的《战士和苍蝇》的话。其实我做那篇短文的本意,并不是说现在的文坛。所谓战士者,是指中山先生和民国元年前后殉国而反受奴才们讥笑糟蹋的先烈;苍蝇则当然是指奴才们。至于文坛上,我觉得现在似乎还没有战士,那些批评家虽然其中也难免有有名无实之辈,但还不至于可厌到像苍蝇。现在一并写出,庶几免于误会。

【备考】:

青 年 必 读 书

伏园先生:

青年必读十部书的征求,先生费尽苦心为青年求一指导。各家所答,依各人之主观,原是当然的结果;富于传统思想的,贻误青年匪浅。鲁迅先生缴白卷,在我看起来,实比选十部书得的教训多,不想竟惹起非议。发表过的除掉副刊上熊以谦先生那篇文章,我还听说一位学者关于这件事向学生发过议论,则熊先生那篇文章实在不敢过责为浅薄,不知现在青年多少韫藏那种思想而未发呢!兹将那位学者的话录后,多么令人可惊呵!

他们弟兄(自然连周二先生也在内了)读得中国书非常的多。他家中藏的书很多,家中又便易,凡想着看而没有的书,总要买到。中国书好的很多,如今他们偏不让人家读,而自家读得那么多,这是什么意思呢!

　　这真是什么意思呢！试过的此路不通行,宣告了还有罪么？鲁迅先生那一点革命精神,不毅他这几句话扑灭,这是多么可悲呵！

　　这几年以来,各种反动的思想,影响于青年,实在不堪设想;其腐败较在《新青年》杂志上思想革命以前还甚;腐朽之上,还加以麻木的外套,这比较的要难于改革了。偏僻之地还不晓得"新"是什么,譬如弹簧之一伸,他们永远看那静的故态吧。请不要动气,不要自饰,不要闭户空想,实地去观察,看看得的结果惊人不惊？（下略）

　　　　　　　　　　　　赵雪阳。三月二十七日。

　　　　　　　　一九二五年三月三十一日《京报副刊》。

　　＊　　　　＊　　　　＊

　　〔1〕　本篇最初发表于 1925 年 4 月 3 日《京报副刊》。现据鲁迅重抄稿校订。

　　〔2〕　评玉君的文章　指《我也来谈谈关于玉君的话》,金满成作,载 1925 年 3 月 30 日和 31 日的《晨报副刊》。其中说:"'然而,有缺点的战士,终究是战士,完美的苍蝇,终竟不过是苍蝇。'——鲁迅(见京副民众文艺周刊第十四号)。玉君的作者呀！我祝你把创伤养好,起来再战,当一个文艺园中的健将。假如你没有伤口,苍蝇也不会来'嘬'你的。"

　　〔3〕　《民众文艺》　《京报》附出的文艺周刊,1924 年 12 月 9 日创刊于北京,原名《民众文艺周刊》,自第十六号起改名《民众文艺》,自第二十五号起改为《民众周刊》,1925 年 11 月 24 日出至第四十七期停刊。

《苏俄的文艺论战》前记[1]

俄国既经一九一七年十月的革命,遂入战时共产主义[2]时代,其时的急务是铁和血,文艺简直可以说在麻痹状态中。但也有 Imaginist(想像派)[3] 和 Futurist(未来派)[4]试行活动,一时执了文坛的牛耳。待到一九二一年,形势就一变了,文艺顿有生气,最兴盛的是左翼未来派,后有机关杂志曰《烈夫》[5],——即连结 Levy Front Iskustva 的头字的略语,意义是艺术的左翼战线,——就是专一猛烈地宣传 Constructism(构成主义)[6]的艺术和革命底内容的文学的。

但《烈夫》的发生,也很经过许多波澜和变迁。一九○五年第一次革命的反动,是政府和工商阶级的严酷的迫压,于是特殊的艺术也出现了:象征主义,神秘主义,变态性欲主义[7]。又四五年,为改革这一般的趣味起见,印象派[8]终于出而开火,在战斗状态中者三整年,末后成为未来派,对于旧的生活组织更加以激烈的攻击,第一次的杂志在一九一四年出版,名曰《批社会趣味的嘴巴》[9]!

旧社会对于这一类改革者,自然用尽一切手段,给以骂詈和诬谤;政府也出而干涉,并禁杂志的刊行;但资本家,却其实毫未觉到这批颊的痛苦。然而未来派依然继续奋斗,至二月革命后,始分为左右两派。右翼派与民主主义者共鸣了。左翼派则在十月革命时受了波尔雪维[10]艺术的洗礼,于是编成左翼队,守着新艺术的左翼战线,以十月二十五日开始活动,这就是"烈夫"的起原。

但"烈夫"的正式除幕,——机关杂志的发行,是在一九二三年二月一日;此后即动作日加活泼了。那主张的要旨,在推倒旧来的传统,毁弃那欺骗国民的耽美派[11]和古典派的已死的资产阶级艺术,而建设起现今的新的活艺术来。所以他们自称为艺术即生活的创造者,诞生日就是十月,在这日宣言自由的艺术,名之曰无产阶级的革命艺术。

不独文艺,中国至今于苏俄的新文化都不了然,但间或有人欣幸他资本制度的复活。任国桢[12]君独能就俄国的杂志中选译文论三篇,使我们借此稍稍知道他们文坛上论辩的大概,实在是最为有益的事,——至少是对于留心世界文艺的人们。别有《蒲力汗诺夫与艺术问题》一篇,是用 Marxism 于文艺的研究的,因为可供读者连类的参考,也就一并附上了。

一九二五年四月十二日之夜,鲁迅记。

*　　　*　　　*

〔1〕 本篇最初印入 1925 年 8 月北京北新书局出版的《苏俄的文艺论战》。

《苏俄的文艺论战》,任国桢译,《未名丛刊》之一。1923 年到 1924 年间,苏联文艺界曾就文艺政策等问题展开辩论,参加论争的有《列夫》、《在岗位上》和《红色处女地》等杂志为代表的文学团体。1925 年 7 月 1 日联共(布)中央为此作了《关于在文艺领域内党的政策》的决议。

该书收入有关文章四篇。

〔2〕 战时共产主义 十月革命后,苏俄政府在 1918 年到 1920 年外国武装干涉和国内战争时期所实行的经济政策。主要内容有农业中的余粮征集制,工业中的实物供给制,主要消费品的配售制,以及劳动义务制等。

〔3〕 Imaginist 想象派,现译意象派,第一次世界大战前夕产生于英美等国的一个诗歌创作中的文学流派。1919 年至 1924 年间在苏俄流行,主要人物有玛利恩科夫、塞尔塞涅维奇、叶赛宁等。这一流派的特点是强调用意象代替情绪的表达,追求隐喻的形象。

〔4〕 Futurist 未来派,二十世纪初产生于意大利的文艺思潮和流派。它否定文化遗产和一切传统,强调面向未来,要求表现现代的机械文明、力量和速度;用离奇的形式表现动态的直觉和凌乱的想象,作品多难于理解。1914 年至 1918 年间未来派在俄国流行,主要人物有卡明斯基、赫列勃尼柯夫、马雅可夫斯基等。

〔5〕 《烈夫》 现译《列夫》,苏联早期文学团体“列夫”的机关刊物。1923 年创刊,1925 年停刊。按“列夫”是俄文缩写词 ЛЕф 的音译,全称“左翼艺术战线”,成立于 1922 年,1930 年解散。主要成员有阿谢耶夫、特烈季亚柯夫(又译铁捷克)、马雅柯夫斯基、卡明斯基及画家罗德钦科等。“列夫”成立时宣称要从事无产阶级革命艺术的建设,但大多数成员仍然信奉未来主义。

〔6〕 Constructism(构成主义) 1921 年在苏联形成的艺术流派。参看本卷第 365 页注〔8〕。

〔7〕 象征主义 参看本卷第 315 页注〔7〕。神秘主义,现代西方流行的一种文艺倾向。它否认艺术是现实生活的反映,强调表现个人难以捉摸的感受或某种超自然的幻觉。1905 年俄国革命失败后,神秘主义成为当时俄国一些作家的显著特点之一。代表作家有安德烈耶

夫、别雷、黑比丝等。变态性欲主义,俄国 1905 年以后反动时期出现的一种描写变态性心理的文学倾向。代表作家有阿尔志跋绥夫、卡明斯基、罗尚诺夫等。

〔8〕 印象派 原为十九世纪八十年代在欧洲形成的文艺思潮和艺术流派。参看本卷第 358 页注〔6〕。这里指 1909 年在俄国以诗文集《法官的饲养场》为代表的文学流派,它是俄国未来派的前身。

〔9〕 《批社会趣味的嘴巴》 现译《给社会趣味一记耳光》,俄国立体未来主义派的诗集,第一集出版于 1912 年 12 月,其中载有该派在莫斯科发表的宣言。

〔10〕 波尔雪维 通译布尔什维克。

〔11〕 耽美派 即唯美派,主张"为艺术的艺术"。参看本卷 213 页注〔101〕。

〔12〕 任国桢(1898—1931) 辽宁安东(今丹东)人。北京大学俄文专修科毕业,中国共产党党员,长期从事地下工作,后在山西太原被捕牺牲。

通　　讯[1]（复高歌）

高歌[2]兄：

来信收到了。

你的消息，长虹[3]告诉过我几句，大约四五句罢，但也可以说是知道大概了。

"以为自己抢人是好的，抢我就有点不乐意"，你以为这是变坏了的性质么？我想这是不好不坏，平平常常。所以你终于还不能证明自己是坏人。看看许多中国人罢，反对抢人，说自己愿意施舍；我们也毫不见他去抢，而他家里有许许多多别人的东西。

迅　四月二十三日

*　　　*　　　*

〔1〕　本篇最初发表于 1925 年 5 月 8 日开封《豫报副刊》。

〔2〕　高歌(1900—1970)　山西盂县人，狂飙社成员。鲁迅在北京世界语专门学校任教时的学生，当时与吕蕴儒、向培良等在河南开封编辑《豫报副刊》。

〔3〕　长虹　高长虹，高歌之兄。参看本卷第 218 页注〔141〕。

通　　讯[1]（复吕蕴儒）

蕴儒[2]兄：

　　得到来信了。我极快慰于开封将有许多骂人的嘴张开来，并且祝你们"打将前去"的胜利。

　　我想，骂人是中国极普通的事，可惜大家只知道骂而没有知道何以该骂，谁该骂，所以不行。现在我们须得指出其可骂之道，而又继之以骂。那么，就很有意思了，于是就可以由骂而生出骂以上的事情来的罢。

　　（下略。）

迅〔四月二十三日〕

＊　　　　＊　　　　＊

〔1〕　本篇最初发表于 1925 年 5 月 6 日《豫报副刊》。

〔2〕　蕴儒　吕蕴儒，名琦，河南人。鲁迅在北京世界语专门学校任教时的学生。

通　　讯[1]（致向培良）

培良[2]兄：

　　我想，河南真该有一个新一点的日报了；倘进行顺利，就好。我们的《莽原》[3]于明天出版，统观全稿，殊觉未能满足。但我也不知道是真不佳呢，还是我的希望太奢。

　　"琴心"的疑案[4]揭穿了，这人就是欧阳兰。以这样手段为自己辩护，实在可鄙；而且"听说雪纹的文章也是他做的"。想起孙伏园[5]当日被红信封绿信纸迷昏，深信一定是"一个新起来的女作家"的事来，不觉发一大笑。

　　《莽原》第一期上，发了《槟榔集》[6]两篇。第三篇斥朱湘[7]的，我想可以删去，而移第四为第三。因为朱湘似乎也已掉下去，没人提他了——虽然是中国的济慈[8]。我想你一定很忙，但仍极希望你常常有作品寄来。

迅〔四月二十三日〕

＊　　　＊　　　＊

〔1〕　本篇最初发表于 1925 年 5 月 6 日《豫报副刊》。

〔2〕　培良　向培良（1905—1959），湖南黔阳人。1924 年与高长虹等人在北京创办《狂飙周刊》，次年参加莽原社，后来在上海主编《青

春》月刊,提倡"民族主义"文学和所谓"人类的艺术"。

〔3〕 《莽原》 参看本卷第82页注〔6〕。

〔4〕 "琴心"的疑案 1925年1月,北京女师大新年同乐会演出北大学生欧阳兰所作独幕剧《父亲的归来》,内容几乎完全抄袭日本菊池宽所著的《父归》,经人在《京报副刊》上指出后,除欧阳兰本人作文答辩外,还出现了署名"琴心"的女师大学生,也作文为他辩护。不久,又有人揭发欧阳兰所作情诗《寄S妹》抄袭郭沫若译的雪莱诗,这位"琴心"和另一"雪纹女士"又一连写几篇文字替他分辩。事实上,所谓"琴心"女士,是欧阳兰女友夏雪纹(当时女师大学生,即S妹)的别号,而署名"琴心"和"雪纹女士"的文字,都是欧阳兰自己作的。欧阳兰作有诗集《夜莺》,1924年5月蔷薇社出版,内收有《寄S妹》一诗。

〔5〕 孙伏园 参看本卷第50页注〔5〕。他任《京报副刊》编辑时,收到欧阳兰以琴心的署名投寄的一些抒情诗,误认为是一个新起的女作家的作品,常予刊载。

〔6〕 《槟榔集》 向培良在《莽原》周刊发表的杂感的总题,分别刊载于该刊第一、五、二九、三〇期。

〔7〕 朱湘(1904—1933) 字子沅,安徽太湖人,诗人,文学研究会成员。著有《草莽集》、《石门集》等。下文说他"似乎也已掉下去",疑指他当时日益倾向徐志摩等人组成的新月社。

〔8〕 济慈(J.Keats,1795—1821) 英国诗人。著有抒情诗《夜莺颂》、《秋颂》及长诗《恩底弥翁》等。1925年4月2日《京报副刊》发表闻一多的《泪雨》一诗,篇末有朱湘的"附识",其中说:"《泪雨》这诗没有济慈……那般美妙的诗画,然而《泪雨》不失为一首济慈才作得出的诗。"这里说朱湘"是中国的济慈",疑系误记。

通　讯[1]（致孙伏园）

伏园兄：

今天接到向培良兄的一封信，其中的几段，是希望公表的，现在就粘在下面：

"我来开封后，觉得开封学生智识不大和时代相称，风气也锢蔽，很想尽一点力，而不料竟有《晨报》造谣生事，作糟蹋女生之新闻！

"《晨报》二十日所载开封军士，在铁塔奸污女生之事，我可以下列二事证明其全属子虚。

"一：铁塔地处城北，隔中州大学及省会不及一里，既有女生登临，自非绝荒僻。军士奸污妇女，我们贵国本是常事，不必讳言，但绝不能在平时，在城中，在不甚荒僻之地行之。况且我看开封散兵并不很多，军纪也不十分混乱。

"二：《晨报》载军士用刺刀割开女生之衣服，但现在并无逃兵，外出兵士，非公干不得带刺刀。说是行这事的是外出公干的兵士，我想谁也不肯信的。

"其实，在我们贵国，杀了满城人民，烧了几十村房子，兵大爷高兴时随便干干，并不算什么大不了的事。但是，号为有名的报纸，却不应该这样无风作浪。本来女子

285

在中国并算不了人,新闻记者随便提起笔来写一两件奸案逃案,或者女学生拆白等等,以娱读者耳目,早已视若当然,我也不过就耳目之所及,说说罢了。报馆为销行计,特约访员为稿费计,都是所谓饭的问题,神圣不可侵犯的。我其奈之何?

"其实,开封的女学生也太不应该了。她们只应该在深闺绣房,到学校里已经十分放肆,还要'出校散步,大动其登临之兴',怪不得《晨报》的访员要警告她们一下了,说:'你看,只要一出门,就有兵士要来奸污你们了!赶快回去,躲在学校里,不妥,还是躲到深闺绣房里去罢。'"

其实,中国本来是撒谎国和造谣国的联邦,这些新闻并不足怪。即在北京,也层出不穷:什么"南下洼的大老妖",什么"借尸还魂",什么"拍花"[2],等等。非"用刺刀割开"他们的魂灵,用净水来好好地洗一洗,这病症是医不好的。

但他究竟是好意,所以我便将它寄奉了。排了进去,想不至于像我去年那篇打油诗《我的失恋》一般,恭逢总主笔先生白眼,赐以驱除,而且至于打破你的饭碗[3]的罢。但占去了你所赏识的琴心女士的"阿呀体"诗文的纸面,却实不胜抱歉之至,尚祈恕之。不宣。请了。

鲁迅。四月二十七日,于灰棚[4]。

【备考】：

并非《晨报》造谣　　　素　昧

　　昨日本刊《来信》的标题之下，叙及开封女生被兵士怎么的新闻，因系《晨报》之所揭载，似疑《晨报》造谣，或《晨报》访员报告不实，其实皆不然的，我可以用事实来证明。

　　上述开封女学生被兵士○○的新闻，是一种不负责任的揑名投稿，这位投稿的先生，大约是同时发两封信，一给《京报》，一给《晨报》(或者尚有他报)，我当时看了这封信，用观察新闻的眼光估量，似乎有些不对，就送他到字纸篓中去了。《晨报》所揭载的，一字不差，便是这样东西，我所以说并不是《晨报》造谣，也不是《晨报》访员报告不实，至多可以说他发这篇稿欠郑重斟酌罢了。

一九二五年五月五日《京报副刊》。

＊　　　＊　　　＊

　　〔1〕　本篇最初发表于1925年5月4日《京报副刊》。原题为《来信》。现据鲁迅重抄稿校订。

　　〔2〕　"拍花"　旧时称歹徒用迷药诱拐小儿为拍花。

　　〔3〕　《我的失恋》　鲁迅于1924年10月3日写的一首诗，《晨报副刊》编辑孙伏园发排后，被《晨报》代总编辑刘勉己抽掉，孙伏园为此愤而辞职。

　　〔4〕　灰棚　指北京宫门口西三条二十一号鲁迅寓所里的一间灰顶房子，即"老虎尾巴"。

一个"罪犯"的自述[1]

　　《民众文艺》虽说是民众文艺,但到现在印行的为止,却没有真的民众的作品,执笔的都还是所谓"读书人"。民众不识字的多,怎会有作品,一生的喜怒哀乐,都带到黄泉里去了。

　　但我竟有了介绍这一类难得的文艺的光荣。这是一个被获的"抢犯"做的,我无庸说出他的姓名,也不想借此发什么议论。总之,那篇的开首是说不识字之苦,但怕未必是真话,因为那文章是说给教他识字的先生看的;其次,是说社会如何欺侮他,使他生计如何失败;其次,似乎说他的儿子也未必能比他更有多大的希望。但关于抢劫的事,却一字不提。

　　原文本有圈点,今都仍旧;错字也不少,则将猜测出来的本字用括弧注在下面。

　　　　　四月七日,附记于没有雅号的屋子里。

我们不认识字的。吃了好多苦。光绪二十九年。八月十二日。我进京来。卖猪。走平字们(则门)外。我说大庙堂们口(门口)。多坐一下。大家都见我笑。人家说我事(是)个王八但(蛋)。我就不之到(知道)。人上头写折(着)。清真里白

288

四(礼拜寺)。我就不之到(知道)。人打骂。后来我就打猪。白(把)猪都打。不吃东西了。西城郭九猪店。家里。人家给。一百八十大洋元。不卖。我说进京来卖。后来卖了。一百四十元钱。家里都说我不好。后来我的。曰(岳)母。他只有一个女。他没有学生(案谓儿子)。他就给我钱。给我一百五十大洋元。他的女。就说买地。买了十一母(亩)地。(原注:一个六母一个五母洪县元年十。三月二十四日)白(把)六个母地文曰(又白?)丢了。后来他又给钱。给了二百大洋。我万(同?)他说。做个小买卖。(原注:他说好我也说好。你就给钱。)他就(案脱一字)了一百大洋元。我上集买卖(麦)子。买了十石(担)。我就卖白面(麭)。长新店。有个小买卖。他吃白面。吃来吃去吃了。一千四百三十七斤。(原注:中华民国六年卖白面)算一算。五十二元七毛。到了年下。一个钱也没有。长新店。人家后来。白都给了。露娇。张十石头。他吃的。白面钱。他没有给钱。三十六元五毛。他的女说。你白(把)钱都丢了。你一个字也不认的。他说我没有处(?)后来。我们家里的。他说等到。他的儿子大了。你看一看。我的学生大了。九岁。上学。他就万(同?)我一个样的。

*　　　*　　　*

〔1〕　本篇最初发表于 1925 年 5 月 5 日《民众文艺》周刊第二十期。

启　事[1]

　　我于四月二十七日接到向君[2]来信后,以为造谣是中国社会上的常事,我也亲见过厌恶学校的人们,用了这一类方法来中伤各方面的,便写好一封信,寄到《京副》[3]去。次日,两位 C 君[4]来访,说这也许并非谣言,而本地学界中人为维持学校起见,倒会虽然受害,仍加隐瞒,因为倘一张扬,则群众不责加害者,而反指摘被害者,从此学校就会无人敢上;向君初到开封,或者不知底细;现在切实调查去了。我便又发一信,请《京副》将前信暂勿发表。五月二日 Y 君[5]来,通知我开封的信已转,那确乎是事实。这四位都是我所相信的诚实的朋友,我又未曾亲自调查,现既所闻不同,自然只好姑且存疑,暂时不说什么。但当我又写信,去抽回前信时,则已经付印,来不及了。现在只得在此声明我所续得的矛盾的消息,以供读者参考。

鲁迅。五月四日。

【备考】:

那几个女学生真该死　　　　荫　棠

　　开封女师范的几个学生被奸致命的事情,各报上已

290

经登载了。而开封教育界对于此毫无一点表示，大概为的是她们真该死吧！

她们的校长钦定的规则，是在平常不准她们出校门一步；到星期日与纪念日也只许她们出门两点钟。她们要是恪守规则，在闷的时候就该在校内大仙楼上凭览一会，到后操场内散散步，谁教她们出门？即令出门了，去商场买东西是可以的，去朋友家瞧一瞧是可以的，是谁教她们去那荒无人迹的地方游铁塔？铁塔虽则是极有名的古迹，只可让那督军省长去凭览，只可让名人学士去题名；说得低些，只让那些男学生们去顶上大呼小叫，她们女人那有游览的资格？以无资格去游的人，而竟去游，实属僭行非分，岂不该死？

"饿死事小，失节事大"，她们虽非为吃饭而失节，其失节则一，也是该死的！她们不幸遭到丘八的凌辱，即不啻她们的囟门上打上了"该死"的印子。回到学校，她们的师长，也许在表面上表示可怜的样子，而他们的内眼中便不断头的映着那"该死"的影子，她们的同学也许规劝她们别生气，而在背后未必不议着她们"该死"。设若她们不死，父母就许不以为女，丈夫就许不以为妻，仆婢就许不以为主；一切，一切的人，就许不以为人。她们处在这样的环境之中，抬头一看，是"该死"，低头一想，是"该死"。"该死"的空气使她们不能出气，她们打算好了，唯有一死干净，唯有一死方可涤滤耻辱。所以，所以，就用那涩硬的绳子束在她们那柔软的脖颈上，结果了她们的性命。当她们的舌头伸出,眼睛僵硬,呼吸断绝时,社会的群众便鼓掌大呼曰,"好,好!巾帼丈夫!"

可怜的她们竟死了!而她们是"该死"的!但不有丘八,她们怎能死?她们一死,倒落巾帼好汉。是她们的名节,原是丘八们成就的。那么,校长先生就可特别向丘八们行三鞠躬礼了,那还有为死者雪耻涤辱的勇气呢?校长先生呵!我们的话都气得说不出了,你也扭着你那两缕胡子想一想么?你以前在学校中所读过的教育书上,就是满印着"吃人,吃人,""该死,该死,"么?或者你所学的只有"保饭碗"的方子么?不然,你为什么不把这项事情宣诸全国,激起舆论,攻击军阀,而为死者鸣冤呢?想必是为的她们该死吧!

末了,我要问河南的掌兵权的人。禹县的人民,被你们的兵士所焚掠,屠杀,你们推到土匪军队憨玉琨的头上,这铁塔上的奸杀案,难道说也是憨的土匪兵跑到那里所办的么?伊洛间人民所遭的灾难你们可以委之于未见未闻,这发见在你们的眼皮底下,耳朵旁边的事情,你们还可以装聋卖哑么?而此事发生了十余日了,未闻你们斩一兵,杀一卒,我想着你们也是为的她们该死吧!呀!

一九二五年五月六日《京报》《妇女周刊》第二十一期。

谣 言 的 魔 力

编辑先生:

前为河南女师事,曾撰一文,贵刊慨然登载,足见贵社有公开之态度,感激,感激。但据近数日来调查,该事全属子虚,我们河南留京学界为此事,牺牲光阴与金钱,皆此谣言之赐与。刻我接得友人及家属信四五封,皆否认此事。有个很诚实的老师的信中有几句话颇扼要:

"……平心细想,该校长岂敢将三个人命秘而不宣!被害学生的家属岂能忍受?兄在该校兼有功课,岂能无一点觉察?此事本系'是可忍孰不可忍'之事,关系河南女子教育,全体教育,及住家的眷属俱甚大,该校长胆有多大,岂敢以一手遮天?……"

我们由这几句话看起来,河南女师没有发生这种事情,已属千真万确,我的女人在该校上学,来信中又有两个反证:

"我们的心理教员周调阳先生闻听此事,就来校暗察。而见学生游戏的游戏,看书的看书,没有一点变异,故默默而退。历史教员王钦斋先生被许多人质问,而到校中见上堂如故,人数不差,故对人说绝无此事,这都是后来我们问他们他们才对我们说的。"

据她这封信看来,河南女师并无发生什么事,更足征信。

现在谣言已经过去,大家都是追寻谣言的起源。有两种说法:一说是由于恨军界而起的。就是我那位写信的老师也在那封信上说:

"近数月来,开封曾发生无根的谣言,求其同一之点，皆不利于军事当局。"

我们由此满可知道河南的军人是否良善？要是"基督将军"在那边，决不会有这种谣言；就是有这种谣言，人也不会信它。

又有一说，这谣言是某人为争饭碗起见，并且他与该校长有隙，而造的。信此说者甚多。昨天河南省议员某君新从开封来，他说开封教育界许多人都是这样的猜度。

但在京的同乡和别的关心河南女界的人，还是在半信半疑的态度。有的还硬说实在真有事，有的还说也许是别校的女生被辱了。咳，这种谣言，在各处所发生的真数见不鲜了。到末后，无论怎样证实它的乌有，而有一部分人总还要信它，它的魔力，真正不少！

我为要使人明白真象，故草切的写这封信。不知先生还肯登载贵刊之末否？即颂
著安！

弟赵荫棠上。八日。

一九二五年五月十三日《京报》《妇女周刊》第二十二期。

铁塔强奸案的来信   S.M.

丁人：

……你说军队奸杀女生案，我们国民党更应游行示威，要求惩办其团长营长等。我们未尝不想如此。当此事发生以后，我们即质问女师校长有无此事，彼力辩并无此事。敝校地理教员王钦斋先生，亦在女师授课，他亦说

没有,并言该校既有自杀女生二人,为何各班人数皆未缺席,灵柩停于何处?于是这个提议,才取消了。后来上海大学河南学生亦派代表到汴探听此事,女师校长,又力白其无,所以开封学生会亦不便与留京学生通电,于是上海的两个代表回去了。关于此事,我从各方面调查,确切已成事实,万无疑议,今将调查的结果,写在下面:

A. 铁塔被封之铁证

我听了这事以后,于是即往铁塔调查,铁塔在冷静无人的地方,宪兵营稽查是素不往那里巡查的,这次我去到那里一看,宪兵营稽查非常多,并皆带手枪。看见我们学生,很不满意,又说:"你们还在这里游玩呢!前天发生那事您不知道么?你没看铁塔的门,不是已封了么?还游什么?"丁人!既没这事,铁塔为何被封,宪兵营为何说出这话?这不是一个确实证据么?

B. 女师学生之自述

此事发生以后,敝班同学张君即向女师询其姑与嫂有无此事,他们总含糊不语。再者我在刷绒街王仲元处,遇见霍君的妻,Miss W.T.Y.(女师的学生),我问她的学校有"死人"的事否?她说死二人,系有病而死,亦未说系何病。她说话间,精神很觉不安,由此可知确有此事。你想彼校长曾言该校学生并未缺席,王女士说该校有病死者二人,这不是自相矛盾吗?这不是确有此事的又一个铁证么?

总而言之,军队奸杀女生,确切是有的,至于详情,由

同学朱君在教育厅打听得十分详细,今我略对你叙述一下:

四月十二号(星期日),女师学生四人去游铁塔,被六个丘八看见,等女生上塔以后,他们就二人把门,四人上塔奸淫,并带有刺刀威吓,使她们不敢作声,于是轮流行污,并将女生的裙,每人各撕一条以作纪念。淫毕复将女生之裤放至塔之最高层。乘伊等寻裤时,丘八才趁隙逃走。……然还有一个证据:从前开封齐鲁花园,每逢星期,女生往游如云,从此事发生后,各花园,就连龙亭等处再亦不睹女生了。关于此事的真实,已不成问题,所可讨论的就是女师校长对于此事,为什么谨守秘密?据我所知,有几种原因:

1. 女师校长头脑之顽固

女师校长系武昌高师毕业,头脑非常顽固。对于学生,全用压迫手段,学生往来通信,必经检查,凡收到的信,皆交与教务处,若信无关系时,才交本人,否则立时焚化,或质问学生。所以此事发生,他恐丑名外露,禁止职员学生关于此事泄露一字。假若真无此事,他必在各报纸力白其无。那么,开封男生也不忍摧残女界同胞。

2. 与国民军的密约

此事既生,他不得不向督署声明,国民军一听心内非常害怕,以为此事若被外人所知,对于该军的地盘军队很受影响,于是极力安慰女师校长,使他不要发作,他自尽力去办,于两边面子都好看。听说现在铁塔下正法了四人，其余二人，尚未查出，这亦是他谨守秘密的一种原因。

我对于此事的意见，无论如何，是不应守秘密的。况女生被强奸，并不是什么可耻，与她们人格上，道德上，都没有什么损失，应极力宣传，以表白豺狼丘八之罪恶，女同胞或者因此觉悟，更可使全国军队，官僚，……知道女性的尊严，那么女界的前途才有一线光明。我对于这个问题，早已骨鲠在喉，不得不吐，今得痛痛快快全写出来，我才觉着心头很舒宁。

　　S.M. 十四，五，九，夜十二点，开封一中。

一九二五年五月二十一日《旭光周刊》第二十四期。

铁塔强奸案中之最可恨者

我于女师学生在铁塔被奸之次日离开开封，当时未闻此事，所以到了北京，有许多人问我这件事确否，我仅以"不知道"三个字回答。停了几天旅京同学有欲开会讨论要求当局查办的提议，我说：警告他们一下也好。这件事已经无法补救了，不过防备将来吧。后来这个提议就无声无臭的消灭了。我很疑惑。不久看见报纸上载有与此事相反的文字，我说，无怪，本来没有，怎么能再开会呢。心里却很怨那些造谣者的多事。现在 S.M. 君的信发表了（五月二十一的《旭光》和五月二十七的《京报》附设之《妇女周刊》）。别说一般人看了要相信，恐怕就是主张绝对没有的人也要相信了。

呀！何等可怜呵！被人骂一句，总要还一句。被人打一下,还要复一拳。甚至猫狗小动物,无故踢一脚,它也要喊几声表示它的冤枉。这几位女生呢?被人奸污以后忍气含声以至于死了,她们的冤枉不能曝露一点!这都是谁的罪过呢?

唉!女师校长的头脑顽固,我久闻其名了。以前我以为他不过检查检查学生的信件和看守着校门罢了。那知道,别人不忍做的事,他竟做了出来!他掩藏这件事,如果是完全为他的头脑顽固的牵制,那也罢了。其实按他守秘密的原因推测起来:(一)恐丑名外露——这却是顽固的本态——受社会上盲目的批评,影响到学校和自己。(二)怕得罪了军人,于自己的位置发生关系。

总而言之,是为保守饭碗起见。因为保守饭碗,就昧没了天良,那也是应该的。天良那有生活要紧呢。现在社会上像这样的事情还少吗?但是那无知识的动物做出那无知识的事情,却是很平常的。可是这位校长先生系武昌高等师范毕业,受过高等国民之师表的教育,竟能做出这种教人忍无可忍的压迫手段!我以为他的罪恶比那六个强奸的丘八还要重些!呀!女师同学们住在这样专制的学校里边!

唯亭。十四,五,二十七,北京。

一九二五年五月三十一日《京报副刊》。

＊　　　＊　　　＊

〔1〕　本篇最初发表于 1925 年 5 月 6 日《京报副刊》。

〔**2**〕　向君　即向培良。参看本卷第 283 页注〔2〕。

〔**3**〕　《京副》　即《京报副刊》,孙伏园编辑。1924 年 12 月 5 日创刊,1926 年 4 月 24 日停刊。

〔**4**〕　两位 C 君　指尚钺、长虹。尚钺(1902—1982),河南罗山人。当时是北京大学英语系学生,莽原社成员。

〔**5**〕　Y 君　指荆有麟(1903—1951),又名织芳,山西猗氏人。曾在北京世界语专门学校听过鲁迅的课,参与《莽原》的出版工作,编辑过《民众文艺》周刊。1927 年后至南京,在国民党中央党部任职,后参加国民党中统、军统特务组织。

我 才 知 道 ^[1]

时常看见些讣文,死的不是"清封什么大夫"便是"清封什么人"^[2]。我才知道中华民国国民一经死掉,就又去降了清朝了。

时常看见些某封翁^[3]某太夫人几十岁的征诗启,儿子总是阔人或留学生。我才知道一有这样的儿子,自己就像"中秋无月""花下独酌大醉"一样,变成做诗的题目了。

*　　　*　　　*

〔1〕　本篇最初发表于1925年6月9日《民众文艺》周刊第二十三期。

〔2〕　"清封什么大夫"　清朝对正一品到从五品文官的封号。"清封什么人",清朝对达官显贵的妻子常给以夫人、宜人等封号。民国以后有些死者的讣文上也写有这类封号,如"清封荣禄大夫"、"清封宜人"等,以示荣耀。

〔3〕　封翁　封建社会对因子孙显贵而受封诰的男性的称呼。太夫人,封建社会里对列侯的母亲的称呼,后也用于泛称达官贵人的母亲。

女校长的男女的梦[1]

我不知道事实如何,从小说上看起来,上海洋场上恶虔婆的逼勒良家妇女,都有一定的程序:冻饿,吊打。那结果,除被虐杀或自杀之外,是没有一个不讨饶从命的;于是乎她就为所欲为,造成黑暗的世界。

这一次杨荫榆[2]的对付反抗她的女子师范大学学生们,听说是先以率警殴打,继以断绝饮食的,[3]但我却还不为奇,以为还是她从哥仑比亚大学学来的教育的新法,待到看见今天报上说杨氏致书学生家长[4],使再填入学愿书,"不交者以不愿再入学校论",这才恍然大悟,发生无限的哀感,知道新妇女究竟还是老妇女,新方法究竟还是老方法,去光明非常辽远了。

女师大的学生,不是各省的学生么?那么故乡就多在远处,家长们怎么知道自己的女儿的境遇呢?怎么知道这就是威逼之后的勒令讨饶乞命的一幕呢?自然,她们可以将实情告诉家长的;然而杨荫榆已经以校长之尊,用了含胡的话向家长们撒下网罗了。

为了"品性"二字问题,曾有六个教员发过宣言[5],证明杨氏的诬妄。这似乎很触着她的致命伤了,"据接近杨氏者言",她说"风潮内幕,现已暴露,前如北大教员□□诸人之宣言,……近如所谓'市民'之演说。……"〔6〕(六日《晨报》)直到现在,还以诬蔑学生的老手段,来诬蔑教员们。但仔细看来,是无足怪的,因为诬蔑是她的教育法的根源,谁去摇动它,自然就要得到被诬蔑的恶报。

最奇怪的是杨荫榆请警厅派警的信〔7〕,"此次因解决风潮改组各班学生诚恐某校男生来校援助恳请准予八月一日照派保安警察三四十名来校借资防护"云云,发信日是七月三十一日。入校在八月初,而她已经在七月底做着"男生来帮女生"的梦,并且将如此梦话,叙入公文,倘非脑里有些什么贵恙,大约总该不至于此的罢。我并不想心理学者似的来解剖思想,也不想道学先生似的来诛心,但以为自己先设立一个梦境,而即以这梦境来诬人,倘是无意的,未免可笑,倘是有意,便是可恶,卑劣;"学笈重洋,教鞭十载"〔8〕,都白糟蹋了。

我真不解何以一定是男生来帮女生。因为同类么?那么,请男巡警来帮的,莫非是女巡警?给女校长代笔的,莫非是男校长么?

"对于学生品性学业,务求注重实际"〔9〕,这实在是很可佩服的。但将自己夜梦里所做的事,都诬栽在别人身上,却未免和实际相差太远了。可怜的家长,怎么知道你的孩子遇到了这样的女人呢!

我说她是梦话,还是忠厚之辞;否则,杨荫榆便一钱不值;更不必说一群躲在黑幕里的一班无名的蛆虫!

八月六日。

＊　　　＊　　　＊

〔1〕　本篇最初发表于 1925 年 8 月 10 日《京报副刊》。

〔2〕　杨荫榆（1884—1938）　江苏无锡人，曾留学日本、美国。1924 年 2 月，任国立北京女子师范大学校长。她依附北洋政府，推行封建奴化教育，肆意压迫学生，激起进步师生的强烈反对，1925 年 8 月，北洋政府被迫将她免职。

〔3〕　1925 年 8 月 1 日，杨荫榆带领军警入校，殴打学生，截断电话线，关闭伙房，并强行解散四个班级。

〔4〕　杨氏致书学生家长　指 1925 年 8 月 5 日杨荫榆以女师大名义向学生家长发出启事，其中说："兹为正本清源之计，将大学预科甲、乙两部，高师国文系三年级及大学教育预科一年级四班先行解散，然后分别调查，另行改组，……奉上调查表两纸，希贵家长转告学生□□严加考虑，择一填写，……如逾期不交者，作为不愿再入学校论。"（据 1925 年 8 月 6 日《晨报》报导）

〔5〕　六个教员宣言　应为七教员。指鲁迅与马裕藻、沈尹默、李泰棻、钱玄同、沈兼士、周作人等七教员联名发表的《对于北京女子师范大学风潮宣言》。参看《集外集拾遗补编》。

〔6〕　杨荫榆的这些话见 1925 年 8 月 5 日《晨报》所载《杨荫榆昨晚有辞职说》的报导："风潮内幕，现已暴露，前如北大教员□□诸人之宣言，近如中央公园开会所谓'市民'对于该校学生之演说，加本人以英日帝国主义之罪名，实不愿受。"按，"市民"之演说，指 8 月 2 日李石曾、易培基等在北京各大学及女师大招待各界代表的会上以京师市民代表身份所作的发言。

〔7〕　杨荫榆请警厅派警的信　见 1925 年 8 月 4 日《京报》的报导。

〔8〕　"学笈重洋，教鞭十载"　这是杨荫榆在 1925 年 5 月 14 日

印发的《国立北京女子师范大学校长杨荫榆对于本校暴烈学生之感言》
中的话。参看本卷第 114 页注〔4〕。原文"载"作"稔"。

〔9〕 "对于学生品性学业,务求注重实际" 见 1925 年 8 月 4 日
《京报》所载《杨荫榆启事》。

一九二六年

中山先生逝世后一周年[1]

中山先生逝世后无论几周年,本用不着什么纪念的文章。只要这先前未曾有的中华民国存在,就是他的丰碑,就是他的纪念。

凡是自承为民国的国民,谁有不记得创造民国的战士,而且是第一人的?但我们大多数的国民实在特别沉静,真是喜怒哀乐不形于色,而况吐露他们的热力和热情。因此就更应该纪念了;因此也更可见那时革命有怎样的艰难,更足以加增这纪念的意义。

记得去年逝世后不很久,甚至于就有几个论客说些风凉话[2]。是憎恶中华民国呢,是所谓"责备贤者"[3]呢,是卖弄自己的聪明呢,我不得而知。但无论如何,中山先生的一生历史具在,站出世间来就是革命,失败了还是革命;中华民国成立之后,也没有满足过,没有安逸过,仍然继续着进向近于完全的革命的工作。直到临终之际,他说道:革命尚未成功,同志仍须努力![4]

那时新闻上有一条琐载,不下于他一生革命事业地感动过我,据说当西医已经束手的时候,有人主张服中国药了;但中山先生不赞成,以为中国的药品固然也有有效的,诊断的知识却缺如。不能诊断,如何用药?毋须服。[5]人当濒危之际,大抵是什么也肯尝试的,而他对于自己的生命,也仍有这样分明的理智和坚定的意志。

　　他是一个全体,永远的革命者。无论所做的那一件,全都是革命。无论后人如何吹求他,冷落他,他终于全都是革命。

　　为什么呢?托洛斯基[6]曾经说明过什么是革命艺术。是:即使主题不谈革命,而有从革命所发生的新事物藏在里面的意识一贯着者是;否则,即使以革命为主题,也不是革命艺术。中山先生逝世已经一年了,"革命尚未成功",仅在这样的环境中作一个纪念。然而这纪念所显示,也还是他终于永远带领着新的革命者前行,一同努力于进向近于完全的革命的工作。

　　　　　　　　　　　　　　　　　　　　三月十日晨。

　　＊　　　　＊　　　　＊

　　〔1〕　本篇最初发表于1926年3月12日北京《国民新报》的"孙中山先生逝世周年纪念特刊"。

　　中山先生　孙中山(1866—1925),名文,字德明,号逸仙,广东香山(今中山)人。我国民主革命家。1925年3月12日在北京病逝。

　　〔2〕　几个论客说些风凉话　1925年4月2日《晨报》所载署名"赤心"的《中山……》一文中说:"孙文死后,什么'中山省'、'中山县'、'中山公园'等等名称,闹得头昏脑痛,……索性把'中华民国'改为'中山民国',……'亚细亚洲'改称'中山洲',……'国民党'改称'中山党',最干脆,最切当。"1925年3月13日《晨报》所载梁启超答记者问《孙文

之价值》中,也诬蔑孙中山先生一生"为目的而不择手段","无从判断他的真价值"。

〔3〕 "责备贤者" 语出《新唐书·太宗本纪》:"春秋之法,常责备于贤者。"

〔4〕 革命尚未成功 同志仍须努力 这是孙中山为《国民党周刊》第一期(1923 年 11 月 25 日)的题辞。他在口授的《遗嘱》中亦有类似的话。1925 年 3 月孙中山逝世时,在北京行馆灵堂的遗像两旁悬挂这副对联,作为孙中山的遗训。

〔5〕 关于孙中山不服中药的新闻琐载,见 1925 年 2 月 5 日《京报》刊登的《孙中山先生昨日病况》。

〔6〕 托洛斯基 通译托洛茨基。参看本卷第 204 页注〔24〕。鲁迅转述的这段话,见托洛茨基的《文学与革命·革命的艺术和社会主义的艺术》,原文为:"当人说革命的艺术时,是说两种艺术现象:主题反映的作品,和那些主题并不与革命相连,但却彻底地为革命所渲染,而且被由革命而生的新意识着了色的作品。这些十分显然是,或可以是属于完全不同的种类的现象。"(韦素园、李霁野译文)

《何 典》题 记[1]

　　《何典》的出世,至少也该有四十七年了,有光绪五年的
《申报馆书目续集》[2]可证。我知道那名目,却只在前两三
年,向来也曾访求,但到底得不到。现在半农[3]加以校点,先
示我印成的样本,这实在使我很喜欢。只是必须写一点序,却
正如阿 Q 之画圆圈,我的手不免有些发抖。我是最不擅长于
此道的,虽然老朋友的事,也还是不会捧场,写出洋洋大文,俾
于书,于店,于人,有什么涓埃之助。

　　我看了样本,以为校勘有时稍迁,空格令人气闷[4],半农
的士大夫气似乎还太多。至于书呢? 那是,谈鬼物正像人间,
用新典一如古典。三家村的达人穿了赤膊大衫向大成至圣先
师拱手,甚而至于翻筋斗,吓得“子曰店”的老板昏厥过去;但
到站直之后,究竟都还是长衫朋友。不过这一个筋斗,在那
时,敢于翻的人的魄力,可总要算是极大的了。

　　成语和死古典又不同,多是现世相的神髓,随手拈掇,自
然使文字分外精神;又即从成语中,另外抽出思绪:既然从世
相的种子出,开的也一定是世相的花。于是作者便在死的鬼
画符和鬼打墙中,展示了活的人间相,或者也可以说是将活的
人间相,都看作了死的鬼画符和鬼打墙。便是信口开河的地
方,也常能令人仿佛有会于心,禁不住不很为难的苦笑。

够了。并非博士般角色[5]，何敢开头？难违旧友的面情，又该动手。应酬不免，圆滑有方；只作短文，庶无大过云尔。

中华民国十五年五月二十五日，鲁迅谨撰。

*　　　*　　　*

〔1〕　本篇最初印入 1926 年 6 月北新书局出版的《何典》。

《何典》，一部运用苏南方言俗谚写成的带有讽刺而流于油滑的章回体小说，共十回，清光绪四年(1878)上海申报馆出版。编著者"过路人"，原名张南庄，清代上海人；评者"缠夹二先生"，原名陈得仁，清末长洲(今江苏吴县)人。

〔2〕　《申报馆书目续集》　1879 年上海申报馆印行，其中有关于《何典》一书的提要。

〔3〕　半农　刘复(1891—1934)，字半农，江苏江阴人，诗人，语言学家。曾参加《新青年》编辑工作，是新文学运动初期重要作家之一。后留学法国，研究语音学，曾任北京大学教授、北平大学女子文理学院院长等职。著有诗集《扬鞭集》、《瓦釜集》、《半农杂文》及《中国文法通论》等。

〔4〕　《何典》标点本出版时，刘半农将书中一些内容粗俗的文字删去，代以空格。后来此书再版时恢复了原貌，因此刘半农在《关于〈何典〉的再版》中说："'空格令人气闷'这句话，现在已成过去。"

〔5〕　博士般角色　指胡适，他于 1927 年得美国哥伦比亚大学哲学博士学位。鲁迅在《华盖集续编·为半农题记〈何典〉后，作》中说："做序只能推胡适之"。

《十二个》后记[1]

俄国在一九一七年三月的革命[2],算不得一个大风暴;到十月,才是一个大风暴,怒吼着,震荡着,枯朽的都拉杂崩坏,连乐师画家都茫然失措,诗人也沉默了。

就诗人而言,他们因为禁不起这连底的大变动,或者脱出国界,便死亡,如安得列夫[3];或者在德法做侨民,如梅垒什珂夫斯奇,巴理芒德[4];或者虽然并未脱走,却比较的失了生动,如阿尔志跋绥夫[5]。但也有还是生动的,如勃留梭夫和戈理奇,勃洛克[6]。

但是,俄国诗坛上先前那样盛大的象征派[7]的衰退,却并不只是革命之赐;从一九一一年以来,外受未来派[8]的袭击,内有实感派,神秘底虚无派,集合底主我派们的分离,就已跨进了崩溃时期了。至于十月的大革命,那自然,也是额外的一个沉重的打击。

梅垒什珂夫斯奇们既然作了侨民,就常以痛骂苏俄为事;别的作家虽然还有创作,然而不过是写些“什么”,颜色很黯淡,衰弱了。象征派诗人中,收获最多的,就只有勃洛克。

勃洛克名亚历山大,早就有一篇很简单的自叙传——

"一八八〇年生在彼得堡。先学于古典中学,毕业后进了彼得堡大学的言语科。一九〇四年才作《美的女人之歌》这抒情诗,一九〇七年又出抒情诗两本,曰《意外的欢喜》,曰《雪的假面》。抒情悲剧《小游览所的主人》,《广场的王》,《未知之女》,不过才脱稿。现在担当着《梭罗忒亚卢拿》[9]的批评栏,也和别的几种新闻杂志关系着。"

此后,他的著作还很多:《报复》,《文集》,《黄金时代》,《从心中涌出》,《夕照是烧尽了》,《水已经睡着》,《运命之歌》。当革命时,将最强烈的刺戟给与俄国诗坛的,是《十二个》。

他死时是四十二岁,在一九二一年。

从一九〇四年发表了最初的象征诗集《美的女人之歌》起,勃洛克便被称为现代都会诗人的第一人了。他之为都会诗人的特色,是在用空想,即诗底幻想的眼,照见都会中的日常生活,将那朦胧的印象,加以象征化。将精气吹入所描写的事象里,使它苏生;也就是在庸俗的生活,尘嚣的市街中,发见诗歌底要素。所以勃洛克所擅长者,是在取卑俗,热闹,杂沓的材料,造成一篇神秘底写实的诗歌。

中国没有这样的都会诗人。我们有馆阁诗人,山林诗人,花月诗人……;没有都会诗人。

能在杂沓的都会里看见诗者,也将在动摇的革命中看见诗。所以勃洛克做出《十二个》,而且因此"在十月革命的舞台上登场了"[10]。但他的能上革命的舞台,也不只因为他是都会诗人;乃是,如托罗兹基言,因为他"向着我们这边突进了。突进而受伤了"。

《十二个》于是便成了十月革命的重要作品,还要永久地流传。

旧的诗人沉默,失措,逃走了,新的诗人还未弹他的奇颖的琴。勃洛克独在革命的俄国中,倾听"咆哮狞猛,吐着长太息的破坏的音乐"。他听到黑夜白雪间的风,老女人的哀怨,教士和富翁和太太的彷徨,会议中的讲嫖钱,复仇的歌和枪声,卡基卡[11]的血。然而他又听到癞皮狗似的旧世界:他向着革命这边突进了。

然而他究竟不是新兴的革命诗人,于是虽然突进,却终于受伤,他在十二个之前,看见了戴着白玫瑰花圈的耶稣基督[12]。

但这正是俄国十月革命"时代的最重要的作品"。

呼唤血和火的,咏叹酒和女人的,赏味幽林和秋月的,都要真的神往的心,否则一样是空洞。人多是"生命之川"之中的一滴,承着过去,向着未来,倘不是真的特出到异乎寻常的,便都不免并含着向前和反顾。诗《十二个》里就可以看见这样的心:他向前,所以向革命突进了,然而反顾,于是受伤。

篇末出现的耶稣基督,仿佛可有两种的解释:一是他也赞同,一是还须靠他得救。但无论如何,总还以后解为近是。故十月革命中的这大作品《十二个》,也还不是革命的诗。

然而也不是空洞的。

这诗的体式在中国很异样;但我以为很能表现着俄国那时(!)的神情;细看起来,也许会感到那大震撼,大咆哮的气息。可惜翻译最不易。我们曾经有过一篇从英文的重译本[13];因为还不妨有一种别译,胡成才[14]君便又从原文译出了。不过诗是只能有一篇的,即使以俄文改写俄文,尚且决不可能,更何况用了别一国的文字。然而我们也只能如此。至于意义,却是先由伊发尔[15]先生校勘过的;后来,我和韦素园君又酌改了几个字。

前面的《勃洛克论》是我译添的,是《文学与革命》(Literatura i Revolutzia)的第三章,从茂森唯士[16]氏的日本文译本重译;韦素园君[17]又给对校原文,增改了许多。

在中国人的心目中,大概还以为托罗兹基是一个喑呜叱咤的革命家和武人,但看他这篇,便知道他也是一个深解文艺的批评者。他在俄国,所得的俸钱,还是稿费多。但倘若不深知他们文坛的情形,似乎不易懂;我的翻译的拙涩,自然也是一个重大的原因。

书面和卷中的四张画,是玛修丁(V. Masiutin)[18]所作的。他是版画的名家。这几幅画,即曾被称为艺术底版画的典型;原本是木刻。卷头的勃洛克的画像,也不凡,但是从《新俄罗斯文学的曙光期》[19]转载的,不知道是谁作。

俄国版画的兴盛,先前是因为照相版的衰颓和革命中没有细致的纸张,倘要插图,自然只得应用笔路分明的线画。然而只要人民有活气,这也就发达起来,在一九二二年弗罗连斯[20]的万国书籍展览会中,就得了非常的赞美了。

一九二六年七月二十一日,鲁迅记于北京。

* * *

〔1〕 本篇最初印入 1926 年 8 月北新书局出版的中译本《十二个》。

《十二个》,长诗,苏联勃洛克于 1918 年作,胡斅译,为《未名丛刊》之一。

〔2〕 俄国在一九一七年三月的革命 指 1917 年 3 月 12 日(俄历 2 月 27 日)推翻沙皇专制制度的俄国资产阶级民主革命,一般称为"二月革命"。此次革命成立的"临时政府"后被十月革命推翻。

〔3〕 安得列夫(Л.Н.Андреев,1871—1919) 通译安德烈耶夫,俄国作家。十月革命后流亡国外。著有小说《思想》、《红的笑》,剧本《往星中》等。

〔4〕 梅垒什珂夫斯奇 参看本卷第 110 页注〔16〕。巴理芒德(К.Д.Бальмонт,1867—1942),通译巴尔蒙特,俄国诗人。十月革命后流亡国外。著有诗集《北方天空下》等。

〔5〕 阿尔志跋绥夫(М.П.Арцыбашев,1878—1927) 俄国作家。1905 年革命失败后成为颓废主义者,十月革命后流亡国外。著有长篇小说《沙宁》,中篇小说《工人绥惠略夫》等。

〔6〕 勃留梭夫(В.Я.Брюсов,1873—1924) 苏联诗人。早期受象征主义影响,十月革命后积极参加社会、文化活动。著有《镰刀和锤子》、《列宁》、《给俄罗斯》等。戈理奇,通译高尔基。参看本卷第 206 页

注〔38〕。勃洛克（А.А.Блок,1880—1921）,苏联诗人。早期创作受象征主义影响,十月革命时倾向革命。著有《祖国》、《俄罗斯颂》、《十二个》等。

〔7〕 象征派 十九世纪末叶在法国兴起的一种文艺思潮和流派。认为事物都有与之相对应的意念和含义,强调作家应发掘这些隐藏在事物背后的含义,用恍惚的语言和物象形成暗示性"意象"(即象征),使读者领悟其中的深意。其作品多有神秘感。这一流派在第一次世界大战前影响欧洲各国。俄国象征派代表人物有梅垒什珂夫斯基、勃留梭夫等。

〔8〕 未来派 参看本卷第 279 页注〔4〕。

〔9〕 《梭罗忒亚卢拿》 现译《金羊毛》,俄国象征派杂志。

〔10〕 这一句以及后文"向着我们这边突进了。突进而受伤了","咆哮狞猛,吐着长太息的破坏的音乐","时代的最重要的作品"等引文,均见托洛茨基《文学与革命》。

〔11〕 卡基卡 《十二个》中的人物,酒馆的妓女。

〔12〕 戴着白玫瑰花圈的耶稣基督 指《十二个》结尾描写的拿着旗帜、戴着花圈,走在十二个赤卫军前面的耶稣基督形象。

〔13〕 指饶了一译的《十二个》,载《小说月报》第十三卷第四期(1922 年 4 月),是从美国杂志《活时代》1920 年 5 月号转译的。

〔14〕 胡成才(1901—1943) 名斅,字成才,浙江龙游人。1924年毕业于北京大学俄文系。

〔15〕 伊发尔 参看本卷第 215 页注〔116〕。

〔16〕 茂森唯士(1895—1973) 日本的苏联问题研究者。

〔17〕 韦素园 参看本卷第 110 页注〔15〕。

〔18〕 玛修丁(В.Масютин) 苏联版画家。后流亡德国。

〔19〕 《新俄罗斯文学的曙光期》 日本昇曙梦所作关于苏联早期文学的论著。有画室(冯雪峰)译本。

〔20〕 弗罗连斯 通译佛罗伦萨,意大利中部城市。

《争自由的波浪》小引[1]

俄国大改革之后,我就看见些游览者的各种评论。或者说贵人怎样惨苦,简直不像人间;或者说平民究竟抬了头,后来一定有希望。或褒或贬,结论往往正相反。我想,这大概都是对的。贵人自然总要较为苦恼,平民也自然比先前抬了头。游览的人各照自己的倾向,说了一面的话。近来虽听说俄国怎样善于宣传,但在北京的报纸上,所见的却相反,大抵是要竭力写出内部的黑暗和残酷来。这一定是很足使礼教之邦的人民惊心动魄的罢。但倘若读过专制时代的俄国所产生的文章,就会明白即使那些话全是真的,也毫不足怪。俄皇的皮鞭和绞架,拷问和西伯利亚,是不能造出对于怨敌也极仁爱的人民的。

以前的俄国的英雄们,实在以种种方式用了他们的血,使同志感奋,使好心肠人堕泪,使刽子手有功,使闲汉得消遣。总是有益于人们,尤其是有益于暴君,酷吏,闲人们的时候多;餍足他们的凶心,供给他们的谈助。将这些写在纸上,血色早已轻淡得远了;如但兼珂[2]的慷慨,托尔斯多[3]的慈悲,是多么柔和的心。但当时还是不准印行。这做文章,这不准印,也还是使凶心得餍足,谈助得加添。英雄的血,始终是无味的国土里的人生的盐,而且大抵是给闲人们作生活的盐,这倒实在是很可诧异的。

这书里面的梭斐亚[4]的人格还要使人感动,戈理基笔下的人生[5]也还活跃着,但大半也都要成为流水帐簿罢。然而翻翻过去的血的流水帐簿,原也未始不能够推见将来,只要不将那帐目来作消遣。

有些人到现在还在为俄国的上等人鸣不平,以为革命的光明的标语,实际倒成了黑暗。这恐怕也是真的。改革的标语一定是较光明的;做这书中所收的几篇文章的时代,改革者大概就很想普给一切人们以一律的光明。但他们被拷问,被幽禁,被流放,被杀戮了。要给,也不能。这已经都写在帐上,一翻就明白。假使遏绝革新,屠戮改革者的人物,改革后也就同浴改革的光明,那所处的倒是最稳妥的地位。然而已经都写在帐上了,因此用血的方式,到后来便不同,先前似的时代在他们已经过去。

中国是否会有平民的时代,自然无从断定。然而,总之,平民总未必会舍命改革以后,倒给上等人安排鱼翅席,是显而易见的,因为上等人从来就没有给他们安排过杂合面。只要翻翻这一本书,大略便明白别人的自由是怎样挣来的前因,并且看看后果,即使将来地位失坠,也就不至于妄鸣不平,较之失意而学佛,切实得多多了。所以,我想,这几篇文章在中国还是很有好处的。

一九二六年十一月十四日风雨之夜,鲁迅记于厦门。

＊　　　＊　　　＊

〔1〕　本篇最初发表于 1927 年 1 月 1 日北京《语丝》周刊第一一二期,并同时印入《争自由的波浪》一书。

《争自由的波浪》,俄国小说和散文集。原名《专制国家之自由语》,英译本改名《大心》。董秋芳从英译本转译,1927 年 1 月北京北新书局出版,为《未名丛刊》之一。内收高尔基《争自由的波浪》、《人的生命》,但兼珂《大心》,列夫·托尔斯泰《尼古拉之棍》等四篇小说和《致瑞典和平会的一封信》,以及未署名的散文《在教堂里》、《梭斐亚·卑罗夫斯凯娅的生命的片断》。

〔2〕　但兼珂(В.И.Немирович－Данченко,1858—1943)　通译聂米罗维奇－丹钦科,俄国小说家,戏剧家。1898 年起和斯坦尼斯拉夫斯基共同创办、领导莫斯科艺术剧院。他在小说《大心》中描写了一个妇女遭受的种种欺凌和屈辱,但又宣扬她含垢忍辱、宽宏仁爱的精神。

〔3〕　托尔斯多　即列夫·托尔斯泰。他在《尼古拉之棍》、《致瑞典和平会的一封信》中揭露了沙皇的暴虐统治和帝国主义的好战本性,但又鼓吹"毋杀戮"、"爱你们的邻居"等主张。

〔4〕　梭斐亚(С.Л.Перовская,1853—1881)　又译苏菲亚·别罗夫斯卡娅,俄国民意党领导人之一。因参加暗杀沙皇亚历山大二世,被捕遇害。

〔5〕　戈理基笔下的人生　指高尔基早期作品《争自由的波浪》和《人的生命》中所反映的俄国人民反对奴役、要求自由解放的斗争生活。

一 九 二 七 年

老调子已经唱完^{〔1〕}

——二月十九日在香港青年会讲演

今天我所讲的题目是"老调子已经唱完"：初看似乎有些离奇，其实是并不奇怪的。

凡老的，旧的，都已经完了！这也应该如此。虽然这一句话实在对不起一般老前辈，可是我也没有别的法子。

中国人有一种矛盾思想，即是：要子孙生存，而自己也想活得很长久，永远不死；及至知道没法可想，非死不可了，却希望自己的尸身永远不腐烂。但是，想一想罢，如果从有人类以来的人们都不死，地面上早已挤得密密的，现在的我们早已无地可容了；如果从有人类以来的人们的尸身都不烂，岂不是地面上的死尸早已堆得比鱼店里的鱼还要多，连掘井，造房子的空地都没有了么？所以，我想，凡是老的，旧的，实在倒不如高高兴兴的死去的好。

在文学上，也一样，凡是老的和旧的，都已经唱完，或将要唱完。举一个最近的例来说，就是俄国。他们当俄皇专制的时代，有许多作家很同情于民众，叫出许多惨痛的声音，后来他们又看见民众有缺点，便失望起来，不很能怎样歌唱，待到革命以后,文学上便没有什么大作品了。只有几个旧文学家跑到外国去,作了几篇作品,但也不见得出色,因为他们已经失掉了先前的环境了,不再能照先前似的开口。

在这时候,他们的本国是应该有新的声音出现的,但是我们还没有很听到。我想,他们将来是一定要有声音的。因为俄国是活的,虽然暂时没有什么声音,但他究竟有改造环境的能力,所以将来一定也会有新的声音出现。

再说欧美的几个国度罢。他们的文艺是早有些老旧了,待到世界大战时候,才发生了一种战争文学。战争一完结,环境也改变了,老调子无从再唱,所以现在文学上也有些寂寞。将来的情形如何,我们实在不能豫测。但我相信,他们是一定也会有新的声音的。

现在来想一想我们中国是怎样。中国的文章是最没有变化的,调子是最老的,里面的思想是最旧的。但是,很奇怪,却和别国不一样。那些老调子,还是没有唱完。

这是什么缘故呢?有人说,我们中国是有一种"特别国情"〔2〕。——中国人是否真是这样"特别",我是不知道,不过我听得有人说,中国人是这样。——倘使这话是真的,那么,据我看来,这所以特别的原因,大概有两样。

第一,是因为中国人没记性,因为没记性,所以昨天听过的话,今天忘记了,明天再听到,还是觉得很新鲜。做事也是如此,昨天做坏了的事,今天忘记了,明天做起来,也还是"仍旧贯"〔3〕的老调子。

第二,是个人的老调子还未唱完,国家却已经灭亡了好几次了。何以呢？我想，凡有老旧的调子，一到有一个时候，是都应该唱完的，凡是有良心，有觉悟的人，到一个时候，自然知道老调子不该再唱，将它抛弃。但是，一般以自己为中心的人们，却决不肯以民众为主体，而专图自己的便利，总是三翻四复的唱不完。于是，自己的老调子固然唱不完，而国家却已被唱完了。

宋朝的读书人讲道学，讲理学〔4〕，尊孔子，千篇一律。虽然有几个革新的人们，如王安石〔5〕等等，行过新法，但不得大家的赞同，失败了。从此大家又唱老调子，和社会没有关系的老调子，一直到宋朝的灭亡。

宋朝唱完了，进来做皇帝的是蒙古人——元朝。那么，宋朝的老调子也该随着宋朝完结了罢，不，元朝人起初虽然看不起中国人〔6〕，后来却觉得我们的老调子，倒也新奇，渐渐生了羡慕，因此元人也跟着唱起我们的调子来了，一直到灭亡。

这个时候，起来的是明太祖。元朝的老调子，到此应该唱完了罢，可是也还没有唱完。明太祖又觉得还有些意趣，就又教大家接着唱下去。什么八股咧，道学咧，和社会，百姓都不相干，就只向着那条过去的旧路走，一直到明亡。

清朝又是外国人。中国的老调子，在新来的外国主人的眼里又见得新鲜了，于是又唱下去。还是八股，考试，做古文，看古书。但是清朝完结，已经有十六年了，这是大家都知道的。他们到后来，倒也略略有些觉悟，曾经想从外国学一点新法来补救，然而已经太迟，来不及了。

老调子将中国唱完，完了好几次，而它却仍然可以唱下去。因此就发生一点小议论。有人说："可见中国的老调子实在好，正不妨唱下去。试看元朝的蒙古人，清朝的满洲人，不是都被我们同化了么？照此看来，则将来无论何国，中国都会这样地将他们同化的。"原来我们中国就如生着传染病的病人一般，自己生了病，还会将病传到别人身上去，这倒是一种特别的本领。

殊不知这种意见，在现在是非常错误的。我们为甚么能够同化蒙古人和满洲人呢？是因为他们的文化比我们的低得多。倘使别人的文化和我们的相敌或更进步，那结果便要大不相同了。他们倘比我们更聪明，这时候，我们不但不能同化他们，反要被他们利用了我们的腐败文化，来治理我们这腐败民族。他们对于中国人，是毫不爱惜的，当然任凭你腐败下去。现在听说又很有别国人在尊重中国的旧文化了，那里是真在尊重呢，不过是利用！

从前西洋有一个国度，国名忘记了，要在非洲造一条铁路。顽固的非洲土人很反对，他们便利用了他们的神话来哄骗他们道："你们古代有一个神仙，曾从地面造一道桥到天上。现在我们所造的铁路，简直就和你们的古圣人的用意一样。"[7]非洲人不胜佩服，高兴，铁路就造起来。——中国人是向来排斥外人的，然而现在却渐渐有人跑到他那里去唱老调子了，还说道："孔夫子也说过，'道不行，乘桴浮于海。'[8]所以外人倒是好的。"外国人也说道："你家圣人的话实在不错。"

倘照这样下去，中国的前途怎样呢？别的地方我不知道，只好用上海来类推。上海是：最有权势的是一群外国人，接近他们的是一圈中国的商人和所谓读书的人，圈子外面是许多中国的苦人，就是下等奴才。将来呢，倘使还要唱着老调子，那么，上海的情状会扩大到全国，苦人会多起来。因为现在是不像元朝清朝时候，我们可以靠着老调子将他们唱完，只好反而唱完自己了。这就因为，现在的外国人，不比蒙古人和满洲人一样，他们的文化并不在我们之下。

那么，怎么好呢？我想，唯一的方法，首先是抛弃了老调子。旧文章，旧思想，都已经和现社会毫无关系了，从前孔子周游列国的时代，所坐的是牛车。现在我们还坐牛车么？从前尧舜的时候，吃东西用泥碗。现在我们所用的是甚么？所以，生在现今的时代，捧着古书是完全没有用处的了。

但是，有些读书人说，我们看这些古东西，倒并不觉得于中国怎样有害，又何必这样决绝地抛弃呢？是的。然而古老东西的可怕就正在这里。倘使我们觉得有害，我们便能警戒了，正因为并不觉得怎样有害，我们这才总是觉不出这致死的毛病来。因为这是"软刀子"。这"软刀子"的名目，也不是我发明的，明朝有一个读书人，叫做贾凫西[9]的，鼓词里曾经说起纣王，道："几年家软刀子割头不觉死，只等得太白旗悬才知道命有差。"我们的老调子，也就是一把软刀子。

中国人倘被别人用钢刀来割，是觉得痛的，还有法子想；倘是软刀子，那可真是"割头不觉死"，一定要完的。

我们中国被别人用兵器来打，早有过好多次了。例如，蒙古人满洲人用弓箭，还有别国人用枪炮。用枪炮来打的后几次，我已经出了世了，但是年纪青。我仿佛记得那时大家倒还觉得一点苦痛的，也曾经想有些抵抗，有些改革。用枪炮来打我们的时候，听说是因为我们野蛮；现在，倒不大遇见有枪炮来打我们了，大约是因为我们文明了罢。现在也的确常常有人说，中国的文化好得很，应该保存。那证据，是外国人也常在赞美。这就是软刀子。用钢刀，我们也许还会觉得的，于是就改用软刀子。我想：叫我们用自己的老调子唱完我们自己的时候，是已经要到了。

中国的文化，我可是实在不知道在那里。所谓文化之类，和现在的民众有甚么关系，甚么益处呢？近来外国人也时常说，中国人礼仪好，中国人肴馔好。中国人也附和着。但这些事和民众有甚么关系？车夫先就没有钱来做礼服，南北的大多数的农民最好的食物是杂粮。有什么关系？

中国的文化，都是侍奉主子的文化，是用很多的人的痛苦换来的。无论中国人，外国人，凡是称赞中国文化的，都只是以主子自居的一部份。

以前，外国人所作的书籍，多是嘲骂中国的腐败；到了现在，不大嘲骂了，或者反而称赞中国的文化了。常听到他们说："我在中国住得很舒服呵！"这就是中国人已经渐渐把自己的幸福送给外国人享受的证据。所以他们愈赞美，我们中国将来的苦痛要愈深的！

这就是说：保存旧文化，是要中国人永远做侍奉主子的材料，苦下去，苦下去。虽是现在的阔人富翁，他们的子孙也不能逃。我曾经做过一篇杂感，大意是说："凡称赞中国旧文化的,多是住在租界或安稳地方的富人,因为他们有钱,没有受到国内战争的痛苦,所以发出这样的赞赏来。殊不知将来他们的子孙,营业要比现在的苦人更其贱,去开的矿洞,也要比现在的苦人更其深。"〔10〕这就是说,将来还是要穷的,不过迟一点。但是先穷的苦人,开了较浅的矿,他们的后人,却须开更深的矿了。我的话并没有人注意。他们还是唱着老调子,唱到租界去,唱到外国去。但从此以后,不能像元朝清朝一样,唱完别人了,他们是要唱完了自己。

这怎么办呢?我想,第一,是先请他们从洋楼,卧室,书房里踱出来,看一看身边怎么样,再看一看社会怎么样,世界怎么样。然后自己想一想,想得了方法,就做一点。"跨出房门,是危险的。"自然,唱老调子的先生们又要说。然而,做人是总有些危险的,如果躲在房里,就一定长寿,白胡子的老先生应该非常多;但是我们所见的有多少呢?他们也还是常常早死,虽然不危险,他们也胡涂死了。

要不危险,我倒曾经发见了一个很合式的地方。这地方,就是:牢狱。人坐在监牢里,便不至于再捣乱,犯罪了;救火机关也完全,不怕失火;也不怕盗劫,到牢狱里去抢东西的强盗是从来没有的。坐监是实在最安稳。

但是,坐监却独独缺少一件事,这就是:自由。所以,贪安稳就没有自由,要自由就总要历些危险。只有这两条路。那一条好,是明明白白的,不必待我来说了。

现在我还要谢诸位今天到来的盛意。

327

＊　　　　＊　　　　＊

〔1〕　本篇最初发表于 1927 年 3 月(？)广州《国民新闻》副刊《新时代》,同年 5 月 11 日汉口《中央日报》副刊第四十八号曾予转载。

〔2〕　"特别国情"　1915 年袁世凯阴谋复辟帝制时,他的宪法顾问美国人古德诺(F. J. Goodnow),曾于 8 月 10 日北京《亚细亚日报》发表《共和与君主论》一文,说中国自有"特别国情",不适宜实行共和政治,应当恢复君主政体。这种论调曾经成为守旧派阻挠民主改革和反对进步学说的借口。

〔3〕　"仍旧贯"　语出《论语·先进》:"鲁人为长府,闵子骞曰:'仍旧贯,如之何？何必改作！'"

〔4〕　理学　又称道学,是宋代周敦颐、程颢、程颐、朱熹等人阐释儒家学说而形成的理论体系。它认为"理"是宇宙的本体,把"三纲五常"等封建伦理道德说成是"天理",提出"存天理,灭人欲"的主张。

〔5〕　王安石(1021—1086)　字介甫,抚州临川(今属江西)人。北宋政治家、文学家。他在宋神宗熙宁二年(1069)为参知政事,次年出任宰相,实行改革,推行均输、青苗、免役、市易、方田均税、保甲保马等新法,后因司马光、文彦博等激烈反对而失败。

〔6〕　元朝将全国人分为四等:蒙古人最贵,色目人次之,汉人又次之,南人最贱。按汉人指契丹、女贞、高丽和原金朝治下的北中国汉人;南人指南宋遗民。

〔7〕　关于西洋人用神话哄骗非洲土人的事,参看《热风·随感录四十二》。

〔8〕　"道不行,乘桴浮于海"　语出《论语·公冶长》。宋代邢昺疏:"桴,竹木所编小筏也。"

〔9〕　贾凫西(约 1590—1676)　名应宠,字思退,号凫西、木皮散人,山东曲阜人,鼓词作家。明末曾任刑部郎中等职,明亡不仕。这里

所引的话见于明亡后他作的《木皮散人鼓词》中关于周武王灭商纣王的一段:"多亏了散宜生定下胭粉计,献上个兴周灭商的女娇娃;……他爷们(按指周文王、武王父子等)昼夜商议行仁政,那纣王胡里胡涂在黑影爬;几年家软刀子割头不觉死,只等得太白旂悬才知道命有差。"

〔10〕 参看《华盖集续编·无花的蔷薇之二》。

《游仙窟》序言[1]

　　《游仙窟》今惟日本有之，是旧钞本，藏于昌平学[2]；题宁州襄乐县尉张文成作。文成者，张鷟[3]之字；题署著字，古人亦常有，如晋常璩撰《华阳国志》[4]，其一卷亦云常道将集矣。张鷟，深州陆浑人；两《唐书》[5]皆附见《张荐传》，云以调露初登进士第，为岐王府参军，屡试皆甲科，大有文誉，调长安尉迁鸿胪丞。证圣中，天官刘奇[6]以为御史；性躁卞，傥荡无检，姚崇[7]尤恶之；开元初，御史李全交劾鷟讪短时政，贬岭南，旋得内徙，终司门员外郎。《顺宗实录》[8]亦谓鷟博学工文词，七登文学科[9]。《大唐新语》[10]则云，后转洛阳尉，故有《咏燕诗》[11]，其末章云，"变石身犹重，衔泥力尚微，从来赴甲第，两起一双飞。"时人无不讽咏。《唐书》虽称其文下笔立成，大行一时，后进莫不传记，日本新罗[12]使至，必出金宝购之，而又訾为浮艳少理致，论著亦率诋诮芜秽。鷟书之传于今者，尚有《朝野金载》及《龙筋凤髓判》[13]，诚亦多诋诮浮艳之辞。《游仙窟》为传奇，又多俳调，故史志皆不载；清杨守敬作《日本访书志》[14]，始著于录，而贬之一如《唐书》之言。日本则初颇珍秘，以为异书；尝有注，似亦唐时人作。河世宁曾取其中之诗十余首入《全唐诗逸》[15]，鲍氏刊之《知不足斋丛书》[16]中；今矛尘[17]将具印之，而全文始复归华土。不特当时之习俗如酬对舞咏,时语如瞵眩婪娭[18],可资博识;即其始以骈俪之语作传奇,前于陈球之《燕山外史》[19]者千载,亦为治文学史者所不能废矣。

中华民国十六年七月七日,鲁迅识。

* * *

〔1〕 本篇最初以手迹制版印入 1929 年 2 月北新书局出版的《游仙窟》。

《游仙窟》,传奇小说,唐代张鷟作。唐宪宗元和年间流入日本,国内久已失传。章廷谦据日本保存的通行本《游仙窟》、醍醐寺本《游仙窟》以及流传于朝鲜的另一日本刻本重新校订,标点出版。

〔2〕 昌平学 日本江户幕府 1630 年开办的以传授儒学为主的学校;1868 年明治政府接收,改组为"昌平学校",1870 年关闭。地址在今东京汤岛。

〔3〕 张鷟(约 658—730) 深州陆泽(今河北深州)人。按文中作"陆浑",误。

〔4〕 常璩 字道将,蜀郡江原(今四川崇州)人,晋代史学家。曾任散骑常侍、参军等职。《华阳国志》,十二卷,附录一卷,是一部记述我国西南地区历史事迹的书。

〔5〕 两《唐书》 即《旧唐书》和《新唐书》。《旧唐书》,后晋刘昫监修,张昭远、贾纬等撰,共二百卷。《新唐书》,宋代欧阳修、宋祁等撰,共二二五卷。《张荐传》,见《旧唐书》卷一四九、《新唐书》卷一六一。张荐是张鷟的孙子。

〔6〕 刘奇 滑州胙(今河南延津)人。《新唐书·刘政会传》:"次子奇,长寿中为天官侍郎,荐鷟、司马锽为监察御史。"天官,武则天时改

吏部为天官。

〔7〕 姚崇(650—721) 本名元崇,唐代陕州硖石(今河南陕县)人。睿宗、玄宗时任宰相。

〔8〕 《顺宗实录》 唐代韩愈等撰,共五卷。

〔9〕 文学科 唐代临时设置的制科的一种,由皇帝主试。名目很多,应试者可以重复参加考试。张鷟曾参加"下笔成章"、"才高位下"、"词标文苑"等考试。

〔10〕 《大唐新语》 笔记,唐代刘肃撰,共十三卷。张鷟事见该书第八卷。

〔11〕 《咏燕诗》 张鷟作,全诗已佚,现仅存《大唐新语》所引四句。

〔12〕 新罗 古国名,位于朝鲜半岛的东南部。

〔13〕 《朝野佥载》 笔记,今存六卷,记载隋唐两代朝野遗闻传说。《龙筋凤髓判》,判牍书,共四卷。收录判决司法案件的骈俪体文牍。

〔14〕 杨守敬(1839—1915) 字惺吾,湖北宜都人,地理学家、版本学家。《日本访书志》,共十六卷,是他任清朝驻日本公使馆馆员时,调查国内已失传而日本尚有留存的古书的著作。其中录有《游仙窟》,并加按语说:"男女姓氏,并同《会真记》,而情事稍疏,以骈俪之辞,写猥亵之状,真所谓傥荡无检,文成浮艳者。"

〔15〕 河世宁(1749—1820) 字子静,号宽斋,日本江户时期诗人。曾任昌平学学员长。《全唐诗逸》,共三卷,辑录流传于日本而《全唐诗》中遗漏的诗作百余首。内收《游仙窟》中的诗十九首。每首下分别署名张文成和《游仙窟》中的人物崔十娘、崔五嫂、香儿等。

〔16〕 鲍氏 鲍廷博(1728—1814),字以文,清代安徽歙县人。《知不足斋丛书》,是他于乾隆四十一年(1776)辑印的一部丛书,共三十

集,一百九十七种。其中根据《全唐诗逸》录有《游仙窟》中的诗十九首。

〔**17**〕 矛尘 即章廷谦(1901—1981),笔名川岛,浙江上虞人。《语丝》撰稿人之一。

〔**18**〕 睐睗 眼皮低垂;婹嫋,羞涩的样子。都是唐代俗语。

〔**19**〕 陈球 字蕴斋,清代浙江秀水(今嘉兴)人。《燕山外史》,共八卷,是他用骈体文写成的一部言情小说,约成书于嘉庆十五年(1810)。

一九二九年

《近代木刻选集》(1)小引[1]

中国古人所发明,而现在用以做爆竹和看风水的火药和指南针,传到欧洲,他们就应用在枪炮和航海上,给本师吃了许多亏。还有一件小公案,因为没有害,倒几乎忘却了。那便是木刻。

虽然还没有十分的确证,但欧洲的木刻,已经很有几个人都说是从中国学去的,其时是十四世纪初,即一三二〇年顷。那先驱者,大约是印着极粗的木版图画的纸牌;这类纸牌,我们至今在乡下还可看见。然而这博徒的道具,却走进欧洲大陆,成了他们文明的利器的印刷术的祖师了。

木版画恐怕也是这样传去的;十五世纪初,德国已有木版的圣母像,原画尚存比利时的勃吕舍勒[2]博物馆中,但至今还未发见过更早的印本。十六世纪初,是木刻的大家调垒尔(A. Dürer)[3]和荷勒巴因(H. Holbein)[4]出现了,而调垒尔尤有名,后世几乎将他当作木版画的始祖。到十七八世纪,都沿着他们的波流。

木版画之用,单幅而外,是作书籍的插图。然则巧致的铜版图术一兴,这就突然中衰,也正是必然之势。惟英国输入铜版术较晚,还在保存旧法,且视此为义务和光荣。一七七一年,以初用木口雕刻[5],即所谓"白线雕版法"而出现的,是毕维克(Th.Bewick)[6]。这新法进入欧洲大陆,又成了木刻复兴的动机。

但精巧的雕镂,后又渐偏于别种版式的模仿,如拟水彩画,蚀铜版,网铜版等,或则将照相移在木面上,再加绣雕,技术固然极精熟了,但已成为复制底木版。至十九世纪中叶,遂大转变,而创作底木刻兴。

所谓创作底木刻者,不模仿,不复刻,作者捏刀向木,直刻下去——记得宋人,大约是苏东坡罢,有请人画梅诗,有句云:"我有一匹好东绢,请君放笔为直干!"[7]这放刀直干,便是创作底版画首先所必须,和绘画的不同,就在以刀代笔,以木代纸或布。中国的刻图,虽是所谓"绣梓",也早已望尘莫及,那精神,惟以铁笔刻石章者,仿佛近之。

因为是创作底,所以风韵技巧,因人不同,已和复制木刻离开,成了纯正的艺术,现今的画家,几乎是大半要试作的了。

在这里所绍介的,便都是现今作家的作品;但只这几枚,还不足以见种种的作风,倘为事情所许,我们逐渐来输运罢。木刻的回国,想来决不至于像别两样的给本师吃苦的。

一九二九年一月二十日,鲁迅记于上海。

* * *

〔1〕 本篇最初发表于 1929 年 1 月 24 日上海《朝花》周刊第八期,

并同时印入《近代木刻选集》(1)。

《近代木刻选集》(1),朝花社编印的美术丛刊《艺苑朝华》的第一期第一辑。内收英、法等国版画十二幅,1929 年 1 月出版。

〔2〕 勃吕舍勒 通译布鲁塞尔,比利时首都。

〔3〕 调垒尔(1471—1528) 通译丢勒,德国油画家、版画家、雕塑家和建筑师。作品有木刻组画《启示录》、油画《四圣图》等。

〔4〕 荷勒巴因(1497—1543) 通译贺尔拜因,德国肖像画家、版画家。作品有版画《死神舞》、肖像画《英王亨利八世像》等。

〔5〕 木口雕刻 木刻版画的一种。用坚硬的木材的横断面雕刻,特点是精确、细致。

〔6〕 毕维克(1753—1828) 英国版画家。作品有《不列颠鸟类史》并插图、《伊索寓言》插图等。

〔7〕 "我有一匹好东绢,请君放笔为直干" 这是唐代杜甫的诗句。参看本书《〈近代木刻选集〉(2)小引》及其注〔8〕。

《近代木刻选集》(1)附记[1]

本集中的十二幅木刻,都是从英国的《The Bookman》,《The Studio》,《The Wood – cut of To – day》(Edited by G. Holme)[2]中选取的,这里也一并摘录几句解说。

惠勃(C.C.Webb)是英国现代著名的艺术家,从一九二二年以来,都在毕明翰[3](Birmingham)中央学校教授美术。第一幅《高架桥》是圆满的大图画,用一种独创的方法所刻,几乎可以数出他雕刻的笔数来。统观全体,则是精美的发光的白色标记,在一方纯净的黑色地子上。《农家的后园》刀法,也多相同。《金鱼》更可以见惠勃的作风,新近在 Studio 上,曾大为 George Sheringham[4]所称许。

司提芬·蓬(Stephen Bone)的一幅,是 George Bourne 的《A Farmer's Life》[5]的插图之一。论者谓英国南部诸州的木刻家无出作者之右,散文得此,而妙想愈明云。

达格力秀(E.Fitch Daglish)是伦敦动物学会会员,木刻也有名,尤宜于作动植物书中的插画,能显示最严正的自然主义和纤巧敏慧的装饰的感情。《田凫》是 E.M.Nicholson 的《Birds in England》[6]中插画之一;《淡水鲈鱼》是 Izaak Walton and Charles Cotton 的《The Compleate Angler》[7]中的。观这两幅,便可知木刻术怎样有裨于科学了。

哈曼·普耳（Herman Paul），法国人，原是作石版画的，后改木刻，后又转通俗（Popular）画。曾说"艺术是一种不断的解放"，于是便简单化了。本集中的两幅，已很可窥见他后来的作风。前一幅是 Rabelais[8]著书中的插画，正当大雨时；后一幅是装饰 André Marty[9]的诗集《La Doctrine des Preux》（《勇士的教义》）的，那诗的大意是——

　　看残废的身体和面部的机轮，

　　染毒的疮疤红了面容，

　　少有勇气与丑陋的人们，传闻

　　以千辛万苦获得了好的名声。[10]

迪绥尔多黎（Benvenuto Disertori），意大利人，是多才的艺术家，善于刻石，蚀铜，但木刻更为他的特色。《La Musa del Loreto》[11]是一幅具有律动的图象，那印象之自然，就如本来在木上所创生的一般。

麦格努斯·拉该兰支（S.Magnus－Lagercranz）夫人是瑞典的雕刻家，尤其擅长花卉。她的最重要的工作，是一册瑞典诗人 Atterbom[12]的诗集《群芳》的插图。

富耳斯（C.B.Falls）在美国，有最为多才的艺术家之称。他于诸艺术无不尝试，而又无不成功。集中的《岛上的庙》，是他自己选出的得意的作品。

华惠克（Edward Worwick）也是美国的木刻家。《会见》是装饰与想像的版画，含有强烈的中古风味的。

书面和首叶的两种小品，是法国画家拉图（Alfred Latour）之作，自《The Wood－cut of To－day》中取来，目录上未列，附记于此。

※　　　　※　　　　※

〔1〕　本篇最初印入 1929 年 1 月出版的《近代木刻选集》(1)。

〔2〕　《The Bookman》 《文人》。英国文艺新闻杂志,1891 年创刊于伦敦,1934 年停刊。《The Studio》,《画室》。英国美术杂志,乔弗莱·霍姆主编,1893 年创刊于伦敦,1897 年停刊。《The Wood‐cut of To‐day》(Edited by G.Holme),《当代木刻》(霍姆编)。此书全名为《The Wood‐cut of To‐day at Home and Abroad》(《当代国内外木刻》),1927 年英国伦敦摄影有限公司出版。

〔3〕　毕明翰　通译伯明翰,英国中部城市。

〔4〕　George Sheringham　乔治·希赖因汉,英国插图画家、舞台美术家。

〔5〕　George Bourne 的《A Farmers Life》　乔治·勃恩的《一个农夫的生活》。乔治·勃恩(1780—1845),美国作家。

〔6〕　E.M.Nicholson 的《Birds in England》　尼科尔森的《英格兰的鸟》。尼科尔森(1904—?),英国生物学家、作家。

〔7〕　Izaak Walton and Charles Cotton 的《The Compleat Angler》艾萨克·沃尔顿和查理·柯顿的《钓鱼大全》。沃尔顿(1593—1683)和柯顿(1630—1687),都是文艺复兴时期英国作家。

〔8〕　Rabelais　拉伯雷(约 1494—1553),文艺复兴时期法国作家。著有《巨人传》等。

〔9〕　André Marty　安德烈·马尔蒂,法国诗人。

〔10〕　这里所引的四行诗应译为:"怯懦的卑劣的人们啊! 当你们看见那瘫痪的身体和半截的面具;还有那因伤口感染而发红了的脸颊,

你们就会知道历尽千辛万苦才获得好名誉。"

〔**11**〕 《La Musa del Loreto》 《洛勒托的文艺女神》。

〔**12**〕 Atterbom 阿特博姆（1790—1855），瑞典作家、哲学家。著有《瑞典文学史》、诗集《花》（即《群芳》）等。

《蕗谷虹儿画选》小引[1]

中国的新的文艺的一时的转变和流行,有时那主权是简直大半操于外国书籍贩卖者之手的。来一批书,便给一点影响。《Modern Library》中的 A. V. Beardsley 画集[2]一入中国,那锋利的刺戟力,就激动了多年沉静的神经,于是有了许多表面的摹仿。但对于沉静,而又疲弱的神经,Beardsley 的线究竟又太强烈了,这时适有蕗谷虹儿的版画运来中国,是用幽婉之笔,来调和了 Beardsley 的锋芒,这尤合中国现代青年的心,所以他的摹仿就至今不绝。

但可惜的是将他的形和线任意的破坏,——不过不经比较,是看不出底细来的。现在就从他的画谱《睡莲之梦》中选取六图,《悲凉的微笑》中五图,《我的画集》中一图,大约都是可显现他的特色之作,虽然中国的复制,不能高明,然而究竟较可以窥见他的真面目了。

至于作者的特色之所在,就让他自己来说罢——

"我的艺术,以纤细为生命,同时以解剖刀一般的锐利的锋芒为力量。

"我所引的描线,必需小蛇似的敏捷和白鱼似的锐敏。

"我所画的东西,单是'如生'之类的现实的姿态,是不够的。

"于悲凉,则画彷徨湖畔的孤星的水妖(Nymph)[3],于欢乐,则画在春林深处,和地祇(Pan)相谑的月光的水妖罢。

"描女性,则选多梦的处女,且备以女王之格,注以星姬之爱罢。

"描男性,则愿探求神话,拉出亚波罗(Apollo)来,给穿上漂泊的旅鞋去。

"描幼儿,则加以天使的羽翼,还于此被上五色的文绫。

"而为了孕育这些爱的幻想的模特儿们,我的思想,则不可不如深夜之暗黑,清水之澄明。"(《悲凉的微笑》自序)

这可以说,大概都说尽了。然而从这些美点的别一面看,也就令人所以评他为倾向少年男女读者的作家的原因。

作者现在是往欧洲留学去了,前途正长,这不过是一时期的陈迹,现在又作为中国几个作家[4]的秘密宝库的一部份,陈在读者的眼前,就算一面小镜子,——要说得堂皇一些,那就是,这才或者能使我们逐渐认真起来,先会有小小的真的创作。

从第一到十一图,都有短短的诗文的,也就逐图译出,附在各图前面了,但有几篇是古文,为译者所未曾研究,所以有些错误,也说不定的。首页的小图也出《我的画集》中,原题曰《瞳》,是作者所爱描的大到超于现实的眸子。

一九二九年一月二十四日,鲁迅在上海记。

*   *   *

〔1〕　本篇最初印入 1929 年 1 月出版的《蕗谷虹儿画选》。

《蕗谷虹儿画选》,朝花社编印的《艺苑朝华》第一期第二辑。内收蕗谷虹儿作品十二幅,并附有画家自己的诗和散文诗十一首(鲁迅译)。蕗谷虹儿(1898—1979),日本画家。作品有诗画集《睡莲之梦》、《悲凉的微笑》、《木偶新娘》等。

〔2〕　《Modern Library》　《现代丛书》。美国出版的历史、科学、文学及艺术等论著和作品的丛书。A.V.Beardsley 画集,比亚兹莱画集,原名《比亚兹莱的艺术》。比亚兹莱,参看本书《〈比亚兹莱画选〉小引》。

〔3〕　水妖(Nymph)　希腊神话里住在山林水泽中半神半人的少女。下文的地祇(Pan),应作潘神,希腊神话中的畜牧神,爱好音乐,常带领山林女妖舞蹈嬉戏。

〔4〕　指叶灵凤等人。参看本卷第 206 页注〔36〕。

哈谟生的几句话^[1]

《朝花》^{〔2〕}六期上登过一篇短篇的瑙威作家哈谟生,去年日本出版的《国际文化》^{〔3〕}上,将他算作左翼的作家,但看他几种作品,如《维多利亚》和《饥饿》里面,贵族底的处所却不少。

不过他在先前,很流行于俄国。二十年前罢,有名的杂志《Nieva》^{〔4〕}上,早就附印他那时为止的全集了。大约他那尼采和陀思妥夫斯基气息,正能得到读者的共鸣。十月革命后的论文中,也有时还在提起他,可见他的作品在俄国影响之深,至今还没有忘却。

他的许多作品,除上述两种和《在童话国里》——俄国的游记——之外,我都没有读过。去年,在日本片山正雄作的《哈谟生传》里,看见他关于托尔斯泰和伊孛生的意见,又值这两个文豪的诞生百年纪念,原是想绍介的,但因为太零碎,终于放下了。今年搬屋理书,又看见了这本传记,便于三闲^{〔5〕}时译在下面。

那是在他三十岁时之作《神秘》里面的,作中的人物那该尔的人生观和文艺论,自然也就可以看作作者哈谟生的意见和批评。他跺着脚骂托尔斯泰——

"总之,叫作托尔斯泰的汉子,是现代的最为活动底

345

的蠢才，……那教义，比起救世军的唱 Halleluiah（上帝赞
美歌——译者）来，毫没有两样。我并不觉得托尔斯泰的
精神比蒲斯大将（那时救世军的主将——译者）深。两个
都是宣教者，却不是思想家。是买卖现成的货色的，是弘
布原有的思想的，是给人民廉价采办思想的，于是掌着这
世间的舵。但是，诸君，倘做买卖，就得算算利息，而托尔
斯泰却每做一回买卖，就大折其本……不知沉默的那多
嘴的品行，要将愉快的人世弄得铁盘一般平坦的那努力，
老嬉客似的那道德底的唠叨，像煞雄伟一般不识高低地
胡说的那坚决的道德，一想到他，虽是别人的事，脸也要
红起来……。”

说也奇怪，这简直好像是在中国的一切革命底和遵命底
的批评家[6]的暗疮上开刀。至于对同乡的文坛上的先辈伊
孛生——尤其是后半期的作品——是这样说——

“伊孛生是思想家？通俗的讲谈和真的思索之间，放
一点小小的区别，岂不好么？诚然，伊孛生是有名人物
呀。也不妨尽讲伊孛生的勇气，讲到人耳朵里起茧罢。
然而，论理底勇气和实行底勇气之间，舍了私欲的不羁独
立的革命底勇猛心和家庭底的煽动底勇气之间，莫非不
见得有放点小小的区别的必要么？其一，是在人生上发
着光芒，其一，不过是在戏园里使看客咋舌……要谋叛的
汉子，不带软皮手套来捏钢笔杆这一点事，是总应该做
的，不应该是能做文章的一个小畸人，不应该仅是为德国
人的文章上的一个概念，应该是名曰人生这一个热闹场

里的活动底人物。伊孛生的革命底勇气,大约是确不至
于陷其人于危地的。箱船[7]之下,敷设水雷之类的事,
比起活的,燃烧似的实行来,是贫弱的桌子上的空论罢
了。诸君听见过撕开苎麻的声音么?嘻嘻嘻,是多么盛
大的声音呵。"

这于革命文学和革命,革命文学家和革命家之别,说得很
露骨,至于遵命文学,那就不在话下了。也许因为这一点,所
以他倒是左翼底罢,并不全在他曾经做过各种的苦工。

最颂扬的,是伊孛生早先文坛上的敌对,而后来成了儿女
亲家的毕伦存(B. Björnson)[8]。他说他活动着,飞跃着,有生
命。无论胜败之际,都贯注着个性和精神。是有着灵感和神
底闪光的瑙威惟一的诗人。但我回忆起看过的短篇小说来,
却并没有看哈谟生作品那样的深的感印。在中国大约并没有
什么译本,只记得有一篇名叫《父亲》的,至少翻过了五回。

哈谟生的作品我们也没有什么译本。五四运动时候,在
北京的青年出了一种期刊叫《新潮》,后来有一本《新著绍介
号》,预告上似乎是说罗家伦[9]先生要绍介《新地》(Neue
Erde)。这便是哈谟生做的,虽然不过是一种倾向小说,写些
文士的生活,但也大可以借来照照中国人。所可惜的是这一
篇绍介至今没有印出罢了。

三月三日,于上海。

*　　　*　　　*

〔1〕　本篇最初发表于 1929 年 3 月 14 日《朝花》周刊第十一期。

哈谟生(K.Hamsun,1859—1952) 又译哈姆生,挪威小说家。曾两度流落美国,生活在社会底层,当过水手和木工。著有长篇小说《饥饿》、《老爷》、《大地的生长物》等。获 1920 年诺贝尔文学奖。

〔2〕 《朝花》 文艺刊物,鲁迅、柔石合编。1928 年 12 月 6 日创刊于上海,初为周刊,共出二十期。1929 年 6 月 1 日改出旬刊。同年 9 月 21 日出至第十二期停刊。周刊第六期登有梅川译的哈姆生短篇小说《生命之呼声》。

〔3〕 《国际文化》 日本杂志,大河内信威编辑,1928 年创刊,东京国际文化研究所出版。该刊 1929 年 1 月号《世界左翼文化战线的人们》一文,将哈姆生列为左翼作家。

〔4〕 《Nieva》 《尼瓦》,俄语 Нива(田地)的音译,周刊。1870 年创刊于彼得堡,1918 年停刊。它是十月革命前俄国发行量最大的杂志,并附出《文丛》,印行俄国及其他国家作家的文集,其中包括《哈姆生全集》。

〔5〕 三闲 成仿吾在《洪水》第三卷第二十五期(1927 年 1 月)发表的《完成我们的文学革命》一文中,说鲁迅“所矜持着的是闲暇,闲暇,第三个闲暇”。

〔6〕 革命底和遵命底的批评家 鲁迅在 1928 年 11 月写的《〈农夫〉译后附记》中,谈到文坛上对托尔斯泰的批评时说:“今年上半年‘革命文学’的创造社和‘遵命文学’的新月社,都向‘浅薄的人道主义’进攻。”

〔7〕 箱船 应译作方舟,即《圣经·创世记》中诺亚的方舟。

〔8〕 毕伦存(1832—1910) 一译般生,通译比昂松,挪威作家。著有剧本《新婚》、《人力难及》,小说《索尔巴肯》等。获 1903 年诺贝尔文学奖。

〔9〕 罗家伦(1897—1969) 浙江绍兴人,《新潮》的编者之一。

北京大学毕业后留学欧美,归国后曾任清华大学、中央大学校长,国民党中央党史编纂委员会副主任委员等职。按《新潮》杂志没有出过《新著绍介号》,在第三卷第二号"1920 年世界名著特号"中也未见罗家伦介绍《新地》的预告。

《近代木刻选集》(2)小引[1]

我们进小学校时,看见教本上的几个小图画,倒也觉得很可观,但到后来初见外国文读本上的插画,却惊异于它的精工,先前所见的就几乎不能比拟了。还有英文字典里的小画,也细巧得出奇。凡那些,就是先回说过的"木口雕刻"。

西洋木版的材料,固然有种种,而用于刻精图者大概是柘木。同是柘木,因锯法两样,而所得的板片,也就不同。顺木纹直锯,如箱板或桌面板的是一种,将木纹横断,如砧板的又是一种。前一种较柔,雕刻之际,可以挥凿自如,但不宜于细密,倘细,是很容易碎裂的。后一种是木丝之端,攒聚起来的板片,所以坚,宜于刻细,这便是"木口雕刻"。这种雕刻,有时便不称 Wood - cut,而别称为 Wood - engraving 了[2]。中国先前刻木一细,便曰"绣梓",是可以作这译语的。和这相对,在箱板式的板片上所刻的,则谓之"木面雕刻"。

但我们这里所介绍的,并非教科书上那样的木刻,因为那是意在逼真,在精细,临刻之际,有一张图画作为底子的,既有底子,便是以刀拟笔,是依样而非独创,所以仅仅是"复刻板画"。至于"创作板画",是并无别的粉本[3]的,乃是画家执了铁笔,在木版上作画,本集中的达格力秀[4]的两幅,永濑义郎[5]的一幅,便是其例。自然也可以逼真,也可以精细,然而

350

这些之外有美，有力；仔细看去，虽在复制的画幅上，总还可以看出一点"有力之美"来。

但这"力之美"大约一时未必能和我们的眼睛相宜。流行的装饰画上，现在已经多是削肩的美人，枯瘦的佛子，解散了的构成派绘画了[6]。

有精力弥满的作家和观者，才会生出"力"的艺术来。"放笔直干"的图画，恐怕难以生存于颓唐，小巧的社会里的。

附带说几句，前回所引的诗，是将作者记错了。季黻[7]来信道："我有一匹好东绢……"系出于杜甫《戏韦偃为双松图》[8]，末了的数句，是"重之不减锦绣段，已令拂拭光凌乱，请君放笔为直干"。并非苏东坡诗。

一九二九年三月十日，鲁迅记。

*　　　*　　　*

〔1〕　本篇最初发表于1929年3月21日《朝花》周刊第十二期，并同时印入《近代木刻选集》(2)。

《近代木刻选集》(2)，朝花社编印的《艺苑朝华》第一期第三辑。内收欧美和日本版画十二幅，1929年3月出版。

〔2〕　Wood-cut　木刻。Wood-engraving，木口雕刻。

〔3〕　粉本　原指施粉上样的中国画稿本，后用以泛称绘画底稿。

〔4〕　达格力秀(1892—1966)，参看本书《〈近代木刻选集〉(1)附记》。

〔5〕　永濑义郎(1891—1978)　日本版画家。作品有《母与子》等。参看本书《〈近代木刻选集〉(2)附记》。

〔6〕　指叶灵凤等人对苏联构成派绘画生吞活剥的模仿。构成派,参看本书第 365 页注〔8〕。

〔7〕　季黻　许寿裳(1883—1948),字季黻,浙江绍兴人,教育家。鲁迅的同学和好友。先后在教育部、北京女子师范大学、广东中山大学、北平大学女子文理学院任职。抗战胜利后任台湾大学中文系主任,台湾编译馆馆长。1948 年 2 月在台北被刺。著有《亡友鲁迅印象记》、《我所认识的鲁迅》等。

〔8〕　杜甫(712—770)　字子美,原籍襄阳(今属湖北),先代迁居巩县(今属河南)。唐代诗人。著作有《杜工部集》。文中《戏韦偃为双松图》应作《戏为韦偃双松图歌》。诗中"请君"应作"请公"。

《近代木刻选集》(2)附记[1]

本集中的十二幅木刻大都是从英国的《The Woodcut of To-day》《The Studio》,《The Smaller Beasts》[2]中选取的,这里也一并摘录几句解说。

格斯金(Arthur J. Gaskin),英国人。他不是一个始简单后精细的艺术家。他早懂得立体的黑色之浓淡关系。这幅《大雪》的凄凉和小屋底景致是很动人的。雪景可以这样比其他种种方法更有力地表现,这是木刻艺术的新发见。《童话》也具有和《大雪》同样的风格。

杰平(Robert Gibbings)早是英国木刻家中一个最丰富而多方面的作家。他对于黑白的观念常是意味深长而且独创的。E. Powys Mathers[3]的《红的智慧》插画在光耀的黑白相对中有东方的艳丽和精巧的白线底律动。他的令人快乐的《闲坐》,显示他在有意味的形式里黑白对照的气质。

达格力秀(Eric Fitch Daglish)在我们的《近代木刻选集》(1)里已曾叙述了。《伯劳》见 J. H. Fabre 的《Animal Life in Field and Garden》[4]中。《海狸》见达格力秀自撰的 Animal in Black and White[5]丛书第二卷《The Smaller Beasts》中。

凯亥勒(Émile Charles Carlègle)原籍瑞士,现入法国籍。木刻于他是种直接的表现的媒介物,如绘画,蚀铜之于他人。

他配列光和影,指明颜色的浓淡;他的作品颤动着生命。他没有什么美学理论,他以为凡是有趣味的东西能使生命美丽。

奥力克(Emil Orlik)是最早将日本的木刻方法传到德国去的人。但他却将他自己本国的种种方法融合起来刻木的。

陀蒲晋司基(M. Dobuzinski)的窗,我们可以想像无论何人站在那里,如那个人站着的,张望外面的雨天,想念将要遇见些什么。俄国人是很想到站在这个窗下的人的。

左拉舒(William Zorach)是俄国种的美国人。他注意于有趣的在黑底子上的白块,不斤斤于用意的深奥。《游泳的女人》由游泳的眼光看来,是有些眩目的。这看去像油漆布雕刻[6],不大像木刻。游泳是美国木刻家所好的题材,各人用各人的手法创造不同的风格。

永濑义郎,曾在日本东京美术学校学过雕塑,后来颇尽力于版画,著《给学版画的人》一卷。《沉钟》便是其中的插画之一,算作“木口雕刻”的作例,更经有名的刻手菊地武嗣复刻的。现在又经复制,但还可推见黑白配列的妙处。

*　　　*　　　*

〔1〕　本篇最初印入 1929 年 3 月出版的《近代木刻选集》(2)。

〔2〕　《The Smaller Beasts》,即《小动物》。

〔3〕　E. Powys Mathers　包伊斯·马瑟斯(1892—1939),英国作家、翻译家。

〔4〕　J. H. Fabre　法布耳(1823—1915),法国昆虫学家,著有《昆虫记》、《自然科学编年史》等。《Animal Life in Field and Garden》,《田野

和公园里的动物生活》。1921 年美国纽约出版。

〔5〕 Animal in Black and White 黑白画中的动物。

〔6〕 油漆布雕刻 即麻胶版画。

《比亚兹莱画选》小引[1]

比亚兹莱（Aubrey Beardsley 1872—1898）生存只有二十六年，他是死于肺病的。生命虽然如此短促，却没有一个艺术家，作黑白画的艺术家，获得比他更为普遍的名誉；也没有一个艺术家影响现代艺术如他这样的广阔。比亚兹莱少时的生活底第一个影响是音乐，他真正的嗜好是文学。除了在美术学校两月之外，他没有艺术的训练。他的成功完全是由自习获得的。

以《阿赛王之死》[2]的插画他才涉足文坛。随后他为《The Studio》作插画，又为《黄书》（《The Yellow Book》）[3]的艺术编辑。他是由《黄书》而来，由《The Savoy》[4]而去的。无可避免地，时代要他活在世上。这九十年代就是世人所称的世纪末（fin de siècle）。他是这年代底独特的情调底唯一的表现者。九十年代底不安的，好考究的，傲慢的情调呼他出来的。

比亚兹莱是个讽刺家，他只能如 Baudelaire[5]描写地狱，没有指出一点现代的天堂底反映。这是因为他爱美而美的堕落才困制他；这是因为他如此极端地自觉美德而败德才有取得之理由。有时他的作品达到纯粹的美，但这是恶魔的美，而常有罪恶底自觉，罪恶首受美而变形又复被美所暴露。

视为一个纯然的装饰艺术家，比亚兹莱是无匹的。他把世上一切不一致的事物聚在一堆,以他自己的模型来使他们织成一致。但比亚兹莱不是一个插画家。没有一本书的插画至于最好的地步——不是因为较伟大而是不相称,甚且不相干。他失败于插画者,因为他的艺术是抽象的装饰;它缺乏关系性底律动——恰如他自身缺乏在他前后十年间底关系性。他埋葬在他的时期里有如他的画吸收在它自己的坚定的线里。

比亚兹莱不是印象主义[6]者,如 Manet 或 Renoir[7],画他所"看见"的事物;他不是幻想家,如 William Blake[8],画他所"梦想"的事物;他是个有理智的人,如 George Frederick Watts[9],画他所"思想"的事物。虽然无日不和药炉为伴,他还能驾御神经和情感。他的理智是如此的强健。

比亚兹莱受他人影响却也不少,不过这影响于他是吸收而不是被吸收。他时时能受影响,这也是他独特的地方之一。Burne-Jones[10]有助于他在他作《阿赛王之死》的插画的时候;日本的艺术,尤其是英泉[11]的作品,助成他脱离在《The Rape of the Lock》底 Eisen 和 Saint-Aubin[12]所显示给他的影响。但 Burne-Jones 底狂喜的疲弱的灵性变为怪诞的睥睨的肉欲——若有疲弱的,罪恶的疲弱的话。日本底凝冻的实在性变为西方的热情底焦灼的影像表现在黑白底锐利而清楚的影和曲线中,暗示即在彩虹的东方也未曾梦想到的色调。

他的作品,因为翻印了《Salomè》[13]的插画,还因为我们本国时行艺术家的摘取,似乎连风韵也颇为一般所熟识了。但他的装饰画,却未经诚实地介绍过。现在就选印这十二幅,略供爱好比亚兹莱者看看他未经撕剥的遗容,并摘取 Arthur Symons 和 Holbrook Jackson[14]的话,算作说明他的特色的小引。

一九二九年四月二十日,朝花社[15]识。

*　　　*　　　*

〔1〕　本篇最初印入 1929 年 4 月出版的《比亚兹莱画选》。

《比亚兹莱画选》,朝花社编印的《艺苑朝华》第一期第四辑。内收比亚兹莱的作品十二幅。

〔2〕　《阿赛王之死》　现译《亚瑟王之死》,英国托麦斯·玛洛里(Thomas Malory,1395—1471)作,根据英国中世纪不列颠亚瑟王和他的十二个圆桌骑士的传奇故事写成。

〔3〕　《黄书》(《The Yellow Book》)　又译《黄皮书》,英国文学季刊,1894 年创刊于伦敦,1897 年停刊。比亚兹莱于同年担任该刊美术编辑。

〔4〕　《The Savoy》《沙沃伊》,英国文学季刊。比亚兹莱自 1875 年起专为该刊作插画,直至去世。

〔5〕　Baudelaire　波特莱尔(1821—1867),法国诗人。他的作品歌咏死亡,描写变态心理,充满厌世的悲观情调,流露对现实社会的憎恶。著有诗集《恶之华》、散文诗集《巴黎的忧郁》等。

〔6〕　印象主义　即印象派,十九世纪下半叶在法国兴起的一个画派。它在绘画技法上探求光与色的表现效果,强调瞬间的印象,淡化作品的主题思想。印象派对欧洲绘画技法产生很大影响。

〔7〕　Manet　马奈(1832—1883),法国画家。印象派的代表画家之一。作品有《左拉肖像》等。Renoir,雷诺阿(1841—1919),法国画

家,印象派代表人物之一。作品有《包厢》、《舞会》等。

〔8〕 William Blake 威廉·布莱克(1757—1827),英国诗人、版画家。作品有诗集《天真之歌》、预言诗《法国革命》,铜版画《约伯记》、《神曲》等。

〔9〕 George Frederick Watts 乔治·弗里德里克·瓦兹(1817—1904),英国画家、雕刻家。作品有油画《希望》,雕刻《体力》等。

〔10〕 Burne-Jones 勃恩·琼斯(1833—1898),英国油画家。作品有《创造之日》、《维纳斯的镜子》等。

〔11〕 英泉 即菊川英泉(1790—1848),日本江户末期的"浮世绘"画家。

〔12〕 《The Rape of the Lock》 《卷发的掠夺》。英国诗人亚历山大·蒲柏(1688—1744)所作的讽刺长诗。Eisen,埃森(1720—1778),法国插图画家。Saint-Aubin,圣·欧邦(1736—1809),法国版画家。

〔13〕 《Salomè》 《莎乐美》,英国作家王尔德(1854—1900)所作的独幕剧。

〔14〕 Arthur Symons 亚瑟·西蒙兹(1865—1945),英国诗人、文艺评论家。经常为《黄书》杂志撰稿。1896 年任《沙沃伊》杂志的主编,是比亚兹莱的朋友和同事。著有《文学中的象征主义运动》和诗集《伦敦之夜》等。Holbrook Jackson,贺尔布鲁克·杰克逊(1874—?),英国作家和杂志编辑,著有《书的印刷》等。

〔15〕 朝花社 鲁迅、柔石、王方仁等组织的文艺团体。1928 年11 月成立于上海,至 1930 年春解体,曾出版《朝花》周刊、《朝花》旬刊、《近代世界短篇小说选》和《艺苑朝华》画集等。

一九三〇年

《新俄画选》小引^[1]

大约三十年前,丹麦批评家乔治·勃兰兑斯(Georg Brandes)^[2]游帝制俄国,作《印象记》,惊为"黑土"。果然,他的观察证实了。从这"黑土"中,陆续长育了文化的奇花和乔木,使西欧人士震惊,首先为文学和音乐,稍后是舞蹈,还有绘画。

但在十九世纪末,俄国的绘画是还在西欧美术的影响之下的,一味追随,很少独创,然而握美术界的霸权,是为学院派(Academismus)^[3]。至九十年代,"移动展览会派"^[4]出现了,对于学院派的古典主义,力加掊击,斥摹仿,崇独立,终至收美术于自己的掌中,以鼓吹其见解和理想。然而排外则易倾于慕古,慕古必不免于退婴,所以后来,艺术遂见衰落,而祖述法国色彩画家绥珊的一派(Cezannist)^[5]兴。同时,西南欧的立体派和未来派^[6],也传入而且盛行于俄国。

十月革命时,是左派(立体派及未来派)全盛的时代,因为在破坏旧制——革命这一点上,和社会革命者是相同的,但问所向的目的,这两派却并无答案。尤其致命的是虽属新奇,而为民众所不解,所以当破坏之后,渐入建设,要求有益于劳农大众的平民易解的美术时,这两派就不得不被排斥了。其时所需要的是写实一流,于是右派遂起而占了暂时的胜利。但保守之徒,新力是究竟没有的,所以不多久,就又以自己的作品证明了自己的破灭。

这时候,是对于美术和社会底建设相结合的要求,左右两派,同归失败,但左翼中实已先就起了分崩,离合之后,别生一派曰"产业派"[7],以产业主义和机械文明之名,否定纯粹美术,制作目的,专在工艺上的功利。更经和别派的斗争,反对者的离去,终成了以泰忒林(Tatlin)和罗直兼珂(Rodschenko)为中心的"构成派"(Konstructivismus)[8]。他们的主张不在Komposition而在Konstruktion[9],不在描写而在组织,不在创造而在建设。罗直兼珂说,"美术家的任务,非色和形的抽象底认识,而在解决具体底事物的构成上的任何的课题。"这就是说,构成主义上并无永久不变的法则,依着其时的环境而将各个新课题,从新加以解决,便是它的本领。既是现代人,便当以现代的产业底事业为光荣,所以产业上的创造,便是近代天才者的表现。汽船,铁桥,工厂,飞机,各有其美,既严肃,亦堂皇。于是构成派画家遂往往不描物形,但作几何学底图案,比立体派更进一层了。如本集所收 Krinsky[10] 的三幅中的前两幅,便可作显明的标准。

Gastev[11] 是主张善用时间,别树一帜的,本集只收了一幅。

又因为革命所需要,有宣传,教化,装饰和普及,所以在这时代,版画——木刻,石版,插画,装画,蚀铜版——就非常发达了。左翼作家之不甘离开纯粹美术者,颇遁入版画中,如玛修丁[12](有《十二个》中的插画四幅,在《未名丛刊》中),央南珂夫[13](本集有他所作的《小说家萨弥亚丁像》)是。构成派作家更因和产业结合的目的,大行活动,如罗直兼珂和力锡兹基[14]所装饰的现代诗人的诗集,也有典型的艺术底版画之称,但我没有见过一种。

本版作家,以法孚尔斯基[15](本集有《墨斯科》)为第一,古泼略诺夫(本集有《熨衣的妇女》),保里诺夫[16](本集有《培林斯基像》),玛修丁,是都受他的影响的。克鲁格里珂跋[17]女士本是蚀铜版画(Etching)名家,这里所收的两幅是影画[18],《奔流》曾经绍介的一幅(《梭罗古勃像》)[19],是雕镂画[20],都非她的擅长之作。

新俄的美术,虽然现在已给世界上以甚大的影响,但在中国,记述却还很聊聊。这区区十二页,又真是实不符名,毫不能尽绍介的重任,所取的又多是版画,大幅杰构,反成遗珠,这是我们所十分抱憾的。

但是,多取版画,也另有一些原因:中国制版之术,至今未精,与其变相,不如且缓,一也;当革命时,版画之用最广,虽极匆忙,顷刻能办,二也。《艺苑朝华》[21]在初创时,即已注意此点,所以自一集至四集,悉取黑白线图,但竟为艺苑所弃,甚难继续,今复送第五集出世,恐怕已是晌午之际了,但仍愿若干读者们,由此还能够得到多少裨益。

本文中的叙述及五幅图,是摘自昇曙梦的《新俄美术大观》[22]的,其余八幅,则从 R. Fueloep-Miller 的《The Mind and

Face of Bolshevism》[23]所载者复制,合并声明于此。

一九三〇年二月二十五夜,鲁迅。

*　　　*　　　*

〔1〕 本篇最初印入1930年5月上海光华书局出版的《新俄画选》。

《新俄画选》,朝花社编印的《艺苑朝华》第一期第五辑。内收苏联绘画和木刻十二幅。

〔2〕 乔治·勃兰兑斯 参看本卷第207页注〔48〕。

〔3〕 学院派 十七世纪起在欧洲各国官办美术学院中形成的艺术流派。他们的创作多取材于基督教故事和权贵生活,恪守死板的格式、追求繁琐、浮华的细节。俄国的学院派形成于十八世纪,以彼得堡美术学院为中心,代表人物有勃鲁尼等。

〔4〕 “移动展览会派” 习称“巡回展览画派”。1870年俄国一批现实主义画家成立“巡回艺术展览同志会”,经常在各大城市展出作品。他们与学院派对立,反对盲目摹仿西欧,强调描写俄国本国的题材。他们的作品反映社会的黑暗和人民的苦难,表现对祖国的爱。这个画派对俄国现实主义绘画艺术的发展有很大的影响。代表人物有克拉姆斯柯依、彼罗夫、列宾、苏里柯夫等。

〔5〕 绥珊(P. Cézanne, 1839—1906) 通译塞尚,法国后期印象派代表画家。他认为绘画的目的是对形、色、节奏、空间的探索,主张借助色彩配合而不依赖明暗效果来表现体积。作品有《自画像》、《玩纸牌者》等。Cezannist,即塞尚派。1910年俄国出现一批青年画家,称为“红方块王子派”,他们崇拜和摹仿塞尚等的作品,追求“色彩印象”的描写。代表人物有康恰洛夫、玛希科夫等。

〔6〕 立体派 二十世纪初形成于法国的一个画派。参看本书第 206 页注〔41〕。俄国立体派代表人物有康定斯基、力锡兹基等。未来派，参看本卷第 279 页注〔4〕。十月革命前后，立体派与未来派以破坏传统，敢于创新的姿态出现，当时一些评论者曾称他们以及与他们有直接联系的构成派等是"左派"，而把其他流派称为"右派"。

〔7〕 "产业派" 从立体派演变而来的苏联艺术派别，构成派的前身。他们强调美术应该与工业建设直接结合，提倡工艺的、以日常实用为目的的"产业美术"。

〔8〕 "构成派" 二十世纪初期在苏联形成的艺术流派。源于立体主义，排斥传统绘画艺术，追求抽象的表现形式，主张依靠长方形、圆形及直线等构成作品。泰忒林（В.Е.Татлин，1885—1956），通译塔特林，构成派创始人。罗直兼珂（А.М.Родченко，1891—1956），通译罗德钦科，构成派代表画家。

〔9〕 Komposition，构图。Konstruktion，构成。

〔10〕 Krinsky 克林斯基（Н.К.ринский），苏联构成派画家。

〔11〕 Gastev 加斯切夫（Гастев），苏联画家。

〔12〕 玛修丁 参看本卷第 315 页注〔18〕。

〔13〕 央南珂夫 又译安宁科夫，参看本书第 206 页注〔37〕。

〔14〕 力锡兹基（Л.М.Лисичкий，1890—1941） 苏联版画家、建筑家。

〔15〕 法孚尔斯基（В.А.Фаворский，1886—1964） 又译法复尔斯基，苏联版画家。在书籍装帧和插画艺术方面有很大成就。作品有《陀思妥耶夫斯基像》、《伊戈尔王子远征记》插图等。参看本书《〈引玉集〉后记》。

〔16〕 古渡略诺夫（Н.Н.Купреянов，1894—1933） 苏联版画家。作品有《阿芙乐尔巡洋舰》和《母亲》、《毁灭》等书的插图。保里诺

夫（П.Я.Повлинов，1881—?），通译保夫里诺夫。苏联版画家、插图画家。作品有《斯维尔德洛夫像》、《普希金像》等。

〔17〕　克鲁格里珂跋（Е.С.Кругликова，1869—1941）　通译克鲁格里科娃，苏联版画家。作品有组画《战争前夜的巴黎》、《诗人影画集》等。

〔18〕　影画　类似剪影的一种画，主要表现人和物的侧面黑影。

〔19〕　《梭罗古勃像》　载《奔流》月刊第一卷第八期（1929 年 1 月）。

〔20〕　雕镂画　又称干画，铜版画的一种，直接在铜版上刻画制版。

〔21〕　《艺苑朝华》　参看本书《〈艺苑朝华〉广告》及其注〔1〕。

〔22〕　昇曙梦　参看本卷 110 页注〔17〕。《新俄美术大观》，论述十九世纪末到二十世纪初苏俄艺术的著作，1925 年 2 月日本东京新潮社出版。

〔23〕　R.Fueloep-Miller　勒·菲勒普·米勒。参看本卷第 205 页注〔35〕。

文艺的大众化[1]

文艺本应该并非只有少数的优秀者才能够鉴赏，而是只有少数的先天的低能者所不能鉴赏的东西。

倘若说，作品愈高，知音愈少。那么，推论起来，谁也不懂的东西，就是世界上的绝作了。

但读者也应该有相当的程度。首先是识字，其次是有普通的大体的知识，而思想和情感，也须大抵达到相当的水平线。否则，和文艺即不能发生关系。若文艺设法俯就，就很容易流为迎合大众，媚悦大众。迎合和媚悦，是不会于大众有益的。——什么谓之"有益"，非在本问题范围之内，这里且不论。

所以在现下的教育不平等的社会里，仍当有种种难易不同的文艺，以应各种程度的读者之需。不过应该多有为大众设想的作家，竭力来作浅显易解的作品，使大家能懂，爱看，以挤掉一些陈腐的劳什子[2]。但那文字的程度，恐怕也只能到唱本那样。

因为现在是使大众能鉴赏文艺的时代的准备，所以我想，只能如此。

倘若此刻就要全部大众化，只是空谈。大多数人不识字；目下通行的白话文，也非大家能懂的文章；言语又不统一，若用方言,许多字是写不出的,即使用别字代出,也只为一处地方人所懂,阅读的范围反而收小了。

总之,多作或一程度的大众化的文艺,也固然是现今的急务。若是大规模的设施,就必须政治之力的帮助,一条腿是走不成路的,许多动听的话,不过文人的聊以自慰罢了。

*   *   *

〔1〕 本篇最初发表于1930年3月上海《大众文艺》第二卷第三期。

〔2〕 劳什子 北方方言,泛指物件。含有轻蔑厌恶的意思。

《浮士德与城》后记[1]

这一篇剧本,是从英国 L. A. Magnus 和 K. Walter 所译的《Three Plays of A. V. Lunacharski》[2]中译出的。原书前面,有译者们合撰的导言,与本书所载尾濑敬止[3]的小传,互有详略之处,著眼之点,也颇不同。现在摘录一部分在这里,以供读者的参考——

"Anatoli Vasilievich Lunacharski"[4]以一八七六年生于 Poltava 省[5],他的父亲是一个地主,Lunacharski 族本是半贵族的大地主系统,曾经出过很多的智识者。他在 Kiew[6]受中学教育,然后到 Zurich 大学[7]去。在那里和许多俄国侨民以及 Avenarius 和 Axelrod[8]相遇,决定了未来的状态。从这时候起,他的光阴多费于瑞士,法兰西,意大利,有时则在俄罗斯。

他原先便是一个布尔塞维克,那就是说,他是属于俄罗斯社会民主党的马克斯派的。这派在第二次及第三次会议占了多数,布尔塞维克这字遂变为政治上的名词,与原来的简单字义不同了。他是第一种马克斯派报章 Krylia(翼)[9]的撰述人;是一个属于特别一团的布尔塞维克,这团在本世纪初,建设了马克斯派的杂志 Vperëd(前进),并且为此奔走,他同事中有 Pokrovski,Bogdánov 及 Gorki[10]等,设讲演及学校课程,一般地说,是从事于革命的宣传工作的。他是莫斯科社会民主党结社的社员,被流放到 Vologda[11],又由此逃往意大利。在瑞士,他是 Iskra(火花)[12]的一向的编辑,直到一九〇六年被门维克所封禁。一九一七年革命后,他终于回了俄罗斯。

这一点事实即以表明 Lunacharski 的灵感的创生,他极通晓法兰西和意大利;他爱博学的中世纪底本乡;许多他的梦想便安放在中世纪上。同时他的观点是绝对属于革命底俄国的。在思想中的极端现代主义也一样显著地不同,连系着半中世纪的城市,构成了"现代"莫斯科的影子。中世纪主义与乌托邦在十九世纪后的媒介物上相遇[13]——极像在《无何有乡的消息》里——中世纪的郡自治战争便在苏维埃俄罗斯名词里出现了。

社会改进的浓厚的信仰,使 Lunacharski 的作品著色,又在或一程度上,使他和他的伟大的革命底同时代人不同。Blok[14],是无匹的,可爱的抒情诗人,对于一个佳人,就是俄罗斯或新信条,怀着 Sidney[15] 式的热诚,有一切美,然而纤弱,恰如 Shelley[16] 和他的伟大;Esènin[17],对于不大分明的理想,更粗鲁而热情地叫喊,这理想,在俄国的人们,是能够看见,并且觉得其存在和有生活的力量的;Demian Bedny[18]是通俗的讽刺家;或者别一派,大家知道的 LEF(艺术的左翼战线),这法兰西的 Esprit Noveau(新精神),在作新颖的大胆的诗,这诗学的未来派和立体派;凡这些,由或一意义说,是较纯粹的诗人,不甚切于实际的。Lunacharski 常常梦想建设,将人类建设得更好,虽然往往还是"复故"(relapsing)。所以从或一意义说,他的艺术是平凡的,不及同时代人的高翔之超迈,因为他要建设,并不浮进经验主义者[19]里面去;至于Blok和Bely[20],是经验主义者一流,高超,而无所信仰的。

Lunacharski的文学底发展大约可从一九〇〇年算起。他最先的印本是哲学底讲谈。他是著作极多的作家。他的三十六种书,可成十五巨册。早先的一本为《研求》,是从马克斯主义者的观点出发的关于哲学的随笔集。讲到艺术和诗,包括Maeterlinck和Korolenko[21]的评赞,在这些著作里,已经预示出他那极成熟的诗学来。《实证美学的基础》《革命底侧影》和《文学底侧影》都可归于这一类。在这一群的短文中,包含对于智识阶级的攻击;争论,偶然也有别样的文字,如《资本主义下的文化》《假面中的理想》《科学、艺术及宗教》《宗教》[22]《宗教史导言》等。他往往对于宗教感到兴趣,置身于俄国现在的反宗教运动中。……

Lunacharski又是音乐和戏剧的大威权,在他的戏剧里,尤其是在诗剧,人感到里面鸣着未曾写出的伤痕。……

十二岁[23]时候,他就写了《诱惑》,是一种未曾成熟的作品,讲一青年修道士有更大的理想,非教堂所能满足,魔鬼诱以情欲(Lust),但那修道士和情欲去结婚时,则讲说社会主义。第二种剧本为《王的理发师》,是一篇淫猥的专制主义的挫败的故事,在监狱里写下来的。其次为《浮士德与城》,是俄国革命程序的预想,终在一九一六年改定,初稿则成于一九〇八年。后作喜剧,总名《三个旅行者和它》。《麦奇》是一九一八年作(它的精华存在一九〇五年所写的论文《实证主义与艺术》中），一九一九年就出了《贤人华西理》及《伊凡在天堂》。于是他试写历史剧《Oliver Cromwell》和《Thomas Campanella》[24]；然后又回到喜剧去，一九二一年成《宰相和铜匠》及《被解放的堂·吉诃德》。后一种是一九一六年开手的。《熊的婚仪》则出现于一九二二年。（开时摘译。）

就在这同一的英译本上，有作者的小序，更详细地说明着他之所以写这本《浮士德与城》的缘故和时期——

"无论那一个读者倘他知道 Goethe 的伟大的'Faust'[25]，就不会不知道我的《浮士德与城》，是被'Faust'的第二部的场面所启发出来的。在那里 Goethe 的英雄寻到了一座'自由的城'。这天才的产儿和它的创造者之间的相互关系，那问题的解决，在戏剧的形式上，一方面，是一个天才和他那种开明专制的倾向，别一方面，则是德莫克拉西[26]的——这观念影响了我而引起我的工作。在一九〇六年，我结构了这题材。一九〇八年，在 Abruzzi Introdacque[27]地方的宜人的乡村中，费一个月光阴，我将剧本写完了。我搁置了很长久。至一九一六年，在特别幽美的环境中，Geneva 湖的 St. Leger[28]这乡村里，我又作一次最后的修改；那重要的修改即在竭力的剪裁（Cut）。"（柔石摘译）

这剧本，英译者以为是"俄国革命程序的预想"，是的确的。但也是作者的世界革命的程序的预想。浮士德死后，戏剧也收场了。然而在《实证美学的基础》里，我们可以发见作者所预期于此后的一部分的情形——

"……新的阶级或种族,大抵是发达于对于以前的支配者的反抗之中的。而且憎恶他们的文化,是成了习惯。所以文化发达的事实底的步调,大概断断续续。在种种处所,在种种时代,人类开手建设起来。而一达到可能的程度,便倾于衰颓。这并非因为遇到了客观的不可能,乃是主观底的可能性受了害。

"然而,最为后来的世代,却和精神的发达,即丰富的联想,评价原理的设定,历史底意义及感情的生长一同,愈加学着客观底地来享乐一切的艺术的。于是吸雅片者的呓语似的华丽而奇怪的印度人的伽蓝,压人地沉重地施了烦腻的色彩的埃及人的庙宇,希腊人的雅致,戈谛克的法悦,文艺复兴期的暴风雨似的享乐性,在他,都成为能理解,有价值的东西。为什么呢,因为是新的人类的这完人,于人类底的东西,什么都是无所关心的。将或种联想压倒,将别的联想加强,完人在自己的心理的深处,唤起印度人和埃及人的情绪来。能够并无信仰,而感动于孩子们的祷告,并不渴血,而欣然移情于亚契莱斯的破坏底的愤怒,能够沉潜于浮士德的无底的深的思想中,而以微笑凝眺着欢娱底的笑剧和滑稽的喜歌剧。"(鲁迅译《艺术论》,一六五至一六六页)

因为新的阶级及其文化,并非突然从天而降,大抵是发达于对于旧支配者及其文化的反抗中,亦即发达于和旧者的对立中,所以新文化仍然有所承传,于旧文化也仍然有所择取。这可说明卢那卡尔斯基当革命之初,仍要保存农民固有的美术;怕军人的泥靴踏烂了皇宫的地毯;在这里也使开辟新城而倾于专制的——但后来是悔悟了的——天才浮士德死于新人们的歌颂中〔29〕的原因。这在英译者们的眼里,我想就被看成叫作"复故"的东西了。

所以他之主张择存文化底遗产,是因为"我们继承着人的过去,也爱人类的未来"的缘故;他之以为创业的雄主,胜于世纪末的颓唐人,是因为古人所创的事业中,即含有后来的新兴阶级皆可以择取的遗产,而颓唐人则自置于人间之上,自放于人间之外,于当时及后世都无益处的缘故。但自然也有破坏,这是为了未来的新的建设。新的建设的理想,是一切言动的南针,倘没有这而言破坏,便如未来派,不过是破坏的同路人,而言保存,则全然是旧社会的维持者。

Lunacharski 的文字,在中国,翻译要算比较地多的了。《艺术论》(并包括《实证美学的基础》,大江书店版)之外,有《艺术之社会的基础》(雪峰译,水沫书店版),有《文艺与批评》(鲁迅译,同店版),有《霍善斯坦因论》(译者同上,光华书局版)等,其中所说,可作含在这《浮士德与城》里的思想的印证之处,是随时可以得到的。

编者,一九三〇年六月,上海。

*　　*　　*

〔1〕　本篇最初印入 1930 年 9 月上海神州国光社出版的中译本《浮士德与城》。

《浮士德与城》,剧本,卢那察尔斯基作,柔石译,为《现代文艺丛书》

之一。

〔2〕　L. A. Magnus 和 K. Walter 所译的《Three Plays of A. V. Lunacharski》　摩格那思和沃尔特所译的《卢那察尔斯基剧本三种》。该书内收《浮士德与城》、《东方三博士》和《贤人华西里》三个剧本,1923 年英国伦敦出版。

〔3〕　尾濑敬止(1889—1952)　日本的苏联文学研究者。

〔4〕　"Anatoli Vasilievich Lunacharski"　安那托里·瓦西里耶维奇·卢那察尔斯基。参看本卷第 204 页注〔24〕。

〔5〕　Poltava 省　即波尔塔瓦州。

〔6〕　Kiew　基辅。

〔7〕　Zurich 大学　苏黎世大学。在瑞士的苏黎世。

〔8〕　Avenarius　阿芬那留斯(1843—1896),德国哲学家,经验批判主义的创始人之一。Axelrod,阿克雪里罗德(П.Б.Аксельрод,1850—1928),俄国孟什维克首领之一。早年参加"劳动解放社",曾任列宁组织的《火星报》编辑。

〔9〕　Krylia(翼)　全名为《北方之翼》(Северние Крылья)。

〔10〕　Pokrovski　波克罗夫斯基(Покровский,1868—1932),俄国历史学家;Bogdanov,波格丹诺夫(А.А.Богданов,1873—1928),俄国哲学家,经济学家;Gorki,高尔基。

〔11〕　Vologda　伏洛格达,苏联的一个州。

〔12〕　Iskra　《火星报》,列宁于 1900 年 12 月创办的全俄政治报。按卢那察尔斯基没有参加过《火星报》的编辑工作。

〔13〕　这句话原意应译为:"中世纪主义与乌托邦相遇,而没有十九世纪的媒介物。"

〔14〕　Blok　勃洛克。参看本卷第 314 页注〔6〕。

〔**15**〕 Sidney 锡德尼(1554—1586),英国诗人。

〔**16**〕 Shelley 雪莱(1792—1822),英国诗人。

〔**17**〕 Esènin 叶赛宁。参看本卷第 123 页注〔14〕。

〔**18**〕 Demian Bedny 杰米扬·别德内依（Д. Бедный, 1883—1945),苏联诗人。

〔**19**〕 文中的经验主义者,原文是 Empirean,应译为净火天。欧洲古代传说和基督教教义中指天神和上帝居住的地方。

〔**20**〕 Bely 别雷(А. Белый,1880—1934),俄国作家。

〔**21**〕 Maeterlinck 梅特林克（1862—1949）, 比利时作家。Korolenko,柯罗连科,参看本卷第 211 页注〔85〕。

〔**22**〕 《宗教》 原文中无此书名。

〔**23**〕 十二岁 原文为二十岁。

〔**24**〕 《Oliver Cromwell》 《奥里弗·克伦威尔》。《Thomas Campanella》,《托马斯·康派内拉》。

〔**25**〕 Goethe 歌德(1749—1832),德国诗人、学者。"Faust",《浮士德》,诗剧。

〔**26**〕 德莫克拉西 英语 democracy 的音译,民主。

〔**27**〕 Abruzzi Introdacque 阿布鲁齐和因特罗达库。意大利东部的两个小镇。

〔**28**〕 Geneva 湖 日内瓦湖,在瑞士。St. Leger,圣·莱格。

〔**29**〕 浮士德 《浮士德与城》的主要人物。他幻想建立"自由的城",但对民众实行专制,遭到反对,退出王位。结尾写他终于悔悟,投靠民众,并作为"自由的城"的开创者在民众的歌颂中死去。

《静静的顿河》后记[1]

本书的作者[2]是新近有名的作家,一九二七年珂刚(P. S. Kogan)[3]教授所作的《伟大的十年的文学》中,还未见他的姓名,我们也得不到他的自传。卷首的事略,是从德国辑译的《新俄新小说家三十人集》(Dreising neue Erzaehler des newen Russland)的附录里翻译出来的。

这《静静的顿河》的前三部[4],德国就在去年由 Olga Halpern[5]译成出版,当时书报上曾有比小传较为详细的介绍的文辞:

“唆罗河夫是那群直接出自民间,而保有他们的本源的俄国的诗人之一。约两年前,这年青的哥萨克的名字,才始出现于俄国的文艺界,现在已被认为新俄最有天才的作家们中的一个了。他未到十四岁,便已实际上参加了俄国革命的斗争,受过好几回伤,终被反革命的军队逐出了他的乡里。

“他的小说《静静的顿河》开手于一九一三年,他用炎炎的南方的色彩,给我们描写哥萨克人(那些英雄的,叛逆的奴隶们 Pugatchov, Stenka Rasin, Bulavin[6]等的苗裔,这些人们的行为在历史上日见其伟大)的生活。但他所描写,和那部分底地支配着西欧人对于顿河哥萨克人的想像的不真实的罗曼主义，是并无共通之处的。

"战前的家长制度的哥萨克人的生活，非常出色地描写在这小说中。叙述的中枢是年青的哥萨克人格黎高里和一个邻人的妻阿珂新亚，这两人被有力的热情所熔接，共尝着幸福与灭亡。而环绕了他们俩，则俄国的乡村在呼吸，在工作，在歌唱，在谈天，在休息。

"有一天，在这和平的乡村里蓦地起了一声惊呼：战争！最有力的男人们都出去了。这哥萨克人的村落也流了血。但在战争的持续间却生长了沉郁的憎恨，这就是逼近目前的革命豫兆……"

出书不久，华斯珂普（F. K. Weiskopf）[7]也就给以正当的批评：

"唆罗诃夫的《静静的顿河》，由我看来好像是一种豫约——那青年的俄国文学以法兑耶夫的《溃灭》，班弗罗夫的《贫农组合》，以及巴贝勒的和伊凡诺夫的小说与传奇等对于那倾耳谛听着的西方所定下的豫约的完成；这就是说，一种充满着原始力的新文学生长起来了，这种文学，它的浩大就如俄国的大原野，它的清新与不羁则如苏联的新青年。凡在青年的俄国作家们的作品中不过是一种豫示与胚胎的（新的观点，从一个完全反常的，新的方面来观察问题，那新的描写），在唆罗诃夫这部小说里都得到十分的发展了。这部小说为了它那构想的伟大，生活的多样，描写的动人，使我们记起托尔斯泰的《战争与和平》来。我们紧张地盼望着续卷的出现。"

　　德译的续卷,是今年秋天才出现的,但大约总还须再续,因为原作就至今没有写完。这一译本,即出于 Olga Halpern 德译本第一卷的上半,所以"在战争的持续间却生长了沉郁的憎恨"的事,在这里还不能看见。然而风物既殊,人情复异,写法又明朗简洁,绝无旧文人描头画角,宛转抑扬的恶习,华斯珂普所说的"充满着原始力的新文学"的大概,已灼然可以窥见。将来倘有全部译本,则其启发这里的新作家之处,一定更为不少。但能否实现,却要看这古国的读书界的魄力而定了。

一九三○年九月十六日。

＊　　　　＊　　　　＊

　　〔1〕　本篇最初印入 1931 年 10 月神州国光社出版的中译本《静静的顿河》(1)。

　　《静静的顿河》,长篇小说,萧洛霍夫作,共四卷,作于 1926 年至 1939 年。贺非(原名赵广湘)的译本是第一卷的上半部,为《现代文艺丛书》之一。

　　〔2〕　即萧洛霍夫(М.А.Шолохов,1905—1984),文中作唆罗河夫,苏联作家。著有长篇小说《静静的顿河》、《被开垦的处女地》等。

　　〔3〕　珂刚　又译戈庚,参看本卷第 220 页注〔160〕。

　　〔4〕　《静静的顿河》的前三部　指第一卷的一、二、三部。

　　〔5〕　Olga Halpern　奥尔加·哈尔培恩,德国作家。

　　〔6〕　Pugatchov　布加乔夫(Е.И.Пугачёв,约 1742—1775),十八世纪俄国农民起义的领袖。Stenka Rasin,斯捷潘·拉辛(Степан Разин,约 1630—1671),十七世纪俄国农民起义的领袖。Bulavin,布拉文(К.А.Булавин,约 1660—1708),1707 年至 1708 年哥萨克农民起义

的领导者。

〔7〕 华斯珂普(1900—1955) 通译魏斯柯普夫,德国作家。生于布拉格,1928 年迁居德国,任《柏林晨报》文艺编辑。

《梅斐尔德木刻士敏土之图》序言[1]

小说《士敏土》为革拉特珂夫所作的名篇[2]，也是新俄文学的永久的碑碣。关于那内容，戈庚教授在《伟大的十年的文学》里曾有简要的说明。他以为在这书中，有两种社会底要素在相克，就是建设的要素和退婴，散漫，过去的颓唐的力。但战斗却并不在军事的战线上，而在经济底战线上。这时的大题目，已蜕化为人类的意识对于与经济复兴相冲突之力来斗争的心理底的题目了。作者即在说出怎样地用了巨灵的努力[3]，这才能使被破坏了的工厂动弹，沉默了的机械运转的颠末来。然而和这历史一同，还展开着别样的历史——人类心理的一切秩序的蜕变的历史。机械出自幽暗和停顿中，用火焰辉煌了工厂的昏暗的窗玻璃。于是人类的智慧和感情，也和这一同辉煌起来了。

这十幅木刻，即表现着工业的从寂灭中而复兴。由散漫而有组织，因组织而得恢复，自恢复而至盛大。也可以略见人类心理的顺遂的变形，但作者似乎不很顾及两种社会底要素之在相克的斗争——意识的纠葛的形象。我想，这恐怕是因为写实底地显示心境，绘画本难于文章，而刻者生长德国，所历的环境也和作者不同的缘故罢。

关于梅斐尔德的事情，我知道得极少。仅听说他在德国是一个最革命底的画家,今年才二十七岁,而消磨在牢狱里的光阴倒有八年。他最爱刻印含有革命底内容的版画的连作,我所见过的有《汉堡》《抚育的门徒》和《你的姊妹》,但都还隐约可以看见悲悯的心情,惟这《士敏土》之图,则因为背景不同,却很示人以粗豪和组织的力量。

小说《士敏土》已有董绍明蔡咏裳[4]两君合译本,所用的是广东的译音;上海通称水门汀,在先前,也曾谓之三合土。

一九三○年九月二十七日。

*　　　*　　　*

〔1〕 本篇最初印入 1930 年 9 月出版的《梅斐尔德木刻士敏土之图》,后经作者修改,印入新生命书局再版的董绍明、蔡咏裳合译的《士敏土》中,其中删去最后一段和写作年月,另外补写了如下一段文字:"以上这一些,是去年九月三闲书屋影印这图的时候,由我写在前面作为小序的。现在要复制了插入本书去,最好是加上一点说明,但因为我别无新知,就只好将旧文照抄在这里。原图题目,和本书颇有不同之处,因为这回是以小说为主,所以译名就改从了本书,只将原题注在下面了。 一九三一年十月二十日,鲁迅记。"

《梅斐尔德木刻士敏土之图》,梅斐尔德为小说《士敏土》所作的插图,共十幅,鲁迅自费影印,用三闲书屋名义出版。梅斐尔德(C. Meffert,1903—?),德国现代木刻家。

〔2〕 《士敏土》 现译《水泥》,反映苏联国民经济恢复时期斗争生活的长篇小说。革拉特珂夫(Ф.В.Гладков,1883—1958),苏联作家。

〔3〕 巨灵的努力 1931 年鲁迅改为"非常的努力"。

〔4〕 董绍明(1899—1969) 字秋士,一作秋斯,天津静海人,翻

译家。蔡咏裳(1901—1940),广东南海人。他们合译的《士敏土》1930
年由上海启智书局初版。

一 九 三 一 年

《铁流》编校后记[1]

到这一部译本能和读者相见为止,是经历了一段小小的艰难的历史的。

去年上半年,是左翼文学尚未很遭迫压的时候,许多书店为了在表面上显示自己的前进起见,大概都愿意印几本这一类的书;即使未必实在收稿罢,但也极力要发一个将要出版的书名的广告。这一种风气,竟也打动了一向专出碑版书画的神州国光社,肯出一种收罗新俄文艺作品的丛书了,那时我们就选出了十种世界上早有定评的剧本和小说,约好译者,名之为《现代文艺丛书》。

那十种书,是——

1. 《浮士德与城》,A.卢那卡尔斯基作,柔石译。

2. 《被解放的堂·吉诃德》,同人作,鲁迅译。

3. 《十月》,A.雅各武莱夫作,鲁迅译。

4. 《精光的年头》,B.毕力涅克作,蓬子译。

5. 《铁甲列车》,V.伊凡诺夫作,侍桁译。

6. 《叛乱》,P.孚尔玛诺夫作,成文英译。

7. 《火马》,F.革拉特珂夫作,侍桁译。

8.《铁流》，A.绥拉菲摩维支作，曹靖华译。

9.《毁灭》，A.法捷耶夫作，鲁迅译。

10.《静静的顿河》，M.唆罗诃夫作，侯朴译。

里培进斯基的《一周间》[2]和革拉特珂夫的《土敏土》，也是具有纪念碑性的作品，但因为在先已有译本出版，这里就不编进去了。

这时候实在是很热闹。丛书的目录发表了不多久，就已经有别种译本出现在市场上，如杨骚先生译的《十月》和《铁流》，高明先生译的《克服》[3]其实就是《叛乱》。此外还听说水沫书店也准备在戴望舒[4]先生的指导之下，来出一种相似的丛书。但我们的译述却进行得很慢，早早缴了卷的只有一个柔石[5]，接着就印了出来；其余的是直到去年初冬为止，这才陆续交去了《十月》《铁甲列车》和《静静的顿河》的一部份。

然而对于左翼作家的压迫，是一天一天的吃紧起来，终于紧到使书店都骇怕了。神州国光社也来声明，愿意将旧约作废，已经交去的当然收下，但尚未开手或译得不多的其余六种，却千万勿再进行了。那么，怎么办呢？去问译者，都说，可以的。这并不是中国书店的胆子特别小，实在是中国官府的压迫特别凶，所以，是可以的。于是就废了约。

但已经交去的三种，至今早的一年多，迟的也快要一年了，都还没有出版。其实呢，这三种是都没有什么可怕的。

然而停止翻译的事，我们却独独没有通知靖华[6]。因为我们晓得《铁流》虽然已有杨骚先生的译本，但因此反有另出一种译本的必要。别的不必说，即其将贵胄子弟出身的士官幼年生译作"小学生",就可以引读者陷于极大的错误。小学生都成群的来杀贫农,这世界不真是完全发了疯么?

译者的邮寄译稿,是颇为费力的。中俄间邮件的不能递到,是常有的事,所以他翻译时所用的是复写纸,以备即使失去了一份,也还有底稿存在。后来补寄作者自传,论文,注解的时候,又都先后寄出相同的两份,以备其中或有一信的遗失。但是,这些一切,却都收到了,虽有因检查而被割破的,却并没有失少。

为了要译印这一部书,我们信札往来至少也有二十次。先前的来信都弄掉了,现在只钞最近几封里的几段在下面。对于读者,这也许有一些用处的。

五月三十日发的信,其中有云:

"《铁流》已于五一节前一日译完,挂号寄出。完后自看一遍,觉得译文很拙笨,而且怕有错字,脱字,望看的时候随笔代为改正一下。

"关于插画,两年来找遍了,没有得到。现写了一封给毕斯克列夫[7]的信,向作者自己征求,但托人在莫斯科打听他的住址,却没有探得。今天我到此地的美术专门学校去查,关于苏联的美术家的住址,美专差不多都有,但去查了一遍,就是没有毕氏的。……此外还有《铁流》的原本注解,是关于本书的史实,很可助读者的了解,拟日内译成寄上。另有作者的一篇,《我怎么写铁流的》也想译出作为附录。又,新出的原本内有地图一张,照片四张,如能用时,可印入译本内。……"

　　毕斯克列夫（N. Piskarev）是有名的木刻家，刻有《铁流》的图若干幅，闻名已久了，寻求他的作品，是想插在译本里面的，而可惜得不到。这回只得仍照原本那样，用了四张照片和一张地图。

　　七月二十八日信有云：

　　"十六日寄上一信，内附'《铁流》正误'数页，怕万一收不到，那时就重钞了一份，现在再为寄上，希在译稿上即时改正一下，至感。因《铁流》是据去年所出的第五版和廉价丛书的小版翻译的，那两本并无差异。最近所出的第六版上，作者在自序里却道此次是经作者亲自修正，将所有版本的错误改过了。所以我就照着新版又仔细校阅了一遍，将一切错误改正，开出奉寄。……"

　　八月十六日发的信里，有云：

　　"前连次寄上之正误，原注，作者自传，都是寄双份的，不知可全收到否？现在挂号寄上作者的论文《我怎么写铁流的？》一篇并第五，六版上的自序两小节；但后者都不关重要，只在第六版序中可以知道这是经作者仔细订正了的。论文系一九二八年在《在文学的前哨》（即先前的《纳巴斯图》）上发表，现在收入去年（一九三〇）所出的二版《论绥拉菲摩维支集》中，这集是尼其廷的礼拜六出版部印行的《现代作家批评丛书》的第八种，论文即其中的第二篇，第一篇则为前日寄上的《作者自传》。这篇论文，和第六版《铁流》原本上之二四三页——二四八页的《作者的话》（编者涅拉陀夫记的），内容大同小异，各有长

短,所以就不译了。此外尚有绥氏全集的编者所作对于
《铁流》的一篇序文,在原本卷前,名:《十月的艺术家》,原
也想译它的,奈篇幅较长,又因九月一日就开学,要编文
法的课程大纲,要开会等许多事情纷纷临头了,再没有翻
译的工夫,《铁流》又要即时出版,所以只得放下,待将来
再译,以备第二版时加入罢。

"我们本月底即回城去。到苏逸达后,不知不觉已经
整两月了,夏天并未觉到,秋天,中国的冬天似的秋天却
来了。中国夏天是到乡间或海边避暑,此地是来晒太阳。

"毕氏的住址转托了许多人都没有探听到,莫城有一
个'人名地址问事处',但必须说出他的年龄履历才能找,
这怎么说得出呢? 我想来日有机会我能到莫城时自去探
访一番,如能找到,再版时加入也好。此外原又想选译两
篇论《铁流》的文章如 D. Furmanov[8]等的,但这些也只
得留待有工夫时再说了。……"

没有木刻的插图还不要紧,而缺乏一篇好好的序文,却实
在觉得有些缺憾。幸而,史铁儿[9]竟特地为了这译本而将涅
拉陀夫的那篇翻译出来了,将近二万言,确是一篇极重要的文
字。读者倘将这和附在卷末的《我怎么写铁流的》都仔细的研
读几回,则不但对于本书的理解,就是对于创作,批评理论的
理解,也都有很大的帮助的。

还有一封九月一日写的信:

"前几天迭连寄上之作者传,原注,论文,《铁流》原本
以及前日寄出之绥氏全集卷一(内有数张插图,或可采

用：1.一九三〇年之作者；2.右边，作者之母及怀抱中之未来的作者，左边，作者之父；3.一八九七年在马理乌里之作者；4.列宁致作者信），这些不知均得如数收到否？

"毕氏的插图，无论如何找不到；最后，致函于绥拉菲摩维支，绥氏将他的地址开来，现已写信给了毕氏，看他的回信如何再说。

"当给绥氏信时，顺便问及《铁流》中无注的几个字，如'普迦奇'等。承作者好意，将书中难解的古班式的乌克兰话依次用俄文注释，打了字寄来，计十一张。这么一来，就发见了译文中的几个错处，除注解的外，翻译时，这些问题，每一字要问过几个精通乌克兰话的人，才敢决定，然而究竟还有解错的，这也是十月后的作品中特有而不可免的钉子。现依作者所注解，错的改了一下，注的注了起来，快函寄奉，如来得及时，望费神改正一下，否则，也只好等第二版了。……"

当第一次订正表寄到时，正在排印，所以能够全数加以改正，但这一回却已经校完了大半，没法改动了，而添改的又几乎都在上半部。现在就照录在下面，算是一张《铁流》的订正及添注表罢：

一三页二行　"不晓得吗!"上应加："呸，发昏了吗!"

一三页二〇行　"种瓜的"应改："看瓜的"。

一四页一七行　"你发昏了吗?!"应改："大概是发昏了吧?!"

三四页六行 "回子"本页末应加注:"回子"是沙皇时代带着大俄罗斯民族主义观点的人们对于一般非正教的,尤其是对于回民及土耳其人的一种最轻视,最侮辱的称呼。——作者给中译本特注。

三六页三行 "你要长得好像一个男子呵。"应改:"我们将来要到地里做活的呵。"

三八页三行 "一个头发很稀的"之下应加:"蓬乱的"。

四三页二行 "杂种羔子"应改:"发疯了的私生子"。

四四页一六行 "喝吗"应改:"去糟塌吗"。

四六页八行 "侦缉营"本页末应加注:侦缉营(译者:俄文为普拉斯东营):黑海沿岸之哥萨克平卧在草地里,芦苇里,密林里埋伏着,以等待敌人,戒备敌人。——作者特注。

四九页一四行 "平底的海面"本页末应加注:此处指阿左夫(Azoph)海,此海有些地方水甚浅。渔人们都给它叫洗衣盆。——作者特注。

四九页一七行 "接连着就是另一个海"本页末应加注:此处指黑海。——作者特注。

五〇页四行 "野牛"本页末应加注:现在极罕见的,差不多已经绝种了的颈被龙毛的野牛。——作者特注。

五二页七行 "沙波洛塞奇"本页末应加注:自由的沙波洛塞奇:是乌克兰哥萨克的一种组织,发生于十六世纪,在德尼普江的"沙波罗"林岛上。沙波罗人常南征克里木及黑海附近一带,由那里携带许多财物回来。沙波罗人参加于乌克兰哥萨克反对君主专制的俄罗斯的暴动。沙波罗农民的生活,在果戈里（Gogol）的《达拉斯·布尔巴》（Taras Bulba）里写的有。——作者特注。

五三页六行　"尖肚子奇加"本页末应加注：哥萨克村内骑手们的骂玩的绰号。由土匪奇加之名而来。——作者特注。

五三页一一行　"加克陆克"本页末应加注：即土豪。——作者特注。

五三页一一行　"普迦奇"本页末应加注：鞭打者；猫头鹰；田园中的干草人（吓雀子用的）。——作者特注。

五六页三行　"贪得无厌的东西！"应改："无能耐的东西！"

五七页一五行　"下处"应改："鼻子"。

七一页五——六行　"它平坦的横亘着一直到海边呢？"应改："它平坦的远远的横亘着一直到海边呢？"

七一页八行　"当摩西把犹太人由埃及的奴隶下救出的时候"本页末应加注：据《旧约》，古犹太人在埃及，在埃及王手下当奴隶，在那里建筑极大的金字塔，摩西从那里将他们带了出来。——作者特注。

七一页一三行　"他一下子什么都会做好的"应改："什么法子他一下子都会想出来的。"

七一页一八行　"海湾"本页末应加注：指诺沃露西斯克海湾。——作者特注。

九四页一二行　"加芝利"本页末应加注：胸前衣服上用绲子缝的小袋，作装子弹用的。——作者特注。

一四五页一四行 "小屋"应改:"小酒铺"。

一七九页二一行 "妖精的成亲"本页末应加注:"妖精的成亲"是乌克兰的俗话,譬如雷雨之前——突然间乌黑起来,电闪飞舞,这叫作"妖女在行结婚礼"了,也指一般的阴晦和湿雨。——译者。

以上,计二十五条。其中的三条,即"加克陆克","普迦奇","加芝利"是当校印之际,已由校者据日文译本的注,加了解释的,很有点不同,现在也已经不能追改了。但读者自然应该信任作者的自注。

至于《绥拉菲摩维支全集》卷一里面的插图,这里却都未采用。因为我们已经全用了那卷十(即第六版的《铁流》这一本)里的四幅,内中就有一幅作者像;卷头又添了拉迪诺夫(I. Radinov)[10]所绘的肖像,中间又加上了原是大幅油画,法棱支(R. Frenz)[11]所作的《铁流》。毕斯克列夫的木刻画因为至今尚无消息,就从杂志《版画》(Graviora)第四集(一九二九)里取了复制缩小的一幅,印在书面上了,所刻的是"外乡人"在被杀害的景象。

别国的译本,在校者所见的范围内,有德,日的两种。德译本附于涅威罗夫[12]的《粮食充足的城市,达什干德》(A. Neverow:Taschkent, die brotreiche Stadt)后面,一九二九年柏林的新德意志出版所(Neur Deutscher Verlag)出版,无译者名,删节之处常常遇到,不能说是一本好书。日译本却完全的,即名《铁之流》,一九三〇年东京的丛文阁出版,为《苏维埃作家丛书》的第一种;译者藏原惟人,是大家所信任的翻译家,而且难解之处,又得了苏俄大使馆的康士坦丁诺夫(Konstantinov)的帮助,所以是很为可靠的。但是,因为原文太难懂了,小错就仍不能免,例如上文刚刚注过的"妖精的成亲",在那里却译作"妖女的自由",分明是误解。

我们这一本,因为我们的能力太小的缘故,当然不能称为"定本",但完全实胜于德译,而序跋,注解,地图和插画的周到,也是日译本所不及的。只是,待到攒凑成功的时候,上海出版界的情形早已大异从前了:没有一个书店敢于承印。在这样的岩石似的重压之下,我们就只得宛委曲折,但还是使她在读者眼前开出了鲜艳而铁一般的新花。

这自然不算什么"艰难",不过是一些琐屑,然而现在偏说了些琐屑者,其实是愿意读者知道:在现状之下,很不容易出一本较好的书,这书虽然仅仅是一种翻译小说,但却是尽三人的微力而成,——译的译,补的补,校的校,而又没有一个是存着借此来自己消闲,或乘机哄骗读者的意思的。倘读者不因为她没有《潘彼得》或《安徒生童话》那么"顺"〔13〕,便掩卷叹气,去喝咖啡,终于肯将她读完,甚而至于再读,而且连那序言和附录,那么我们所得的报酬,就尽够了。

一九三一年十月十日,鲁迅。

*　　*　　　*

〔1〕　本篇最初印入 1931 年 11 月三闲书屋出版的中译本《铁流》。

《铁流》，长篇小说，苏联绥拉菲摩维支（А.С.Серафимович，1863—1949)作，曹靖华译。作品描写苏联国内战争时期一支游击队在同白军和外国侵略者的斗争中成长的故事。

〔2〕 里培进斯基（Ю.Н.Либединский，1898—1959） 通译李别进斯基，苏联作家。《一周间》，中篇小说，作于1923年。当时我国有蒋光慈的译本，1930年1月上海北新书局出版；又有江思（戴望舒）、苏汶的译本，1930年3月上海水沫书店出版。

〔3〕 杨骚（1901—1957） 福建漳州人，作家。他所译的《十月》、《铁流》分别于 1930 年 3 月、6 月由南强书局出版。高明(1908—?)，江苏武进人，翻译工作者。他所译的《克服》，1930年由心弦书社出版，署名瞿然。

〔4〕 戴望舒（1905—1950） 浙江杭县（今余杭）人，诗人。著有诗集《望舒草》、《灾难的岁月》等。

〔5〕 柔石（1902—1931） 原名赵平复，浙江宁海人，作家，中国左翼作家联盟成员。著有小说《二月》、《为奴隶的母亲》等。

〔6〕 靖华 曹靖华（1897—1987），河南卢氏人，未名社成员，翻译家。早年曾在苏联留学和工作，1933年归国后在北平大学女子文理学院、东北大学等校任教。

〔7〕 毕斯克列夫（Н.Пискарев，1892—1959） 又译毕斯凯莱夫，苏联版画家。作品有《铁流》、《安娜·卡列尼娜》等书的插图。

〔8〕 D.Furmanov 富曼诺夫（Д.А.Фурманов，1891—1926），即文中的孚尔玛诺夫，苏联作家。著有《恰巴耶夫》(《夏伯阳》)等。

〔9〕 史铁儿 即瞿秋白。参看本卷第489页注〔1〕。

〔10〕 拉迪诺夫（Л.Радинов，1887—1967） 通译拉季诺夫，苏联美术家、诗人。

〔11〕 法棱支（Р.Р.Френц，1888—1956） 通译弗连茨，苏联画

家。擅长军事题材的绘画。

〔12〕 涅威罗夫(А.С.Неверов,1886—1923) 通译聂维洛夫,苏联作家。

〔13〕 《潘彼得》 通译《彼得·潘》,英国作家巴雷(J.M.Barrie,1860—1937)的童话剧,梁实秋译。《安徒生童话》,丹麦作家安徒生(1805—1875)的童话集,当时有甘棠译本。这里说的"顺",是对梁实秋、赵景深等关于翻译主张的讽刺,参看《二心集·几条"顺"的翻译》。

好 东 西 歌[1]

南边整天开大会[2],北边忽地起烽烟[3],北人逃难南人嚷,请愿打电闹连天。还有你骂我来我骂你,说得自己蜜样甜。文的笑道岳飞假,武的却云秦桧奸。相骂声中失土地,相骂声中捐铜钱,失了土地捐过钱,喊声骂声也寂然。文的牙齿痛,武的上温泉,后来知道谁也不是岳飞或秦桧,声明误解释前嫌,大家都是好东西,终于聚首一堂来吸雪茄烟。

*   *   *

〔1〕 本篇最初发表于 1931 年 12 月 11 日上海《十字街头》半月刊第一期,署名阿二。

〔2〕 南边整天开大会 指九一八事变后,国民党内部以蒋介石为首的宁派和以胡汉民、汪精卫为首的粤派为调解派系矛盾而召开的一系列会议。如 10 月下旬在上海召开宁粤"和平"预备会;11 月双方分别在南京、广州举行的国民党第四次全国代表大会。

〔3〕 北边忽地起烽烟 指 1931 年 11 月 27 日日军进攻锦州。

公民科歌[1]

　　何键[2]将军捏刀管教育,说道学校里边应该添什么。首先叫作"公民科",不知这科教的是什么。但愿诸公勿性急,让我来编教科书,做个公民实在弗容易,大家切莫耶耶乎[3]。第一着,要能受,蛮如猪猡力如牛,杀了能吃活就做,瘟死还好熬熬油。第二着,先要磕头,先拜何大人,后拜孔阿丘,拜得不好就砍头,砍头之际莫讨命,要命便是反革命,大人有刀你有头,这点天职应该尽。第三着,莫讲爱,自由结婚放洋屁,最好是做第十第廿姨太太,如果爹娘要钱化,几百几千可以卖,正了风化又赚钱,这样好事还有吗?第四着,要听话,大人怎说你怎做。公民义务多得很,只有大人自己心里懂,但愿诸公切勿死守我的教科书,免得大人一不高兴便说阿拉[4]是反动。

＊　　　＊　　　＊

　　〔1〕　本篇最初发表于1931年12月11日《十字街头》第一期,署名阿二。

　　〔2〕　何键(1887—1956)　字芸樵,湖南醴陵人,曾任国民革命军第三十五军军长,当时任国民党湖南省政府主席、"追剿"军总司令。他向国民党第四次代表大会提议:"中小课程应增设公民科,以保持民

族固有道德而拯已溺之人心。"

〔3〕 耶耶乎　上海一带方言，马马虎虎的意思。

〔4〕 阿拉　上海一带方言，我的意思。

南京民谣^[1]

大家去谒灵,强盗装正经。^[2]

静默十分钟,各自想拳经。

*　　　*　　　*

〔1〕 本篇最初发表于 1931 年 12 月 25 日《十字街头》第二期,未署名。

〔2〕 谒灵　即谒陵。1931 年 12 月 23 日《申报》报导,参加国民党四届一中全会的中央委员于当日上午八时全体拜谒孙中山的陵墓。

一九三二年

"言词争执"歌[1]

一中全会[2]好忙碌,忽而讨论谁卖国,粤方委员叽哩咕,要将责任归当局。吴老头子[3]老益壮,放屁放屁来相嚷,说道卖的另有人,不近不远在场上。有的叫道对对对,有的吹了嘘嘘嘘,嘘嘘一通不打紧,对对恼了皇太子[4],一声不响出"新京",会场旗色昏如死。许多要人夹屁追,恭迎圣驾请重回,大家快要一同"赴国难",又拆台基何苦来?香槟走气大菜冷,莫使同志久相等,老头自动不出席,再没狐狸来作梗。况且名利不双全,那能推苦只尝甜?卖就大家都卖不都不,否则一方面子太难堪。现在我们再去痛快淋漓喝几巡,酒酣耳热都开心,什么事情就好说,这才能慰在天灵。理论和实际,全都括括叫,点点小龙头,又上火车道。只差大柱石[5],似乎还在想火并,展堂同志血压高[6],精卫先生糖尿病[7],国难一时赴不成,虽然老吴已经受告警。这样下去怎么好,中华民国老是没头脑,想受党治也不能,小民恐怕要苦了。但愿治病统一都容易,只要将那"言词争执"扔在茅厕里,放屁放屁放狗屁,真真岂有之此理。

＊　　　＊　　　＊

〔１〕　本篇最初发表于 1932 年 1 月 5 日《十字街头》第三期(初为双周刊,本期改旬刊),署名阿二。

〔２〕　一中全会　指 1931 年 12 月 22 日至 29 日在南京召开的国民党四届一中全会。会上宁粤两派因争权夺利和推卸卖国罪责,互相谩骂。当时报纸称之为"言词争执"。1931 年 12 月 27 日《申报》在《二次大会中言词争执经过》题下载南京 26 日电:"昨日会中粤委某提出张学良处分案,发言滔滔不绝,谓不仅张应负丧师失地责任,即南京政府亦当负重要责任,报告毕,吴敬恒即起立,谓张学良固应负责,南京政府亦当负不抵抗之责任,至赴日勾结日本来祸中国之卖国者,亦不能不科以责任,粤委某起立,诘吴卖国者何指,吴答当事者不能不知,当时有人呼对对对,亦有喊嗤嗤嗤。"

〔３〕　吴老头子　指吴稚晖(1865—1953),名敬恒,江苏武进人。当时任国民党中央监察委员、中央政治会议委员。他讲话时,常夹有从《何典》的开头学来的"放屁放屁,真正岂有此理"的话头。

〔４〕　皇太子　指孙科(1891—1973),当时任国民党中央执行委员会常委、行政院长。据 1931 年 12 月 26 日《申报》"南京专电":"今日二次大会讨论锦州问题时,吴敬恒发言中,有此次东省事件,京方绝未卖国,卖国贼另有其人,锦州之危,其咎不在张学良,咎在某某,孙科疑为讽刺粤方,颇感不快,散会后即于下午赴沪。"又 27 日《申报》"本埠新闻":"自孙科、李文范等突然离京来沪后,时局空气又复紧张,⋯⋯大会特派敦劝使者蒋作宾、陈铭枢、邹鲁等先后来沪速驾。"

〔５〕　大柱石　指胡汉民等。1931 年 12 月 27 日《申报》报导林森促胡汉民入京与会电文中,有"我公为党国柱石,万统共仰"等语。

〔６〕　展堂　胡汉民(1879—1936),号展堂,广东番禺人,当时任国民党中央政治会议常务委员、立法院院长。胡汉民当时称患高血压

症,拒绝到南京与会。1931 年 12 月 28 日《申报》报导他复林森电说:
"弟血压尚高……医言如不静摄,将时有中风猝倒之患,用是惴惴,未能
北行。"

〔7〕 精卫 汪精卫(1883—1944),名兆铭,原籍浙江绍兴,生于
广东番禺。当时任国民党副总裁、国民党中央政治委员会常务委员。
抗日战争时期在南京成立伪国民政府,任主席。1931 年 12 月 22 日《申
报》载《汪精卫因病暂难赴京,医谓尚须休养三月》的新闻:"伍朝枢语
人,汪精卫之疾,除糖尿症外,肝部生一巨虫。"

帮忙文学与帮闲文学^[1]

——十一月二十二日在北京大学第二院讲

我四五年未到这边,对于这边情形,不甚熟悉;我在上海的情形,也非诸君所知。所以今天还是讲帮闲文学与帮忙文学。

这当怎么讲?从五四运动后,新文学家很提倡小说;其故由当时提倡新文学的人看见西洋文学中小说地位甚高,和诗歌相仿佛;所以弄得像不看小说就不是人似的。但依我们中国的老眼睛看起来,小说是给人消闲的,是为酒余茶后之用。因为饭吃得饱饱的,茶喝得饱饱的,闲起来也实在是苦极的事,那时候又没有跳舞场:明末清初的时候,一份人家必有帮闲的东西存在的。那些会念书会下棋会画画的人,陪主人念念书,下下棋,画几笔画,这叫做帮闲,也就是篾片!所以帮闲文学又名篾片文学。小说就做着篾片的职务。汉武帝时候,只有司马相如不高兴这样,常常装病不出去。^[2]至于究竟为什么装病,我可不知道。倘说他反对皇帝是为了卢布,我想大概是不会的,因为那个时候还没有卢布。大凡要亡国的时候,皇帝无事,臣子谈谈女人,谈谈酒,像六朝的南朝,开国的时候,这些人便做诏令,做敕,做宣言,做电报,——做所谓皇皇大文。主人一到第二代就不忙了,于是臣子就帮闲。所以帮闲文学实在就是帮忙文学。

中国文学从我看起来，可以分为两大类：（一）廊庙文学，这就是已经走进主人家中，非帮主人的忙，就得帮主人的闲；与这相对的是（二）山林文学。唐诗即有此二种。如果用现代话讲起来，是"在朝"和"下野"。后面这一种虽然暂时无忙可帮，无闲可帮，但身在山林，而"心存魏阙"[3]。如果既不能帮忙，又不能帮闲，那么，心里就甚是悲哀了。

中国是隐士和官僚最接近的。那时很有被聘的希望，一被聘，即谓之征君；开当铺，卖糖葫芦是不会被征的。我曾经听说有人做世界文学史，称中国文学为官僚文学。看起来实在也不错。一方面固然由于文字难，一般人受教育少，不能做文章，但在另一方面看起来，中国文学和官僚也实在接近。

现在大概也如此。惟方法巧妙得多了，竟至于看不出来。今日文学最巧妙的有所谓为艺术而艺术派。这一派在五四运动时代，确是革命的，因为当时是向"文以载道"[4]说进攻的，但是现在却连反抗性都没有了。不但没有反抗性，而且压制新文学之发生。对社会不敢批评，也不能反抗，若反抗，便说对不起艺术。故也变成帮忙柏勒思（plus）[5]帮闲。为艺术而艺术派对俗事是不问的，但对于俗事如主张为人生而艺术的人是反对的，例如现代评论派[6]，他们反对骂人，但有人骂他们，他们也是要骂的。他们骂骂人的人，正如杀杀人的一样——他们是刽子手。

这种帮忙和帮闲的情形是长久的。我并不劝人立刻把中国的文物都抛弃了，因为不看这些，就没有东西看；不帮忙也不帮闲的文学真也太不多。现在做文章的人们几乎都是帮闲帮忙的人物。有人说文学家是很高尚的,我却不相信与吃饭问题无关,不过我又以为文学与吃饭问题有关也不打紧,只要能比较的不帮忙不帮闲就好。

＊　　　＊　　　＊

〔1〕 本篇记录稿最初发表于1932年12月17日天津《电影与文艺》创刊号。收入本书时曾经鲁迅修订。

〔2〕 关于司马相如装病不出的事,据《史记·司马相如传》:"相如口吃而善著书。常有消渴疾。与卓氏婚,饶于财。其进仕宦,未尝肯与公卿国家之事,称病闲居,不慕官爵。"

〔3〕 "心存魏阙" 语出《庄子·让王》:"身在江海之上,心居乎魏阙之下。"魏阙,古代宫门两边巍然高耸的台观,其下为悬布法令之所,因以用作朝廷的代称。

〔4〕 "文以载道" 语出宋代周敦颐《通书·文辞》:"文所以载道也","文,辞艺也。道,德实也。"

〔5〕 柏勒思(Plus) 英语:"加"的意思。

〔6〕 现代评论派 指《现代评论》杂志(1924年12月在北京创刊)的主要撰稿人胡适、陈西滢、徐志摩等。陈西滢在《现代评论》第三卷第五十三期(1925年12月12日)发表的《闲话》中标榜"绝不肆口嫚骂"。但实际上他们常对鲁迅和他们所反对的人进行种种攻击和谩骂。

今春的两种感想[1]

——十一月二十二日在北平辅仁大学演讲

我是上星期到北平的,论理应当带点礼物送给青年诸位,不过因为奔忙匆匆未顾得及,同时也没有什么可带的。

我近来是在上海,上海与北平不同,在上海所感到的,在北平未必感到。今天又没豫备什么,就随便谈谈吧。

昨年东北事变详情我一点不知道,想来上海事变[2]诸位一定也不甚了然。就是同在上海也是彼此不知,这里死命的逃死,那里则打牌的仍旧打牌,跳舞的仍旧跳舞。

打起来的时候,我是正在所谓火线里面[3],亲遇见捉去许多中国青年。捉去了就不见回来,是生是死也没人知道,也没人打听,这种情形是由来已久了,在中国被捉去的青年素来是不知下落的。东北事起,上海有许多抗日团体,有一种团体就有一种徽章。这种徽章,如被日军发现死是很难免的。然而中国青年的记性确是不好,如抗日十人团[4],一团十人,每人有一个徽章,可是并不一定抗日,不过把它放在袋里。但被捉去后这就是死的证据。还有学生军[5]们,以前是天天练操,不久就无形中不练了,只有军装的照片存在,并且把操衣放在家中,自己也忘却了。然而一被日军查出时是又必定要送命的。像这一般青年被杀,大家大为不平,以为日人太残

407

酷。其实这完全是因为脾气不同的缘故,日人太认真,而中国人却太不认真。中国的事情往往是招牌一挂就算成功了。日本则不然。他们不像中国这样只是作戏似的。日本人一看见有徽章,有操衣的,便以为他们一定是真在抗日的人,当然要认为是劲敌。这样不认真的同认真的碰在一起,倒霉是必然的。

中国实在是太不认真,什么全是一样。文学上所见的常有新主义,以前有所谓民族主义的文学[6]也者,闹得很热闹,可是自从日本兵一来,马上就不见了。我想大概是变成为艺术而艺术了吧。中国的政客,也是今天谈财政,明日谈照像,后天又谈交通,最后又忽然念起佛来了。外国不然。以前欧洲有所谓未来派艺术。未来派的艺术是看不懂的东西。但看不懂也并非一定是看者知识太浅,实在是它根本上就看不懂。文章本来有两种:一种是看得懂的,一种是看不懂的。假若你看不懂就自恨浅薄,那就是上当了。不过人家是不管看懂与不懂的——看不懂如未来派的文学,虽然看不懂,作者却是拚命的,很认真的在那里讲。但是中国就找不出这样例子。

还有感到的一点是我们的眼光不可不放大,但不可放的太大。

我那时看见日本兵不打了,就搬了回去,但忽然又紧张起来了。后来打听才知道是因为中国放鞭炮引起的。那天因为是月蚀,故大家放鞭炮来救她。在日本人意中以为在这样的时光,中国人一定全忙于救中国抑救上海,万想不到中国人却救的那样远,去救月亮去了。

　　我们常将眼光收得极近,只在自身,或者放得极远,到北极,或到天外,而这两者之间的一圈可是绝不注意的,譬如食物吧,近来馆子里是比较干净了,这是受了外国影响之故,以前不是这样。例如某家烧卖好,包子好,好的确是好,非常好吃,但盘子是极污秽的,去吃的人看不得盘子,只要专注在吃的包子烧卖就是,倘使你要注意到食物之外的一圈,那就非常为难了。

　　在中国做人,真非这样不成,不然就活不下去。例如倘使你讲个人主义,或者远而至于宇宙哲学,灵魂灭否,那是不要紧的。但一讲社会问题,可就要出毛病了。北平或者还好,如在上海则一讲社会问题,那就非出毛病不可,这是有验的灵药,常常有无数青年被捉去而无下落了。

　　在文学上也是如此。倘写所谓身边小说,说苦痛呵,穷呵,我爱女人而女人不爱我呵,那是很妥当的,不会出什么乱子。如要一谈及中国社会,谈及压迫与被压迫,那就不成。不过你如果再远一点,说什么巴黎伦敦,再远些,月界,天边,可又没有危险了。但有一层要注意,俄国谈不得。

　　上海的事又要一年了,大家好似早已忘掉了,打牌的仍旧打牌,跳舞的仍旧跳舞。不过忘只好忘,全记起来恐怕脑中也放不下。倘使只记着这些,其他事也没工夫记起了。不过也可以记一个总纲。如"认真点","眼光不可不放大但不可放的太大",就是。这本是两句平常话,但我的确知道了这两句话,是在死了许多性命之后。许多历史的教训,都是用极大的牺牲换来的。譬如吃东西罢,某种是毒物不能吃,我们好像全惯了,很平常了。不过,这一定是以前有多少人吃死了,才知道的。所以我想,第一次吃螃蟹的人是很可佩服的,不是勇士谁敢去吃它呢?螃蟹有人吃,蜘蛛一定也有人吃过,不过不好吃,所以后人不吃了。像这种人我们当极端感谢的。

我希望一般人不要只注意在近身的问题,或地球以外的问题,社会上实际问题是也要注意些才好。

*   *   *

〔1〕　本篇记录稿最初发表于 1932 年 11 月 30 日北京《世界日报》"教育"栏。发表前曾经鲁迅修订。

〔2〕　东北事变　指 1931 年九一八事变。上海事变,指 1932 年一·二八事变。

〔3〕　一·二八事变时,鲁迅寓所在上海北四川路,临近战区。

〔4〕　抗日十人团　九一八事变后上海各界自发成立的一种爱国群众组织。

〔5〕　学生军　又称学生义勇军。九一八事变后各地大、中学校成立的学生组织。

〔6〕　民族主义的文学　1930 年 6 月由国民党当局策划的文学运动,发起人是潘公展、范争波、朱应鹏、傅彦长、王平陵等,假借"民族主义"反对正在兴起的左翼文学运动。曾出版《前锋周报》、《前锋月刊》等刊物。

一 九 三 三 年

英译本《短篇小说选集》自序〔1〕

中国的诗歌中,有时也说些下层社会的苦痛。但绘画和小说却相反,大抵将他们写得十分幸福,说是"不识不知,顺帝之则"〔2〕,平和得像花鸟一样。是的,中国的劳苦大众,从知识阶级看来,是和花鸟为一类的。

我生长于都市的大家庭里,从小就受着古书和师傅的教训,所以也看得劳苦大众和花鸟一样。有时感到所谓上流社会的虚伪和腐败时,我还羡慕他们的安乐。但我母亲的母家是农村,使我能够间或和许多农民相亲近,逐渐知道他们是毕生受着压迫,很多苦痛,和花鸟并不一样了。不过我还没法使大家知道。

后来我看到一些外国的小说,尤其是俄国,波兰和巴尔干诸小国的,才明白了世界上也有这许多和我们的劳苦大众同一运命的人,而有些作家正在为此而呼号,而战斗。而历来所见的农村之类的景况,也更加分明地再现于我的眼前。偶然得到一个可写文章的机会,我便将所谓上流社会的堕落和下层社会的不幸,陆续用短篇小说的形式发表出来了。原意其实只不过想将这示给读者,提出一些问题而已,并不是为了当时的文学家之所谓艺术。

　　但这些东西,竟得了一部分读者的注意,虽然很被有些批评家所排斥,而至今终于没有消灭,还会译成英文,和新大陆的读者相见,这是我先前所梦想不到的。

　　但我也久没有做短篇小说了。现在的人民更加困苦,我的意思也和以前有些不同,又看见了新的文学的潮流,在这景况中,写新的不能,写旧的又不愿。中国的古书里有一个比喻,说:邯郸的步法是天下闻名的,有人去学,竟没有学好,但又已经忘却了自己原先的步法,于是只好爬回去了。[3]

　　我正爬着。但我想再学下去,站起来。

　　一九三三年三月二十二日,鲁迅记于上海。

＊　　　　＊　　　　＊

　　〔1〕　本篇在收入本书前没有在报刊上发表过。

　　《短篇小说选集》,是鲁迅应美国作家埃德加·斯诺之约而编选的。

　　〔2〕　"不识不知,顺帝之则"　语出《诗经·大雅·皇矣》。则,法则。

　　〔3〕　邯郸学步的故事,见《庄子·秋水》:"且子独不闻夫寿陵馀子之学行于邯郸与? 未得国能,又失其故行矣,直匍匐而归耳。"

《不走正路的安得伦》小引[1]

现在我被托付为该在这本小说前面,写一点小引的脚色。这题目是不算烦难的,我只要分为四节,大略来说一说就够了。

1. 关于作者的经历,我曾经记在《一天的工作》[2]的后记里,至今所知道的也没有加增,就照抄在下面:

"聂维洛夫(Aleksandr Neverov)的真姓是斯珂培莱夫(Skobelev),以一八八六年生为萨玛拉(Samara)州[3]的一个农夫的儿子。一九〇五年师范学校第二级卒业后,做了村学的教师。内战时候,则为萨玛拉的革命底军事委员会的机关报《赤卫军》的编辑者。一九二〇至二一年大饥荒之际,他和饥民一同从伏尔迦逃往塔什干;二二年到墨斯科,加入文学团体'锻冶厂';二三年冬,就以心脏麻痹死去了,年三十七。他的最初的小说,在一九〇五年发表,此后所作,为数甚多,最著名的是《丰饶的城塔什干》,中国有穆木天译本。"

2. 关于作者的批评,在我所看见的范围内,最简要的也还是要推珂刚教授在《伟大的十年的文学》里所说的话。这回是依据了日本黑田辰男[4]的译本,重译一节在下面:

"出于'锻冶厂'一派的最有天分的小说家,不消说,是善于描写崩坏时代的农村生活者之一的亚历山大·聂维洛夫了。他吐着革命的呼吸，而同时也爱人生。他用了爱，以观察活人的个性，以欣赏那散在俄国无边的大平野上的一切缤纷的色彩。他之于时事问题，是远的，也是近的。说是远者，因为他出发于挚爱人生的思想，说是近者，因为他看见那站在进向人生和幸福和完全的路上的力量，觉得那解放人生的力量。聂维洛夫——是从日常生活而上达于人类底的东西之处的作家之一，是观察周到的现实主义者，也是生活描写者的他，在我们面前，提出生活底的，现代底的相貌来，一直上升到人性的所谓'永久底'的性质的描写，用别的话来说，就是更深刻地捉住了展在我们之前的现象和精神状态，深刻地加以照耀，使这些都显出超越了一时底，一处底界限的兴味来了。"

3．这篇小说，就是他的短篇小说集《人生的面目》里的一篇，故事是旧的，但仍然有价值。去年在他本国还新印了插画的节本，在《初学丛书》中。前有短序，说明着对于苏联的现在的意义：

"Ａ.聂维洛夫是一九二三年死的。他是最伟大的革命的农民作家之一。聂维洛夫在《不走正路的安得伦》这部小说里，号召着毁灭全部的旧式的农民生活，不管要受多么大的痛苦和牺牲。

"这篇小说所讲的时代，正是苏维埃共和国结果了白党而开始和平的建设的时候。那几年恰好是黑暗的旧式农村第一次开始改造。安得伦是个不妥协的激烈的战士,为着新生活而奋斗,他的工作环境是很艰难的。这样和富农斗争,和农民的黑暗愚笨斗争,——需要细密的心计,谨慎和透彻。稍微一点不正确的步骤就可以闯乱子的。对于革命很忠实的安得伦没有估计这种复杂的环境。他艰难困苦建设起来的东西,就这么坍台了。但是,野兽似的富农虽然杀死了他的朋友,烧掉了他的房屋,然而始终不能够动摇他的坚决的意志和革命的热忱。受伤了的安得伦决心向前走去,走上艰难的道路,去实行社会主义的改造农村。

"现在,我们的国家胜利的建设着社会主义,而要在整个区域的集体农场化的基础之上,去消灭富农阶级。因此《不走正路的安得伦》里面说得那么真实,那么清楚的农村里的革命的初步,——现在回忆一下也是很有益处的。"

4. 关于译者,我可以不必再说。他的深通俄文和忠于翻译,是现在的读者大抵知道的。插图五幅,即从《初学丛书》的本子上取来,但画家蔼支(Ez)[5]的事情,我一点不知道。

一九三三年五月十三夜。鲁迅。

*　　　*　　　*

〔1〕 本篇最初印入 1933 年 5 月上海野草书屋印行的中译本《不走正路的安得伦》。

《不走正路的安得伦》,短篇小说,苏联聂维洛夫作,曹靖华译,为《文艺连丛》之一。

〔2〕 《一天的工作》 苏联短篇小说集,鲁迅编译。1933 年 3 月上海良友图书印刷公司出版,为《良友文学丛书》之一。

〔3〕 萨玛拉州 位于俄罗斯伏尔加河中游地区,后称古比雪夫州。

〔4〕 黑田辰男 日本的俄罗斯和苏联文学研究者和翻译家。

〔5〕 蔼支(И.М.Ец,1907—1941) 苏联插图木刻家。

译本高尔基《一月九日》小引[1]

　　当屠格纳夫,柴霍夫[2]这些作家大为中国读书界所称颂的时候,高尔基是不很有人很注意的。即使偶然有一两篇翻译,也不过因为他所描的人物来得特别,但总不觉得有什么大意思。

　　这原因,现在很明白了:因为他是"底层"的代表者,是无产阶级的作家。对于他的作品,中国的旧的知识阶级不能共鸣,正是当然的事。

　　然而革命的导师[3],却在二十多年以前,已经知道他是新俄的伟大的艺术家,用了别一种兵器,向着同一的敌人,为了同一的目的而战斗的伙伴,他的武器——艺术的言语——是有极大的意义的。

　　而这先见,现在已经由事实来确证了。

　　中国的工农,被压榨到救死尚且不暇,怎能谈到教育;文字又这么不容易,要想从中出现高尔基似的伟大的作者,一时恐怕是很困难的。不过人的向着光明,是没有两样的,无祖国的文学[4]也并无彼此之分,我们当然可以先来借看一些输入的先进的范本。

　　这小本子虽然只是一个短篇,但以作者的伟大,译者的诚实,就正是这一种范本。而且从此脱出了文人的书斋,开始与大众相见，此后所启发的是和先前不同的读者，它将要生出不同的结果来。

这结果，将来也会有事实来确证的。

一九三三年五月二十七日，鲁迅记。

　　＊　　　　＊　　　　＊

〔1〕　本篇在收入本书前未能发表。

高尔基　参看本卷第 206 页注〔38〕。《一月九日》，是他描写 1905 年 1 月 9 日彼得堡冬宫广场沙皇残酷镇压请愿群众的流血事件的特写，1931 年曹靖华译成中文，苏联中央出版局出版。这篇小引原为这一译本在国内重印而作，后因故未能出版。

〔2〕　屠格纳夫　通译屠格涅夫，参看本卷第 202 页注〔2〕。柴霍夫，通译契诃夫，参看本卷第 219 页注〔153〕。

〔3〕　革命的导师　指列宁（1870—1924）。他在 1907 年称赞高尔基的《母亲》是"一本非常及时的书"，"这是一本必需的书，很多工人不自觉地、自发地参加了革命运动，现在他们读一读《母亲》，对自己会有很大的益处。"（引自高尔基：《列宁》）1910 年，又在《政治家的短评》中说："高尔基毫无疑问是无产阶级艺术的最杰出的代表，他对无产阶级艺术作出了许多贡献，并且还会作出更多贡献。"

〔4〕　无祖国的文学　马克思、恩格斯所撰《共产党宣言》中有"工人没有祖国"的话，所以也有人称无产阶级文学为无祖国的文学。

《解放了的堂·吉诃德》后记[1]

假如现在有一个人，以黄天霸[2]之流自居，头打英雄结，身穿夜行衣靠，插着马口铁的单刀，向市镇村落横冲直撞，去除恶霸，打不平，是一定被人哗笑的，决定他是一个疯子或昏人，然而还有一些可怕。倘使他非常孱弱，总是反而被打，那就只是一个可笑的疯子或昏人了，人们警戒之心全失，于是倒爱看起来。西班牙的文豪西万提斯（Miguel de Cervantes Saavedra，1547—1616）所作《堂·吉诃德传》（Vida y hechos del ingenioso hidalgo Don Quixote de la Mancha）[3]中的主角，就是以那时的人，偏要行古代游侠之道，执迷不悟，终于困苦而死的资格，赢得许多读者的开心，因而爱读，传布的。

但我们试问：十六十七世纪时的西班牙社会上可有不平存在呢？我想，恐怕总不能不答道：有。那么，吉诃德的立志去打不平，是不能说他错误的；不自量力，也并非错误。错误是在他的打法。因为胡涂的思想，引出了错误的打法。侠客为了自己的"功绩"不能打尽不平，正如慈善家为了自己的阴功，不能救助社会上的困苦一样。而且是"非徒无益，而又害之"[4]的。他惩罚了毒打徒弟的师傅，自以为立过"功绩"，扬长而去了，但他一走，徒弟却更加吃苦，便是一个好例。

但嘲笑吉诃德的旁观者，有时也嘲笑得未必得当。他们笑他本非英雄,却以英雄自命,不识时务,终于赢得颠连困苦;由这嘲笑,自拔于"非英雄"之上,得到优越感;然而对于社会上的不平,却并无更好的战法,甚至于连不平也未曾觉到。对于慈善者,人道主义者,也早有人揭穿了他们不过用同情或财力,买得心的平安。这自然是对的。但倘非战士,而只劫取这一个理由来自掩他的冷酷,那就是用一毛不拔,买得心的平安了,他是不化本钱的买卖。

这一个剧本,就将吉诃德拉上舞台来,极明白的指出了吉诃德主义的缺点,甚至于毒害。在第一场上,他用谋略和自己的挨打救出了革命者,精神上是胜利的;而实际上也得了胜利,革命终于起来,专制者入了牢狱;可是这位人道主义者,这时忽又认国公们为被压迫者了,放蛇归壑,使他又能流毒,焚杀淫掠,远过于革命的牺牲。他虽不为人们所信仰,——连跟班的山嘉也不大相信,——却常常被奸人所利用,帮着使世界留在黑暗中。

国公,傀儡而已;专制魔王的化身是伯爵谟尔却(Graf Murzio)和侍医巴坡的帕波(Pappo del Babbo)。谟尔却曾称吉诃德的幻想为"牛羊式的平等幸福",而说出他们所要实现的"野兽的幸福来",道——

"O!堂·吉诃德,你不知道我们野兽。粗暴的野兽,咬着小鹿儿的脑袋,啃断它的喉咙,慢慢的喝它的热血,感觉到自己爪牙底下它的小腿儿在抖动,渐渐的死下去,——那真正是非常之甜蜜。然而人是细腻的野兽。

统治着,过着奢华的生活,强迫人家对着你祷告,对着你恐惧而鞠躬,而卑躬屈节。幸福就在于感觉到几百万人的力量都集中到你的手里,都无条件的交给了你,他们像奴隶,而你像上帝。世界上最幸福最舒服的人就是罗马皇帝,我们的国公能够像复活的尼罗一样,至少也要和赫里沃哈巴尔一样。可是,我们的宫庭很小,离这个还远哩。毁坏上帝和人的一切法律,照着自己的意旨的法律,替别人打出新的锁链来!权力!这个字眼里面包含一切:这是个神妙的使人沉醉的字眼。生活要用权力的程度来量它。谁没有权力,他就是个死尸。"(第二场)

这个秘密,平常是很不肯明说的,谟尔却诚不愧为"小鬼头",他说出来了,但也许因为看得吉诃德"老实"的缘故。吉诃德当时虽曾说牛羊应当自己防御,但当革命之际,他又忘却了,倒说"新的正义也不过是旧的正义的同胞姊妹",指革命者为魔王,和先前的专制者同等。于是德里戈(Drigo Pazz)说——

"是的,我们是专制魔王,我们是专政的。你看这把剑——看见罢?——它和贵族的剑一样,杀起人来是很准的;不过他们的剑是为着奴隶制度去杀人,我们的剑是为着自由去杀人。你的老脑袋要改变是很难的了。你是个好人;好人总喜欢帮助被压迫者。现在,我们在这个短期间是压迫者。你和我们来斗争罢。我们也一定要和你斗争,因为我们的压迫,是为着要叫这个世界上很快就没有人能够压迫。"(第六场)

　　这是解剖得十分明白的。然而吉诃德还是没有觉悟，终于去掘坟[5]；他掘坟，他也"准备"着自己担负一切的责任。但是，正如巴勒塔萨（Don Balthazar）所说：这种决心有什么用处呢？

　　而巴勒塔萨始终还爱着吉诃德，愿意给他去担保，硬要做他的朋友，这是因为巴勒塔萨出身知识阶级的缘故。但是终于改变他不得。到这里，就不能不承认德里戈的嘲笑，憎恶，不听废话，是最为正当的了，他是有正确的战法，坚强的意志的战士。

　　这和一般的旁观者的嘲笑之类是不同的。

　　不过这里的吉诃德，也并非整个是现实所有的人物。

　　原书以一九二二年印行，正是十月革命后六年，世界上盛行着反对者的种种谣诼，竭力企图中伤的时候，崇精神的，爱自由的，讲人道的，大抵不平于党人的专横，以为革命不但不能复兴人间，倒是得了地狱。这剧本便是给与这些论者们的总答案。吉诃德即由许多非议十月革命的思想家，文学家所合成的。其中自然有梅垒什珂夫斯基（Merezhkovsky），有托尔斯泰派；也有罗曼罗兰[6]，爱因斯坦因（Einstein）[7]。我还疑心连高尔基也在内，那时他正为种种人们奔走，使他们出国，帮他们安身，听说还至于因此和当局者相冲突。

　　但这种的辩解和豫测，人们是未必相信的，因为他们以为一党专政的时候，总有为暴政辩解的文章，即使做得怎样巧妙而动人，也不过一种血迹上的掩饰。然而几个为高尔基所救的文人，就证明了这豫测的真实性，他们一出国，便痛骂高尔基,正如复活后的谟尔却伯爵一样了。

而更加证明了这剧本在十年前所豫测的真实的是今年的德国。在中国,虽然已有几本叙述希特拉[8]的生平和勋业的书,国内情形,却介绍得很少,现在抄几段巴黎《时事周报》"Vu"的记载[9](素琴译,见《大陆杂志》十月号)在下面——

> "'请允许我不要说你已经见到过我,请你不要对别人泄露我讲的话。……我们都被监视了。……老实告诉你罢,这简直是一座地狱。'对我们讲话的这一位是并无政治经历的人,他是一位科学家。……对于人类命运,他达到了几个模糊而大度的概念,这就是他的得罪之由。……"

> "'倔强的人是一开始就给铲除了的,'在慕尼锡我们底向导者已经告诉过我们,……但是别的国社党人则将情形更推进了一步。'那种方法是古典的。我们叫他们到军营那边去取东西回来,于是,就打他们一靶。打起官话来,这叫作:图逃格杀。'"

> "难道德国公民底生命或者财产对于危险的统治是有敌意的么?……爱因斯坦底财产被没收了没有呢?那些连德国报纸也承认的几乎每天都可在空地或城外森林中发现的胸穿数弹身负伤痕的死尸,到底是怎样一回事呢?难道这些也是共产党底挑激所致么?这种解释似乎太容易一点了吧?……"

但是,十二年前,作者却早借谟尔却的嘴给过解释了。

另外,再抄一段法国的《世界》周刊的记事[10](博心译,见《中外书报新闻》第三号)在这里——

　　"许多工人政党领袖都受着类似的严刑酷法。在哥
伦,社会民主党员沙罗曼所受的真是更其超人想像了!
最初,沙罗曼被人轮流殴击了好几个钟头。随后,人家竟
用火把烧他的脚。同时又以冷水淋他的身,晕去则停刑,
醒来又遭殃。流血的面孔上又受他们许多次数的便溺。
最后,人家以为他已死了,把他抛弃在一个地窖里。他的
朋友才把他救出偷偷运过法国来,现在还在一个医院里。
这个社会民主党右派沙罗曼对于德文《民声报》编辑主任
的探问,曾有这样的声明:'三月九日,我了解法西主义比
读什么书都透彻。谁以为可以在知识言论上制胜法西主
义,那必定是痴人说梦。我们现在已到了英勇的战斗的
社会主义时代了。'"

这也就是这部书的极透彻的解释,极确切的实证,比罗曼
罗兰和爱因斯坦因的转向,更加晓畅,并且显示了作者的描写
反革命的凶残,实在并非夸大,倒是还未淋漓尽致的了。是
的,反革命者的野兽性,革命者倒是会很难推想的。

　　一九二五年的德国,和现在稍不同,这戏剧曾在国民剧场
开演,并且印行了戈支(I. Gotz)的译本。不久,日译本也出现
了,收在《社会文艺丛书》里;还听说也曾开演于东京。三年
前,我曾根据二译本,翻了一幕,载《北斗》杂志中。靖华兄知
道我在译这部书,便寄给我一本很美丽的原本。我虽然不能
读原文,但对比之后,知道德译本是很有删节的,几句几行的
不必说了,第四场上吉河德吟了这许多工夫诗,也删得毫无踪

影。这或者是因为开演,嫌它累坠的缘故罢。日文的也一样,是出于德文本的。这么一来,就使我对于译本怀疑起来,终于放下不译了。

但编者竟另得了从原文直接译出的完全的稿子,由第二场续登下去,那时我的高兴,真是所谓"不可以言语形容"。可惜的是登到第四场,和《北斗》[11]的停刊一同中止了。后来辗转觅得未刊的译稿,则连第一场也已经改译,和我的旧译颇不同,而且注解详明,是一部极可信任的本子。藏在箱子里,已将一年,总没有刊印的机会。现在有联华书局给它出版,使中国又多一部好书,这是极可庆幸的。

原本有毕斯凯莱夫(N. Piskarev)木刻的装饰画,也复制在这里了。剧中人物地方时代表,是据德文本增补的;但《堂·吉诃德传》第一部,出版于一六○四年,则那时当是十六世纪末,而表作十七世纪,也许是错误的罢,不过这也没什么大关系。

一九三三年十月二十八日,上海。鲁迅。

*　　　*　　　*

〔1〕 本篇最初印入 1934 年 4 月上海联华书局出版的中译本《解放了的堂·吉诃德》。

《解放了的堂·吉诃德》,剧本,卢那察尔斯基作,易嘉(瞿秋白)译,为《文艺连丛》之一。

〔2〕 黄天霸　清代小说《施公案》中的人物,侠客。

〔3〕 西万提斯　全名米盖尔·德·塞万提斯·萨阿维德拉,通译

塞万提斯,欧洲文艺复兴时期西班牙作家。《堂·吉诃德传》,全称《拉曼却的机敏骑士堂·吉诃德的生平和事业》,通译《堂·吉诃德》,长篇小说。

〔4〕 "非徒无益,而又害之" 语出《孟子·公孙丑(上)》。原指拔苗助长之事。

〔5〕 掘坟 指堂·吉诃德和侍医巴坡的帕波设计使关在狱中的伯爵谟尔却假死,埋入坟墓,然后把他挖出放走。

〔6〕 罗曼罗兰(Romain Rolland,1866—1944) 法国作家、社会活动家。著有长篇小说《约翰·克利斯朵夫》等。十月革命时,他同情社会主义,但又反对革命的暴力手段。

〔7〕 爱因斯坦因(A. Einstein,1879—1955) 通译爱因斯坦,物理学家,广义相对论的创立者。生于德国,1933 年迁居美国。

〔8〕 希特拉(A. Hitler,1889—1945) 通译希特勒,德国法西斯的"民族社会主义德意志工人党"首领,1933 年 1 月出任德国内阁总理,是发动第二次世界大战的罪魁。当时"叙述希特勒生平和勋业的书"有张克林编的《希忒勒生活思想和事业》,上海南京书店 1932 年 10 月发行;杨寒光编译的《希特勒》,上海光明书局 1933 年 3 月印行;蒋学楷编《希特勒与新德意志》,上海黎明书局 1933 年 4 月印行等多种。

〔9〕 素琴的译文,题为《法西斯德意志之访问》,载 1933 年 10 月上海《大陆杂志》第二卷第四期。

〔10〕 博心的译文,题为《褐色恐怖》,载 1933 年上海《中外书报新闻》第三期。

〔11〕 《北斗》 文艺月刊,"左联"机关刊物之一,丁玲主编。1931 年 9 月在上海创刊,1932 年 7 月出至第二卷第三、四期合刊后停刊,共出八期。鲁迅翻译的《解放了的堂·吉诃德》第一场载于该刊第一卷第三期,署隋洛文译。

《北平笺谱》序[1]

　　镂象于木,印之素纸,以行远而及众,盖实始于中国。法人伯希和氏[2]从敦煌千佛洞[3]所得佛象印本,论者谓当刊于五代之末,而宋初施以采色,其先于日耳曼最初木刻者,尚几四百年。宋人刻本,则由今所见医书佛典,时有图形;或以辨物,或以起信,图史之体具矣。降至明代,为用愈宏,小说传奇,每作出相[4],或拙如画沙,或细于擘髪,亦有画谱,累次套印,文彩绚烂,夺人目睛,是为木刻之盛世。清尚朴学[5],兼斥纷华,而此道于是凌替。光绪初,吴友如[6]据点石斋,为小说作绣像,以西法印行,全像之书,颇复腾踊,然绣梓遂愈少,仅在新年花纸与日用信笺中,保其残喘而已。及近年,则印绘花纸,且并为西法与俗工所夺,老鼠嫁女与静女拈花之图,皆渺不复见;信笺亦渐失旧型,复无新意,惟日趋于鄙倍[7]。北京夙为文人所聚,颇珍楮墨,遗范未堕,尚存名笺。顾迫于时会,苓落将始,吾侪好事,亦多杞忧。于是搜索市廛,拔其尤异,各就原版,印造成书,名之曰《北平笺谱》。于中可见清光绪时纸铺,尚止取明季画谱,或前人小品之相宜者,镂以制笺,聊图悦目;间亦有画工所作,而乏韵致,固无足观。宣统末,林琴南先生山水笺出,似为当代文人特作画笺之始[8],然未详。及中华民国立,义宁陈君师曾[9]入北京,初为镌铜者作墨合,

427

镇纸画稿,俾其雕镂;既成拓墨,雅趣盎然。不久复廓其技于笺纸,才华蓬勃,笔简意饶,且又顾及刻工,省其奏刀之困,而诗笺乃开一新境。盖至是而画师梓人,神志暗会,同力合作,遂越前修矣。稍后有齐白石,吴待秋,陈半丁,王梦白[10]诸君,皆画笺高手,而刻工亦足以副之。辛未以后,始见数人分画一题,聚以成帙,格新神涣,异乎嘉祥。意者文翰之术将更,则笺素之道随尽;后有作者,必将别辟涂径,力求新生;其临睨夫旧乡[11],当远俟于暇日也。则此虽短书[12],所识者小,而一时一地,绘画刻镂盛衰之事,颇寓于中;纵非中国木刻史之丰碑,庶几小品艺术之旧苑,亦将为后之览古者所偶涉欤。

千九百三十三年十月三十日鲁迅记

＊　　　＊　　　＊

〔1〕 本篇最初印入 1933 年 12 月印行的《北平笺谱》。

《北平笺谱》,诗笺图谱选集,木版彩色水印,鲁迅、西谛(郑振铎)合编,自费印行,共六册。内收人物、山水、花鸟笺三三二幅。

〔2〕 伯希和(P. Pelliot,1878—1945) 法国汉学家。1906 年至 1908 年活动于中国新疆、甘肃一带,在敦煌千佛洞盗窃大量珍贵文物,运往巴黎。著有《敦煌千佛洞》等。

〔3〕 敦煌千佛洞 我国著名的佛教石窟之一。位于甘肃省敦煌县东南。始建于前秦建元二年(366),隋唐宋元均有修建。内存大量壁画、造像、经卷、变文等珍贵文物。

〔4〕 出相 与下文的绣像、全像均指宋元以来小说、戏曲中的插图。参看《且介亭杂文·连环图画琐谈》。

〔5〕 朴学 语出《汉书·儒林传》:"(倪)宽有俊材,初见武帝,语

经学。上曰:'吾始以《尚书》为朴学,弗好,及闻宽说,可观。'乃从宽问一篇。"后来称汉儒考据训诂之学为朴学,也称汉学。到了清乾隆、嘉靖年间,朴学有很大发展,从经学训诂扩大到古籍史料整理和语言文字的研究,学术上形成了崇尚考据,排斥空论,重质朴,轻文藻的学风。

〔6〕 吴友如(?—约1893) 名猷(又作嘉猷),字友如,江苏元和(今吴县)人,清末画家。光绪十年(1884)起在上海点石斋石印书局主绘《点石斋画报》。后自创《飞影阁画报》,又为木版年画绘制画稿,影响较大。

〔7〕 鄙倍 同鄙背,粗陋背理。《论语·泰伯》:"出辞气,斯远鄙倍矣。"

〔8〕 林琴南 参看本卷第202页注〔4〕。他能诗画,宣统年间,曾取宋代吴文英《梦窗词》意,制为山水笺,刻版印行。

〔9〕 陈师曾(1876—1923) 名衡恪,字师曾,江西义宁(今修水)人,书画家、篆刻家。

〔10〕 齐白石(1863—1957) 名璜,字濒生,号白石,湖南湘潭人,书画家、篆刻家。吴待秋(1878—1949),名澂,字待秋,浙江崇德人,画家。陈半丁(1876—1970),名年,字半丁,浙江绍兴人,画家。王梦白(1887—1934),名云,字梦白,江西丰城人,画家。

〔11〕 临睨夫旧乡 语出屈原《离骚》:"陟陞皇之赫戏兮,忽临睨夫旧乡。"

〔12〕 短书 指笺牍。宋代赵彦卫《云麓漫钞》:"短书出晋宋兵革之际,时国禁书疏,非吊丧问疾不得行尺牍,启事论兵皆短而藏之。"

上 海 所 感[1]

一有所感，倘不立刻写出，就忘却，因为会习惯。幼小时候，洋纸一到手，便觉得羊臊气扑鼻，现在却什么特别的感觉也没有了。初看见血，心里是不舒服的，不过久住在杀人的名胜之区，则即使见了挂着的头颅，也不怎么诧异。这就是因为能够习惯的缘故。由此看来，人们——至少，是我一般的人们，要从自由人变成奴隶，怕也未必怎么烦难罢。无论什么，都会惯起来的。

中国是变化繁多的地方，但令人并不觉得怎样变化。变化太多，反而很快的忘却了。倘要记得这么多的变化，实在也非有超人的记忆力就办不到。

但是，关于一年中的所感，虽然淡漠，却还能够记得一些的。不知怎的，好像无论什么，都成了潜行活动，秘密活动了。

至今为止，所听到的是革命者因为受着压迫，所以用着潜行，或者秘密的活动，但到一九三三年，却觉得统治者也在这么办的了。譬如罢，阔佬甲到阔佬乙所在的地方来，一般的人们，总以为是来商量政治的，然而报纸上却道并不为此，只因为要游名胜，或是到温泉里洗澡；外国的外交官来了，它告诉读者的是也并非有什么外交问题，不过来看看某大名人的贵恙。[2]但是，到底又总好像并不然。

430

用笔的人更能感到的,是所谓文坛上的事。有钱的人,给绑匪架去了,作为抵押品,上海原是常有的,但近来却连作家也往往不知所往。有些人说,那是给政府那面捉去了,然而好像政府那面的人们,却道并不是。然而又好像实在也还是在属于政府的什么机关里的样子。犯禁的书籍杂志的目录,是没有的,然而邮寄之后,也往往不知所往。假如是列宁的著作罢,那自然不足为奇,但《国木田独步集》[3]有时也不行,还有,是亚米契斯的《爱的教育》[4]。不过,卖着也许犯忌的东西的书店,却还是有的,虽然还有,而有时又会从不知什么地方飞来一柄铁锤,将窗上的大玻璃打破,损失是二百元以上。打破两块的书店也有,这回是合计五百元正了。有时也撒些传单,署名总不外乎什么什么团之类。[5]

平安的刊物上,是登着莫索里尼[6]或希特拉的传记,恭维着,还说是要救中国,必须这样的英雄,然而一到中国的莫索里尼或希特拉是谁呢这一个紧要结论,却总是客气着不明说。这是秘密,要读者自己悟出,各人自负责任的罢。对于论敌,当和苏俄绝交时,就说他得着卢布,抗日的时候,则说是在将中国的秘密向日本卖钱。[7]但是,用了笔墨来告发这卖国事件的人物,却又用的是化名,好像万一发生效力,敌人因此被杀了,他也不很高兴负这责任似的。

革命者因为受压迫,所以钻到地里去,现在是压迫者和他的爪牙,也躲进暗地里去了。这是因为虽在军刀的保护之下,胡说八道,其实却毫无自信的缘故;而且连对于军刀的力量,也在怀着疑。一面胡说八道,一面想着将来的变化,就越加缩进暗地里去，准备着情势一变，就另换一副面孔，另拿一张旗子，从新来一回。而拿着军刀的伟人存在外国银行里的钱，也使他们的自信力更加动摇的。这是为不远的将来计。为了辽远的将来，则在愿意在历史上留下一个芳名。中国和印度不同，是看重历史的。但是，并不怎么相信，总以为只要用一种什么好手段，就可以使人写得体体面面。然而对于自己以外的读者，那自然要他们相信的。

我们从幼小以来，就受着对于意外的事情，变化非常的事情，绝不惊奇的教育。那教科书是《西游记》[8]，全部充满着妖怪的变化。例如牛魔王呀，孙悟空呀……就是。据作者所指示，是也有邪正之分的，但总而言之，两面都是妖怪，所以在我们人类，大可以不必怎样关心。然而，假使这不是书本上的事，而自己也身历其境，这可颇有点为难了。以为是洗澡的美人罢，却是蜘蛛精；以为是寺庙的大门罢，却是猴子的嘴，这教人怎么过。早就受了《西游记》教育，吓得气绝是大约不至于的，但总之，无论对于什么，就都不免要怀疑了。

外交家是多疑的，我却觉得中国人大抵都多疑。如果跑到乡下去，向农民问路径，问他的姓名，问收成，他总不大肯说老实话。将对手当蜘蛛精看是未必的，但好像他总在以为会给他什么祸祟。这种情形，很使正人君子们愤慨，就给了他们一个徽号，叫作"愚民"。但在事实上，带给他们祸祟的时候却也并非全没有。因了一整年的经验，我也就比农民更加多疑起来，看见显着正人君子模样的人物，竟会觉得他也许正是蜘蛛精了。然而，这也就会习惯的罢。

愚民的发生,是愚民政策的结果,秦始皇已经死了二千多年,看看历史,是没有再用这种政策的了,然而,那效果的遗留,却久远得多么骇人呵!

　　　　　　　　　　　　十二月五日。

　　*　　　　*　　　　*

　　〔1〕　本篇系用日文写作,发表于 1934 年 1 月 1 日日本大阪《朝日新闻》。译文发表于 1934 年 9 月 25 日《文学新地》创刊号,题为《一九三三年上海所感》,署名石介译。

　　〔2〕　1933 年 3 月 31 日,曾任日本驻华公使、外务大臣的芳泽谦吉来华活动,对外宣称是“私人行动”,“纯系漫游性质”,“分访昔人旧好”,“并无含有外交及政治等使命”。

　　〔3〕　《国木田独步集》　日本作家国木田独步(1871—1908)的短篇小说集。内收小说五篇,夏丏尊译。1927 年 6 月开明书店出版。

　　〔4〕　亚米契斯(E. De Amicis, 1846—1908)　意大利作家。《爱的教育》,是他的日记体小说《心》的中译名,夏丏尊译。1926 年 3 月由开明书店出版。

　　〔5〕　指良友图书印刷公司和神州国光社遭国民党特务袭击的事。参看《准风月谈·后记》。

　　〔6〕　莫索里尼(B. Mussolini, 1883—1945)　通译墨索里尼,意大利独裁者,法西斯党党魁。1922 年出任首相。第二次世界大战祸首之一。

　　〔7〕　这是一些人对左翼作家的诬陷。关于拿“卢布”之说,参看《二心集·“丧家的”“资本家的乏走狗”》;关于当日本侦探的构陷,参看《伪自由书·后记》。

〔8〕《西游记》 长篇小说,明代吴承恩著,共一百回。写唐僧
(玄奘)在孙悟空等护送下到西天取经,沿途战胜妖魔险阻的故事。

一九三四年

《引玉集》后记[1]

　　我在这三年中,居然陆续得到这许多苏联艺术家的木刻,真是连自己也没有预先想到的。一九三一年顷,正想校印《铁流》,偶然在《版画》(Graphika)这一种杂志上,看见载着毕斯凯来夫刻有这书中故事的图画,便写信托靖华兄去搜寻。费了许多周折,会着毕斯凯来夫,终于将木刻寄来了,因为怕途中会有失落,还分寄了同样的两份。靖华兄的来信说,这木刻版画的定价颇不小,然而无须付,苏联的木刻家多说印画莫妙于中国纸,只要寄些给他就好。我看那印着《铁流》图的纸,果然是中国纸,然而是一种上海的所谓"抄更纸",乃是集纸质较好的碎纸,第二次做成的纸张,在中国,除了做账簿和开发票,账单之外,几乎再没有更高的用处。我于是买了许多中国的各种宣纸和日本的"西之内"和"鸟之子",寄给靖华,托他转致,倘有余剩,便分送别的木刻家。这一举竟得了意外的收获,两卷木刻又寄来了,毕斯凯来夫十三幅,克拉甫兼珂[2]一幅,法复尔斯基六幅,保夫理诺夫一幅,冈察罗夫[3]十六幅;还有一卷被邮局所遗失,无从访查,不知道其中是那几个作家的作品。这五个,那时是都住在墨斯科的。

可惜我太性急,一面在搜画,一面就印书,待到《铁流》图寄到时,书却早已出版了,我只好打算另印单张,绍介给中国,以答作者的厚意。到年底,这才付给印刷所,制了版,收回原图,嘱他开印。不料战事[4]就开始了,我在楼上远远地眼看着这印刷所和我的锌版都烧成了灰烬。后来我自己是逃出战线了,书籍和木刻画却都留在交叉火线下,但我也仅有极少的闲情来想到他们。又一意外的事是待到重回旧寓,检点图书时,竟丝毫也未遭损失;不过我也心神未定,一时不再想到复制了。

去年秋间,我才又记得了《铁流》图,请文学社制版附在《文学》[5]第一期中,这图总算到底和中国的读者见了面。同时,我又寄了一包宣纸去,三个月之后,换来的是法复尔斯基五幅,毕珂夫[6]十一幅,莫察罗夫二幅,希仁斯基和波查日斯基各五幅,亚历克舍夫四十一幅,密德罗辛三幅,数目比上一次更多了。莫察罗夫以下的五个,都是住在列宁格勒的木刻家。

但这些作品在我的手头,又仿佛是一副重担。我常常想:这一种原版的木刻画,至有一百余幅之多,在中国恐怕只有我一个了,而但秘之箧中,岂不辜负了作者的好意?况且一部分已经散亡,一部分几遭兵火,而现在的人生,又无定到不及薤上露,万一相偕湮灭,在我,是觉得比失了生命还可惜的。流光真快,徘徊间已过新年,我便决计选出六十幅来,复制成书,以传给青年艺术学徒和版画的爱好者。其中的法复尔斯基和冈察罗夫的作品,多是大幅,但为资力所限,在这里只好缩小了。

我毫不知道俄国版画的历史；幸而得到陈节[7]先生摘译的文章，这才明白一点十五年来的梗概，现在就印在卷首，算作序言；并且作者的次序，也照序中的叙述来排列的。文中说起的名家，有几个我这里并没有他们的作品，因为这回翻印，以原版为限，所以也不再由别书采取，加以补充。读者倘欲求详，则契诃宁[8]印有俄文画集，列培台华[9]且有英文解释的画集的——

Ostraoomova-Ljebedeva by A. Benois and S. Ernst.

State Press, Moscow-Leningrad.[10]

密德罗辛也有一本英文解释的画集——

D. I. Mitrohin by M. Kouzmin and V. Voinoff.

State Editorship, Moscow-Petrograd.[11]

不过出版太早，现在也许已经绝版了，我曾从日本的"Nauka社"[12]买来，只有四圆的定价，但其中木刻却不多。

因为我极愿意知道作者的经历，由靖华兄致意，住在列宁格勒的五个都写来了。我们常看见文学家的自传，而艺术家，并且专为我们而写的自传是极少的，所以我全都抄录在这里，借此保存一点史料。以下是密德罗辛的自传——

"密德罗辛（Dmitri Isidorovich Mitrokhin）一八八三年生于耶普斯克（在北高加索）城。在其地毕业于实业学校。后求学于莫斯科之绘画，雕刻，建筑学校和斯特洛干工艺学校。未毕业。曾在巴黎工作一年。从一九○三年起开始展览。对于书籍之装饰及插画工作始于一九○四年。现在主要的是给'大学院'和'国家文艺出版所'工作。

    七，三〇，一九三三。密德罗辛。"

在墨斯科的木刻家，还未能得到他们的自传，本来也可以逐渐调查，但我不想等候了。法复尔斯基自成一派，已有重名，所以在《苏联小百科全书》中，就有他的略传。这是靖华译给我的——

  "法复尔斯基（Vladimir Andreevich Favorsky）生于一八八六年，苏联现代木刻家和绘画家，创木刻派。在形式与结构上显出高尚的匠手，有精细的技术。法复尔斯基的木刻太带形式派色彩，含着神秘主义的特点，表现革命初期一部分小资产阶级知识分子的心绪。最好的作品是：对于梅里美，普式庚，巴尔扎克，法郎士诸人作品的插画和单形木刻——《一九一七年十月》与《一九一九至一九二一年》。"

我极欣幸这一本小集中，竟能收载他见于记录的《一九一七年十月》和《梅里美像》；前一种疑即序中所说的《革命的年代》之一，原是盈尺的大幅，可惜只能缩印了。在我这里的还有一幅三色印的《七个怪物》的插画，并手抄的诗，现在不能复制，也是极可惜的。至于别的四位，目下竟无从稽考；所不能忘的尤其是毕斯凯来夫，他是最先以作品寄与中国的人，现在只好选印了一幅《毕斯凯来夫家的新住宅》在这里，夫妇在灯下作工，床栏上扶着一个小孩子，我们虽然不知道他的身世，却如目睹了他们的家庭。

以后是几个新作家了，序中仅举其名，但这里有为我们而写的自传在——

"莫察罗夫(Sergei Mikhailovich Mocharov)以一九〇二年生于阿斯特拉汗城。毕业于其地之美术师范学校。一九二二年到圣彼得堡，一九二六年毕业于美术学院之线画科。一九二四年开始印画。现工作于'大学院'和'青年卫军'出版所。

七，三〇，一九三三。莫察罗夫。"

"希仁斯基(L. S. Khizhinsky)以一八九六年生于基雅夫。一九一八年毕业于基雅夫美术学校。一九二二年入列宁格勒美术学院，一九二七年毕业。从一九二七年起开始木刻。

主要作品如下：

1 保夫罗夫：《三篇小说》。

2 阿察洛夫斯基：《五道河》。

3 Vergilius：《Aeneid》[13]。

4《亚历山大戏院(在列宁格勒)百年纪念刊》。

5《俄国谜语》。

七，三〇，一九三三。希仁斯基。"

最末的两位，姓名不见于"代序"中，我想，大约因为都是线画美术家，并非木刻专家的缘故。以下是他们的自传——

"亚历克舍夫(Nikolai Vasilievich Alekseev)。线画美术家。一八九四年生于丹堡(Tambovsky)省的莫尔襄斯克(Morshansk)城。一九一七年毕业于列宁格勒美术学院之复写科。一九一八年开始印作品。现工作于列宁格勒诸出版所：‘大学院’，‘Gihl’（国家文艺出版部）和‘作家出版所’。

主要作品：陀思妥夫斯基的《博徒》，斐定的《城与年》，高尔基的《母亲》。

七，三〇，一九三三。亚历克舍夫。”

“波查日斯基（Sergei Mikhailovich Pozharsky）以一九〇〇年十一月十六日生于达甫理契省（在南俄，黑海附近）之卡尔巴斯村。

在基雅夫中学和美术大学求学。从一九二三年起，工作于列宁格勒，以线画美术家资格参加列宁格勒一切主要展览，参加外国展览——巴黎，克尔普等。一九三〇年起学木刻术。

七，三〇，一九三三。波查日斯基。”

亚历克舍夫的作品，我这里有《母亲》和《城与年》的全部，前者中国已有沈端先君[14]的译本，因此全都收入了；后者也是一部巨制，以后也许会有译本的罢，姑且留下，以待将来。

我对于木刻的绍介，先有梅斐尔德（Carl Meffert）的《士敏土》之图；其次，是和西谛[15]先生同编的《北平笺谱》；这是第三本，因为都是用白纸换来的，所以取“抛砖引玉”之意，谓之《引玉集》。但目前的中国，真是荆天棘地，所见的只是狐虎的跋扈和雉兔的偷生，在文艺上，仅存的是冷淡和破坏。而且，丑角也在荒凉中趁势登场，对于木刻的绍介，已有富家赘婿和他的帮闲们的讥笑了[16]。但历史的巨轮，是决不因帮闲们的不满而停运的;我已经确切的相信:将来的光明,必将证明我们不但是文艺上的遗产的保存者,而且也是开拓者和建设者。

一九三四年一月二十夜,记。

*　　　*　　　*

〔1〕 本篇最初印入 1934 年 3 月出版的《引玉集》。

《引玉集》,苏联版画集,共收五十九幅,鲁迅编选,以三闲书屋名义印行。

〔2〕 克拉甫兼珂(А. И. Кравченко,1889—1940) 苏联版画家。作品有《列宁墓》、《德聂泊河建设工地》以及普希金、果戈理等的作品的插图。

〔3〕 冈察罗夫(А. Д. Гончаров,1903—?) 苏联插图画家。作品有《浮士德》、《十二个》等的插图。

〔4〕 战事 指 1932 年一·二八上海战事。

〔5〕 《文学》 月刊,先后由郑振铎、傅东华、王统照编辑。1933 年 7 月创刊,上海生活书店出版。1937 年 11 月出至第九卷第四期停刊,共出五十二期。

〔6〕 毕珂夫(М. Пиков) 苏联插图画家。作品有富曼诺夫《叛乱》和鲁迅短篇小说插图等。

〔7〕 陈节 瞿秋白的笔名。他摘译的文章题为《十五年来的书籍版画和单行版画》,苏联楷戈达耶夫作。

〔8〕 契诃宁(С. В. Чехонин,1878—1937) 苏联工艺美术家、版画家。作品有卢那察尔斯基《浮士德与城》和普希金《鲁斯兰和柳德米拉》的插图等。

〔9〕 列培台华(А. П. Остроумова‐Лебедева,1871—1955) 通

译奥斯特罗乌莫娃－列别杰娃,苏联画家、木刻家。作品有彩色木刻《列宁格勒风景组画》、《早春时节的基洛夫岛》等。

〔10〕 Ostraoomova－Ljebedeva by A. Benois and S. Ernst. State Press, Moscow－Leningrad. 《奥斯特罗乌莫娃－列别杰娃画集》,贝诺瓦和爱恩斯特编,国家出版局,莫斯科－列宁格勒。

〔11〕 D. I. Mitrohin by M. Kouzmin and V. Voinoff. State Editorship, Moscow－Petrograd. 《密德罗辛画集》,库兹明和伏伊诺夫编,国家编辑社,莫斯科－彼得格勒。

〔12〕 "Nauka 社" 科学社。日本东京的一个出版社,大竹博吉主办。

〔13〕 Vergilius:《Aeneid》 维吉尔:《伊尼德》。古罗马诗人维吉尔的史诗。

〔14〕 沈端先(1900—1995) 即夏衍,浙江杭州人,剧作家,中国左翼作家联盟领导成员之一。他翻译的《母亲》于 1929 年 10 月、1930 年 8 月由上海大江书铺分上下册出版。

〔15〕 西谛 郑振铎(1898—1958),笔名西谛,福建长乐人,作家、文学史家,文学研究会的发起人之一。著有短篇小说集《桂公圹》、《插图本中国文学史》等。

〔16〕 富家赘婿 指邵洵美(1906—1968),浙江余姚人,诗人。他是清末大官僚、买办盛宣怀的孙女婿。在他办的刊物《十日谈》1934年 1 月 1 日新年特辑上,刊有杨天南的《二十二年的出版界》一文,其中说:"特别可以提起的是北平笺谱,此种文雅的事,由鲁迅、西谛二人为之,提倡中国古法木刻,真是大开倒车,老将其实老了。至于全书六册预购价十二元,真真吓得煞人也。无论如何,中国尚有如此优游不迫之好奇精神,是十分可贺的,但愿所余四十余部,没有一个闲暇之人敢去接受。"

一 九 三 六 年

《城与年》插图小引^{〔1〕}

一九三四年一月二十之夜，作《引玉集》的《后记》时，曾经引用一个木刻家为中国人而写的自传——

"亚历克舍夫（Nikolai Vasilievich Alekseev）。线画美术家。一八九四年生于丹堡（Tambovsky）省的莫尔襄斯克（Morshansk）城。一九一七年毕业于列宁格勒美术学院之复写科。一九一八年开始印作品。现工作于列宁格勒诸出版所：'大学院'，'Gihl'（国家文艺出版部）和'作家出版所'。

主要作品：陀思妥夫斯基的《博徒》，斐定的《城与年》，高尔基的《母亲》。

七，三〇，一九三三。亚历克舍夫。"

这之后，是我的几句叙述——

"亚历克舍夫的作品，我这里有《母亲》和《城与年》的全部，前者中国已有沈端先君的译本，因此全都收入了；后者也是一部巨制，以后也许会有译本的罢，姑且留下，以俟将来。"

但到第二年，捷克京城的德文报上绍介《引玉集》的时候，他的名姓上面,已经加着"亡故"二字了。

我颇出于意外,又很觉得悲哀。自然,和我们的文艺有一段因缘的人的不幸,我们是要悲哀的。

今年二月,上海开"苏联版画展览会"〔2〕,里面不见他的木刻。一看《自传》,就知道他仅仅活了四十岁,工作不到二十年,当然也还不是一个名家,然而在短促的光阴中,已经刻了三种大著的插画,且将两种都寄给中国,一种虽然早经发表,而一种却还在我的手里,没有传给爱好艺术的青年,——这也该算是一种不小的怠慢。

斐定(Konstantin Fedin)〔3〕的《城与年》至今还不见有人翻译。恰巧,曹靖华君所作的概略却寄到了。我不想袖手来等待。便将原拓木刻全部,不加删削,和概略合印为一本,以供读者的赏鉴,以尽自己的责任,以作我们的尼古拉·亚历克舍夫君的纪念。

自然,和我们的文艺有一段因缘的人,我们是要纪念的!

一九三六年三月十日扶病记。

*　　　　*　　　　*

〔1〕　本篇收入本书前未在报刊上发表过。

《城与年》插图,亚历克舍夫为小说《城与年》所作木刻插图,共二十八幅。鲁迅于1933年获得这套插图手拓本后,曾请曹靖华写了《城与年》的概略,并亲自为每幅插图写了说明,准备付印单行本,后来因故未成。至1947年印入曹靖华译的《城与年》一书。

〔2〕　"苏联版画展览会"　苏联对外文化协会、中苏文化协会和

中国文艺社联合主办,1936 年 2 月 20 日起在上海举行,为期一周,展出版画二百余幅。

〔3〕 斐定(К.А.Федин,1892—1977) 通译费定,苏联作家。著有长篇小说《城与年》、《初欢》、《不平凡的夏天》等。

一 九 〇 三 年

自 题 小 像[1]

灵台无计逃神矢,风雨如磐暗故园。[2]
寄意寒星荃不察,我以我血荐轩辕。[3]

*　　*　　*

〔1〕　本篇据作者 1931 年重写手迹收入。原无题目,下注"二十
一岁时作,五十一岁时写之,时辛未二月十六日也。"许寿裳在《新苗》第
十三期(1937 年 1 月)发表的《怀旧》一文中说:"1903 年他二十三岁,在
东京有一首《自题小像》赠我。"鲁迅于 1932 年 12 月 9 日曾将此诗书赠
日本医生冈本繁,诗中"矢"作"镞"。

〔2〕　灵台　心。《庄子·庚桑楚》:"不可内(纳)于灵台。"晋代郭
象注:"灵台者,心也。"神矢,爱神的箭。参看本卷第 32 页注〔1〕。风雨
如磐,唐代贯休《侠客》诗:"黄昏风雨黑如磐,别我不知何处去。"

〔3〕　荃不察　屈原《离骚》:"荃不察余之中情兮,反信谗而齑
怒。"轩辕,即黄帝,我国传说中的上古帝王,汉民族的始祖。《史记·五
帝本纪》:"黄帝者,少典之子,姓公孙,名轩辕。"

一九一二年

哀范君三章[1]

风雨飘摇日,余怀范爱农。
华颠萎寥落,白眼看鸡虫。[2]
世味秋荼苦,人间直道穷。
奈何三月别,遽尔失畸躬!

其　二

海草国门碧,多年老异乡。[3]
狐狸方去穴,桃偶尽登场。
故里彤云恶,炎天凛夜长。
独沉清洌水,能否洗愁肠?

其　三[4]

把酒论当世,先生小酒人。
大圜犹酩酊,微醉自沉沦。[5]
此别成终古,从兹绝绪言。[6]
故人云散尽,我亦等轻尘!

＊　　　＊　　　＊

〔1〕　本篇最初发表于 1912 年 8 月 21 日绍兴《民兴日报》,署名黄棘。稿后附记说:"我于爱农之死,为之不怡累日,至今未能释然。昨忽成诗三章,随手写之,而忽将鸡虫做入,真是奇绝妙绝,辟历一声,速死犭之大狼狈矣。今录上,希大鉴定家鉴定,如不恶,乃可登诸《民兴》也。天下虽未必仰望已久,然我亦岂能已于言乎。二十三日,树又言。"鲁迅 1912 年 7 月 19 日日记:"晨得二弟信,十二日绍兴发,云范爱农以十日水死。"22 日:"夜作均言三章,哀范君也,录存于此:风雨飘摇日,……。"23 日修订后寄周作人转《民兴日报》。日记所录诗中,"遽"作"竟","尽"作"已","彤"作"寒","冽"作"泠","洗"作"涤","酪酊"作"茗芋"。

范爱农　参看本卷第 145 页注〔1〕。

〔2〕　华颠　《后汉书·崔骃传》:"唐且华颠以悟秦"。唐代李贤注:"《尔雅》曰:颠,顶也。释言:华颠,谓白首也。"白眼,《晋书·阮籍传》:"籍又能为青白眼,见礼俗之士,以白眼对之。"鸡虫,这里比喻势利小人。杜甫《缚鸡行》:"鸡虫得失无了时,注目寒江倚山阁。"按绍兴方言"鸡虫"与"几仲"谐音。何几仲是辛亥革命后中华自由党绍兴分部骨干分子。这里的"鸡虫"是双关语。

〔3〕　海草国门碧　李白《早春于江夏送蔡十还家云梦序》:"海草三绿,不归国门。"

〔4〕　本首曾另收入《集外集》,与此处所收稍有不同。参看本卷第 145 页。

〔5〕　大圜　即天。参看本卷第 145 页注〔2〕。

〔6〕　绪言　语出《庄子·渔父》:"曩者,先生有绪言而去。"唐代成玄英疏:"绪言,余论也。"

一 九 三 一 年

赠 邬 其 山^{〔1〕}

廿年居上海,每日见中华:
有病不求药,无聊才读书。
一阔脸就变,所砍头渐多。
忽而又下野,南无阿弥陀。^{〔2〕}

*　　*　　*

〔1〕 本篇手迹题款为:"辛未初春,书请邬其山仁兄教正。"

邬其山,即内山完造(1885—1959),日本人,1913 年来华,后在上海开设内山书店。1927 年 10 月与鲁迅结识后常有交往。著有杂文集《活中国的姿态》、《花甲录》等。"邬其","内"(ろち)字的日语读音。

〔2〕 南无阿弥陀 佛家语。南无,梵文 Namas 的音译,"归命"、"敬礼"的意思。阿弥陀,即阿弥陀佛,大乘教的佛名。这是信徒表示归心于佛的用语。

无 题 二 首 [1]

大江日夜向东流,聚义群雄又远游。
六代绮罗成旧梦,石头城上月如钩。 [2]

其 二

雨花台边埋断戟,莫愁湖里余微波。 [3]
所思美人不可见,归忆江天发浩歌。 [4]

六月

* * *

〔1〕 鲁迅1931年6月14日日记:"为宫崎龙介君书一幅云:'大
江日夜向东流,……'又为白莲女士书一幅云:'雨花台边埋断
戟,……。'""群雄",手迹作"英雄","不可见"作"杳不见"。按宫崎龙介
(1892—1971),日本律师,1931年来上海时曾访问鲁迅。其父宫崎弥藏
系支持中国民主革命的志士,叔父宫崎寅藏曾协助孙中山从事革命活
动。白莲女士,即柳原烨子(1885—1967),日本女作家,宫崎龙介的
夫人。

〔2〕 六代 我国历史上三国时的吴,东晋,南朝的宋、齐、梁、陈
六个朝代,都建都南京,合称六朝。石头城,古城名,本名金陵城,东汉
末年孙权重筑改名,故址在今南京清凉山,后用石头城代指南京。

〔3〕 雨花台 在南京城南聚宝山上,亦称石子岗。据《高僧传》,

452

南朝梁武帝时云光法师在此讲经,感动上天,落花如雨,故名。辛亥革命时,革命军进攻南京,曾在此血战多日。莫愁湖,在南京水西门外,相传六朝洛阳女子卢莫愁曾居于此,故名。辛亥革命胜利后,南京临时政府曾在湖边建阵亡将士纪念碑,刻有孙中山"建国成仁"的题词。

〔4〕 浩歌 语出《楚辞·九歌·少司命》:"望美人兮未来,临风恍兮浩歌。"

送增田涉君归国^{〔1〕}

扶桑正是秋光好,枫叶如丹照嫩寒。^{〔2〕}
却折垂杨送归客,心随东棹忆华年。

十二月二日

* * *

〔1〕 鲁迅 1931 年 12 月 2 日日记:"作送增田涉君归国诗一首并写讫,诗云:'扶桑正是秋光好,……。'"

增田涉(1903—1977),日本的中国文学研究者,曾任日本根岛大学、关西大学等校教授。1931 年他在上海时,常向鲁迅请教翻译《中国小说史略》等方面的问题。著有《中国文学史研究》、《鲁迅的印象》等。

〔2〕 扶桑 日本的别称。据《南史·东夷传》:"扶桑在大汉国东二万余里。"《梁书·扶桑国传》:"其土多扶桑木,故以为名。"

一 九 三 二 年

无　　题^[1]

血沃中原肥劲草,寒凝大地发春华。
英雄多故谋夫病,泪洒崇陵噪暮鸦。^[2]

一月

*　　　*　　　*

〔1〕　鲁迅 1932 年 1 月 23 日日记:"午后为高良夫人写一小幅,
句云:'血沃中原肥劲草,……。'"高良夫人,即日本人高良富子。

〔2〕　崇陵　指南京孙中山陵。1931 年 12 月 22 日,国民党四届
一中全会在南京开幕,次日全体委员拜谒中山陵。会上,宁、粤两派争
吵对骂;常委汪精卫、胡汉民等要员称病抗会,行政院长孙科中途离去,
不久哭陵辞职,蒋介石亦"下野"回奉化,一时演成分崩离析局面。

偶　　成[1]

文章如土欲何之,翘首东云惹梦思。
所恨芳林寥落甚,春兰秋菊不同时。

三月

*　　　*　　　*

〔1〕　鲁迅1932年3月31日日记:"又为沈松泉书一幅云:'文章如土欲何之,……。'"沈于1930年8月东渡日本前曾托冯雪峰向鲁迅求字,他归国后鲁迅以此诗相赠。

赠 蓬 子[1]

蓦地飞仙降碧空,云车双辆挈灵童。
可怜蓬子非天子,逃去逃来吸北风。[2]

三月三十一日

*　　　*　　　*

〔1〕 鲁迅 1932 年 3 月 31 日日记:"又为蓬子书一幅云:'蓦地飞仙降碧空,……。'"本诗为鲁迅应姚蓬子请求写字时的即兴记事。诗中所说是一·二八上海战争时,穆木天的妻子携带儿子乘人力车去姚蓬子家寻穆木天的事。

蓬子,姚蓬子(1905—1969),浙江诸暨人,作家。1927 年加入中国共产党,1930 年加入左联。

〔2〕 天子 即穆天子,我国古代有《穆天子传》,记周穆王驾八骏西游的故事。这里用作对穆木天的戏称。穆木天(1900—1971),吉林伊通人,诗人。时为左联成员。

一·二八战后作[1]

战云暂敛残春在,重炮清歌两寂然。
我亦无诗送归棹,但从心底祝平安。

七月十一日

*　　　　*　　　　*

〔1〕 鲁迅 1932 年 7 月 11 日日记:"午后为山本初枝女士书一笺,云:'战云暂敛残春在,……。'即托内山书店寄去。"

一·二八战事,参看本卷第 157 页注〔1〕。

教授杂咏^[1]

作法不自毙,悠然过四十。
何妨赌肥头,抵当辩证法。^[2]

其 二

可怜织女星,化为马郎妇。
乌鹊疑不来,迢迢牛奶路。^[3]

其 三

世界有文学,少女多丰臀。
鸡汤代猪肉,北新遂掩门。^[4]

其 四

名人选小说,入线云有限。
虽有望远镜,无奈近视眼。^[5]

十二月

* * *

〔1〕 鲁迅 1932 年 12 月 29 日日记:"午后为梦禅及白频写《教授杂咏》各一首,其一云:'作法不自毙,……。'其二云:'可怜织女

459

星,……。'"据许寿裳回忆,其三、其四二首亦作于 1932 年年末。梦禅(邹梦禅)和白频当时均为上海中华书局职员。

〔2〕 这首诗系影射钱玄同的。钱玄同早年曾戏说:"四十岁以上的人都应该枪毙"。又据说他在北京大学曾说过"头可断,辩证法不可开课"的话。

〔3〕 这首诗系影射赵景深的。赵景深曾将契诃夫小说《万卡》中的天河(Milky Way)误译为"牛奶路",又将德国作家塞意斯的小说《半人半马怪》误译为《半人半牛怪》。参看《二心集·风马牛》。

〔4〕 这首诗系影射章衣萍的。章衣萍曾在《枕上随笔》(1929 年6 月北新书局出版)中写有:"'懒人的春天哪! 我连女人的屁股都懒得去摸了!'"又据说他向北新书局预支了一大笔版税,曾说过"钱多了可以不吃猪肉,大喝鸡汤"的话。

〔5〕 这首诗系影射谢六逸的。谢六逸曾编选过一本《模范小说选》,选录鲁迅、茅盾、叶绍钧、冰心、郁达夫的作品,于 1933 年 3 月由上海黎明书局出版。他在序言(先发表于 1932 年 12 月 21 日《申报·自由谈》)中说:"翻开坊间出版的中国作家辞典一看,我国的作家快要凑足五百罗汉之数了。但我在这本书里只选了五个作家的作品,我早已硬起头皮,准备别的作家来打我骂我。而且骂我的第一句话,我也猜着了。这句骂我的话不是别的,就是'你是近视眼啊',其实我的眼睛何尝近视,我也曾用过千里镜在沙漠地带,向各方面眺望了一下。国内的作家无论如何不止这五个,这是千真万确的事实。不过在我所做的是'匠人'的工作,匠人选择材料时,必要顾到能不能上得自己的'墨线',我选择的结果,这五位作家的作品可以上我的'墨线',所以我要'唐突'他们的作品一下了。"

所　闻[1]

华灯照宴敞豪门,娇女严装侍玉樽。
忽忆情亲焦土下,佯看罗袜掩啼痕。

十二月

*　　　*　　　*

〔1〕　鲁迅 1932 年 12 月 31 日日记:"为知人写字五幅,皆自作
诗。为内山夫人写云:'华灯照宴敞豪门,……。'"

无 题 二 首^{〔1〕}

故乡黯黯锁玄云,遥夜迢迢隔上春。^{〔2〕}
岁暮何堪再惆怅,且持卮酒食河豚。

其 二

皓齿吴娃唱柳枝,酒阑人静暮春时。^{〔3〕}
无端旧梦驱残醉,独对灯阴忆子规。^{〔4〕}

*　　　*　　　*

〔1〕 鲁迅1932年12月31日日记:"为知人写字五幅,皆自作诗。……为滨之上学士云:'故乡黯黯锁玄云,……。'为坪井学士云:'皓齿吴娃唱柳枝,……。'"诗中的"食"条幅手迹作"吃"。滨之上,即滨之上信隆;坪井,即坪井芳治。他们都是日本人在上海开设的筱崎医院的医生。1932年12月28日晚,坪井芳治邀鲁迅往日本饭店共食河豚,滨之上信隆曾同座。

〔2〕 上春　早春,指夏历正月,又作孟春。梁元帝《纂要》:"正月孟春,亦曰孟阳,孟陬,上春。"

〔3〕 柳枝　原为古代民间曲调,名《折杨柳》或《折柳枝》。唐代进入教坊,名《杨柳枝》。白居易有《杨柳枝词》八首,其中有"古歌旧曲君休问,听取新翻《杨柳枝》"的句子。他又在《杨柳枝二十韵》题下自

注:"《杨柳枝》,洛下新声也。"

〔4〕　子规　即杜鹃。师旷《禽经》:"春夏有鸟如云不如归去,乃子规也。"

答　客　诮^[1]

无情未必真豪杰，怜子如何不丈夫。
知否兴风狂啸者，回眸时看小於菟。^[2]

十二月

*　　　*　　　*

〔1〕　鲁迅1932年12月31日日记："为知人写字五幅，皆自作诗。……为达夫……又一幅云：'无情未必真豪杰，……。'"作者在1933年1月22日书赠坪井芳治时，题款为："未年之冬戏作。""未年"应为"申年"。1932年12月31日曾将此诗书示许寿裳，诗中"兴"作"乘"，"狂"作"吟"，"看"作"顾"。

〔2〕　於菟　即虎。《左传》宣公四年："楚人……谓虎於菟。"又《易·乾·文言》："云从龙，风从虎。"意为龙起生云，虎啸生风。

一 九 三 三 年

赠 画 师[1]

风生白下千林暗,雾塞苍天百卉殚。[2]
愿乞画家新意匠,只研朱墨作春山。

一月二十六日

*　　　*　　　*

〔1〕　鲁迅 1933 年 1 月 26 日日记:"为画师望月玉成君书一笺云:'风生白下千林暗,……。'"

〔2〕　白下　白下城,故址在今南京金川门外。唐武德九年(626)移金陵县治于此,改名白下县,故旧时以白下为南京的别称。

题《呐喊》[1]

弄文罹文网,抗世违世情。
积毁可销骨,空留纸上声。[2]

三月

*　　　*　　　*

〔1〕 鲁迅1933年3月2日日记:"山县氏索小说并题诗,于夜写二册赠之。《呐喊》云:'弄文罹文网,……。'"

〔2〕 积毁可销骨 语出《史记·张仪列传》:"众口铄金,积毁销骨。"

悼　杨　铨[1]

岂有豪情似旧时，花开花落两由之。
何期泪洒江南雨，又为斯民哭健儿。

六月二十日

＊　　　＊　　　＊

〔1〕　鲁迅 1933 年 6 月 21 日日记："下午为坪井先生之友樋口良
平君书一绝云：'岂有豪情似旧时，……。'"在写给许广平的诗幅上，题
款为"酉年六月二十日作"。

杨铨(1893—1933)，字杏佛，江西清江人。曾留学美国。1924 年随
孙中山北上，任秘书；后任东南大学教授，中央研究院总干事。1932 年
12 月，协同宋庆龄、蔡元培、鲁迅等组织中国民权保障同盟，反对蒋介石
的独裁统治。1933 年 6 月 18 日在上海被国民党特务暗杀。

无　　题[1]

禹域多飞将,蜗庐剩逸民。[2]
夜邀潭底影,玄酒颂皇仁。[3]

*　　　　*　　　　*

〔1〕　鲁迅 1933 年 6 月 28 日日记:"下午为萍荪书一幅云:'禹域多飞将,……。'"萍荪,即黄萍荪。1936 年 10 月他曾将此诗手迹印于《越风》半月刊第二十一期(10 月 31 日出版)封面。

〔2〕　禹域　中国的别称。相传夏禹首先划分中国为九州,以名山大川为界,后世相沿称中国为禹域。蜗庐,即蜗牛庐。据《三国志·魏书·管宁传》裴松之注引《魏略》,东汉末年,隐士焦先"自作一瓜(蜗)牛庐,净扫其中,营木为床,布草蓐其上,至天寒时,构火以自炙,呻吟独语"。

〔3〕　玄酒　《礼记·礼运》:"玄酒在室"。唐代孔颖达疏:"玄酒,谓水也,以其色黑谓之玄。而大古无酒,此水当酒所用,故谓之玄酒。"

无　　题^[1]

一枝清采妥湘灵,九畹贞风慰独醒。^[2]
无奈终输萧艾密,却成迁客播芳馨。^[3]

　　　*　　　　*　　　　*

〔1〕　鲁迅 1933 年 11 月 27 日日记:"为土屋文明氏书一笺云:
'一枝清采妥湘灵,……。'"

〔2〕　湘灵　传说中的湘水之神。参看本卷第 150 页注〔1〕。九
畹贞风慰独醒,屈原《离骚》:"余既滋兰之九畹兮,又树蕙之百畝。"东汉
王逸注:"十二亩曰畹"。又《楚辞·渔父》:"举世皆浊我独清,众人皆醉
我独醒。"

〔3〕　萧艾　恶草。屈原《离骚》:"何昔日之芳草兮,今直为此萧
艾也。"

酉年秋偶成[1]

烟水寻常事,荒村一钓徒。
深宵沉醉起,无处觅菰蒲。[2]

*   *   *

〔1〕 鲁迅 1933 年 12 月 30 日日记:"午后……又为黄振球书一幅云:'烟水寻常事,……。'"诗幅后题款为"酉年秋偶成"。

〔2〕 菰蒲 水生植物,菰米可食,蒲可编席,旧时常借指隐士安身之所。唐代刘得仁《宿宣义池亭》诗:"岛屿无人迹,菰蒲有鹤翎。"

一九三四年

闻 谣 戏 作[1]

横眉岂夺蛾眉冶,不料仍违众女心。[2]
诅咒而今翻异样,无如臣脑故如冰。

三月十六日

* * * *

〔1〕 鲁迅 1934 年 3 月 16 日日记:"闻天津《大公报》记我患脑炎,戏作一绝寄静农云:'横眉岂夺蛾眉冶,……。'"诗幅后题款:"三月十五夜闻谣戏作以博静兄一粲"。1934 年 3 月 10 日《大公报》"文化情报"栏载有一则署名"乒"的简讯:"据最近本月初日本《盛京时报》上海通讯,谓蛰居上海之鲁迅氏,在客观环境中无发表著述自由,近又忽患脑病,时时作痛,并感到一种不适。经延医证实确悉脑病,为重性脑膜炎。当时医生嘱鲁十年(?)不准用脑从事著作,意即停笔十年,否则脑子绝对不能用,完全无治云。"

〔2〕 众女 屈原《离骚》:"众女嫉余之蛾眉兮,谣诼谓余以善淫。"

戌年初夏偶作[1]

万家墨面没蒿莱,敢有歌吟动地哀。[2]
心事浩茫连广宇,于无声处听惊雷。

五月

*　　　*　　　*

〔1〕 鲁迅 1934 年 5 月 30 日日记:"午后为新居格君书一幅云:
'万家墨面没蒿莱,……。'"诗幅后题款:"戌年初夏偶作以应新居先生
雅教"。

〔2〕 墨面 《淮南子·览冥训》:"美人挐首墨面而不容,曼声吞
炭内闭而不歌。"歌吟动地哀,唐代李商隐《瑶池》:"瑶池阿母绮窗开,黄
竹歌声动地哀。"按《黄竹》相传为周穆王所作的诗,据《穆天子传》载,周
穆王猎于苹泽,"日中大寒,北风雨雪,有冻人,天子作诗三章以哀民。"

秋 夜 偶 成[1]

绮罗幕后送飞光,柏栗丛边作道场。[2]
望帝终教芳草变,迷阳聊饰大田荒。[3]
何来酪果供千佛,难得莲花似六郎。[4]
中夜鸡鸣风雨集,起然烟卷觉新凉。[5]

九月二十九日

* * *

〔1〕 鲁迅1934年9月29日日记:"又为梓生书一幅云:'绮罗幕后送飞光,……。'"诗幅后题款:"秋夜偶成录应梓生先生教"。梓生,张梓生。

〔2〕 柏栗丛边 古代用柏木栗木作社神。《论语·八佾》:"哀公问社于宰我,宰我对曰:'夏后氏以松,殷人以柏,周人以栗,曰使民战栗。'"又据《尚书·甘誓》"弗用命,戮于社"的记载,供奉社神的地方也是统治者杀人的场所。道场,佛教僧徒诵经行道的一种活动。1934年4月28日国民党政客戴季陶、褚民谊等发起请班禅九世在杭州举行"时轮金刚法会"。参看《花边文学·法会和歌剧》。

〔3〕 望帝 即杜鹃,又名子规。宋代乐史《太平寰宇记》:"蜀王杜宇,号望帝,后因禅位自亡去,化为子规。"据《广韵》载:杜鹃"春分鸣则众芳生,秋分鸣则众芳歇"。迷阳,《庄子·人间世》:"迷阳迷阳,无伤吾行。"清代王先谦《庄子集解》:"迷阳,谓棘刺也。"

473

〔**4**〕 六郎 原指唐代张昌宗。《唐书·杨再思传》载:武则天时,"昌宗以姿貌见宠幸,再思又谀之曰'人言六郎面似莲花,再思以为莲花似六郎,非六郎似莲花也。'"这里当指梅兰芳。"时轮金刚法会"举行时,中央社曾报导该会"决定邀请梅兰芳、徐来、胡蝶,在会期内表演歌剧五天"。按梅兰芳等并未参与演出。

〔**5**〕 鸡鸣风雨 《诗经·郑风·风雨》:"风雨如晦,鸡鸣不已。既见君子,云胡不喜。"

一九三五年

亥年残秋偶作[1]

曾惊秋肃临天下，敢遣春温上笔端。

尘海苍茫沉百感，金风萧瑟走千官。

老归大泽菰蒲尽，梦坠空云齿发寒。

竦听荒鸡偏阒寂，起看星斗正阑干。[2]

十二月

*   *   *

〔1〕　鲁迅1935年12月5日日记："为季巿书一小幅云：'曾惊秋肃临天下，……。'"诗幅后题款："亥年残秋偶作录应季巿吾兄教正。"

〔2〕　荒鸡　清代周亮工《书影》卷四："古以三鼓前鸡鸣为荒鸡。"《晋书·祖逖传》："……逖有赞世才具，……与司空刘琨俱为司州主簿，情好绸缪，共被同寝。中夜闻荒鸡鸣，蹴琨觉曰：'此非恶声也。'因起舞。"星斗阑干，古乐府《善哉行》："月没参横，北斗阑干。"

附　录

一九二六年

《未名丛刊》与《乌合丛书》广告[1]

所谓《未名丛刊》者，并非无名丛书之意，乃是还未想定名目，然而这就作为名字，不再去苦想他了。

这也并非学者们精选的宝书，凡国民都非看不可。只要有稿子，有印费，便即付印，想使萧索的读者，作者，译者，大家稍微感到一点热闹。内容自然是很庞杂的，因为希图在这庞杂中略见一致，所以又一括而为相近的形式，而名之曰《未名丛刊》。

大志向是丝毫也没有。所愿的：无非（1）在自己，是希望那印成的从速卖完，可以收回钱来再印第二种；（2）对于读者，是希望看了之后，不至于以为太受欺骗了。

以上是一九二四年十二月间的话。[2]

现在将这分为两部分了。《未名丛刊》专收译本；另外又分立了一种单印不阔气的作者的创作的，叫作《乌合丛书》。

　　＊　　　　＊　　　　＊

　　〔1〕　本篇最初印入 1926 年 7 月未名社出版的台静农所编《关于鲁迅及其著作》版权页后。

　　《未名丛刊》，鲁迅编辑，原由北新书局出版，1925 年未名社成立后改由该社出版。内收鲁迅译的厨川白村《苦闷的象征》，韦素园译的果戈理《外套》和北欧诗歌小品集《黄花集》，李霁野译的安德烈耶夫《往星中》、《黑假面人》，韦丛芜译的陀思妥耶夫斯基《穷人》，曹靖华译的《白茶》等。《乌合丛书》，鲁迅编辑，1926 年初由北新书局出版。内收鲁迅的《呐喊》、《彷徨》、《野草》，许钦文的《故乡》，高长虹的《心的探险》，向培良的《飘渺的梦及其他》，淦女士（冯沅君）的《卷葹》等。

　　〔2〕　指《〈未名丛刊〉是什么，要怎样？》，现编入《集外集拾遗补编》。

一九二八年

《奔流》凡例五则[1]

1．本刊揭载关于文艺的著作,翻译,以及绍介,著译者各视自己的意趣及能力著译,以供同好者的阅览。

2．本刊的翻译及绍介,或为现代的婴儿,或为婴儿所从出的母亲,但也许竟是更先的祖母,并不一定新颖。

3．本刊月出一本,约一百五十页,间有图画,时亦增刊,倘无意外障碍,定于每月中旬出版。

4．本刊亦选登来稿,凡有出自心裁,非奉命执笔,如明清八股者,极望惠寄,稿由北新书局收转。

5．本刊每本实价二角八分,增刊随时另定。在十一月以前豫定者,半卷五本一元二角半,一卷十本二元四角,增刊不加价,邮费在内。国外每半卷加邮费四角。

*　　　*　　　*

〔1〕　本篇最初刊载于 1928 年 6 月 20 日《奔流》第一卷第一期。

《奔流》,参看本卷第 201 页注〔1〕。

一九二九年

《艺苑朝华》广告 [1]

虽然材力很小,但要绍介些国外的艺术作品到中国来,也选印中国先前被人忘却的还能复生的图案之类。有时是重提旧时而今日可以利用的遗产,有时是发掘现在中国时行艺术家的在外国的祖坟,有时是引入世界上的灿烂的新作。每期十二辑,每辑十二图,陆续出版。每辑实洋四角,预定一期实洋四元四角。目录如下:

1.《近代木刻选集》(1)

2.《蕗谷虹儿画选》

3.《近代木刻选集》(2)

4.《比亚兹莱画选》

　　以上四辑已出版

5.《新俄艺术图录》

6.《法国插画选集》

7.《英国插画选集》

8.《俄国插画选集》

9.《近代木刻选集》(3)

10.《希腊瓶画选集》

11.《近代木刻选集》(4)

12.《罗丹雕刻选集》

朝花社出版。

* * *

〔1〕 本篇最初印入 1929 年 4 月朝花社出版的《近代世界短篇小说集》第一集《奇剑及其他》书后。

《艺苑朝华》,朝花社出版的美术丛刊,鲁迅、柔石编辑,共出外国美术作品五辑,即《近代木刻选集》一、二集,《蕗谷虹儿画选》、《比亚兹莱画选》和《新俄画选》。后一辑编成时朝花社已结束,改由光华书局出版。

一 九 三 三 年

《文艺连丛》[1]

——的开头和现在

投机的风气使出版界消失了有几分真为文艺尽力的人。即使偶然有,不久也就变相,或者失败了。我们只是几个能力未足的青年,可是要再来试一试。首先是印一种关于文学和美术的小丛书,就是《文艺连丛》。为什么"小",这是能力的关系,现在没有法子想。但约定的编辑,是肯负责任的编辑;所收的稿子,也是可靠的稿子。总而言之:现在的意思是不坏的,就是想成为一种决不欺骗的小丛书。什么"突破五万部"的雄图,我们岂敢,只要有几千个读者肯给以支持,就顶好顶好了。现在已经出版的,是——

1.《不走正路的安得伦》 苏联聂维洛夫作,曹靖华译,鲁迅序。作者是一个最伟大的农民作家,描写动荡中的农民生活的好手,可惜在十年前就死掉了。这一个中篇小说,所叙的是革命开初,头脑单纯的革命者在乡村里怎样受农民的反对而失败,写得又生动,又诙谐。译者深通俄国文字,又在列宁格拉的大学里教授中国文学有年,所以难解的土话,都可以随时询问,其译文的可靠,是早为读书界所深悉的,内附蔼支的插画五幅,也是别开生面的作品。现已出版,每本实价大洋二角半。

2.《解放了的董·吉诃德》 苏联卢那卡尔斯基作,易嘉译。这是一大篇十幕的戏剧,写着这胡涂固执的董·吉诃德,怎样因游侠而大碰钉子,虽由革命得到解放,也还是无路可走。并且衬以奸雄和美人,写得又滑稽,又深刻。前年曾经鲁迅从德文重译一幕,登《北斗》杂志上,旋因知道德译颇有删节,便即停笔。续登的是易嘉直接译出的完全本,但杂志不久停办,仍未登完,同人今居然得到全稿,实为可喜,所以特地赶紧校刊,以公同好。每幕并有毕斯凯莱夫木刻装饰一帧,大小共十三帧,尤可赏心悦目,为德译本所不及。每本实价五角。

正在校印中的,还有——

3.《山民牧唱》[2] 西班牙巴罗哈作,鲁迅译。西班牙的作家,中国大抵只知道伊本纳兹,但文学的本领,巴罗哈实远在其上。日本译有《选集》一册[3],所记的都是山地住民,跋司珂族的风俗习惯,译者曾选译数篇登《奔流》上,颇为读者所赞许。这是《选集》的全译。不日出书。

4.《Noa Noa》[4] 法国戈庚作,罗怃[5]译。作者是法国画界的猛将,他厌恶了所谓文明社会,逃到野蛮岛泰息谛[6]去,生活了好几年。这书就是那时的记录,里面写着所谓"文明人"的没落,和纯真的野蛮人被这没落的"文明人"所毒害的情形,并及岛上的人情风俗,神话等。译者是一个无名的人,但译笔却并不在有名的人物之下。有木刻插画十二幅。现已付印。

*　　　*　　　*

〔1〕　本篇最初刊载于 1933 年 5 月野草书屋出版的《不走正路的安得伦》卷末。

《文艺连丛》,文学艺术丛书。鲁迅编辑,1933 年 5 月起陆续出版。

〔2〕　《山民牧唱》　中译单行本在鲁迅生前未出版。

〔3〕　指《海外文学新选》第十三编《跋司珂牧歌调》,日本笠井镇夫、永田宽定等译。

〔4〕　《Noa Noa》　毛利语,音译"诺阿、诺阿","芬芳"的意思。戈庚(P. Gauguin,1848—1903),通译高更,法国后期印象派画家。主要作品有《雅各及天使》、《两个塔西提妇女》等。

〔5〕　罗忧　鲁迅的笔名。

〔6〕　泰息谛　通译塔希提,南太平洋的社会群岛中最大的岛。该岛原为独立的王国,1842 年成为法国保护国。

一 九 三 五 年

《译文》终刊号前记[1]

《译文》出版已满一年了。也还有几个读者。现因突然发生很难继续的原因，只得暂时中止。但已经积集的材料，是费过译者校者排者的一番力气的，而且材料也大都不无意义之作，从此废弃，殊觉可惜：所以仍然集成一册，算作终刊，呈给读者，以尽贡献的微意，也作为告别的纪念罢。

译文社同人公启。二十四年九月十六日。

*　　　*　　　*

〔1〕　本篇最初发表于 1935 年 9 月《译文》终刊号。鲁迅在 1935 年 10 月 29 日致萧军的信中说："《译文》终刊号的前记是我和茅（按指茅盾）合撰的。"

《译文》，鲁迅和茅盾发起的翻译和介绍外国文学的月刊。1934 年 9 月创刊于上海。最初三期由鲁迅编辑，后由黄源接编，生活书店印行。曾于 1935 年 9 月出至第十三期停刊。1936 年 3 月复刊，改由上海杂志公司发行，1937 年 6 月出至新三卷第四期停刊，前后共出二十九期。

一 九 三 六 年

绍介《海上述林》上卷[1]

本卷所收，都是文艺论文，作者既系大家，译者又是名手，信而且达，并世无两。其中《写实主义文学论》与《高尔基论文选集》两种，尤为煌煌巨制。此外论说，亦无一不佳，足以益人，足以传世。全书六百七十余页，玻璃版插画九幅。仅印五百部，佳纸精装，内一百部皮脊麻布面，金顶，每本实价三元五角；四百部全绒面，蓝顶，每本实价二元五角，函购加邮费二角三分。好书易尽，欲购从速。下卷亦已付印，准于本年内出书。上海北四川路底内山书店代售。

*   *   *

〔1〕 本篇最初刊载于 1936 年 11 月 20 日《中流》第一卷第六期，原题《〈海上述林〉上卷出版》。

《海上述林》，瞿秋白的译文集。在瞿秋白牺牲后由鲁迅收集、编辑。分上、下两卷于 1936 年 5 月和 10 月先后出版。上卷《辨林》收马克思、恩格斯、列宁、普列汉诺夫、拉法格等人的文学论文以及高尔基论文选集和拾补等。因国民党当局的压迫，该书出版时，仅署"诸夏怀霜社校印"。

　　瞿秋白(1899—1935),江苏常州人,中国共产党早期领导人之一。1927年冬至1928年春担任中共中央政治局临时书记。1931年至1933年在上海从事革命文化工作,与鲁迅结下很深的友谊。1935年2月在福建游击区被国民党逮捕,同年6月18日被杀害于长汀。